ブラリー

保守とは何か

福田恆存

浜崎洋介編

文藝春秋

保守とは何か◎目次

保守とは何か

本書は『福田恆存全集』（文藝春秋刊）を底本としているが、原則として、原文の旧字体を新字体に改めた。各稿末尾に初出を示した。

I 「私」の限界

一匹と九十九匹と——ひとつの反時代的考察

　今日、ぼくたちは混乱のただなかにゐる。といつてぼくはなにも敗戦後の現象的なさわがしさをいつてゐるのではない。有能な政治や思想的な啓蒙が解決しうる困難は知性にまかしておけばいい。ぼくたちのおちいつてゐる真の混乱は日本の近代とともにはじまつた。そしてこの七十年、ぼくたちはつねに混乱の季節のうちに生きてきたのであり、それ以外のものを知つてはゐない。混乱こそがぼくたちの生をやしなつてきた糧であり、それゆゑにぼくたちはぼくたちをとりまく風景が混乱のそれであることすら感覚しえないありさまである。今日もしあたらしい時代がひらかれようとするならば、まづこの混乱をただし、この混乱をあきらめることからはじまらねばならぬ。いや、いまはなにより混乱そのものに気づくことがたいせつである。現代におけるあらゆる現象的なさわがしさは、この混乱に無感覚であることから生じてゐる。たれもかれもがおのれの立場を固執してゆづらない。それは思想や信念のたしかさからきてゐるのではなく、むしろその逆であり、思想をもちえぬがゆゑに、眼前の事象にとらはれてうごきがとれぬのである。ひとびとのかたくなさはひとへに事実のかたくなさにすぎない。ある立場や見解と他の立場や見解とが相争ふやうにみえても、じつさいそれらの立場や見解の底にあるひとつの現実と他の現実とがぶつかりあつてゐるだけのことである。今日どこを見ても、思想の片鱗すらみとめられぬ。存在するのは思想ではなく、したがつて人間ではなく、ただ事実の断片のみである。

論争に参与するのは知性である。思想は論争しない。ひとりの人間の肉体がさうであるやうに、思想もまた弱点は弱点としておのれを完成する。ところが論争はつねにいづれかの側に正邪、適不適の判定を予想するものである。はじめから決著を度外視して論争はなりたたぬ。ひとびとは論争において二つの思想の接触面しかみることができない。論争するものもこの共通の場においてしかものをいへぬ。この接触面において出あつた二つの思想は、論争が深いりすればするほど、おのれの思想たる性格を脱落してゆく。かれらは自分がどこからやつてきたかその発生の地盤をわすれてしまふのである。しかも論争にやぶれたものは相手の論理の正しさに手も足も出なくなりながら、なほ心のどこかでおのれの正常を主張するものを感じてゐる。このさいかれのなすべきもつとも賢明な方法は、まづ論争からしりぞき、自己の深奥にかへつてそこから出なほすことをおいてほかにない。が、ひとびとはそれをしない。あくまで接触面に拘泥し、論理に固執して、なんとか相手をうちまかさうとこころみる。それがおほくのひとびとをゆがめられた権力慾にかりたて、たがひにおのれをたて、他を否定してはばからしめぬのである。

他者を否定しなければなりたたぬ自己といふやうなものをぼくははじめから信じてゐない。ぼくたちの苦しまねばならぬのは自己を自己そのものとして存在せしめることでなければならぬ。この苦闘に思想が参与する。もしそこに犠牲がいるとするならば、それは自己そのものであつて、他人の存在をおびやかすことは許されぬ。ひとびとの考へることで容易に決著のつくこと、一の正しさが他の誤謬を証明するやうなもの、それらはことごとくつまらぬものでしかない。思想史は無数の矛盾撞著にみちみちてゐる。気のはやい思索家はそのことを自己の懐疑思想の動機とする。が、これほどばからしいことはない。ぼくは相反する思想にみたされた二千年の思想史を、その矛盾のゆゑに信ずるのである。それらはたがひに矛盾するものであるがゆゑに思想であり、思想であるがゆゑに今日まで残つてゐる。そのときそのときに決著され解決されてきたものは、半世紀のいのちを保つことすらめづらしい。

すでにあきらかであらう——ぼくのいふ今日の混乱とは、容易に決著のつかぬ問題をただちに決著しようとすることから、といふよりは、決済のできぬ問題を決済の可能な場で考へることから生じたものである。近代日本の焦燥はあらゆることを処理し決著しようとしてきた。決著のできぬことをそのまま放置したのならばまだしもであるが、ぼくたちの目的は問題そのものにはなく、ただその決著にあつたのであり、したがつてあらゆる問題をむりにも決著できるものとしてあつかつてきたのである。いまだぼくたちはその病弊から脱しきつてはゐない。いや、その混乱は今日その頂点をきはめたかにみえる。ぼくたちにとつていまもつとも必要なことは自分自身にかへることである。ぼくたちの思惟が他人の思惟とくひちがふとき、あるいは現実の抵抗を感ずるとき、ぼくたちのなさねばならぬことは、それらを性急にくみふせようとあせることではなく、まづ自己の発生の地盤を見いだすことである。ぼくはさういふことによつてたんなる敗北主義を意味してゐるのではない。ぼくのおそれるのは問題の決著への拘泥が自己を限定し抑圧することであり、さらにその結果は決著そのものさへほんたうにはもちきたらされぬといふことである。なぜなら限定し抑圧された自己はそのまま圧死したものでない以上、いつかかならずそのむりな決著に謀反し、その解決をくつがへすであらう。

ぼくたちはながい混乱の季節のなかにあつて政治のことばで文学を語る習慣をすつかり身につけてしまつてゐる。ひとびとはいまだにこの混乱に気づかうとしない。のみならずぼくたちの文学の宿命的な薄弱さが政治意識の貧困からきてゐるといふ常識は、ひとびとをしてこの混乱から脱卻させるよりも、むしろ混乱のうへに混乱をかさねる結果を招来せしめてゐる。

由来、ぼくたちの人生観を妙にあつさりとわかりやすいものにするひとつの危険な俗論があり、この俗論には知識人や思想家も案外たやすくまゐつてきたものである。といふのは人生がひとつの目的を有し、人間活動のあらゆる分野がそれぞれの分担においてこの目的にむかつてうごいてゐるといふ考へである。このやうな歴史の合目的性を意識し愛好することは、いはば知識人の標識でもあり、特権でもあつた。なにもぼくはそのことを否定しようといふのではない。が、なんとかしてこの目的を意識のうへにのぼせて、それを眼前ににらんでゐないと、自己の存在と活動との根拠に不安を感じてやまぬといふことになれば、それは知識人の弱さであり、知性のもつ本能的な恐怖感にほかならない。この意味において現代に欠如してゐるものは知性ではなく、むしろ知性が現代の混乱をおそれ混乱を増大してゐるのである。

ひとびとの愛好する方式によれば、文学も美術もおなじ美神につかへるものであり、哲学も科学も藝術もおなじ人生の目的にむかつてそのいとなみをつづけるものなのである。政治家の目的と文学者の目的とはおなじであり、ともに人間の解放と幸福とのためにたたかふ戦士である。このやうな考へかたは政治家をして容易に文学者の仕事を理解せしめ、文学者をしてしごく単純に政治家のしごとを理解せしめ、のみならずなにものも生産することを知らない学生をしてすらあらゆる文化領域のいとなみを諒解せしめるがゆゑに、自己の人生観を一日もはやくまとめておきたいひとびとによつて好まれてきたのである。

が、ぼくたちはあらゆる文化価値を享受しうるとしても、その創造のいとなみを、その由つてきたるところをかならずしも理解しえぬのみならず、またそれを理解する必要はない。その理解する必要のないことをはつきりさうといひきらぬために――知らぬ世界を知らぬままに放置する寛容さのないために、ひとびとは知らなければならぬ自己を知りえず、自己のいとなみを完全にはたすことができないのである。のみならず、たがひに相手のいとなみを理解しようとし、また理解したとおもひこむ習慣が、相手をおのれの理解のうちに閉ぢこめてしまひ、その完全ないとなみを妨げる。政治は政治のことばで文学を理解しようとして文学を殺し、文学は文学のことばで政治を理解しようとして政治を殺してしまふ。ぼくたちがぼくたちの近代をかへりみるばあひ今日のあひことばになつてゐる政治と文学との乖離といふことも、この意味においてふたたび考へなほされねばならない。

ぼくはひとつの前提から出発する――政治と文学とは本来相反する方向にむかふべきものであり、たがひにその混同を排しなければならない。そこに共通の目的があるかどうか、またあるとすればそれはなんであるか、そのやうなことを規定する努力はおよそくだらぬことである――ぼくたちがおなじ社会のうちに棲息し、ひとつかまのめしを食つてゐるかぎりは。この連帯感を信ずるがゆゑに、安んじて文学と政治とを反撥せしめてはばからぬのである。ぼくはここにぼくは文学者として政治に反撥する。政治がきらひだからでもなく、政治を軽蔑するからでもない。政治に対するぼくの反撥は政治の否定を意味するものではない。それは政治の十全な自己発揮を前提としてゐる。またぼくの反撥は悪しき政治にむけられるものではない。善き政治に、ないしは善き政治への意図にむけられるものである――もちろんぼくも善き政治のおこなはれるのをねがふことにおいて人後におちるものではなく、にもかかはらずこれに反撥するのである。

ぼくは――ぼく自身の性格は政治の酷薄さにたへられない。その酷薄さを是認するにもかかはらず――いや、それを是認するがゆゑにたへられないのである。さういふぼくの眼にプロレタリア革命の理論は苛酷きはまりないものとして映じ、さらに戦争中の政治の指導原理はなんともがまんならぬものでしかなかつた。かうしてぼくはものごころづいてから現在にいたるまでたえず政治の脅威を身に感じてきたのである。が、その間、ぼくはそれをおそれて孤独に閉ぢこもりはしなかつた。ぼくはそのやうな孤立への偏向をみづから警戒してゐたし、孤立が自分のためになにものかを生むものとは信じてゐなかつた。ぼくはむしろ自分の力の可能な範囲内で政治的、社会的にふるまつてきた。といふのは、政治のことばで文学を語る危険をおそれたと同様に、文学のことばで政治を語る愚劣をおそれたからにほかならない。知性や行動によつて解決のつく問題を思想や個性の場で考へ、それをいたづらにうごきのとれぬものと化するあやまちを避けたかつたからである。

ぼくはぼく自身の内部において政治と文学とを截然《せつぜん》と区別するやうにつとめてきた。その十年あまりのあひだ、かうしたぼくの心をつねに領してゐたひとつのことばがある。「なんぢらのうちたれか、百匹の羊をもたんに、もしその一匹を失はば、九十九匹を野におき、失せたるものを見いだすまではたづねざらんや。」(ルカ伝第十五章)はじめてこのイエスのことばにぶつかつたとき、ぼくはその比喩の意味を正当に解釈しえずして、しかもその深さを直観した。もちろん正統派の解釈は蕩児の帰宅と同様に、一度も罪を犯したことのないものよりも罪を犯してふたたび神のもとにもどつてきたものに、より大きな愛情をもつて対するクリスト者の態度を説いたものとしてゐる。たしかにルカ伝第十五章はなほそのあとにかう綴つてゐる——「つひに見いださば、喜びてこれをおのが肩にかけ、家に帰りてその友と隣人とを呼びあつめていはん、『われとともに喜べ、失せたるわが羊を見いだせり』われなんぢらに告ぐ、かくのごとく、悔い改むるひとりの罪人のためには、悔い改めの必要なき九十九人の正しきものにもまさりて天に喜びあるべし。」

が、天の存在を信じることのできぬぼくはこの比喩をぼくなりに現代ふうに解釈してゐたのである。このことばこそ政治と文学との差異をおそらく人類最初に感取した精神のそれであると、ぼくはさうおもひこんでしまつたのだ。かれは政治の意図が「九十九人の正しきもの」のうへにあることを知つてゐたのにさうゐない。かれはそこに政治の力を信ずるとともにその限界をも見てゐた。なぜならかれの眼は執拗に「ひとりの罪人」のうへに注がれてゐたからにほかならぬ。九十九匹を救へても、残りの一匹においてその無力を暴露するならば、政治とはいつたいなにものであるか――イエスはさう反問してゐる。かれの比喩をとほして、ぼくはぼく自身のおもひのどこにあるか、やうやくにしてその所在をたしかめえたのである。ぼくもまた「九十九匹を野におき、失せたるもの」にかかづらはざるをえない人間のひとりである。もし文学も――いや、文学にしてなほこの失せたる一匹を無視するとしたならば、その一匹はいつたいなににによつて救はれようか。

善き政治はおのれの限界を意識して、失せたる一匹の救ひを文学に期待する。が、悪しき政治は文学を動員しておのれにつかへしめ、文学者にもまた一匹の無視を強要する。しかもこの犠牲は大多数と進歩との名分のもとにおこなはれるのである。くりかへしていふが、ぼくは文学の名において政治の罪悪を摘発しようとするものではない。ぼくは政治の限界を承知のうへでその意図をみとめる。現実が政治を必要としてゐるのである。が、それはあくまで必要とする範囲内で必要としてゐるにすぎない。革命を意図する政治はそのかぎりにおいて正しい。また国民を戦争にかりやる政治も、ときにそのかぎりにおいて正しい。しかし善き政治であれ悪しき政治であれ、それが政治である以上、そこにはかならず失せたる一匹が残存する。文学者たるものはおのれ自身のうちにこの一匹の失意と疑惑と苦痛と迷ひとを体感してゐなければならない。

この一匹の救ひにかれは一切か無かを賭けてゐるのである。なぜなら政治の見のがした一匹を救ひとることができたならば、かれはすべてを救ふことができるのである。ここに「ひとりの罪人」はかれにとつてたんなるひとりではない。かれはこのひとりをとほして全人間をみつめてゐる。善き文学と悪しき文学との別は、この一匹をどこに見いだすかによつてきまるのである。一流の文学はつねにそれを九十九匹のそとに見てきた。が、二流の文学はこの一匹をたづねて九十九匹のあひだをうろついてゐる。なるほど政治の頽廃期においては、その悪しき政治によつて救はれるのは十四か二十四の少数にすぎない。それゆゑに迷へる最後の一匹もまた残余の八十四か九十四のうちにまぎれてゐる。ひとびとは悪しき政治に見すてられた九十四に目くらみ、真に迷へる一匹の所在を見うしなふ。これをよく識別しうるものはすぐれた精神のみである。なぜなら、かれは自分自身のうちにその一匹の所在を感じてゐるがゆゑに、これを他のもののうちに見うしなふはずがない。

近代日本の文学が弱体であつたとしても、その原因を政治意識の稀薄に帰することはできない。もちろんそのやうな反省はそのかぎりにおいて正しいものであり、それを否定しようとはおもはぬ。が、ぼくたちの反省がその程度でとどまつてゐるかぎり、ぼくはその結果を信じえない、政治のことばで文学を語る混乱とはそのことなのである。それはいかに正しい立言であつても、それだけでは反省とはなりえぬ。それは「美しい」を「きれい」と解釈する虎の巻流のいひなほしにすぎない。そこからはなにも生れてはこないであらう。ぼくの知りうるかぎり、ぼくたちの文学の薄弱さは、失せたる一匹を自己のうちの最後のぎりぎりのところで見てゐなかつた――いや、そこまで純粋におひこまれることを知らなかつた国民の悲しさであつた。しかもぼくたちの作家のひとりびとりはそれぞれ自己の最後の地点でたたかつてゐたのである。その意味において近代日本の文学は世界のどこに出しても恥しくない一流の作家の手によつてなつた。が、かれらの下降しえた自己のうちの最後の地点は、彼等に関するかぎり最後のものでありながら、なほよく人間性の底をついてはゐなかつた。なぜであるか――いふまでもない、悪しき政治がそれ自身の負ふべき負荷を文学に負はせてゐたからである。政治が十匹の責任しか負ひえぬとすれば、文学は残りの九十匹を背負ひこまねばならず、しかもぼくたちの先達はこれを最後の一匹としてあつかはざるをえなかつた。その一匹が不純なものたらざるをえず、この意味においてぼくたちの近代はそのほとんどことごとくを抹殺しても惜しくはない五流の文学しかもちえなかつたのである。

たしかにぼくのことばは矛盾してゐる。が、なぜそのやうに考へてはいけないのか――ひとびとは肯定しなければ否定せずにゐられず、否定しなければ肯定せずにゐられぬのであらうか。ぼくはぼく自身の現実を二律背反のうちにとらへるがゆゑに、人間世界を二元論によつて理解するのである。ぼくにとつて、真理は窮極において一元に帰一することがない。あらゆる事象の本質に、矛盾対立して永遠に平行のままに存在する二元を見るのである。この対立を消去して一元を見いださうとするひとびとの性急さが、じつはぼくにはふしぎに見えてしかたないのである。ひとは二律背反をふくむ彼自身の人格の統一を信じてゐないのだらうか。もし信じてゐるならば、なにをこのうへ知性による矛盾の解決を求むることがあらうか。矛盾を放置してかへりみず、矛盾をそのままあらはにしてしかもののいへぬぼくは、この矛盾をいちわう解決した形において述べる科学にいささかの関心ももちえない。

しかし現代人のもつとも愛好するものがその科学である。ひとびとはすべての事物を――人間とその生活とをさへ、学問の対象と化さうと欲する、ここに知性が常識の倉からよびいだされる。が、はたして知性は事物を認識しうるであらうか。それはたかだか現象を整理して仮説をたててみるにすぎぬのではなからうか――なんのために――いふまでもなく、ぼくたちが外界により正しく適応することによつて、ぼくたちの生活をより快適にするために。それゆゑに――その効用性のためにのみ、科学の仮説はその権利を主張しうる。そしてそれ以上の権利を要求する資格はない。仮説は、またその仮説をくみたてる知性の方法は、けつして真理とはなんの関係ももつてはゐない。知性は生活の便宜的手段であつて、それ以上のものではない。が、あらゆる人間のいとなみがさうであるやうに、学問はその効用性から出発してみづからの自律性を要求し、それ自身を権威づけようとする。ここでもぼくはけじめをたてることの必要を痛感する。科学は効用性に出発し、あくまで効用性にとどまるものであり、したがつてその仮説の真偽は外界への適応の可不可によつてきまるものである以上、それは徹頭徹尾合理性に終始せねばならず、いかなる微細な点においても矛盾は許されぬ。が、人間の文化価値のすべてを科学の対象にせねば気がすまぬとすれば、それは知性の越権といふべきか、それとも知識人的事大主義といふべきか、いづれにしても自己を信じえぬ薄弱な精神の所為とせねばならぬ。ことわつておくが、いまさらぼくは素朴な不可知論にひとびとを煽動しようとしてゐるのではない。ここでもぼくは実在の可知と不可知とをはじめからきめてかからねば気の安まらぬ習慣をさげすむものである。ぼくはただ現実をみつめてゐるだけでことたりる。そして現実はあきらかに合理の領域と不合理の領域とを同時に並存せしめてゐる。とすれば、現実を認識するといふことは、この二つの領域の矛盾を矛盾のままに把握することでしかあるまい。この地点からさきにおいて、ぼくは科学の無力をいはざるをえぬ。

　ぼくはなんのためにこのやうなまはりみちをしたのか——つまりは政治と文学との混同をさけたいといふ、おなじその心からにほかならない。政治も政治学もぼくたちが外界に適応しようとするために用ゐる生活の便宜的手段であり、その意味において科学と同様に常識のうへにたつてゐる。が、文学はまた文学について語ることはつひに学としてなりたちえぬ。今日までいくたびか文学の合理性と効用性とを証明しようとするおろかな企てがこころみられ、そのたびに失敗してきたが、ひとびとはいまなほそれをあきらめようとはしない。いや、現代の流行は近代日本の歴史を反省するといふ名目によつて、ますますその風潮を強めようとしてゐるかにみえる。とすれば、神がかり的非合理の跋扈《ばつこ》に代るに合理主義の専横を見るといふだけのことにすぎない。知性の解決しうる領域において知性を廃棄することが神秘主義なのであつて、知性の力およばぬところにぼくたちは男らしく知性を放棄すべきなのである——知性の力およばぬ領域の存在を信ずるかぎりは。

そしてまた知性の力およばぬ領域などといふものの存在を信じないとするならば――それもよい、ぼくは敵ながらあつぱれいさぎよい態度としてこれをみとめるにやぶさかではない――が、それならば、そのひとは文学に背をむけるべきである。いや、ぼくは少々結論を急ぎすぎた。たとへ知性過信をみづから宣言しようとも、もしかれの作品がすぐれてゐるならば、その作品はかれの唯一の頼みの綱にした知性を裏切つて、かれの人間全体を合理と非合理との矛盾対立のままに統一し完成したものとして露呈してゐるのにさうゐなく、かれの言説いかんにかかはらず、かれはかれ自身のうちに見うしなはれた一匹の羊をもつてゐるのである。が、ぼくはひるがへつてふたたびかれに疑惑をいだく――それならばなぜかれは自分のうちに見うしなはれた一匹の存在を告白しないのか。かれがそれを正直に告白せぬかぎり、文学の領域に政治がしのびいり、事態はますます紛糾するであらう。

ぼくがいままで述べてきた文学と政治との対立の底には、じつは個人と社会との対立がひそんでゐるのである。ここでもひとびとはものごとを一元的に考へたがり、個人の側にか社会の側にか軍配をあげようとこころみてきた。そして現代の風潮は、その左翼と右翼とのいづれを問はず、社会の名において個人を抹殺しようともくろんでゐる。ゆゑに個人の名において社会に抗議するものは、反動か時代錯誤のレッテルをはられる。ここにぼくの反時代的考察がなりたつ。が、それは反時代的、反語的ではあつても、けつして反動ではありえない。もし反動といふことばのそのやうな使ひかたが許されるならば、むしろそれは反対の立場にかぶせられるべきものであらう。ぼくは相手を否定せんと企ててゐるのではなく、ただおのれの扼殺される危険を感じてゐるのにすぎない。

失せたる一匹の無視せられることはなにも現代にかぎつたことではない。が、それはつねにやむをえざる悪としてみとめられてきたのであつて、今日のごとく大義名分をもつてその抹殺を正当化した時代は他になかつた。それは一時の便法ではなく、永遠の真理として肯定されようとしてゐる。いや、現代はその一匹の失はれることすらみとめようとはしない。社会はその框のそとに一匹の残余すらもつはずのないものとして規定せられる。個人は社会的なものをとほして以外に、それ自身の価値を、それ自身の世界をもつことを許されない。社会は個人をその残余としてみとめず、矛盾対立するものとして拒否するのである。だが、矛盾対立するものはなぜ存在してはいけないのか。いや、そのことよりも、個人はこのみづからの危機に際会してなぜ抗議しないのか。

ぼくがこの数年間たえず感じてきた脅威は、ミリタリズムそのものでもなければナショナリズムそのものでもなかつた――それはそれらの背後にひそむ個人抹殺の暴力であり、その意味においてボルシェヴィズムにも通ずるものであつた。しかしかうして戦争中にぼく自身の感じてゐた危機にぼくはどう抗議してよいか途方にくれた。反戦的言動がただちにぼくの恐怖をとりのぞいてくれるものとはうそにも信じられなかつたのである。ぼくの敵は賢明にも煙幕を張つてゐた。このときぼくは――ぼくのわづかになしえたこととといへば、ロレンスの「黙示録論《アポカリプス》」を訳出することにすぎなかつた。が、その出版はつひに許可されなかつた。ぼくはぼくたちの同人雑誌にその解説を書いて、せめてもの鬱をはらした。

しかし今世紀における個人の敗退はいつたいなにを意味するものであらうか。それはいかなる原因によるものであらうか。いふまでもない。ぼくたちが個人の存在権にひけめを感じるやうになつた原因は、前世紀における個人の勝利そのもののうちに見いだされねばならぬのである。個人が社会から離反し、社会的価値に対する個人的価値の優位を信じ、一が他を蔑視否定したこと、そのことのうちに個人の不安とうしろめたさとが胚胎した。いかなる点においても社会とつながらず、いかなる点においても社会的価値と通じてゐない個人といふものを考へるならば、それが、現代における社会的なるものの攻勢に対して、その個人的価値の暴力的抹殺に対して、なんら抗弁すべき拠りどころをもたなかつたといふのも当然であらう。もちろん現世紀にはひつても個人の側から孤独な精神がいくたびか反撃をこころみてはきた。が、ふしぎなことに、その反撃のうちにひそかにみづからの代弁者を見てゐた知識階級がつひにこれを支持しようとはしなかつた。ぼくはそのことのうちに忌はしい卑劣と臆病とをしかみとめることができない。

たとへばジッドの「ソヴェト紀行」についても、知識階級はまづ自分たちのものわかりのよさを示さうとつとめる。で、彼等のなしたことはといへば、ジッドのコムミュニズム転向に関して前世紀個人主義の限界を看取することであり、かれの観察に猜疑の眼をむけ、したがつて政治の善き意図と善き名分とのもとにおこなはれる過失を一時のゆきすぎとして寛容に黙認しようとすることであつた。かれらのなによりもおそれたことは、歴史の必然性について、新時代の思想とそのこころみとについて、自分たちの無理解を表明することであり、そしてまたかれらの神でもある知性に刃むかふことであつた。このやうなかれらの恐怖はたしかにいはれなきことではない。かれらは自己のうちになんら恃《たの》むにたるものをもつてゐなかつた。社会との聯関を失つたかれらは自分たちが社会に役だつ存在であるといふ自信もまた失つてゐた。そして社会に役だつ自己といふこの前提なしに、かれらはいかなる自己主張をもなしえず、現世紀の不法な個人抹殺に対して沈黙する以外に道がなかつたわけである。かくしてかれらはかれら自身の代弁者にすら冷淡と疑惑とをもつて対するよりほかはなかつた。

ぼくは戦争中における日本の知識階級や文学者たちの戦争協力をこの意味においてしか理解しえない。ミリタリズムが彼等の気にいつたわけではない。帝国主義に彼等が賛同したわけでもない。ただかれらはそれらに抗弁するだけの根拠を自己のうちにもたなかつたまでである。もちろんファシズムの狂熱と虚妄とを一挙にうちやぶるより優位の世界観をかれらが知らなかつたはずもなからう――にもかかはらず、かれらの内部に棲む薄弱な個人を捲きこんだのは戦争の現実であつて、一片のファシズム理論などではなかつた。この現実に彼等の個人が足をさらはれたといふ意味において、ぼくは戦争中の知識階級の狂態を一時期前のコムミュニズムの流行と同一視するのになんのさはりも感じない。その当時にあつても彼等の眼を奪つたものはコムミュニズムそのものであるよりは現実の力であり、その反面に彼等の自我の空虚さであつた。そして右翼と左翼との別を問はず、その背後にある社会的価値に対する個人の劣等意識こそ、今日もまたぼくの眼に看過しえぬ大きな問題として映じてゐるのにほかならない。

ひとびとはあらゆる個人的価値の底にエゴイズムを見、それゆゑに個人は社会のまへに羞恥する。が、現実を見るがいい——社会正義といふ観念の流行にもかかはらず、現実は醜悪な自我の赤裸々な闘争の場となつてゐるではないか、いや、なほ悪いことに、あらゆる社会正義の裏口からエゴイズムがそつとひとしれずしのびこんでゐる。当然である——いかに抑圧しようとしてもけつして消滅しきれぬ自我であり、それゆゑに大通りの通行禁止にあつてみれば、裏口にまはるよりほかに手はなかつたといふわけである。ぼくがもつともおそれるのはそのことにほかならない。社会正義の名によりひとびとが蛇蝎《だかつ》のごとく忌み憎んだエゴイズムとは、かくして社会正義それ自身の専横のもちきたらした当然の帰結にほかならぬのである。現代のオプティミズムは政治意識と社会意識とを強調してゐるが——それはそのかぎりにおいて正当な主張であるとしても——このさいひとびとの脳裡にある図式は、いささかの私心も野望もなき個人といふものの集合のうへに成りたつてゐる。たしかにかれらの世界観は知性の科学によつて空想的ユートピアに堕することをまぬかれてはゐよう。が、個人の秘密を看過したことにおいて、個人が小宇宙であるといふ古めかしい箴言《しんげん》を一片のほぐとして葬りさつたことにおいて、さらに社会意識といふものによつて個人を完全に包摂しうると考へたことにおいて、まさに空想的、観念的なユートピアの域をいでぬものであらう。

しかし文学者や知識階級の過去における政治意識、社会意識の欠如を指摘し、かれらにその正しい把握をすすめることは、たしかに健全な主張である。なぜなら、かれらが今日まで政治と社会とに対する関心をもたなかつたことが、政治に対して文学を、社会に対して個人を押しだす自信をもたしめなかつたからである。政治と社会とに対する正当な関心があるとすれば——さういふ正しい関心と意識とをもつた個人であるならば、個人の抹殺に対して抗議するのになんの羞恥もうしろめたさもいらぬではないか。いや、羞恥や体裁の問題ではない、今日、個人は生か死かの問題に当面してゐるのである。今日の知識階級は、かれらが知識階級としての権利と義務とを抛棄せぬかぎり、なにものにかへても個人の存在権を擁護しなければならない。もしこの役割をのがれてこの混乱期をのりきらうとねがふならば、後代はおそらくぼくたちを非難してやまぬであらう——しかも皮肉なことに、ぼくたちがより広い意味において政治的、社会的視野をもちえず、時代の歴史的必然性を見ぬきえなかつたといふかどによつて。

ぼくたちはエゴイズムのために個人を羞恥してゐる。が、エゴイズムは個人の責任ではない。エゴイズムがときに醜悪な表情をとるとしても、それはあくまで社会正義に逐ひこまれて窮した個人のすがたにほかならぬ。とすれば、罪は個人をさういふ窮状に逐ひこんだ社会正義の側に帰せられねばならない。ぼくはつまらぬ詭弁《きべん》を弄してゐるのではない。現在、戦争の性格が問題にされ、その帝国主義的野望が批判されてゐるにもかかはらず、たとへそれが侵略戦争であつたにしろ、その末期において国民の大部分が反軍的、反戦的気分におちいつていつたのは、けつしてこの戦ひが邪悪なものであるといふ理性的批判からいでたものではなく、たんに自分たちの生活と生命とがおびやかされてゐるといふエゴイズムから生れたものであるといふ単純な事実が見のがされてゐる。が、ぼくたちはこの単純な事実をはつきり見てとらねばならぬ。この事実によつてぼくたちの理解しうることは、一億の民衆のひとりひとりを忠良な臣民であり、無私の愛国者であり、隣人のためには自己の安逸をすててかへりみない愛他的な理想国民であると考へた軍人の頭脳の計りうべからざる愚かさであらう。そしてさういふ彼等の頭脳を支配してゐた観念こそは国家正義であり、それが個人を抹殺したのである――しかも彼等は彼等の国家正義のかげに権力慾の満足がかくされてゐたことすら気づかなかつたか、それとも気づかぬふりをよそほつてゐた。

さらに、このやうな名分のうしろでじつはエゴイズムとエゴイズムとの相剋がおこなはれてゐた事実を忘却したかのやうに、ただ戦争の性格を論じ、敗戦によつてその邪悪の勢力の倒れたことをよろこび、当時のまことに個人的な心理的事実を無視してしまふこと、そのことのうちにふたたび――今度は国家正義ではないが――社会正義の無批判的な信仰が復活するのである。いまや、かうしてひとびとはぼくたちのひとりひとりが善良なる社会人であるといふ想定のもとに、いや、さういふ強要のもとに現実の苦難を切りぬけようとしてゐるかにみえる。これこそ観念論的オプティミズムといはずしてなんであらうか。そしてこのオプティミズムをしていつそう悪質なものたらしめてゐる実情として、ぼくたちは社会正義のうらにもまたエゴイズムの支柱を見のがしえぬのである。もちろん社会正義への情熱をすべてエゴイズムの一語をもつて蔽ふことは許されぬし、たとへエゴイズムであるにしろ、それが社会的福祉にむかつてゐる以上とやかくいふべきすぢあひのものではないといふ論拠もなりたつのであらうが、じつはそこに危険がありはしないか。なぜなら、ひとびとは、そのやうな論理の煙幕をはることによつて、人間といふものがエゴイズムの満足を考へられずにはなにごともなしえぬ動物であるといふ事実に眼をそらしてゐるからである。社会正義がエゴイズムに支へられてゐること、それはそれでいいが、それでゐてその事実を自覚し是認しないといふことになれば、事態は許しがたいものとならうし、わざはひはほとんど収拾しがたいものとなるであらう。

ふたたび誤解をさけるためにことわつておくが、ぼくは文学者が政治意識をもたなくてはならぬとかなんとか、さういふ場でものをいつてゐるのではない。政治と文化との一致、社会と個人との融合といふことがぼくたちの理想であること――そのことはあたかも水を得るために水素と酸素との化合を必要とするといふことほど、すでに懐疑の余地のない厳然たる事実である。問題はその方法である。その理想を招来するための政治や文学の在りかた、社会や個人の在りかたが問題なのである。ぼくは両者の完全な一致を夢見るがゆゑに、その截然たる区別を主張する。乖離でもなく、相互否定でもない。両者がそれぞれ他の存在と方法とを是認し尊重してのうへで、それぞれの場にゐることをねがふのである。それをぼくはただ文学者として、文学の立場からいつたにすぎず、また今日のさかんな政治季節を考慮にいれていつたのにすぎない。

文学は阿片である――この二十世紀において、それは宗教以上に阿片である。阿片であることに文学はなんで自卑を感ずることがあらうか。現代のぼくたちの文学をかへりみるがいい――阿片といふことがたとへ文学の謙遜であるにしても、その阿片たる役割すらはたしえぬもののいかにおほきことか。阿片がその中毒患者の苦痛を救ひうるやうに、はたして今日の文学はなにものを救つてゐるのであらうか。所詮は他の代用品によつても救ひうる人間をしか救つてゐないではないか。とすれば、そのやうな文学は阿片の汚名をのがれたとしても、またより下級な代名詞を与へられるだけのことにすぎない――曰く、碁、将棋、麻雀、ラジオ、新聞、なほ少々高級なものになつたところで哲学、倫理学、社会学、心理学、精神分析学……。ここでもぼくはそれらに対する文学の優位をいふほど幼稚ではない――ただ持場の相違に注意を求めるだけにすぎぬ。文学は――すくなくともその理想は、ぼくたちのうちの個人に対して、百匹のうちの失はれたる一匹に対して、一服の阿片たる役割をはたすことにある。

政治のその目的達成をまへにして――そしてぼくはそれがますます九十九匹のためにその善意を働かさんことを祈つてやまず、ぼくの日常生活においてもその夢をわすれたくないものであるが――それがさうであればあるほど、ぼくたちは見うしなはれたる一匹のゆくへをたづねて歩かねばならぬであらう。いや、その一匹はどこにでもゐる――永遠に支配されることしか知らぬ民衆がそれである。さらにもつと身近に――あらゆる人間の心のうちに。そしてみづからがその一匹であり、みづからのうちにその一匹を所有するもののみが、文学者の名にあたひするのである。

かれのみはなにものにも欺かれない――政治にも、社会にも、科学にも、知性にも、進歩にも、善意にも、その意味において、阿片の常用者であり、またその供給者であるかれは、阿片でしか救はれぬ一匹の存在にこだはる一介のペシミストでしかない。そのかれのペシミズムがいかなる世の政治といへども最後の一匹を見のがすであらうことを見ぬいてゐるのだが、にもかかはらず阿片を提供しようといふ心において、それによつて百匹の救はれることを信じる心において、かれはまた底ぬけのオプティミストでもあらう。そのかれのオプティミズムが九十九匹に専念する政治の道を是認するのにほかならない。このかれのペシミズムとオプティミズムとの二律背反は、じつはぼくたち人間のうちにひそむ個人的自我と集団的自我との矛盾をそのまま容認し、相互肯定によつて生かさうとするところになりたつのである。唾棄すべき観念論的オプティミズムとは、この矛盾をいづれの側へか論理的に一元化しようとするこころみを意味する。

ぼくにこのペシミスティック・オプティミズムをはつきり自覚させたものが、ロレンスであつた。ぼくはこの文章においてかれの「黙示録論」を紹介するつもりで筆をとつたのであるが、そこまでいたらずして終つた。が、ぼくはぼく自身の言葉で語りたかつたし、すでにその目的をはたしてゐる。ロレンスについてはまた別の機会に語りたい。

（昭和二十一年十一月三十日）

（「思索」昭和二十二年春季号、三月刊）

近代の宿命

ぼくたちのあひだに日本の近代性といふものが自覚され、さらにそのかなたにヨーロッパの近代が意識にのぼつてきたのは、およそ十年くらゐまへのことであらうか、左翼運動の実践と情熱とがやうやく退潮期に入つてからであつた。しかし、この自覚はほとんど熟することなしに、戦争にともなふ国粋主義的風潮がぼくたちに西欧近代の超克を強ひた。「西欧の没落」といふやうなことばが馬鹿正直に受けとられたのである。もちろんそこには一片の真実がないではなかつた。

なぜなら、時流にのつてものをいつてゐた大部分の国粋主義者のほかに、近代日本の宿命とその限界とを意識して、自分たちの心の内部に日本への回帰点を探し求めてゐたひとたちもあつたからである。いふまでもなく、かれらは「西欧の没落」を文字どほりに信じてゐたわけではない。それはヨーロッパが自己を建てなほさうとする逆説的宣言であることをかれらは知つてゐた。西欧は没落などしはしない。それは更生を意思しつつ、たくましい自己否定をもくろんでゐるのである。そのことは充分わかつてゐた。それゆゑ、もしヨーロッパの自己否定に便乗するとすれば、それはヨーロッパに対してアジアを、あるいは西欧文明に対して日本の伝統的文化を主張しようがためではなく、近代日本の歪みをたださうとする態度にほかならない。近代日本のゆがみはヨーロッパの罪ではなく、ぼくたち日本人の負ふべき責任である。

そのことが当時の知識人の課題となつた。当然、ヨーロッパにおける近代の超克と日本における近代の超克とは、まつたく次元を異にするものである。日本に近代などありはしなかつた――それゆゑにこそ、ヨーロッパの近代がこの極東の島国におよぼした余波に対して、ぼくたちはなんらかの防波堤を築かねばならなかつたのである。そのこころみの真意はヨーロッパ近代精神の正統に参与することにほかならない。この流れのそとに世界精神の未来は考へられず、この流れに参入することなしに、日本が日本としての自律性をかちえることもありえない。

国粋主義の愚劣は論外である。が、すべてがヨーロッパに道を通じ、厖大《ぼうだい》な未来の空白をまへにしてゐる今日、ぼくたちがぼくたちの周囲に眺める情景はいかなるものがあらうか。ぼくたちは十年まへに戻つたのか、それとも明治の初年に逆転したのか――ぼくたちはいつたいどこから出発すべきなのであらうか。それを決定することが、現在の混乱に対処するもつとも賢明なる道にさうゐない。

ぼくは、近代日本の歴史をすべて過失と暗黒とのうちに投げこみ、明治の文明開化から出発しようとする似而非《えせ》啓蒙主義にまづ反撥する。さういふひとたちは明治もまた明治自身の現実からすなほに発想しえなかつた実情を無視してゐるのだらうか。たしかに近代日本の作家たちは時代と民衆とから遊離してゐる——が、かれらの苦悩には、さうした狭隘《けふあい》な通路によつてしか自己の真実に到達しえなかつた宿命がまざまざときざみつけられてゐる。それは空しい努力であり、今日の現実からかへりみてそれがどこにも道を通じてゐないことが明瞭になつたにしても、すくなくともかれらは、近代日本の空しさとみじめさとをぼくたちの手に移し渡すといふだけのしごとはやつてのけたのである。ぼくたちは七十年の歴史を無視することはできない。

のみならず、過去を空白のうちに葬らうとする似而非啓蒙主義者たちは、同時に現在から出発しようと企てる。なぜなら、中間の七十年を黙殺するとすれば、明治からはじめるといふことも現在からはじめるといふことも、つまりはおなじことにすぎない。かれらは今日の日本の現実に、一方ではルネサンスを見ようとし、他方では現代のヨーロッパに直参しようとする。かれらは国民にむかつて近代自我の確立を慫慂《しようよう》するかとおもへば、自我の抹殺をもくろむ政治組織の導入をはかるといふわけである。それはなんとも収拾のつかぬ混乱ではある。が、そのやうにかれらを混乱におとしいれる現代日本の現実といふものも、今日のぼくたちは自分の宿命として痛感してゐるはずである。とすれば、混乱は避けがたいものであり、かれらの喧騒きはまる啓蒙主義もまた是認さるべきであらうか。断じてさうではない。ぼくたちは明治に回帰することもできないと同時に、いまただちに現在から出発することもできない。ぼくたちのなしうることは、ぼくたちの現実のまつただなかに立ちどまることである——いまはここに静止することである。ひとびとはなぜそれをしないのか。

もつともらしい虚言に欺かれてはならぬ。時のながれのうちにあつて、人間は停止することができぬなどとたれがいふのか。そのやうなことばに耳かたむけてはならない。ぼくたちの自然は――ぼくたちの肉体は停止することができない。が、精神はいつ、どこでも時間のそとに静止することができる。いや、それは静止しうるのみならず、なにか大いなることをなさうとするばあひ、あるいは自己を変革するばあひ、かならず静止のひとときをもたなければならない。精神がときに静止するのではない――ぼくたちが静止するときに登場するものが精神なのである。

もし、ぼくたちの近代史にもつとも根源的な弱点を指摘せよといふならば、それは明治以来現在にいたるまで、ぼくたち日本人が静止の瞬間をもたなかつたこと――したがつて精神が自由をかちえたときをもたなかつたことであらう。ぼくたちが真に自己の現実のうちに閉ぢこもつたときは一度もなかつた。国粋主義すらそのやうな形で現れはしなかつた。すべては他動的に、あるいは過去や未来の幻像にひきずりまはされて今日にいたつた。ぼくたちは自分のうちに、そして現在に立ちどまつたことが一度もなかつたのである。いままたそれをあへてしなければ、日本は永遠に――いや、予言者的な身ぶりはぼくのこのむところではない――すくなくとも、ぼく一個の精神がどこまでいつても救はれないのである。ぼくは頑強に立ちどまることしか知らない。

といふことは、現実の政治的事態の逼迫《ひつぱく》に対して無関心、あるいは超越をよそほふことを意味するものではない。そのやうな誤解、乃至は牽強附会の生ずるところに、じつは現代日本の現実の低さがあり、混乱の原因がある。そしてまた、その混乱を整理することにぼくの文章の目的がある。ぼくは政治と文学との混同にひとびとの眼をむけたいのにほかならない。なぜなら、ぼくはすべてのひとに静止を要求しはしない。また、すべての事象にいつでも静止することをすすめはしない。ぼくはあくまで文学の領域で——精神の領域でものをいつてゐるのにすぎぬ。

ぼくたちがぼくたちの現実のただいまにおいて静止したとき、ぼくたちの眼になにが映ずるか——いや、ぼくたちの眼はどこに焦点をあはせようと欲するか。ぼくたちはなにによりもいま自分たちの立つてゐる足場を理解しなければならず、それを理解しようとすれば、いきほひヨーロッパの近代がその解明を要求してくる。十年まへの先輩とおなじやうに、ぼくたちはヨーロッパの近代精神を把握しようと欲し、その真の姿がぼくたちの眼に映じだしてくると同時に、ますます身うごきのならぬおもひに突き落されるのである。ぼくたちは島国のうへに生れ、島国のうへに育ち、島国の限界を知つて、いまや海を渡るすべも知らず、しかもこれを渡らねばならぬことを覚悟してゐる。そのとき静止とははたしてなにを意味するか。それはいかなる積極性をもちうるか。むしろ軽挙妄動するにしくはあるまいか。が、ぼくにとつて——すくなくともぼくにとつて、静止はヨーロッパと日本とのあひだにほとんど越えがたい海域の存在することを自覚せしめる。もちろん永遠に越えがたきものとは断じえぬ——が、その海域の存在をいまはむしろ越えがたきものとして認識することによつてかたくなに立ちどまるために、ぼくはあへてヨーロッパの近代に直面したいのである。が、ぼくはもともと歴史家ではない、文学史家ですらない——小説を読みあさる一介の常識人にすぎぬ。ただ明治以来の近代日本文学にとつて古典となつた十九世紀末葉のヨーロッパ文学に源泉をたづねようとするこころみが、おのづとルネサンス以後の近代ヨーロッパ精神史へとぼくの関心をそそつたまでである。

一

広義の近代は宗教改革とルネサンスとからはじまる。しかしルネサンスとはなにか。また明確にはどの時期をさすのであらうか。普通、ルネサンスの人文主義《ヒューマニズム》は十三世紀から十四世紀のはじめにいたる準備期を経て、十五世紀に最高潮に達した古代藝文の復興運動と考へられてゐる。その発祥と中心とはイタリアであるが、やがて大陸全土におよんだ。海をへだてたイギリスもその例外ではなく、ややおくれて十六世紀から十七世紀初頭にかけて――すなはちヘンリー八世のころからエリザベス朝にわたつてルネサンスの気運を見せてゐる。ぼくはここになにも教科書の復習をこころみようとしてゐるのではない――ただ、ルネサンスを中世のアンチテーゼと見なし、歴史上の一定点に忽然として新時代の展望が開けたやうな錯覚にともすればひとびとはおちいりがちであるし、のみならず、ほとんど西欧全体におよんだルネサンスの雰囲気を単純な一色に塗りつぶしてすましかねないことを警戒したのである。また、十六世紀全体を蔽つた宗教改革にしても、その首唱者や民族のあひだには複雑な相違があり、ことにその後の宗派の分裂や消長を辿つてみるならば、現代もいまだその提出した問題を解決し終つてゐるとは見なしがたい。すなはち、宗教改革もまた長い歴史と広汎な地域とにわたり、その間に性格の相違を見せてゐるわけである。

それぱかりではない。イタリアに起つたルネサンスと北欧の宗教改革とを一括して無差別に論ずる俗論に対して、この両者をことさらに峻別する風潮もあるわけであるが、このさいにも気になるのは近代ヨーロッパの発想を南欧のルネサンスに見る立場にせよ、あるいはそれを宗教改革に求める立場にせよ、両者の性格的相違をあまりに峻別しすぎるきらひがあることだ。ぼくは宗教改革こそ近代精神の原動力であると信ずるものであり、南欧のルネサンスが真にヨーロッパ近代史のうちに織りこまれ、そのうちに文化的遺産として受けとられるためには、宗教改革の精神に先導されねばならなかつたと考へてゐる。それにしても——といふより、それゆゑにこそ、宗教改革とルネサンスと、この二つの事象は当時の歴史的事実として峻別して考へるべきであつても、つぎに来るべき史的展開をとほして一本に統一されていつたといふ点から、のみならずこの二つの劇の主人公はあくまでおなじ中世であつたといふ理由から、やはりひとつの運動として考へるべきである。ぼくのいひたいことはじつはかうなのである——ルネサンスは約二百年にもわたる、まことに漸進的な精神の展開運動であり、地域的にも民族的にも広い幅をもつてをり、この各民族における質的な差がそのまま時間的な進展とからみあつてゐるのであつて、人文主義も宗教改革も、さらにはその運動の舞台に登場する主役たちも、その個人差をひとへに時間的展開とその民族の政治的、宗教的位相とのからみあひに負うてゐるのにほかならない。したがつて、その時間と民族と個人とのうちに現れる質的差異の根源がどこにあるか、さらにその差異を超えてそれらが近代ヨーロッパ精神といふ同一主題のうちに呑みこまれていつた経緯がなにに求められるかといへば、これらのいとなみすべてを包括してその主体となつてゐた中世といふ時代精神のもつ強靭な統一性と一貫性とに注目せねばならない。もしそこになんらかの差があるとすれば、それは中世がそれらをしてみづからに反逆せしめながら、その反逆においてそれらにかかはつていつたといふ、さういふ中世の近代に対する支配形式の相違であり、それらの差がいつのまにか解消し融合してしまつたとすれば、それは中世の強力な統一性のしからしめたものと考へるべきであらう。

してみれば、今日ぼくたちが宗教改革とルネサンスとをかへりみて、そこに中世と絶縁する明確な時代色を選定し、この時間的にも空間的にも漠然たる歴史の動きをなにか好都合な一語によつて理解しようともくろむのは、まことに無謀きはまるものといはねばなるまい。が、専門家は往々にしてそのやうな暴挙をあへて企て、自分が好んで選びとつた一語をもつてしてつひに組み伏せえぬ現実にぶつかつたときには、これを冷酷に切り棄てるか、さもなければその不逞な現実のために別な一語をつくりだすかする。かうして歴史家は単純な一元論にたてこもるか、あるいは現実とおなじ数だけの概念を編みだして、事実の無統制な蒐積のうちに陥没してしまふのである。が、文学者であるぼくたちは大いに気楽だ——べつに歴史に筋道をたてる責任もないし、現実の謀反に出あへば、ただちに引きかへして文学の領域に逃げこんでしまへばよいといふわけである。

で、ぼくは近代に特別あつらへの概念を設定することにまづ反対する。ぼくたちがヨーロッパの歴史を読むばあひに、他のいかなる時代区分よりも、この中世と近代との対立に、それがあまりにみごとな因果関係によつて説明されてゐるがゆゑに、なんとしても納得できぬ不透明なものを感じるのである。このぼくたちの猜疑《さいぎ》は歴史家の悟性のいとなみとはまつたく異る。それは星雲の出現を説明する物理学に対して感ずる素人の困惑である。ぼくたちはひとつのアナロジーを頑強に固執する。といふのは、個々の歴史的事実を発掘し、これを処理するのは科学であらうが、それらの素材の底に流れる一貫性の歴史意識は、あくまでぼくたち個人の生長にまつはる、まことに個人心理的な類推によつて把握しうるであらうし、歴史家が厖大な歴史的事実のまへに感ずる困惑感もただこの類推によつてのみ解決されるのである。そして、すぐれた歴史家を凡庸な歴史家から区別するものも、畢竟《ひつきやう》かれらが最後の拠りどころとしてすがる類推のみごとさにほかならない。もしこの類推の根拠にぼくのいふ個人の体験をみとめてもらへるならば、ぼくたちがぼくたち自身の心身の成長をかへりみるとき、その発展のいかにはげしい時期をとつてみても突然の飛躍などといふものはありえないし、同時に因果の説明のつく変化などといふものもありえぬことがわかるであらう。ぼくたちは驚くほど変化しないし、また変化することをこのみもしない。いや、たとへ変化するにしても、それはまことに徐々たるものであり、新しいなにものも加はりはしない。それは変化ではあつても変異ではない。ぼくたちがこのアナロジーに固執するとき、ルネサンスといふ歴史上の一時期はおそらくいままでとはちがつた相貌を呈してくるにさうゐない。まづ、ルネサンスは中世への反逆などではけつしてない――宗教改革ですらかならずしも中世の精神に反逆してはゐないのである。ぼくたちはよく幼年時代のなにげない出来事に大人の解釈をつけ加へるものであるが、今日のぼくたちが理解してゐるやうな宗教改革やルネサンスを発見したのは十九世紀人の眼であつて、当時のプロテスタントや人文主義者は自分たちの棲息する世界をそのやうに意識してゐようはずはなかつた。かれらは近代人たるまへに、なによりも中世紀のひとびとであつた。といふのは、新時代のルネサンス運動や宗教改革運動を展開しはじめたひとたちはほかならぬ中世人であつて、それ以外の別の人種が別の世界からやつてきて別の生活をはじめたのではないといふことだ——いつの世でも、もつとも理解しにくいことといへばこんな簡単な常識なのである。

デュアメルはエラスムスの態度のあいまいさを純粋観客たる知性人の宿命としてゐるが、はたしてさうであらうか。それはあまりに二十世紀的な、あまりに現代的な解釈ではなからうか。もし「曖昧主義の王様」といふかれに投げつけられたルッターの嘲罵が正しかつたとすれば——もしそのやうに宗教戦争においても、また政治的立場や処世法においてもエラスムスになんらの節操が認められなかつたとするならば、それはかれが知性人であつたといふこと以上に、中世紀のひととしてのエラスムスをぼくたちに意識せしめるものでしかあるまい。かれにおいて権謀術数とみえたものは、また「周到さと巧妙さ」としてデュアメルの眼に映じたところのものは、「純粋知識人」の「利己主義」、あるいは「無規範な個人主義」である以上に、まことに常識的な解釈でおそれいるが、額面どほりに、かれの不甲斐《ふがひ》なさであり、無節操であつたのではあるまいか。

ぼくにとつてエラスムスのあいまいさといふものは、ポジティヴな意識の所産であるよりはむしろ中世紀人としてのかれがその周囲につぎつぎと継起する宗教上の、あるいは政治上の新事態に処して、おそらく感じたにさうゐない困惑を物語るものと考へられるのである。かれが意識したとしても、それはかれの困惑ののちのことである。エラスムスは十三世紀のスコラ哲学には果敢な攻撃をこころみてゐる——が、同時代に対してはまことに寛大である。また、かれは古代の文献に対しては忠実なヒューマニストであつた。が、現代のなにものにも追従しなかつた。そのへんにぼくは書斎人としてのエラスムスの困惑を見るのである。のみならず、エラスムスのあいまいさはまた復興期の人文主義者全体に通じるあいまいさでもあつた。あの地上的快楽を謳歌したボッカチオも——あれほど僧侶の悪徳を暴露嘲笑してやまなかつたボッカチオすら、むしろ敬虔なクリスト教信者であり、晩年には一僧侶の感化によつて求道の生活に入つてゐる。とにかく十四世紀の人文主義者のうちには、カトリック教会はいまだ死にたえてはゐない。ましてや、神はその後もながく生きつづけた。十八世紀の啓蒙主義、合理主義の時代においても信仰は死にはしなかつた。いや、十九世紀といへども神はヨーロッパ精神のうちに生きつづけてゐる。

ひとびとはいふであらうか——なるほど神はいまもなほヨーロッパに生きてゐる、いや、東洋においてすら生き残つてゐる、が、それは宗教改革の神であり、ルッターの神であり、汎神論の神である、と。たしかにさうである——が、それではその宗教改革とはいつたいなにを意味するものであらうか。それは中世に対していかなる役割をはたしたものであらうか。

二

　宗教改革は敢然として中世を否定した。ルッターはエラスムスの中庸を軽蔑したのである。が、そのエラスムスもルッターとともにトマス・アクィナスにまつかうから反抗してゐる。このことは重要である。なぜなら、人文主義者の代表者とプロテスタントの始祖とが共通に目の仇にしたトミズムといふものの正体をあきらかにすることによつて、近代がいかなる点で中世に反逆したかが納得できると同時に、また近代が中世に反逆しようもないはずのもの、前者が後者から引継いだものが明瞭になり、したがつてぼくたちのまへに、反逆の事実よりは反逆しなかつた事実のはうが、より以上の重みをもつて立ち現れてくるであらうからにほかならない。

　トマスは自然の合法則性をみとめる。が、それは自然そのもののうちに内在してゐるものではない。あくまで神の理性によつて法則づけられてゐるものである。自然はそれ以上に出でることもできなければ、予測しえぬことによつて神を驚かすこともできぬ。したがつて自然は神によつてはじめから克服されてゐるものである。そのかぎりにおいて現代の自然科学もあへて反対する必要もあるまい。しかし自然科学の合理的自然はトミズムの自然法といふことばに反撥する。なぜなら、トマスは自然法の樹立によつて、自然のみならず、自然物のひとつである人間の社会をも貫く合理性を予想し、神の理性を分有することを許された人間は、神の意図する調和の世界を現出すべく一切の人間的ないとなみを秩序づけてゆくものと考へた。といふことはなにを意味するものであらうか。ぼくにとつて、この中世紀人の存在原理を確立したスコラ哲学の意図はことのほかに近代的な意味をもつものであるやうにおもはれる。本質的にいつて、現代ヨーロッパの課題はトミズムの自然法が提出したものから一歩も出てゐはしない。

自然法の底意はあきらかである。それは人間と自然との対立を解決しようとしたばかりでなく、個人のうちの自然である肉体と神の理性の分有者である精神との対立に、さらに法則と自由との対立、社会と個人との対立、地上国家と教会との対立に対してあらかじめ備へようとこころみてゐる。のみならず、そのこころみが十三世紀後半においておこなはれたものであることを考へるならば——註するまでもなく、十三世紀といへば教会の権威もやうやく地に落ち、イタリアではルネサンスの胎動がはじまつてゐたころなのである——そのことを考慮に入れて考へるならば、トミズムは来たるべき新時代の存在原理であるよりは、むしろ崩れゆく中世を建てなほさうとする努力であり、トマスの冷たい知性にはなにかさうした管理人のやましさと苦境とが感ぜられるのである。それゆゑ、かれを攻撃したのはルッターとエラスムスとであつたが、むしろ時のながれを逆にしてトマスをかれらの訴訟に対する弁護人としてもをかしくはない。かれは地上権力に対して教会を擁護してゐるばかりでなく、宗教改革に対してカトリシズムを守らうとさへしてゐる。

ほかならぬかれの政治性に、ルッターもエラスムスもがまんがならなかつたのだ。もちろんかれらの反撥は教理自体にむけられてはゐた。トマスは自然を原罪によつて堕落し失楽したものと見なしてゐるが、そのかぎりにおいてルッターもおなじクリスト教徒である——が、人間は聖寵によつて、法と意思とのうちにこれから救はれ癒《いや》されるやうにあらかじめ仕組まれてゐる、とトマスはいふのである。ルッターはこの点に反撥する――さらにトマスの背後のアウグスティヌスにも。ルッターによれば、悪しきものとしての人間はつひに失楽したまま癒されはせぬのである。都合よく救はれるやうに仕組まれた法などあるものか、いかに努力したとて人間の意思などでどうなるものか、といふのだ。法も意思も人間を義とはなしえず、聖寵のみが悪のままに人間を義とするのである。自由意思によつて正しき行為をなしえ、神のものとなりうると考へるのはギリシア思想の神学への侵入であり、それこそ異端だとルッターは考へた。

が、エラスムスのトマスへの攻撃はここまでくるとルッターと袂を分つ。かれは自由意思を信じ、ルッターと論戦をつづけた。そのかれがトミズムのうちに見た異端思想といふのは、その合理主義的な思弁にほかならなかつた。もちろん理知のひとであつたエラスムスが合理主義そのものに反撥したわけはないし、また人文主義者としてのかれがギリシア思想そのものに反感を示したわけでもない。ただそれが「心貧しき」ものの救ひであるクリスト教と結びついたとき、エラスムスのうちの純粋なクリスト教精神が猛然と異端の介入を排撃しはじめたのである。それゆゑ、おそらくルッターとは異つて、エラスムスはアウグスティヌスには共感を示してゐたにさうゐない。

が、ぼくの焦点は、この二人のルネサンス人が神学としてのトミズムに反撥したといふことのうちにあるのではない。なるほどエラスムスもルッターも神学上の教理のうへでトマスを否定しようとした。が、そのことをとほして、二人ともみづからは気づかなかつたところで、より以上に大きなしごとをしてゐたのである。

すでにいつたやうに、トマス自身もそのスコラ哲学を大成することによつて、やはり神学以上の大きなしごとをもくろんでゐた――ぼくにとつてトマスの自然法はじつはまつたく政治的な意味をもつて登場する。といつて、この政治といふことばをぼくはなにも低い意味で用ゐてゐるのではない。それは権謀術数や人心収攬術を意味しはしない。それはもつと根源的な人間存在の原理にほかならぬ。古代ギリシアにおいて政治の学問が倫理学と分ちがたかつた、そのやうな次元においてぼくは政治を考へてゐるのだ――あるいはまた孔子にとつて天下を治めることは家を斉《ととの》へることであり、身を修めることであつた、そのやうな意味において政治を理解してゐるのである。

その意味においてぼくはいつでも考へるのだが、クリスト教神学といふものはイエスの無責任な、にもかかはらず偉大な放言の尻ぬぐひのために生れでたものにほかなるまい。またかうもいへよう――イエスといふ一個の偉大な精神が出現してしまつた以上、ひとびとはそれを極限のものとしてこれにまなばねばならず、そこでイエスと自分たちとのあひだに横たはるどうしやうもない越えがたき溝を埋めんがために、神学の完成をめざしたのだといふふうに。もし、中世の偉業といふものが考へられるならば、それはまさしくこの点においてでなければならない。神学の弁証は完成し、教会の秩序は整つたが、民衆ははたしてどうであつたらうか。二流人物は神学と教会とに救ひを見いだした――が、三流、五流の民衆はどうしたか。とはいへ、そこまで問題をもつてゆくのはまだ早い。まづ、ぼくたちのまへに中世は、観念にひきずりひんまはされた人類の歴史としての壮観な絵巻物をくりひろげる。

イエスの目標は旧約のユートピアを一挙に打ちこはすことにあつた――この地上の一定の場所に特定の民族にとつてのみ都合のよい世界など出現するものではない。もしユートピアが存在するとすれば、ただ回心によつて、各個人の心がまへによつて、たちどころに出現するであらう。回心とはほかでもない、いままでまへばかり眺めてゐたのを、いまからはうしろをふりかへればよいのだ――そとばかりみつめずに内部をのぞいてみよ、下にむいてゐた眼を上にむけよ、バビロンやローマにとらはれずに神を仰げ、といふのである。もちろんイエスは地上権力に反抗しなかつたわけではない。が、その反抗はなにかあいまいであり、かれの憎悪はカイゼルに対するよりはむしろパリサイの徒にはげしくむけられてゐた。かれの錐《きり》はなにも弱いところを突いて出たのではない。「カイゼルのものはカイゼルに」と叫んだイエスにとつて、じつはカイゼルなどどうでもよかつたのだ。

たしかにイエスにとつて、それはどうでもよいことであつた。が、かれの訓へは所詮、実行不可能な難題であつた――ぼくたちがうつしみの肉体をもつてをり、他人といふものの存在にかかはらねばならぬ以上は。なぜなら、たとへイエスの訓へにもとづき、ぼくたちが自己の精神を完全に自己の支配下におきえたとしても、他人の精神だけはどうにもならぬ。自分が悟達しても、他人のかはりに悟りを開くことは不可能である。あへてそれをこころみれば、ぼくたちは他人の重荷や苦悩までひとりで背負ひこまなければならない。イエスの苦痛はそこにあつた。それゆゑに、かれもときに呪詛《じゆそ》のことばを吐き、神殿のなかにゐる商人をおひだし、その店や椅子を打ち倒すやうな暴挙にいでざるをえなかつた。

さういふイエスの態度のうちにはすでに政治がある――人間存在の原理としての政治が。中世の神学はこのイエスの不本意のうへに立ちあがつた。が、イエスの意図した政治学とはいつたいいかなるものであつたか。それは支配者と被支配者とをこしらへあげる現実政治では毛頭ない。他を支配したり他から支配されたりする政治ではなく、自己を完全に支配する政治である。ここにおいては、他を支配したり他から支配されたりする自己と、それとはまつたくかかはりのない、ただ神にのみ従属する自己と、このたがひに矛盾する二つの要素を自己の内部に並存せしめて、しかもなんの乱れも見せぬやうに統御してゆくことにほかならない。そこには支配といふ事実はあつても、支配者は存在しない。いや、イエスはかれの政治学以上のものであつた。なぜなら、神と二人きりでゐるかれにはもはや政治すら不要であつた。が、そのやうに完全に神に従属しきつてゐるイエスの姿はひとびとの理解に苦しむものであつた。世俗の心がユダを通じて、そのかれに謀反する。のみならず、中世の神学はイエスの政治学をよすがとして、支配者と被支配者との政治にまでそれを押し拡げていつた。イエスの後継者たちは、その孤独な訓へがそのままでは万人の胸に滲透してゆきえぬことを知つてゐたのだ――二流の人物たちが、イエスの真意をたうてい理解しえぬ三流、五流のひとびとに救ひの手をさしのべたといふわけである。ここにスコラ哲学は、他を支配したり他から支配されたりする自己と神にのみ従属する自己とを峻別したイエスの政治学とはべつに、この両者のあひだに一致と融合とを招来せしめる政治学を意図し、そのためにギリシアの合理主義を援用することになつた。

しかし、それははたして望ましき融和であつたらうか。神にのみ従属する自己は、他を支配したり他から支配されたりする自己を、みづからのうちに包含しなければいけないのであらうか。なぜさうしなければいけないのか。あきらかにそれはイエスの政治をより低い次元に転用したものといはねばならぬ。イエスは四次元の世界にユートピアを描いてゐたのであり、したがつてかれの政治学は三次元の世界と四次元の世界とに橋をかけるためのものであつた。そのイエスの宿題を、中世神学は三次元の世界で解決しようとこころみたのである。が、考へてみればイエスの宿題はけつして万人むきではなかつた。無理はすでにかれのうちにある。中世がイエスの無責任の尻ぬぐひに終始したといふのはその意味にほかならない。

エラスムスとルッターとが、この中世神学の集大成であるトミズムに反撥したことはまへにいつたが、もちろん両者の反撥のしかたは異つてゐた。あきらかにエラスムスのはうが賢明である。かれはイエスの訓への政治面をより徹底的に政治的ならしめ、ほとんど近代精神の政治学を完成せしめたといつてよい。なぜなら、かれは神にのみ従属する自己をもういつぽうの自己から截然と区別し、他のたれにも――いや、もういつぽうの自己にも――その存在すらさらに気づかしめようとしなかつた。といふのはこの二つの自己の並存に対して主人公はなにくはぬ顔をし、おたがひを紹介しもしなければ、両者の矛盾にも一切おかまひなしだつたといふことである。ぼくたちはここにおいて、エラスムスのあいまいさにいつそう正しく焦点をあはせることができたわけだ――かれのうちの支配したり支配されたりする自己は、けつして策謀的な知識人のそれではなく、世にも要領よろしき世俗人のそれであり、しかもそのかたはらに、まことに純粋で、孤独な、敬虔きはまりない自己が並立してゐたからにほかならない。

　ルッターはかれからみれば、はるかに愚直であつた。ルッターは神とともにゐる自己以外になにものも自分のうちにみとめようとはしなかつたのである。かれにはつぎのことが理解できなかつたかにみえる――すなはち、エラスムスが支配したり支配されたりする自己を表立てたといふのも、それはひとへに神に従属する自己を擁護せんがためにすぎぬといふことを。かくしてルッターは神に従属することによつて、ひととひととのあらゆる悶著は解決しうると信じた。が、事実は農民戦争において、かれは領主と農民とのあひだに立たされ、身うごきのならぬところまで追ひつめられてしまつた。このとき、ルッターは神とともにゐる自己以外に、また別の自己の存在することを覚るべきであつた。にもかかはらず、かれの愚直さがそれを肯《が》じ《へん》なかつたのである。かれ自身の言動がどうあらうとも、かれの理性は妥協を排し、妥協しなければをさまりのつかぬあらゆる要素を、ことごとく悪として卻けた。いはば、神に従属する自己以外のものはすべて否定されるといふわけである。かれが悪を悪のままに義とする聖寵といふものを考へざるをえなかつたゆゑんのものがここにある。さういふかれはまことに戦闘的であつた。皮肉なことに、支配したり支配されたりする自己を否定したルッターの言動は、ほかならぬ支配＝被支配の領域を一歩も踏み出ることができなかつた。当然である――そのことを警戒すればこそエラスムスの処世法が成立したのであつた。

　のみならず、ルッターはそれ以上のことをやつた。ジルソンは中世プラス人間がルネサンスであるといふ通念に対立して、中世マイナス神がルネサンスであるといつてゐるが、宗教改革についても本質的にはこの比喩がなりたつ。すなはち、ルッターの「良心の宗教」とは、神の外在説からその内在説へと、さらには宗教から社会道徳へと、第一歩を印したことを意味するものにほかならず、中世的な神はあきらかにマイナスされてゐる。が、そこにぼくたちは近代といふものの華々しいかどでを見るだけですましえようか。ルッターはそれほど容易に中世と訣別しえたらうか。そこにはなんらかの意味で中世的な補足がおこなはれてゐないだらうか。ルッターは「良心の宗教」といふ。が、はたして人間は――いや、中世紀人としてのルッターは自我のうちにつねに神を担ひはこぶのに堪へえたらうか。さうは信じられない。ここにぼくたちはかれの職業聖召観に注目する必要がある。かれは世俗的義務の履行こそ神に嘉《よみ》せられる手段となし、あらゆる経済的活動を、ことに生産的労働を神聖なる義務と考へてゐる。これが独立したばかりの中産的生産者層にとつて支柱となり媒介となつて、資本主義的生産過程への発展をうながすものとなつていつたのであり、その意味でルッターは近代的経済機構の出発点に立つてゐるばかりでなく、当時の新興小市民階級の代弁者であつた――とふつうさういはれてゐるのであるが、それはそれで正しい解釈であるにしても、そこにはそれ以上のものがなかつたであらうか。いや、たしかにあつた。

ルッターは職業聖召観によつて、中世からマイナスされた神を補足することをもくろんでゐたはずである――もちろんかれ自身はそれを意識せずに。中世のスコラ哲学が神学を社会的道徳哲学に転落せしめ、宗教を地上的政治学の手にゆだねたといふ事実にルッターは反抗したのであつたが、考へてみればそれは、イエスの純粋性を――そのあまりに純粋なるがゆゑにこの地上に適応しかねる訓へを補足せんがために、凡庸人の編みだした唯一の手段であつたわけである。神に従属する自己のみになりきれぬ人間が、支配したり支配されたりする自己を新約のうちに輸入してきたのであつた。とすれば、これをあへて分離し、神に従属する自己をその錯綜から救ひだしたはずのルッターではあつたが、やはりかれもまた政治を、そして社会的道徳哲学を要求せざるをえぬ二流人物だつたといふことになる。が、そのゆゑにこそ、かれは代表的近代人たるの栄誉を担ふことができたのである――なぜといつて、近代とは分離した二つの自己を分離したなりに合理化しようとこころみた時代であつたから。

ここまできてぼくの脳裡にうかぶもうひとりの人物がある――それはジュネーヴにおける神聖国家の創立者であり、その独裁者であつたカルヴィンである。かれもまた宗教的、倫理的な意思の自由を否定した。人間の分際で善行をなさうなどと努力することは、よけいなことであり、むだなことにすぎない。が、カルヴィンのばあひ、その峻厳さはルッターにおけるやうな心理的に屈折した経路をとらずに、あるいはルッターのごとき裏口から忍び寄る支配慾ではなしに、直接に表門から支配＝被支配の政治組織に結びついたのである。それもまた当然なことである。善をかちえようとする後天的な努力が完全に無意味なところでは、各人における先天的に予定された善の保有量に応じて、そこにおのづと教門政治的位階がたてられる。カルヴィンは教会内部からカトリックの政治的教階制度を追放したが、そのかはりに魂の階級制度を代置した。

このことはなにを意味するか。それはぼくたちにいかなる教訓を与へるか。ぼくたちの内部に巣くふ支配したり支配されたりする本能は絶対に絶滅しえないといふこと――この永遠の真理をカルヴィンもまたエラスムスやルッターと同様に教へてくれるのである。してみれば、三人ともトマスに、あるいは中世カトリシズムに反逆しはしたものの、所詮は中世が、トマスが懸命になつて解決しようとした主題をそのまま引継いでゐるのにほかならぬではないか。近代は中世に反逆した、それはいちわう正しい――が、古代と中世との絶縁はあつても、近代と中世とのあひだにはけつして段落がつけられない。近代もまた中世と同様にクリスト教時代なのである。中世のみならず、近代ヨーロッパは――いや現代もまた依然としてイエスの尻ぬぐひに終始してゐる。

三

ここに中世の提出した課題に対して三人の近代人が演じた役割の最大公約数を求めんとするならば、それは神に直属する自己の抽象であるといへよう。ぼくは自分の主題を都合よく運ぶため、ことさらこのアルプス以北の三人を選んだといふわけではない。ただに宗教改革においてのみならず、ヒューマニズム運動の中心地であつたイタリアにおいても、ぼくの主題はかならずしも支障をきたしはしない。終生孤独で娶《めと》らなかつたレオナルドは自由といふことばによつて、自分自身以外のなにものにも仕へぬことを意味してゐた――他人とつきあふといふことは自己のうちの一部を相手に売り渡すことでしかなく、その相手が自分以下の人間であるならば、それだけ自分のうちにくだらぬ自己をもつことになる、といふわけだ。

それにしても南欧へくると事態は一変する。そこには地動説をとなへたガリレイがゐる。新大陸を発見したコロムブスがゐる。マキァヴェリがゐる。ボルジヤがゐる。のみならずこの地のヒューマニストの頭上には、たしかに神の影はだいぶ薄れてゐる。では、ここにこそ近代がはじまつたのであらうか。もちろんさうである。神に所属しない自然の発見、教会の予想しなかつた新世界と民族との発見——たしかに近代の躍動が南欧に展開しはじめた。にもかかはらずその新時代のうごきは宗教改革の精神によつて裏づけられなければ真に理解しえぬものであるし、十八世紀から十九世紀にかけて、ルネサンスの地上的な成果はみごとに宗教改革の精神のもとに組み入れられていつたのである。

ルネサンスは宗教改革を包含しえない——が、宗教改革はルネサンスを利用しうる。イタリアに強力な近代国家が成立しえなかつたといふ事実はたんに唯物史観によつてのみ説明しえぬであらう。なぜなら、精神の政治学をこころえぬ民族によつて近代国家はつくりえぬ。そして精神の政治学こそは北欧の宗教改革が中世に反逆しながら中世から受けついだものであつた。イタリア・ルネサンスの中世反逆は宗教改革のそれにくらべれば微温的なものであり、それゆゑに中世から受けつぐこともすくなかつたのである。とにかく、ヨーロッパの近代を確立したものは精神の政治学に堪能な北欧の民族であつた。とすれば、その近代の正体はいかなるものであらうか——そして、いかなる点において宗教改革の、ひいては中世の主題とつながるであらうか。

　しかしここに、おなじ主題をくりかへしながらも、レオナルドの姿がまつたく新しい脚光のもとに登場する。かれが友情について語つたことばは――その孤独の偏愛は、たしかに神に従属する自己と支配＝被支配の自己との並存を自覚したものではあるが、もはやそこには昔日のごとき神の権威はうかがふすべもなく、徹底的な自意識の主張を見るばかりである。が、もつとも大事なことはそんなことではない。神に従属する自己と支配＝被支配の自己との対立が、そのまま個人と社会との二つの概念の対立によつて代置されてゐることをこそ見のがしてはならぬ。そのことは、神に従属する自己と支配＝被支配の自己とのあひだに、その両者を統合する合理性としてなんらの外的な原理をも必要とせず、それをあくまで拒否するといふことにほかならぬ――もちろん、そのかはりに自己そのものが、その理性が喚び求められる。その点、レオナルドの精神は完全に近代的である――ときに十八世紀的ですらある。かれにおいて神に従属する自己は、すでに神の支配下を脱し、おのづから個人の純粋性それ自体にまで昇華せんとする。なるほどレオナルドは神の存在を否定しはしなかつた。しかし科学者としてのかれの眼は現存の社会を眺めて、そのままそこに明確なる合理性をみとめることができなかつた。いはば、神といふものが存在し、それが世界を創造したとすれば、人間を個人としてではなく、はじめから社会的な存在として生みなしたことに神の失策があつたといふわけだ――なぜならレオナルドの人間完成にとつて社会は不要なものであり、邪魔物ですらあつたから。社会が神の失策であり不本意の産物であるとすれば、その不本意なる社会とその真意たる個人とのあひだに合理化の橋をかけようなどとこころみることは一切むだな努力でしかない。さうは、もちろんレオナルドはいひもしなかつたし、そこまでつきつめて考へもしなかつた。が、もつとも典型的なルネサンス人でありながら、そのはるかさきを歩んでゐたかれが、むしろ十七八世紀合理主義時代の戸口に立つてゐたことはたしかである。しかも、かれはそれをはるかに超えさへゐた。

個人と社会との関係の合理化を拋棄してゐたレオナルドにとつて当然のことであるが、ぼくたちはもはやかれのうちに神学、形而上学はもとより、倫理学的傾向すら看取することができない。が、ほかならぬその点で、かれは神にもつとも近く、イエスにもつとも似てゐたのであり、ぼくたち近代人の倫理的関心の対象たりうるのである。レオナルドの自画像は今日まで描かれた幾多の天主像にもまして神的権威を備へてをり、人間の達しうる最高の精神を示して遺憾がない。また人跡を絶つたアルプスの高峯によぢのぼり、雲表につらなる原始山脈を睥睨《へいげい》する白髪の巨大漢の姿は神の孤独と寂寥とを感ぜしめるではないか。神にとつて神学も形而上学も倫理学もことごとく不要である。かれはただ自然に対し、自然と二人きりで存在する――いふまでもなく人間もその自然物のひとつとして。にもかかはらず、そこには神を見失つた十九世紀の不安などいささかもみとめられぬ。と同時に、かれの寂寥は社会に対する十八世紀の楽天的な信頼を冷たく拒絶する。

かくしてレオナルドはもつとも真の意味における科学者であつた。が、レオナルドは自然に対しながら、精神と自然との、あるいは霊と肉との対立に心をわづらはされない。精神はそれ自体において充足してをり、自然はそれ自身の法則をもつてゐる。そこに社会が消滅し、科学がその空白を埋めにやつてくるといふわけだ。が、かれにとつて科学とはたんに認識する理性の満足ではない。神が自然をつくるやうに、自然を素材として弄びつつ、理性が戯れるのである。かれはあくまで技術家であつた――藝術家であつた。ここに重要なことには、技術が社会の空席を埋め、のみならず社会は技術に追放されるといふことになるのだ。いはば、レオナルドにとつて個人と社会との聯関の合理化が不必要であつたのは、精神の政治学の負ふべき課題を技術が引受けた――といつていひすぎならば、技術はそれ自身のうちにさういふ可能性をふくんでゐたのである。

なほレオナルドについて考へるばあひ看過しえぬ問題がもうひとつある。といふのは、たとへ近代資本主義社会の原動力がイタリア・ルネサンスに結びつく商業資本ではなく、宗教改革と結びついた中産社会の労働生産力であるにしても――いひかへれば、中世封建主義の否定力によつてなほ強力に働きかけられながらも自己の労働力によつてそこから解放されようとつとめてきたひとびとのはうが、旧時代の宗教的、倫理的抑圧の比較的に稀薄であつた商業人よりも、かへつて後者の身近に迫つてゐたはずの近代の経済機構をかちえることになつたとはいつても、やはり依然としてイタリアの社会条件のはうが近代資本主義に近かつたといふ事実だけは否定しえまい。レオナルドの棲息してゐた社会は、中世とはもとより、宗教改革の北欧とくらべても、はるかに自由の気が横溢し、個人はかなりの独立性を享受してゐたにさうゐない。とすれば、個人を中世的教門政治から解放しても、そのために職業聖召観のごとき補足をもつて社会秩序の維持と保全とを計る必要もなかつたはずである。その意味でもルネサンス人は個人と社会との聯関を合理化しようなどと腐心するまでもなかつた。レオナルドはひたすら自然にむかつてのみ、その個性的天分を発揮しえたわけである。

さて、ここに近代の道具立てが揃つた――科学と社会といふ概念が――すなはち、技術と政治と経済とが――もちろん個人と対立して、あるいは個人を衛《まも》るものとして。が、十五世紀を最後として近代の推進力は南欧の舞台を去つて英独仏の三国に移つてしまつた。アメリカ大陸への新航路開拓によつて世界商業の中心地となり、近代国家の先駆をなしたかにみえたポルトガル、スペインも、十七世紀にはやうやく衰へはじめ、十八世紀の啓蒙時代になると、つひに文化をもたざる民族の馬脚をあらはしてしまつたのである。そのことをぼくの設定した主題に飜訳するならば、神を――神に従属する個人をもたぬ民族の悲劇であるといへようし、また現世を否定しきらなかつた民族の弱さであるともいへよう。が、そのことを逆にいへば、神に従属する個人をうちにもち、現世をおもひきつて否定した宗教改革の子たちは、啓蒙時代に至るや今度は個人の名において神を否定し、人間世界の徹底的肯定に転じて、生活的営為の進歩改善にむかつたのである。

しかし、神からの離脱といひ、神への反逆といふのも、所詮は神の権威以外のなにものによつておこなはれたのでもない。宗教改革は個人の自覚であり、ルネサンスは人間の発見ではあつた。が、それが十八世紀から十九世紀にかけて実証科学を誘導し、支配階級に対抗して自由と平等との精神を喚起したゆゑんのものは、その人間概念が前時代の神を背景として培はれたからにほかならない。中世の神に反逆し、その縛《いまし》めから人間を解き放つて人間そのものの姿に神のごとき権威と可能性とを予想しえたといふのも、その自信の根柢には中世的な世界支配者としての神の力がささへとなつてゐたのではなかつたか。いはば、数世紀にわたる神への讃歌と凝視とが、人間をして神にそむく力をたくはへしめたのだといへよう。かくして近代もまた明確な理想人間像のモデルを神に仰いでゐたのである。

近代における個の自覚は、したがつて、中世的な神の概念をより純粋な形姿に抽象し錬りあげたものにほかならぬ。くどいが、この意味において、ぼくたちは近代の発想をルネサンスよりは、あくまで宗教改革に求めなければならない。が、十八世紀を、さらに十九世紀を理解するためにはルネサンスの功績である科学技術と商業資本とがこれに参与した事実に注目しなければならないのである——といつて、この二つの要素そのものに眼を奪はれることなく、それらが宗教改革の純化した神に従属する自己といふものと、いつたいどのやうなかかはりをもつたかにぼくたちの関心の焦点をあはせることが必要であらう。

第一に科学についていへば、ぼくはここに最近二三世紀におけるその発達史について述べる余裕も知識もないし、またその必要もみとめない。当面の問題に関するかぎり、科学そのものの本質のうちに問題の鍵がひそんでゐる——そのことはレオナルドについて語つたときいささか暗示しておいた。が、さらに当面の問題に即して考へてみよう。神に従属する自己、いひかへれば個人の純粋性と、支配したり支配されたりする自己、いひかへれば他者とのかかはりにおいてある社会的、集団的人間と——この自己のうちなる二つの要素は科学を媒介としていかなるかかはりあひをもつことになるであらうか。しかし、レオナルドについていつたやうに純粋なる個人と自然と、乃至は純粋なる個性と自然物としての人間の肉体との直接対立によつて、その間に他者とかかはりをもつ人間の集団性は脱落してゆくのみならず、科学はあへて積極的にその消去を企てるものなのである。科学は人間を神の支配、自然の呪縛から解放せんとところみるだけではなく、支配階級の縦の圧迫から、さらにすすんで隣人の強ひる横の規制からす ら、人間を解き放たうと努力する。その結果として個人の純粋性を救ひ出さうといふわけなのだ。科学の描く未来の空想世界では社会といふものが完全に消去されて、ただひとりの個人と一点の残余なく科学化された自然とが存するだけである。残るくまなく科学化された自然といふのは、いふまでもなく技術の最高度の発達と機械化とにより、もはやぼくたちの物質生活において慾望を満すのになんら他人の手を借りる必要をみとめなくなるやうに自然を再組織することにほかならない。それはあきらかに世界創造における神の立場であり、その意図でもある。が、同時にそこに神の癒しがたい寂寥が残留しはせぬか。いやいや、そのやうな杞憂《きいう》こそ、いまだにぼくたちが他人の手を借りなければ、すなはち社会的存在としてでなくては、その慾望の満足をえられぬ未開時代に棲んでゐることから生れるものにすぎない。科学は精神と物質とを完全に分離し――といふよりは、精神の領域にあると現在では考へられてゐるものをことごとく物質の領域に移し落すことによつて、精神の純化を計るわけであるが、もしぼくたちがかかる物質化、機械化に精神はたうてい堪へられるものではないと抗弁するなら、科学はそれにかう答へるであらう――それはきみたちが未開人だからであり、未開人の特徴は物質で解決しうる生存苦を精神の領域に背負ひこむことにほかならぬ、と。

もちろん、かくのごとき科学の本質と傾性とは現代人においてすら充分に意識されてゐるとはいひがたいし、まして十八世紀の啓蒙時代にそのやうな絶望、あるいは希望が明確に自覚されてゐたなどといへるものではない。が、科学はさういふ未来図を目的とはしなかつたとしても技術の発達が結果としてその設計図をくりひろげつつあつたのである。したがつて十八世紀人は窮極の未来図のまへに絶望的な恐怖を感ずることなく、逐次かれらの眼前に開けてゆく物質世界の組織化に明るい希望をもちつづけてゐた。自分たちのこころみてゐる自然の再組織はまるで神の所業そつくりだ、とかれらは欣喜雀躍してゐた——で、かれらにとつていまや神は不必要になつたわけである。神になれる可能性をもつてゐたことがわかつたから、外部に神はいらぬといふのだ——いづれにしろ神なくして生きられぬヨーロッパであるとはいへようが。

啓蒙時代の政治思想、社会思想はかうした科学の十八世紀的概念とパラレルにしか考へられない。生産的労働力の独立は宗教改革における「良心の宗教」と個人の精神的自律性とに裏づけられてヨーロッパの近代を展開してゆく主体とはなつたものの、その手近な見取図として、あるいはその方向指示者として、当時の商業資本勢力を眺めてゐたことは否定しえまい。中世末期からルネサンスにかけてイタリアを中心とする商業勢力とハンザ同盟による商業勢力、ならびに喜望峰をめぐる新航路発見とともに前二者に代つて実権を掌握しはじめたポルトガル・スペインの商業資本、これらに共通した特徴はなにかといへば、すでに述べたごとくかれらが中世的神の支配力の稀薄な階層にあつたといふことである。それはもちろん利潤追求といふことを唯一の原理とする商業の無節操であり、そこに融通性と自由とを保証されながらも、それを押へ、それを否定してくるなんの指導原理もない以上、その自由は仕へる目的をもたぬままに、つひに発展性と生産力とをもちえないのである。利潤はただ量的に蓄積し、利潤が利潤を生むことをくりかへしつつ、おなじ次元に量の増大をつづけるのみで、つひに質的転換をなしえない。が、まさにその点で、当時の商業勢力は近代の資本主義社会と相通ずるものをもつてゐる――いふまでもなく後者が宗教改革の精神といふ否定をくぐつて出て来てゐるといふ事実を考慮に入れなければ。

ところがこの事実はいかにしても考慮のそとに置くわけにはいかぬ。なぜなら、十八世紀の初期自由主義によつて主張せられた自由の概念は、個人に生得の権利があることを強調してゐるのであるが、それはたんに利潤追求の慾望といふがごとき無内容のものではない。科学が自然の合理性のまへになんらの介在物もなくぴたりと直面する個人の純粋性といふものを考へたやうに、当時の政治思想も、自然の合理性と結びつき、それに裏づけられた個人生得の権利を主張したわけである。ゆゑに、政治はこの個人の権利を妨害せず、さらにすすんでこれを保護するものでなければならず、政府はその義務を履行する機関にすぎない。ここに社会契約説が生れる。ふたたびぼくのあらかじめ設定した主題がその韻律をくりかへす――レオナルドの友情論がその戸口に立つてゐた近代の社会思想、乃至は倫理思想といふものの正体はこれであるが、社会契約説とは当面の問題に関するかぎり簡単に割切つてしまへば、人間が社会を形成したとき、そこにはかならず支配したり支配されたりする自己がそれぞれ相互に慾望を主張しあひ、その結果はかへつて個人の利害に相反するやうになるから、各個人はひとりの代表者、乃至は社会に人間の全自然権をゆだね、その意思を各個人の意思としたといふことである。

　しかし、問題はこのさい支配したり支配されたりする自己の始末はついたにしても、そのそとに個人の純粋性といふものが残留するのかどうか、残るとすればどういふ形で現れ、かつ社会とどういふかかはりをもつかといふことであらう。人間の自然はそのままに放置すれば収拾のつかぬ獣的な闘争状態におかれるといふ人間性悪説から出たホッブスの社会契約説は、あきらかに個人を支配＝被支配の自己としてしか把握してゐないのであつて、神に従属する個人の純粋性など登場する余地はみとめられない。とすれば、中世カトリックに復帰するか、さもなければ、自然のままに放置して人類の絶滅を招くのも、また賢明に社会を維持して平和を享受するのも、所詮はどちらでもよいことになる。つまりホッブスの契約説は契約の永久無条件を主張するものであり、そのかぎり当時の絶対君主制の擁護にほかならなかつた。そこで、ロックやスピノザは信仰の自由といふことを個人の権利として――いはば個人の純粋性を支配＝被支配の世界から衛るものとして保留し、その他を自発的に社会契約にゆだねるといふふうに考へることを至当とした。

　ルソーも社会契約説を唱へたひとりであるが、かれにおいては神に従属する自己と支配したり支配されたりする自己との対立が、すなはち個人と社会との対立が、もつともぼくたちの関心をそそる形で現れる――なぜなら、そこに十八世紀思想の基調を見あてるからにほかならない。かれはロックと同様に契約は自発的でなければならぬといふ。原始時代における強敵に対する恐怖がひとびとを結合させるのではなく、各人が良心の命令によつて契約に参加する。したがつて主権に対する服従には個人の自律性が保留されてゐる。が、ぼくたちがルソーに興味をつなぐのはつぎのことである——かれは自然のままの個人を善なるものと信じてゐたのであるが、といふのは、ぼくたちは自然に直面するときにのみすなはち神のまへにのみ個人の純粋性を保持しうるのであり、支配＝被支配の自己を捨象しうるからである。これはふたたびレオナルドの主題のくりかへしである。が、さらにルソーにおいて興味があるのは、かれが「エミール」の教説「自然にかへれ」につひにとどまつてはゐられず、「社会契約」において支配＝被支配の自己に始末をつけようと乗り出したといふこと、そのことにほかならない。そこにエゴティスト・ルソーの面目を見ることは容易であるが、またそれこそ十八世紀の主題でもあつた。

ルソーが主権に対する服従に個人の自由をみとめたといふのは、要するに服従しえない悪政を予想、いや、現実に眺めてゐたからである。そして、たうてい服従を肯じえぬ悪政とは、個人をしてその純粋性を保留せしめぬ社会を意味する。ここに国家の各成員はその主権を打倒し社会の再組織に着手すべきだといふ。これがフランス大革命へと導いた自由思想の原動力であるが、このさい注意すべきは、社会組織の徹底的合理化をルソーが信じてゐたことである——といふことは、支配＝被支配の自己の合理化を信じてゐたといふことにほかならない。いはばさういふ自己の集団としての社会が自然の合理性と道を通じ、おなじ原理によつて貫かれてゐるとルソーは考へた。理性の万能を信じてゐた啓蒙期の人間としてそれは当然であらう。が、さうとすれば、かれにおいてもレオナルドのばあひと同様に精神の政治学は不要になりはしまいか。なぜなら、精神の政治学とは個人の純粋性と支配＝被支配の自己とのあひだに、それぞれの個性に応じた均衡を企てるものであるがゆゑに、もし社会が自然のごとき合理性をもつてゐるならば、もはや政治学の要はなく科学がそれに代るべきである。とはいへ、ルソーに関するかぎりさうはいひきれない——かれは神に従属せざる個人の純粋性といふものに不合理を感じてゐたからである。すなはち、かれは神を信じてゐた。個人の純粋性とは、依然としてルソーにとつて神に従属する自己にほかならなかつた。それはもはやたんなる個性などではない。個人の特殊性としての個性はその純粋性と支配＝被支配の自己との不純な結合であり、それがルソーの眼に不合理と映じた。かれは社会を合理性において見たのではなく、不合理と観じたがゆゑに、その合理化に乗り出したのだ。「自然にかへれ」とは不合理な現実にあふれたかれの魂が個性からその特殊性を消去して、合理的、普遍的な人間精神の純粋形態を憧れたものにほかならず、その「社会契約」もたとへ社会改革といふ進歩的な動因をもつてゐたにしても、現実の不合理をそのままに合理化せんとする意思の所産であつた。ルソーはレオナルドのやうに二つの自己のあひだに橋をかけるこころみを拋棄してはゐない。とにかく橋をかけようとしたのであり、してみれば精神の政治学はむしろかれにとつて生涯の課題であつたわけで、その点でルソーはデカルトを通じて中世につらなるものといへよう。

ルソーは徹底的な合理主義者であつた——それゆゑ合理主義者の苦悩を底の底までなめさせられた。似而非合理主義が合理の世界しか眺めてゐないときに、真の合理主義は不合理の世界を合理化せんと企てる——しかもその理性は断じて似而非合理化に騙《だま》されたり甘やかされたりして有頂天になることはない。ルソーは徹底した合理主義者でありながら――いや、さうであつたからこそ、合理性の限界を感じてゐた。といふのは、合理化しきれぬ領域を自己のうちに眺めてゐたといふことばかりではなく、かれの柔軟な精神が合理化の完成をしをへた世界に猜疑の眼を放つたからにほかならぬ。もともと合理主義の精神は不合理世界の抑圧から個人を解放せんとする自由の意識と結びついてゐる。それはまた物質からの精神の解放である――物質のうちに、自然のうちに合理性を発見し、それを合理化することによつて、その呪縛からのがれようとする――そこに科学が生れた。また、支配者の圧制や、専制的な政治制度を摘発し、これを自然の合理性に合致せしめることにより、個人の自由を獲得せんとつとめる――そこに十七八世紀から今日に至るまでの政治・社会運動の歴史がある。

が、十九世紀の後期自由主義者たちの眼前に――その自由獲得の目標と努力との眼前に、大きな疑問が現れてきた。自由とはいつたいなんのために――将来に完全なる自由を享受しうるとしても、いつたいそれがなんになるといふのか。支配＝被支配の自己が社会の完全なる合理化によつて解消せしめられたとするならば、そのあかつきに純粋なる個人といふものはいかなる内容をもつものとなるのか。いや、さうなれば個人の純粋性そのものも消滅してしまひはしないか。さうとすれば、支配＝被支配の自己から神に直属する自己を分離抽象したプロテスタンティズムの発想そのものに、はたして過誤はなかつたらうか。さらにさうとすれば、神の支配によつて二つの自己を合一せしめようとしたトマスの合理主義のはうが賢明ではなかつたか。すくなくとも、トマスに反撥して二つの自己をそのままに放置し、その間に精神の政治学を設定したエラスムスにまで戻るべきではなからうか。神を信じたルソーは、そして「エミール」や「社会契約」において悪戦苦闘したルソーは、これらの不安を予感したといふ点において十九世紀の門口に立つてゐた。

四

十八世紀はたしかに個人主義の時代である。が、それがたんなる利己主義ではなく、個人の自由を保証する目的から社会の合理化を企てたといふ意味において、社会改革の——すくなくとも社会改良の——時代であつた。が、ぼくはこの啓蒙時代の特質を個人主義と規定することをこのまない——たとへそれが事実であるにしても、それはまた十九世紀の特質でもあり、そのためこの近代的な語感は十八世紀を充分に表現しきれぬのである。ぼくにとつて十八世紀は、個人の自律性と純粋性とを主張したといふ事実よりも、それをいかにして社会生活のうちに位置づけようと努力したかといふ事実のはうが強く印象に残る。合理主義とは畢竟そのための努力にすぎず、単純に理性万能とのみはいひきれぬ。それゆゑ、十八世紀はトマスの中世にかよふものがあり、ただそこでは神のかはりに理性が登場したといふだけのことにすぎない。

十八世紀が中世に似かよつてゐるといふ意味で十九世紀は宗教改革に道を通じてゐる。個人の純粋性はこの世紀においてますます抽象化されるに至つたのである。十九世紀に比して十八世紀が楽天主義の時代に見えるのは、個人の純粋性と支配＝被支配の自己とのあひだの調和に合理化がおこなはれうると信じてゐたためであつた。が、十九世紀においてはその信仰が失はれてしまつた。二つの自己のあひだに調和の合理化が可能であるといふことは、いひかへれば社会秩序の合理化によつて両者の調和と安定とが維持されると信ずることにほかならない。いはば、個人と社会との対立は社会の側から解決されるといふのである。もしさうであるとすれば、ことは案外かんたんであり、ただ時が、文明の進歩がこれを解決するであらう——十八世紀が希望に満ちた楽天思想に蔽はれたのも当然である。

しかし、科学技術と社会制度の民主化との過程が進むにしたがつて、それまで精神の領域に属し精神がこれを解決すべきだと信じてゐた問題が、逐次物質の領域に移されて、物質の問題として解決されていつた。物慾に克つといふ克己の倫理も、充分に慾望する物質を生産するといふことで解決されてしまふし、病苦に堪へるといふ美徳も、医学の進歩が徐々にそのやうな精神の無益な負担を軽減しつつある。にもかかはらず、この合理化の過程そのもののうちに、新しい不合理が生れてきた。階級の対立がそれである——精神の問題を物質で解決しうる階級と、物質で解決すべき問題を以前にもまして精神の領域に背負ひこまねばならなくなつた階級との対立がそれである。と同時に、十九世紀にいたつて、はじめて知識階級といふ明確な階級が出現した。そのことはなにを意味するであらうか。いふまでもなく、物質の領域で解決すべき問題を精神の領域に背負ひこまねばならなくなつた階級といちわうはいつてみても、じつはこのプロレタリアートにおいて精神の領域がなほ保持されてゐる階層はごく小部分であり、その精神の領域とはとりもなほさず既成宗教の信仰につながつてゐたのである。他の大部分は物質苦を物質的に苦しんでゐたのにすぎず、かれらはこれを物質的に解決せんとこころみてゐたのである。ここに知識階級はプロレタリア階級と二様の結びつきをすることになつた。すなはち、物質苦を宗教によつて癒さうとするひとたちとの結びつきがそのひとつであり、もうひとつは、物質苦を物質的に解決せんとするひとびとがそのままでは個人的な出世慾に堕し、結局は支配階級との野合に終つてしまひ、階級的にはなんの救ひをももちきたらさぬことは明瞭であるがゆゑに、これらのひとびとを組織化し、真に階級全体を救ひ、その苦痛を全社会の問題として処理しようとこころみる方向がそれである。

　とすれば、前者に属する知識階級を単純に支配階級の番犬と見なすわけにはいかない。十九世紀はあきらかに三つの集団に分けられるのである――支配階級と、労働階級の二つの型にそれぞれ結びつく二つの知識階級と。その身元をやや図式的に洗ひあげてみるならば、支配階級たる資本勢力はルネサンス商業勢力の後裔であり、宗教的な貧民とそれに結びつく知識階級は宗教改革の、物質的な貧民とその指導者たる知識階級は十八世紀啓蒙期の、それぞれ子孫にあたるわけである。しかし宗教改革直後、中産的生産層が近代社会の主体となりながらも、歴史の進展とともにしだいに神を失つていつた過程は、そのまま階級分裂の過程と一致するといふこと――この歴史の事実はぼくたちに多くのことを教へる。

　ベンサムは物質を対象とする科学の方法を政治、倫理の分野にまで押し拡げ、そこに最大多数の最大幸福といふ原理を見いだしたわけであるが、このばあひ初期自由主義のレセ・フェールに対して政治の優位性をみとめてゐる。自由のための自由ではなく、社会的福祉のための自由であつて、理性が貧窮者の生活改善と結びつかねばならないと教へたのである。が、このかぎりにおいて、ベンサムの功利主義は十八世紀の産物にとどまる。なぜなら、ここでも幸福とはなにか、幸福それ自体ははたして目的となりうるかといふ、幸福主義への非難があてはまるからである。カーライルは功利主義の社会観に「警官づきの無政府状態」といふ攻撃を与へ、社会的結合をおこなひうる根拠として社会的権威を要請してゐるし、コールリッヂは「精神と目的とを集結せしめる」ものとしての社会制度といふアンチテーゼを提出してゐる。かくして十九世紀のロマンティックは啓蒙主義の無目的性に――といふのは、その目的が到達されたあとでの無内容性に――反撥したのであり、その意味において、理性の絶対性を否定せんとするものである。

このロマンティックの要請に応へたものがヘーゲルの民族国家である。理性はひたすら横への拡りにおいてのみ自己を展開するものであり、個の障壁を乗りこえ、個人的なものの残存を許さぬがゆゑに、ここに個人の純粋性は否定され、個人は集団的自己においてのみとらへられるにすぎない。かくして個人そのものに絶対的価値がないならば――個人のうちに神に直属するものが失はれるならば、その社会的結合はいかに物質的幸福を招来したところでなんの益があらうか、といふのである。ここに個人の純粋性とその絶対的価値とを掬ひあげる人間的結合が考へられねばならなくなつた。そのことがヘーゲルをして、みづからのうちに絶対価値をふくむ民族国家といふ概念にむかはしめたのではなかつたか。

宗教改革が神による現世と自然との否定を契機としてゐたといふことは、たんなる歴史的な必然性ではなく、人間存在の本質にかかはる重要事実である。ぼくたちは否定されるものとしてでなくては、なんの真実をもうちにもつことができない。デューイは、窮乏と不安とが人間を動かし、そこから脱出する努力に真実の生きがひを感じた時代の歴史的産物としての自由主義を否定してゐるが、それならさういふものとして以外にいかなる形で自由は存在しうるであらうか。かれはまた、そのやうなアンチテーゼが提出されるといふのも、結局、知性が自由主義時代と同様に個人の所有であつて、いまだ社会のものとなつてゐないからであり、自然科学の方法が社会に対して充分に適応されてゐないからだといふ。たしかに知性、乃至理性は個人にとつて生得のものではないし、個人の特質となんの関係ももつてはゐない。十八世紀の合理主義が社会秩序の合理性を信じ、さらにその合理化、組織化の可能性を信じたとき、その過程のうちに支配＝被支配の自己が解消されていつたのであるが、はては個人の純粋性そのものすら理性のまへに雲散霧消するのを見て狼狽《ろうばい》したといふこと――そのことこそ理性が個人の所有ではなく、また個人を保証するものではないといふことを証明してゐるのである。自然は合理的であり、社会は理性的である。が、個人は――個人の精神もまた、合理化の対象でありうるか。精神もまた自然の一部となり、社会の内部に完全に解消され融合されうるであらうか。この十八世紀から現代が引継いだ課題に対して、肯定にしろ否定にしろ、いつたいだれが決然たる解答を与へうるであらうか。ヨーロッパの近代文学の成立した場も、じつはここにあつたのである。

ルソーは自然復帰の理想のうちにかれのユートピアを描いてゐる――ひとが自然状態におい

てのみ、自然に対してひとりゐるときのみ、その本性にたちかへり幸福を享受しうるといふのは、文明社会は慾望を挑発し、人間を自由の慾求においてかぎりなく前進せしめ、たがひに闘争せしめてやまないが、自然に対するときのみこの無際限の慾望から解放されるからである。要するに慾望がすくなければすくないほど自由でありうるといふのだ。これはたんなるロマンティックの先触れではない。むしろロマンティックの幻滅を見越してさへゐる。そこにルソーの近代性があるわけであるが、ぼくたちが狭義にヨーロッパの近代文学を考へるとき脳裡にうかぶ作家たちは、この意味においてルソーの精神に呼応するものをもつてゐるのである。が、ヨーロッパの近代作家はユートピアをもつてはゐなかつた――かれらの概念における個人の純粋性は従属すべき神をもつてゐなかつたために、自然と直面した無執著の自己にユートピアを描き出すといふことはできなかつたのである。もはやかれらの眼に自然は映つてゐなかつた。ただ他者の集合としての社会が存在するだけであつた。なほいへば個人の純粋性は、その特殊性にまで転落してしまつたのである。ここに十九世紀文学は完全なる精神の政治学として登場する。そのことばの真の意味における個人主義は十八世紀よりも十九世紀において――いや、他のいかなる表現形式よりも文学において、はじめてみづからを主張しうる形象を見いだしたといへよう。文学が――小説が、十九世紀をリードしたゆゑんのものがそこにある。

デュアメルはエラスムスに文学者の宿命を見てゐるが、かれがこの人文主義者を規定するのに「理智の人」「純粋観客」といふ概念にとらはれなかつたなら、なほ深くヨーロッパ近代文学の宿命に思ひあたるところがあつたのにさうゐない――と、ぼくは考へるのである。ふたたびいふが、エラスムスにぼくたちが見なければならぬのはその精神の政治学である。精神の政治学は、個人と社会との対立を社会の側からのみ解決しようと企てるひとびととの全然あづかり知らぬ秘鑰《ひやく》である。それはあくまで両者の対立を個人の側から解決しようとする——といつて、その解決を未来に期待してゐるわけではなく、むしろそれが解決不能の問題であらうことをすら嗅ぎ知つてゐる。

とすれば、精神の政治学が、ぼくのさきに規定した知識階級の二つの型のいづれに属するかはすでにあきらかであらう。十八世紀につながる知識階級は階級対立の不合理性を、ふたたび啓蒙時代の主題をくりかへすことによつて、しかもその社会の合理化運動をより科学的に遂行することによつて解決しようと意図する。が、もうひとつの型の知識階級は、個人の領域に対する社会の蚕食に対抗し、あくまで個人の純粋性を維持しようとつとめる。このひとたちは勤労階級の敬虔なひとびととつながり、なほルソーの一部をとほしてルッターにつながつてゐる。しかし、かれらにおける個人の純粋性はかならずしも神に従属してゐないし、そこに投影される神の形姿は近代理智のまへに稀薄になり変貌をとげてゐる——といふ意味において、かれらはよりエラスムスに近く、なほかれにおける以上に精神の政治学は完璧なものになつたのである。

個人と社会との対立を個人の側から解かうとして、しかも神を信じないとき、文学のほかにいかなる方法が見いだせようか。宗教改革の直系たる知識階級が十九世紀において文学を支持し、作家を自己の代弁者と見なしたことはまことに自然のことであつた。ここでもルソーは十八世紀人でありながら、しかも十八世紀人として敗北したところに十九世紀にひとつの示唆を与へてゐる――ほかでもない、ぼくは、かれが「懺悔録」を書いたといふことに、すなはち社会合理化の意図に破れ、つひに個人の側にたてこもつて、文学に救ひを求めたといふ事実に、ひとびとの注意を喚起したいのである。で、十九世紀は文学の時代といへる――十八世紀が哲学の時代であつたのに対比して。哲学は、たとへ個人の側に立つたとしても――エラスムスではないが――論理を踏みはづさぬかぎり、合理と弁証とから脱出することはできず、個人の純粋性に徹し、社会の蚕食からこれを救ひ出すことはできない。それゆゑに、ニーチェをはじめ十九世紀後半の哲学者たちは文学への接近を企てざるをえなかつたのである。

ニーチェは、神は死んだといつた――が、それも、神を回復したかつたからにほかならない。かれの憧憬とかれの現実認識との相反がかれを錯乱に導いた。ところで、神への憧憬をもたぬマルクシズムは、なんの乱れも見せず神を拒否した。いづれも十九世紀の所産である。たしかに十九世紀は個人主義と社会主義とを並存せしめつつ、相互反撥によつて両者をそれぞれの極限にまで発展せしめた。マルクシズムは個人主義をいかに科学的に分析し、歴史的に位置づけえたにしても、それ自身の歴史性と相対性とをいまだに見ぬきえないでゐるかにみえる。それは個人主義そのものを克服して出てきたものではけつしてない。ただ十八世紀的個人主義がそれによつて否定されてゐるのにすぎず、その意味では個人主義もまた、十八世紀的な社会改革の意図を超えて出てきたものにほかならぬ。

二十世紀のヨーロッパは、ここに文学と政治との対立を十九世紀から受け継ぐことになつたのである。しかし、その対立と相反とにもかかはらず、じつは両者はおなじ課題に立ちむかつてゐるのにすぎない。精神の政治学としての文学は外なる政治に反撥することによつて、その内部においては個人的自我と社会的自我とのあひだの均衡維持に作家の生活を賭けて完全にその政治性を発揮してゐるし、現実の政治は文学を外部に遮絶しながら、その内部においてはおなじやうに個人と社会との均衡維持に人類の運命を賭けるといふはなはだ文学的なもくろみにふけるのである。すぐれた作品はかならず政治的、社会的な効果をもつてゐる――と同時に、政治史、社会史も高潮期においてはみづからみごとな叙事詩を形成する。さらにいへば、文学と政治との関係は敵対と相互否定とでありながら、しかもそれを通じてたがひに相手を醇化作用へと追ひやるのである。かくして文学は文学によつてのみ解決しうる精神の領域に固執し、政治は政治によつてのみ解決しうる物質の領域に固執する。

　しかし、その結果、文学は痩せ、政治はひからびる。ここに十九世紀末から二十世紀へかけて、カトリック勢力の擡頭がおこなはれたのである。それは宗教改革以来のプロテスタンティズムに対して徹底的な否定をもつてのぞむ。現代のあらゆる禍根は――個人主義も、階級闘争の世界観も、国家主義も――所詮は近代の発想そのもののうちにあり、ルネサンスを、さらには宗教改革をも、近代人の原罪と見なさざるをえないといふのである。個人主義は個人の純粋性といふものを擁護せんとするが、それはたんなる特殊性を純粋性と見まちがへてゐはしないか。その純粋なる自我にしてもし神に従属しないとするならば――それならば神から独立した純粋自我とはいつたいいかなる内容をもつものなのか。それはなにかあると思ひこんでゐるだけで、結局は社会の合理化によつて、あるいは物質の満足によつてけりのつくものではないのか。また、マルクシズムの理想とする無階級社会といふものがほんたうに出現しうるであらうか、いや、それが出現したにしてもどうなるといふのか――もし神に従属する自己といふものの存在する余地を残しておかなければ、支配する相手も、仕へる対象もない世界では、支配＝被支配の自己はいたづらに髀肉《ひにく》の歎をかこつのみで、やがては醜い権力慾の吐け口に転じはしないだらうか。いや、これはたんなる予測ではない――個人の純粋性が社会の合理化に追ひつめられて詰腹を切らされたとき、個人主義は権力思想として登場せざるをえなくなつたではないか。国家主義にいたつては――民族国家に倫理の主体たることを期待するなどとは愚かな空想にすぎない。ここでも個人の特殊性はその帰趨《きすう》に迷ひ、ただ支配＝被支配の自己が権力慾の満足を求めて、自国民を、ついでは他国家をその餌食にしつつ、世界は現実政治の闘技場と化するであらう。

のみならず、もつとも看過しがたいことは、近代の夜明け以来五百年間、ヨーロッパの政治史と精神史とは、そのときどきの理想をかかげつつ、その理想の純粋性と合理性とにもかかはらず――いや、それが純粋であり合理的であればあるほど、現実には奇妙な溷濁《こんだく》を見せてをり、したがつて、ぼくたちは共産主義思想の根がたに個人主義の夢想や国家主義の権力慾を見つけたり、個人主義の底に社会主義の温床を発見したりする。が、その溷濁と複雑とこそ、相反する思想すら切実な聯関のうちにとらへてゐるヨーロッパ精神の強固な統一性と一貫性とを示すものであり、ぼくたちはそのことを可能ならしめたものとしての中世の神を見そこなつてはならぬのであるが、同時に――神を見失つたがための溷濁と複雑とであることも理解しうるのである。たしかに、人間のうちには――ヨーロッパ人の心の内部には、神に従属させておかなければじつさいどうにもならぬ領域が存在する。

もちろんぼくは科学に期待をもたぬわけではない。そのことはすでにいつた。しかし文学者たるものは怪力乱神を語り、ユートピアを口にすべきものではない――ことに日本の文学者であるぼくにしてみれば。いや、ヨーロッパのことにしてもすでに多くを語りすぎた。といふのも、もとをただせば、ヨーロッパの近代と日本の近代との落差を考へたかつたからにほかならぬ。が、どうやらぼくは最後の段階に達したやうである。

五

それにしても、日本の近代をかへりみるとき、ヨーロッパの近代が展開しきたつた主題は、いつたいいかなる意味をもちうるものであらうか。近代日本もまたおなじ主題をもつたのである。そこに錯誤が生じた。ヨーロッパが近代の危機に直面したとき、日本もまたおなじことばで自分たちの現実を理解した――といふのも、ヨーロッパの主題を飜訳してそのままに通用してしまふ現実が、海をへだててパラレルに展開されてゐたのである。じじつは絶対に通用しえぬのに通用しうるかのごとき錯覚をいだいたことにまちがひがあつたのだ。ぼくたちはまづ第一に、ヨーロッパの近代を本質的に究明して日本に真の意味の近代がなかつたことを知らねばならぬ。第二に、しかもヨーロッパの近代を索引にしなければならぬ近代日本史をパラレルにもつたといふ実情も同時にみとめねばならない。第三に、この二つの事実を理解しえぬために生ずる混乱を徹底的に克服せねばならない。もし今日において近代の超克といふものがありうるとすれば、この方向をおいて他に求められようはずもあるまい。ふたたび冒頭にもどる――ぼくたちは、まづなによりも今日ただいまにおいて立ちどまることこそ必要なのである。いや、そのほかにどんな方法があるといふのか、ぼくたちはそれよりほかに採るべき道がないではないか。なにゆゑに――それをあきらかにするのがこの最後の章におけるぼくの目的にほかならない。

　ぼくたちは明治における知識階級の出現について、その背景と在りかたとを考へてみなければならない。すでに観てきたやうに、十八世紀から十九世紀にかけてのヨーロッパにおいてやうやくインテリゲンツィアは明確な階級的存在となつてきたのであるが、その母胎となつたものは、宗教改革に指導原理を見いだした中産的生産階級であり、そのうちのもつとも健全なる分子であつた。もちろん、かれらは資本主義機構の整備完成につれてしだいに分裂し、支配階級と被支配階級とに、さらに後者においては無道徳にして破廉恥《はれんち》の貧民と古めかしい既成宗教に救ひを求める無智なひとびととの二つに分れていつた。その無道徳の民衆を、そしてその悪を、すべて社会悪の責めに帰し、個人的な、あるいは道徳的、宗教的な罪悪感からの脱却として呼び求められた唯物史観は、そのかぎりにおいて積極的劃期的な歴史的意義をもつものではあつたにしても、そのやうな動機論的な、したがつて観念論的な弁護の幕を排して現実の民衆そのものを直視するならば、かれらは結果において支配階級の無道徳性となんら異るところなく、無智素朴、敬虔なる前時代の勤労者層とは截然と分たれねばならない。同時に、この既成宗教を信ずる無智にして敬虔なる民衆も、すでに神の死に絶えた十八九世紀においては、所詮、過去のひとびとにすぎず、新時代の無道徳性と対立しながらも、これを否定し克服する力も権威ももちうるものではなかつたといふ事実をも、今日のぼくたちは見のがしてならぬのである。ぼくがまへに断定したやうに、この古めかしき敬虔なるひとびとを母胎とし、それを通じて固く宗教改革と結びついてゐた知識階級も、それだからといつてかれらの母胎をそのまま是認することはできなかつた――いや、それができなかつたればこそ、特殊な階級を形づくらざるをえなかつたかれらなのである。

ここに知識階級はブルジョワジーに対抗すると同時に、やはりその無道徳性のゆゑに大部分のプロレタリアートとも相容れぬものをもつてゐたのであつて、もしかれらが自分たちの夢を実現するのに頼りとする民衆の母胎を求めるとすれば、――はたしてそれはどこにも見いだせなかつたであらうか、どこにも。たしかにどこにも見いだせなかつた。それゆゑにこそかれらは社会から遊離した――と、いちわうはさういへる。が、今日、ぼくたちの眼に明瞭な対立として映じてゐる知識階級と民衆とのあひだの溝は――より純粋な形においては、個人と社会とのあひだの間隙は、はたしてどうにもならぬ決定的な性質のものであらうか。いや、けつしてさうではない。近代ヨーロッパにおける両者の乖離《かいり》は、その過去における同一母系を前提としての、その必然的な結果であり、また未来における一致を予想し、その結果の招来を希求しての、意識的な前提にほかならぬ。ぼくはあへて意識的といつた。が、それはかならずしも一個人、乃至は一時代の自覚がそこに及んでゐたことをいふつもりはない。むしろ個人や時代のおこなふ無意識な敵意と反逆とをすら、肯定的、積極的な力に転化しうる社会そのもの、歴史そのものの逆説的な意識をはつきり見てとるのである。個人の無意識を社会が意識する。時代の無目標を歴史が目的化する。歴史をもつ社会は、みづから回復しえぬやうな病ひをけつして背負ひこまない。

が、この歴史の意識をヨーロッパにはじめて植ゑつけたものが中世であり、そのクリスト教にほかならなかつた。ギリシアに歴史はない――絶対者のないところに歴史はありえないのである。統一性と一貫性との意識が人間の生活に歴史を賦与する。とすれば、ぼくたち日本人がヨーロッパに羨望するものこそ、ほかならぬ近代日本における歴史性の欠如以外のなにものであらうか。今日ぼくたちは近代の確立をなしえなかつたことを反省してゐる。が、そのまへにぼくたちはぼくたちの中世をもちえなかつたことについて悔いるべきではなからうか――ぼくたちがぼくたちの神をもちえなかつたことを。日本の近代に対する反省がただ近代にのみとどまり、中世にまで想ひ及ばぬとすれば、ぼくたちは依然としてヨーロッパと日本との落差についてなにごとをも知りえぬままにとどまるであらう。

明治におけるぼくたちの先達が反逆すべき神をもつてゐなかつたこと、そのことのうちに日本の近代を未成熟に終らしめた根本の原因が見いだせよう。なぜなら神といふひとつの統一原理はその反逆において効力を失ふものではなく、それどころか反逆者の群と型とを統一しさへする。ひるがへつてぼくたちは近代日本にいかなる統一原理を見いだせようか。また近代を過去のアンチテーゼとして成立せしめる歴史的一貫性をどこにみとめえようか。答へは、なにも、どこにも、である。ところで、つぎに、近代日本ははたしてなにもどこにも見いだせぬ空虚のうちに絶望を体感したであらうか。その空虚に堪へたであらうか。いや、けつしてさうではなかつた。明治政府の指導者たちは、自分たちも、また国民も、絶対にそのやうな空虚に堪へえぬことを知つてゐた。天皇の神聖化とはこの空虚感を埋めるためにもちだされた偶像以外のなにものでもない。それは復古ではなく、日本の近代を日本流に成立せしめるための指導原理であり統一原理であつたにすぎぬ。天皇制によつて近代の確立が未熟に終つたなどといふのはまことにあやふやな観念論である。むしろ日本の近代がさほど混乱を惹起せずにすんだのは天皇制の支へがあつたからにほかならぬ。ぼくはその事実をもつて天皇制を擁護しようとするのではもちろんない。むしろそれゆゑにこそ天皇制の虚妄なることを立証したいのである。

が、明治の日本においてはこの虚妄の権威が国民の良心を裏づけてゐた。ぼくたちは、今日まことにこともなげに良心といふことばを口にしてゐる。しかし良心とはなにか。良心は良心そのものにおいて自律性をもちうるであらうか。もしそこになんらかの権威なくして、ぼくたちは良心の絶対性を信じえようか——けつして信じえはしまい。なぜなら、仕へるべきなんらかの権威がないならば、社会生活はたんに個人の権威と利益とを保証するために好都合な便宜的手段にすぎず、良心とはその社会生活を確保するために必要な妥協の基準にすぎなくなる。良心にとがめるといふのは、そのやうな悪例をみづから示すならば、今後にその悪が自分にむかつてほどこされたとき、あへてそれを卻ける根拠がなくなりはすまいかといふ恐怖心のあらはれにほかなるまい。とすれば、かかる良心は個人的な、エゴイスティックな感情の合理化にすぎぬ。が、明治の日本の社会にそのやうな良心のほかにいかなる良心が存在しえたといふのか。

徳川幕府が武士ならびに庶民の生活を規制しようとして採用した儒教道徳は、元来その本質において賢者の道であつた。自己以外になんらの権威をも必要とせずただ天地自然と自己とのみにおいて世界を受けとる君子の道である。それはまた自然と他者との暴力に対して自己を屈折せしめ変貌せしめることによつて勝を制する無手勝流の処世法でもあつた。当然、それは凡人の道徳とはなりえぬ性質のものであつた。が、まさにその点が政治に逆用しうるところとなつたのである。自然の暴力のかはりに支配者の暴力を代置し、しかもこれに権威づけをおこなつてやりさへすれば、凡人もこれを採用しうるのみか、むしろこれほど倚りやすく安易な道徳はない。なぜなら自己の責任において社会生活を維持設計する良心といふものは、ここにおいては一切不要なのである。権力は縦の関係にそつて高きより低きに流れる――もつとも単純な物理現象が生ずるのみである。歴史はその物理現象を忠孝、義理、人情といふ人間感情に飜訳し美化した。人間は他人を支配し他人に支配されたいといふ本能をおさへえぬと同時に、またそこになんらかの名目を案出することによつて、その本能を美化し合理化せずにはゐられないのである。それにしても、ぼくたちの祖先のおこなつた合理化のなんと卑小であり、空想力の乏しきことか。ヨーロッパの中世は神と自己とのみでは堪へられずして教門政治を編みだし、神学がこれを合理化した——徳川時代の日本は逆に専制政治を前提としてこれを合理化するために忠孝の儒教道徳を採用した。前者にあつては、はじめから神に従属する自己があつて、そのかげに支配＝被支配の自己が忍びこみ紛れこんだのであるが、後者は支配＝被支配の自己を前提としてそのやましさに堪へられず、そこに訴へるべき人間性の純粋を喚び求めたのである。その差は明瞭に宗教と文化政策との差にほかならない。

明治革命は過去の政治機構を破壊した。同時に儒教道徳はその帰趨を見失つたのである。宗教改革は神をその抽象性において支配＝被支配の教門政治から救ひ出したが、忠の観念はいかに美化され、いちわうの純粋性にまで高められてゐたとはいへ、君主の肉体を超えてなほ生きのびる抽象性をもちうるものではない。ここにおいて善悪の基準はいつたいどこに求めたらよいのか。しかも当時のぼくたちの先達が懸命になつて急いだ日本の近代化とは、いふまでもなく後進国日本の資本主義化にほかならなかつた。すでにいつたやうに、ヨーロッパの資本主義を発展せしめた社会的主体は宗教改革の神に導かれてゐたのであり、それが初期の資本主義の善意と健全性とを保証してゐたのであるし、末期においてそれがたんに利潤追求の悪徳と化し去つても、なほこれを否定する神の幻影が直接に、あるいは間接に社会制度そのもののうちに変形されて、倫理の基準となつてゐた。その否定因としての知識階級が社会に反逆しながら、外見とは異つてじつさいは遊離してゐなかつたのもそのためである。が、日本の資本主義の担ひ手はその出発点からなんの指導原理をももつてゐなかつた。その個人的な利潤追求はいかなる善意によつても裏づけられてゐない。近代日本は資本主義をはじめから利己的な悪徳として発展せしめる以外に道はなかつたのだ——天皇と国家とのためにといふ名目を除外しては。資本主義が天皇制と結びつき、国家主義、帝国主義と結托せざるをえなかつたゆゑんである。もちろん欧米においても資本主義の帝国主義化は必然の過程であるにしても、それは同時に国際主義といふ否定因に遭遇し、その枠内に限界づけられねばならぬのである。が、近代日本の帝国主義は自己を限界づけるなにものももたなかつた。のみならず、天皇や国家の権威は強者の悪徳を正当化し、ときにはその善意を働かせる動因となりえたにしても、それは同時に弱者の失意を慰め、その失意の状態においてもなほ善行をあへてなさしめるだけの力をもちうるであらうか。忠義や愛国心はぼくたちの孤独を——個人の純粋性を救ひうるであらうか。もしそれが不可能であるとすれば——いや、あきらかに不可能であるがゆゑに、支配＝被支配の自己からもうひとつの自己に閉ぢこもつたとき、あるいは閉ぢこもらざるをえないやうに追ひつめられたとき、当時のひとびとはもはや救ひといふものをどこにも見いだせなかつたのである。

ぼくたちは神なくして個人の権利を主張しえない。それをあへてなすことは悪徳である——明治の知識階級はそのやうなことばで意識的に資本主義社会を否定しはしなかつたが、しかしかれらがさういふ現実のうちに追ひこまれて手も足も出なかつたといふことはたしかである。したがつて、かれらは政治活動や社会活動のうちに自己を生かすことを悪と見なさざるをえなかつた。その知識階級を救つたのが文学にほかならない。ここにぼくたちは近代ヨーロッパの精神にまつたく平行線をなしてゐる日本の近代を発見した——と、いちわうさうおもひこむところにぼくたちの陥穽《かんせい》があつたわけだ。この錯覚が戦前に近代の超克を唱へしめ、「西欧の没落」を信じこませたのである。

ぼくたちは問題のもつとも重要な段階にさしかかつたのだ――例の文学と政治との二律背反といふ主題がここで最後の究明を受けねばならない。現代のヨーロッパにおいて文学と政治とが相互に立入禁止を宣言しうるといふのも、いはば両者の相互依存が完全におこなはれてゐるからにほかならぬ。ぼくは前章において、科学や社会改革の原理が神を見失つてゐることをいつた――が、その担当者の意図がいかなるものであれ、それが神の制度による具体化であることは、すでにあきらかである。万人をその胸に救ひとる人格神が、その手をその脚を、さらにその胴体をもぎとられ、それらが制度化せられ機械化せられる――で、神は人体を失つて、完全な精神としての抽象化を受ける。その精神が文学の領域として残されるといふわけだ。

とすれば、近代日本における文学と政治との乖離は、じつは一見さうおもはれるがごとき相反ではなく、その混同にすぎず、それぞれがそれぞれの役割を完全にはたしえぬままに自分の負ふべき重荷を相手の肩に背負はせ、その結果、たがひに憎悪と敵意とを買ひ、それが相互を反撥せしめてゐるのにすぎない。知識階級は現実社会において世間的出世をすることをいさぎよしとしなかつた。が、もし社会関係において支配＝被支配の自己が満足せしめられないとすれば、それはどこかに吐け口を求めずにはゐられない。当然それは純粋なる個人の領域へと侵入しはじめたのである。神の棲まぬこの領域は容易に支配＝被支配の自己の奪取するところとなつた。ここに明治の文学は、支配＝被支配の自己をもつてしては割切れぬ個人の純粋性を守るものとしてではなく、外部において抑圧された支配＝被支配の自己を曲りなりにも生かす手段として出発したのである。しかも、それはあくまで純粋なる個人の仮面をかぶり、その領域の問題として自己を表現せんとしてゐる。なぜなら、近代日本の知識階級が直面した自我の真態といふのはじつは個人の純粋性ではなく、たんなるその特殊性にほかならなかつた。で、かれらの自己主張は自己完成とははじめから矛盾した。にもかかはらず、かれらは両者を混同し、その特殊性にすがつて自己を完成しようとこころみた。神をもたぬ日本人にとつて必然の宿命であつたといはねばならない。とにかく自己主張と自己告白とが人間完成の名のもとにおこなはれ、また自己を完成する道としてそれ以外に方法はないものと考へられたし、じじつそのほかに方法はありえなかつたのである。近代日本文学の発想たる「浮雲」がそのことを明瞭に示してゐる。それは抑圧せられた自己の不満と失意との吐け口であり、それを主張し定著することによつて——いはば作品の造型性によつて自己の存在を正当化し証明しようといふのである。「浮雲」によつて近代日本文学の方向と性格とは決定せられた。藤村が「春」の末尾でいつてゐるやうに、それは「自分のやうなものでも、どうかして生きたい」といふ祈願であり、しかもそこに祈りをささげ、救ひを求むべき神となく、「生きたい」といふことばの切実さも、現実世間的に生きたかつた慾望がその場で満されなかつたためにかへつて純粋な、精神的なものにすりかへられたところに生ずるものにほかならない。みもふたもないいひかたをすれば、当時の知識階級は世間的出世をいさぎよしとせずして、悪徳のともなはぬ出世法、乃至は処世法として文学をとりあげたのであつた。したがつて明治の知識階級にとつて、もしかれらの軽蔑する俗物に転落したくないならば、文学によつて自己を生かす以外に方法はなく、この文学と知識階級とのわが国特有の結びつきを証拠だてるものとして、ぼくたちは、今日、意外なほど多くの実業人が過去において文学青年の履歴をもつてゐることをきかされるのである。

この支配＝被支配の自己と個人の純粋性との混同から起る溷濁は、たしかに近代日本文学の決定的な宿命であり、ぼくたちはそこからなんとしてでも脱出しなければならなかつた。プロレタリア文学がまづそれをこころみた――が、もつとも望ましくない方向にそつて。神に従属せぬ個人の純粋性といふがごときものがつひにその特殊性以外のなにものでもなく、いひかへれば、支配＝被支配の自己を蔽ひ美化してゐたヴェイルが剝落してしまひ、人間完成などといつてもそこに目標とすべきなんの理想人間像もないのに気づき、支配＝被支配の自己だけが露骨に自己主張をしてゐるのを見せつけられてみれば、大正期の文学はまつたく途方にくれるよりほかにしかたがなかつた。それは自己喪失期の文学として、もはや自分をごまかすすべもなく、失はれた個人の純粋性を求めて探しまはつた。当時の文学が支配＝被支配の自己によつて割切れぬ個人を守るものではなく、守るべき個人のないことに気づいてこれを探し求めたのであつてみれば、ここに自虐的な私小説の道が開けたことはまことに当然であり、しかもそれは自然主義文学の求道精神を受け継いだものとして、ただその窮地に追ひこまれた姿にすぎなかつた。にもかかはらず、かれらにおける個人の純粋性といふものがいかに虚妄であり不純であるにしても、あくまでそれに固執するかぎりにおいて、私小説はわづかに文学の本道につながり、近代日本文学の宿命に堪へようとしてゐたといへよう。

プロレタリア文学がこの袋小路の打開を望ましくない方向にそつてこころみたといふのは、

ほかでもない、それはあまりにも単純明快にその虚妄のかどによつて個人の純粋性を追放してしまつたのである。さうすることによつて、プロレタリア作家は文学を政治に結びつけ、その社会性を獲得し、過去における両者の対立を解消せしめうると信じ、また解消しえたとおもひこんだ。が、事実はまさにその正反対であつた。官権の左翼運動弾圧により、封鎖されたかれらの政治意慾が文学の領域にその吐け口を求めたのにすぎない。依然として無力な政治の負ひえない——しかも当然それが背負ふべき重荷を文学が背負はされたといふだけのことである。社会革命はおのが半身不随の歎きを文学革命によつて慰め、その不満を糊塗しようとしたといへよう。もちろん当事者にそのやうな意識はなかつた。ただ近代日本の社会的宿命がそのやうな自己欺瞞をおこなつたまでである。とすれば、近代日本の宿命は依然としておなじ課題をもてあましてゐる。

今日もまた、事態はなんら異つてゐない。ぼくたちは激烈な社会革命の渦中にある。すでにあきらかであるやうに、今日もつとも必要なことは、文学に社会性を賦与するなどといふなまぬるいことではけつしてない——文学から、それが不当に負はされてゐた政治的、社会的、生活的な負荷を取除いてやることである。そのこと自体は断じて文学の領域におけるしごとではなく、ひとへに政治の任務である。大事なことは文学革命ではない——社会革命そのものである。ぼくたちが文学者たることの栄誉と資格とを抛棄したくないならば、今日において文学者たることの限界をうしろめたさのうちに感じとつてゐなければならない——社会革命における文学の役割を過信することは、すくなくとも現代日本に関するかぎり、許しがたいおもひあがりといふべきであらう。同時に政治は政治の限界をおもひ知らねばならない。文化政策の宗教に比していかに無力皮相のことにすぎぬかを考へるならば、政治が文学を利用しえ、国民のひとりひとりの心の深奥にその支配力を伸張しうるなどといふおもひあがりを、このさいきれいに棄て去るべきであらう。そのやうなおもひあがりのあるところ、政治はかならず小ぎたない権力争ひに堕し、自由と平等との名のもとに醜い政争がくりひろげられるにすぎまい。なぜなら、個人の純粋性の保たれる領域に静謐《せいひつ》を許さぬときには、支配＝被支配の自己に醜悪なエゴイズムの表情が現れずにゐないからである。ひとびとは肌と肌とをぢかにふれあふ猥雑なひといきれのうちにあつて、生理的な不満のためにいらだち、奪はれ失はれた自分の孤独を探し求める。そしてそのやうに個人の純粋性を禁ぜられた社会において、もしその孤独を楽しみうるとすれば、他人から命令を受けず、ただ他人に命令を下しうる絶対権力者の地位のうちにしかそれは見いだせぬであらう——あらゆるひとびとが支配者側にまはらうともがくゆゑんであり、その結果、当初の目的たる自由と平等とは永遠に見失はれる。

現在、ひとびとはなにゆゑこのやうな平凡な常識が見ぬけぬのであらうか。かれらは眼前に生起する現象のめまぐるしさに心を奪はれ、人間心理の委曲を見のがしてゐるからにほかならない。いまはなにより眼をうちにむけることが肝要である——ひとたび静止することのみが。そして静止したものの眼にのみ、ぼくたちの近代の宿命がありありと浮びあがつてくるであらう。近代の超克とはなにごとであるか——ぼくたちは超克すべき真の近代をもたず、しかも近代の反逆超克すべき中世をもたなかつた。近代ヨーロッパは神を見失つた——が、それはただ神の解体と変形と抽象化とを意味するにすぎぬ。まさにそのための手続であり過程にすぎなかつたヨーロッパの近代精神とその政治制度・経済機構とをそのまま移入し、そのうちに生活せざるをえないぼくたち日本人にして、しかも神と絶縁されてゐるとするならば、いひかへれば、個人の純粋性ではなくしてその特殊性しかもちえぬとするならば、いつたいぼくたちはこのヨーロッパの近代といかに対決してしかるべきか。答へは――その確立と同時に超克とを。まさにそれにほかならぬ――が、たれが、いかにして、それをなしうるか。

確立と超克と――ひとびとはいとも容易にこのことばを口にするが、いつたいそれはどういふことなのか。超克とはその限界を知ることを前提とする。が、限界をこころえつつ確立に専念するなどといふ器用なまねがはたして可能であらうか。で、ぼくたちの眼のまへにこの二つの矛盾することばは、つぎのやうに飜訳されて現れる――近代の政治的確立とその精神的超克と、しかして政治の領域と文学の領域との峻別。が、はたしてそれでいいのか。それもまた観念の世界でのみ可能なできごとであつて、現実では不可能なことではなからうか。たしかに不可能かもしれぬ――が、それ以外にどんな方法が残されてゐるだらうか。ぼくたちは生れながらの自分の歩幅で歩いていかねばならぬとともに、世界の歩みにも歩調をあはせていかねばならない。ひとりの個人に、ひとつの階級に、この二つの歩行を同時に期待しえようか。ここに精神の政治学が必要とされるゆゑんがある――しかもヨーロッパの近代に比して、より屈折した形において。なぜなら、ぼくたちにおける文学と政治との対立は、ヨーロッパにおけるそれと、後進国にして非クリスト教国であるためのそれとまさに二重の意味を担はされてゐるからにほかならぬ。で、これらの事実の背景に、知識階級の位置の、ヨーロッパと日本とにおける差を、ぼくたちははつきりと読みとらねばならないであらう。

日本の知識階級はその出身の母胎をもつてゐない。はじめからこの国土にとつて異質のものであり、近代ヨーロッパの投影にすぎなかつた。ヨーロッパの知識階級が俗人社会を蔑視し否定した事実とパラレルに、わが国の知識階級が社会と遊離したとしても、そこにかれらの否定すべき俗人社会などといふものがはたして存在したか——いや、それを俗人社会として蔑視すべきいかなる精神的基準をかれらはもつてゐたのか。いはば、かれらは借物の観念によつてそれをなしたのにすぎぬ。それゆゑ、かれらの否定は現実社会になんの意味をも通じなかつたし、社会はこれを積極的に肉体化することができなかつた。手つとりばやくいへば、日本は日本流にその近代を展開しえたにしても、その担ひ手は——真の意味における担ひ手などといふものは、どこにも見いだせはしなかつたのだ。ふたたびヨーロッパの近代の夜明けに想ひをいたすとすれば、それが否定因としての神をいただいてゐたこと、のみならず、近代の担ひ手自身がそれをみづからのうちに含んでゐたことこそ、今日のぼくたちがいかに強調しても強調したりぬ事実であり、いかに羨望しても羨望しすぎることのない事実であらう。その否定因がのちに知識階級を生み出したのではあるとしても、それはヨーロッパ近代社会の自己否定にほかならぬ。が、日本の近代の担ひ手は——それをいちわう担ひ手と呼びうるとして——利潤追求の商業勢力にすぎず、それ自身のうちになんの否定因をももたなかつた。ぼくがこれを近代の真の担ひ手と呼びえぬゆゑんである。

いまや、ぼくたちはぼくたちの立つてゐる位置をはつきりと見きはめてゐる。神と理想人間像となくして、個人の確立もその超克もありえぬことを。また肯定すべき、あるいは否定すべきなにものもありえぬことを。そして獲得すべき、あるいは拋棄すべき、いかなる夢もありえぬことを。ぼくたちはなにを目標にして刻苦するのか、またなにを基準としてそこから堕落するのか。しかもなほ確立と超克と――そしてそれがどこへ道を通ずるか、なんでぼくたちがそれを知らう。が、ぼくは知つてゐる、唯一のことを知つてゐる――すなはち文学者としてのぼくたちにとつて、この絶望と希望との交錯のうちにただ静止する以外に方法のないことを。

（「文学会議」第一輯　昭和二十二年四月刊）

ロレンス I

今日の日本に近代の克服などをいふ地盤はできてゐない、むしろ近代の確立こそ現代日本に課せられた主題であつて、その現実を見すごして近代の限界をさししめすといふのは、当面の問題をはぐらかし、日本の社会的現実をして前近代のうちに沈湎せしめておくことにしかならない。もしぼくたちの近代に唯一のあやまちがあつたとするならば、それはぼくたちが過去においてヨーロッパの思想を、自分たちの現実から遊離してそのやうなさきばしつた問題性によつてのみ採りあげてきたことそのことのうちに反省されなければなるまい——といふことはいちわうもつともであり、そのかぎりにおいて正しい。にもかかはらず、あくまで厳密な詮議だてに終始しようといふならば、このアンチテーゼはつぎのやうなジンテーゼのうちに解消せしめられてしまふであらう。といふのは、そのやうに自分たちの現実から遊離してヨーロッパの近代を受けいれてきたといふ動かしがたい事実のうちに、近代日本の、別様にはありえなかつた現実があつたのであり、このやうに現実の次元をおしひろげることによつて、それこそまぎれもないぼくたちの現実であつたと諒解されるのである。さう諦めたうへで、ぼくはすべてをよしとみるつもりはない——必然であつたと観念して、すべてを悪とみるのである。否定するために、過去の分岐点に別途の歩みを予想せずにゐられぬてあひがある。また、そのほかにはありやうのなかつた必然とみれば、もう手も足も出ず、自分のうちに否定のよすがも勇気もみいだせぬてあひがある。ぼくにはその心事が理解できぬ。

近代の確立をみぬうちに、同時にその克服をいはねばならぬ現実の疾病を、ぼくたちはぼくたちの精神のうへに診断せざるをえない。新しい意識と新しい時代とを樹立しようとする誠実と情熱とは、その限界や克服などを口にしないといふか。傍観と底意とのみが実践の情熱に水をさすといふか。ぼくは答へるすべを知らぬ。ただぼくの知つてゐることは、現代日本に関するかぎり、近代の限界とその克服とを意図せずしてその確立は期しがたいといふ逆説的現実の厳存である。ここにぼくは牽強附会の説をなして、自説の論証をしようとはおもはぬ。ただD・H・ロレンスの「アポカリプス論」を紹介するにとどめたい。ひとびとはかれの指摘する近代人の病根が、はたして近代以前にあるぼくたち日本人の心理を支配してゐないかどうか、それをいちいちおのれに照して検証してみるがよい。

一

アポカリプスはギリシア語のアポカルプシス＝apokalupsisから出てをり、その動詞アポカルプテイン＝apokaluptein は apo ＝ off：kaluptein ＝ cover の意で、「覆ひをとりのぞく」ことであつて、奥義、秘密をあきらかに展《の》べ示すことをいふ。一般に天啓、黙示を意味し、英語の revelation と同義である。特にヨハネ黙示録を指すことも revelation と同様である。ユダヤ教的終末観より現実世界の腐敗堕落を侮蔑否定し、不当に蒙《かうむ》つてゐる現世の悪と不幸とから逃避せんとするひとびとの心が描きだした幻影は、未来のミレニアムへの憧憬であり、メシア再臨と聖徒の統治といふはなはだ復讐的な信仰であつたが、当時の黙示文学とはすべてそのとはうもない願望と夢との縮図にほかならなかつた。

　黙示文学の起源はすでに遠く、イスラエル民族の宗教史においてユダヤ教の預言に発してゐる。が、預言の日はむしろ幸福であつた。預言者たちは親しく民衆のまへに立ち、イスラエルの神を語り、かれらの理想世界の近きにあることを説いて倦《う》まなかつた。預言者は同時に民衆の指導者であり、その魂の救済者だつたのである。かれらは民衆の信仰心をかたく信じて疑はず、その良心に愬《うつた》へて神の国をこの地上に建設する希望に胸ををどらせてゐた。しかし、イスラエルの民族史は不幸と蹉跌《さてつ》との歴史であつた。エジプトにおける圧制からのがれ、預言者モーゼに率ゐられて故地パレスチナにかへらうとする一群のさすらひびとを想像してみるがよい。出エジプト記は紅海を難航しシデアンの曠野に飢ゑをしのぐかれらの苦痛の表情をさながらに伝へてゐる。かれらは故国にかへつてからも、西アジアに相ついで起る強国の圧迫にたえず悩まされてゐた。が、ダビデ、ソロモンの栄華もつかのまに、かれらを徹底的な絶望の淵におとしいれたものは、かのバビロン虜囚であつた。とはいへ、この民族的な悲劇時代を境にして、ユダヤ教はやうやくその性格を明確にしていつたのである。その終末観も、一神観も、律法も、所詮はこの比類を絶した苦難の民族のみが生みえた信仰にほかならない。かれらはおのが絶望の深まりによつてその宗教を完成したのである。

ここにユダヤ教はおのれのうちに、たがひに相容れぬ二つの性格を胚胎せしめることとなつた。神の国の到来を説く預言者たちと、いつぽうかれらの説く魂の問題を地上の世界に飜訳し、あくまで現実の栄光にあづからうとする民衆と、両者はおなじひとつことばを語りながらそれぞれ異つた世界を期待してゐたのである。エレミアはバビロン虜囚に苦しんでゐたユダヤ人が七十年後に故地に戻り、ダビデ王家によつてメシア王国の再建されることを預言した。民衆はこのことばを忘れなかつた。ひとたびふりだされた手形の完全な実現を、かれらは頑強に待ちせがんだのである。しかも、苦悩に満ちた屈辱の生活のうちにありながら、ユダヤ民族は政治になんらの関心をも払はうとしなかつた。バビロン虜囚から救はれてパレスチナに戻つたかれらの唯一のしごとはエルサレム宮殿の復旧であり、もつぱら神事と祭事とに日を送ることであつた。奇異な民族であるといはねばならない。ここに政治と宗教との、俗権と精神との、ゆがめられた混同が生じた。国家的独立には無関心、無能力でありながら、ユダヤ人はひたすら神に仕へることによつて選民としての栄光が、いはばあらゆる異邦人のうへに統治する俗権の満足が実現されると信じきつてゐたのである。

なぜならエレミアの預言は破れた。七十年後にもユダヤの帰還は実現しなかつた。なるほどかれらはその後ペルシア王キルスに釈放されてエルサレムにもどつたが、約束されたメシア再臨はつひにおこなはれなかつた。預言者ハガイ、ゼカリアは協力してエルサレム神殿の再建を督励し、その完成のときをもつてメシア出現の時期としたが、その期待はまたもみごとに裏切られてしまつた。絶望はふたたび期待をよび、その期待はやがて絶望に帰し、かうした交替がいくたびかくりかへされながら預言はいつしか黙示文学へと移行しはじめたのである。前四五世紀の交である。かくして旧約中に第二イザヤ、エゼキエル、ヨエル、ゼカリア、マラキ等の預言書にはいくぶん黙示文学的要素が忍びこんできたのである。バビロン虜囚以後の政治的絶望は民衆を不信に馳《か》りやつたとはいへ、それはかならずしもかれらを宗教的背徳や現世の逸楽に逐ひこんだのではなかつた。まさにその反対である。それはむしろユダヤ教そのものの純粋化をはげしくすることとなつた。現実世界において満されぬ野望が、神の名において復讐の刃を磨《と》ぐのである。ここに黙示文学が登場するのであるが、それにしてもこのやうな性格はユダヤ民族の骨髄に深く根ざしてゐるものにさうゐなく、すでに記述預言者最初のひとアモスは前八世紀ころにつぎのやうな歎きを口にしてゐる――「ヱホバの日を望む者は禍《わざはひ》なるかな。汝ら何とてヱホバの日を望むや。是は昏《くら》くして光なし。人獅子の前を逃れて熊に遇ひ又家にいりてその手を壁に附て蛇に咬《かま》るるに宛《さ》も似たり。ヱホバの日は昏くして光なく、暗《やみ》にして輝なきに非ずや。」が、かくのごとき高邁な倫理を強調する預言者の心に、為政者（祭祀者）や民衆の愚昧は手のほどこしやうもない絶望的な焦燥を与へてゐた。のみならず、その高邁さそれ自身が、民衆をしてますます狂熱的に「ヱホバの日」を祈求せしめてゐたのだといふことを、預言者の純粋な貴族主義はつひに理解しえなかつたかにみえる。なほ悪いことに、預言そのものもつひに昔日の孤高を維持しえず、イザヤ書以下いくつかの預言書のなかに、あのユダヤの民衆たちが狂気のやうに夢想した地上的権力へのゆがめられた野望が侵入しはじめたといふわけである。

かくして旧約正典中唯一の異端としてダニエル書が登場する。イエス時代にもさう遠くはない前一六五年ころのことである。この書は他の預言書のなかに立ちまじつて、聖書のうちにはじめてはつきりと黙示文学の夢を投げ入れたのであつた。ルナンをはじめ多くの神学者たちも指摘してゐるやうに、それは「預言の復興」でありながら、しかも、あきらかに預言文学ではない――「憤怒、絶望は、信徒たちを夢と幻の世界に投じた。最初の黙示録としてダニエル書は現れた。それは預言の復興のごときものであつた。しかし古代の預言形式とははなはだちがつた形式においてであり、世界の運命にたいするいつそう広い観察においてであつた。ダニエル書は、いはばメシアにたいする希望にその決定的表現を与へた。メシアはもはやダビデ、ソロモンのごとき王ではなく、また神政者にしてモーゼの徒なるクロスのごときものでもなく、雲に乗つて現れる『人の子』であつた。人間の姿を採り、世界を審《さば》き、黄金時代を治むべき超自然的存在であつた。」(「イエス伝」第一章)ここにルナンは黙示文学の本質について二つのことを適確に明示してゐる。

第一に黙示文学は魂の救ひに関してはいささかも語ることをせず、ひたすら「世界の運命」をさししめし、淫楽に耽るものに呪詛《じゆそ》のことばを浴びせかけ、その懲罰と復讐とを狂熱的に絶叫する。内なる精神の政治学は外なる異教徒にたいする政治学となり、精神の愉悦を説く福音は他民族の運命を支配する選民の栄光とすりかへられた。第二に、黙示文学はその異教徒への呪詛にもかかはらず、古代異教観念の壮大な宇宙的形象に仮託して、ひそかに自分たちの現世的不満の鬱憤ばらしをおこなひはじめたのである。王や神政者のごとき歴史的偶像ではもはやことたりずかれらを虐げる強大な権力にたいする復讐をいやがうへにも壮大にするために、メシアは雲の上に乗つて現れる「人の子」となり、その背景は古代の宇宙観によつて遺憾なく整備されたのであつた。

イエスが出現した当時のユダヤ民族の心事はかくのごときものであり、かれを迎へるパリサイの徒や民衆の猜疑ぶかい眼は、ひとへにかれが自分たちのながく待ち望んでゐた「人の子」なりやいなやを探らうとしてゐた。かれらにとつて魂の救ひなどどうでもよかつた。イエスにかれらの敵を打ち砕くメシアの力があるかどうか、すべてはそこにかかつてゐた。ただかれに信従するもののみが――いや、そのひとたちのうちにもイエスを「人の子」に昇格せしめようとする慾望がなかつたとは断じえない。そのひとたちすら復讐の意識から完全には離脱してゐなかつたのだ。新約マルコ伝第十三章とその並行文、テサロニケ書、コリント書には黙示文学的なおもかげが髣髴《はうふつ》としてゐる。いや、そのやうなせせこましいあらさがしをする必要はない――ヨハネの黙示録が新約聖書の巻尾を飾るべく、正典中の唯一完全なる黙示文学としてまぎれこんでゐるのである。

二

黙示文学はかくして抑圧のもとに地下に潜んだ沈鬱な表現形式となつた。そこでは絶望のすぐあとに希望が続き、希望の激しさはその背後に絶望の暗い影を漂はせてゐる。それは絶対に逃れられぬ袋小路に見いだされた遁げ道であり、健康な正統主義をすなほに受け入れられぬ狂信者の激越な情熱と真摯な求道心をもつてゐると同時に、この純粋化には偏狭な排他心と夢想家のやましさとがともなつてゐた。

元来、預言は書かれたものではない。特殊のばあひを除いて、それは民衆のまへに語られた。しかし、黙示文学は見幻者がはじめから読者を予想して書いたものである。いや、預言も虜囚以後は語られたあとで記述され、あるいははじめから語られずに記述されるやうになつてゐた。といふのは、ユダヤ教がバビロン虜囚以後、やうやく文書、律法の宗教となり、神は律法にその聖旨を表明すると考へられたからである。ここにおいて預言に、ことに黙示文学にひとつの性格が与へられることになつた。すなはち、つぎつぎに裏切られる預言はもはやただ現象的な、地上的な、それゆゑにまた政治的な事実にではなく、より純粋化した世界観として宗教的終末思想を整備しなければならなくなつた。そしてこの思想的深化とともに、過去の預言、あるいは律法にたいして終末観からの解釈を果さねばならなかつたのである。——いや、福音書もまた新しき宗教の使命として「預言者によりて云はれたる言《ことば》の成就せん為なり」といふ一句を用意しなければならなかつたのだ。——このことは逆にいへば、当時やうやくモーゼ五書からとほく隔たつてきた自分たちの歪曲された俗権的な宗教意識を、律法の権威のもとに庇護し正当化することを意味する。黙示文学の難解はすでにここにその源を有するのである。

　のみならず、想像力の貧しいユダヤ人たちは己れの事大主義を満足させるために、古代異教の形象に借りなければならなかつた。その表現がますます晦渋をきはめたゆゑんである。また旧約時代の黙示文学作者《アポカリプティスト》は新しい使命を伝へるにさいして自己に権威を与へる必要から、偉大なる過去の宗教的英雄のかげにかくれてその偽名を名のらねばならなかつた。しかもエノク、パルク等は当時の正統派により、外典としてつひに聖書中に編入することを許されなかつた。いや、ユダヤの民衆のうちにその読者を見いだすことすらむづかしかつたのである。律法への反逆であつたイエスの教へはかうした黙示文学の不名誉を拭つてはくれた。新約時代のアポカリプティストは偽名を必要としなかつたのである。それでもときをり偽名は現れた。神学者たちはこの偽名のゆゑに新約聖書中に編入されえなかつた黙示文学のあることを説いてゐる。が、ヨハネのアポカリプスははたして偽名でなかつたか、当時の多くのアポカリプティストと同様に使徒の名を借りるものではなかつたか。ここにロレンスは使徒ヨハネとは別のパトモスのヨハネなる人物を登場させてゐる。またかれと同意見の神学者もすくなくないのである。

　つぎに黙示文学を一層晦渋に導いたものに隠語がある。ことにローマ帝国治下においてこの傾向は助長せられた。もともと黙示文学は政治的圧迫に苦しむ同胞への激励のことばとして、暴君の統治下に多く現れるのは当然のことである。ダニエル書その他の黙示文学隆盛時代は、かのヘレニズム心酔者たるシリア王アンティオコス・エピファネスの時代に属し、エルサレム宮殿は破壊され、ユダヤ教は極度の圧迫をうけて、民衆はいはば「あらゆる希望を断たれ、一種の暗い情熱をそなへた宗教的夢想のうちに投げこまれ」（ルナン）てゐたのである。ヨハネ黙示録もまたネロ、ドミティアヌス時代の皇帝礼拝のもとに生れたものであつた。当然、かれらは一種の結社的な存在となり、アポカリプスは秘密文書的形式を必要とした。ここに、かれらクリスト者のみが諒解し、政治的支配者たちにはぜんぜん意味をなさぬ隠喩が語られることになつた。それは迫害者たちから身を衛るカムフラージュである。

しかもかうした幾重もの晦渋に加ふるに、爾来二千年にわたつて多くの正統派神学者たちからオーソドクシカルな解釈をほどこされてきたのである。隠語と異教思想と俗権意識と、これらのものに正統な解釈を与へんとしてかれらは苦心惨澹してきた。そればかりではない、彼等の気にいらぬものをできうるかぎり削除し、あるいは勝手に別の思想を注入したりしてきたのだ。黙示録の難解はかくしてもはや手のつけやうもないものになつてしまつたのである。

三

ロレンスは十歳にもならぬころから、このやうなアポカリプスの精神に生理的な嫌悪感をいだいてゐたと述べてゐる。かれの父親は炭坑夫であり、その多くが出入する守旧派メソディスト教会には子供心にもなんともいへぬ奇異な雰囲気が漂つてゐたといふ。その雰囲気は今日でもあらゆる無教育な大衆の生活に浸潤し、かれらにとつてアポカリプスは福音書や使徒書より以上に、救済と慰めの歌として二千年の歴史を通じ脈々と生き残つてゐる。ロレンスは幼時しばしば目撃した光景を想ひうかべる——陰鬱な顔をした、しかも厚顔な坑夫は一日の激しい労働から解放され、疲れきつた姿をわが家にはこぶのであるが、その戸口をくぐるや、かれの打ちのめされたやうな、卑屈な表情はかげをひそめ、傲岸で無愛想な自尊の念をとりもどして、この坑から上つてきたばかりの家長はがたりとばかりに食卓につく。妻や娘たちは愛想よくかれにかしづき、その息子も大した謀反気もなく黙つて父親のお説教に耳を傾けてゐる。あたりには原始的な神秘と権力との気が異様なまでにただよひ、愛ではなく、粗暴な、特異な権力意識が家庭を支配してゐる。支配するものと屈従するものと——どんな雄鶏《をんどり》でも自分のたらした糞のかたまりのうへに鬨《とき》をつくる権利は許されてゐるし、どんな貧乏な百姓にしても自分のあばらやのなかで疲れたからだに一杯ひつかけるときには、栄光につつまれた小ツァーの気分にひたりえようといふものだ。いや、坑夫や、百姓にかぎらぬ。この貧しき国の無産者階級に生をうけたぼくたち自身の姿をかへりみるがよい——どこの家庭にもおなじやうな光景が展開されてゐるではないか。

さういふかれらにアポカリプスは「奥義、大いなるバビロン、地の淫婦らと憎むべき者との母」といふ戦慄すべき呪ひのことばを教へ、それがいまや全世界にひびきわたつてゐる。その告発の対象は初代クリスト教時代には、クリスト教徒たちを迫害した地上的権力たる大帝国ローマとなり、宗教改革後のプロテスタント・ピューリタンにとつては、俗権的なローマ法王となり、現在においては、ロンドン、ニュー・ヨーク、ことにパリなど逸楽と淫行とにふけるブルジョワジー、教会に一度も足を踏み入れたことのない俗人の群となつた。かくしてアポカリプスは二千年のあひだ、ひとびとの満されぬ支配慾と権力慾との支へとなつてきたものであり、みづからを不当に迫害されてゐると考へてゐる弱者の歪曲《わいきょく》された優越意思とその結果たるインフェリオリティ・コムプレックス症状とのあきらかな兆候を示すものでもあつた。宗教的にも倫理的にも、いや政治的にすら、あらゆる現代の風潮はこの弱者の自尊の宗教を楯にして、みづから選民と名のる似而非《えせ》謙遜、似而非《えせ》愛他主義の輩《やから》が、おのれの強敵に悪と罪との刻印をおしつけ、それを打倒して致命的な破滅と挫折とのうちにおひこみ、おのれひとり剿滅《さうめつ》しつくして、ひのぼらうともくろんでゐる。選民以外のすべての人間をことごとく抹殺し栄光の座に這自分だけはまちがひなく神の御座に坐りこまうといふ奸計をめぐらしてゐる。さう断ずるロレンスのことばを単純に反動的なものとして否定し去ることができようか。論理の正攻法に拘泥せず心理の委曲にそつて現代の風景を見まはすならば、反動的なるものはロレンスのことばであるよりは、社会的心理的現実そのものであることがたちまちにして諒解されるであらう。むしろ危険は、そのやうな人間心理の反動的性格を論理によつて大義名分にまで強弁することにありはしないか。

かくのごとき人間心理の反動性はなにに由来するか。それをロレンスはイエス自身の態度のうちに求めてゐる。人間のうちには孤独と諦念と冥想と自意識とにふける純粋に個人的な面と、他人を支配し、その存在を左右し、あるいは英雄をみとめてこれに讃仰をささげ臣従せんとする集団的側面と、この二つがある。ところが、イエスは——いや、イエスのみならず、多くの聖人賢者たちは、つねに個人であつた。純粋なる個人にとどまつてゐた。イエスは弟子たちのまへにも、つねに孤独であり、かれらの肉体的権力者となることをかたく拒絶してゐた。とすれば、ユダのごとき俗人は——といふより健全なる世間人は自分のうちなる権力渇仰熱がつねにみづから裏切られるのを感じてゐたとしてもふしぎはあるまい。で、かれはくちづけをもつてイエスを売つた——と同様に、アポカリプスは福音書に死の接吻を与へんがために新約のうちにまぎれこんだ。ここに正統クリスト教の大敵たる権力意識が聖書のうちに登場する。あざやかに閉め出しをくはしたとおもつた瞬間、悪魔はアポカリプスの仮面をかぶつてたくみに民衆の心のうちにその根城を見いだした——と、ロレンスはいつてゐる。

ひとはひとりになつたときにのみ、はじめて真のクリスト教徒たりえ、仏教徒たりえ、そしてプラトニストたりうる。が、イエスにしても弟子のまへに出たときはひとの師であり、ひとりの貴族であることをまぬかれえなかつたし、ひとびとの英雄崇拝熱に乗せられぬためには非常な意思の努力を必要とした。いや、かれもまたその愛が鞏固《きようこ》な力にまで昇華したあかつきには、いはゆる「のちに統《す》べ治す」ことを考へてゐなかつたらうか。アッシジのサン・フランチエスコにしても大いに謙譲たらんとつとめながら、やはり弟子のうへには絶対権力をふるふ手をこころえてゐた。シェリーを見よ、レーニンを見よ、ロレンスはレーニンもウィルソンもリンカーンも聖者だつたといふ。が、かれらにして純粋に個人の状態を保つてゐるかぎり聖者たりえたが、ひとたび集団的自我に手をふれたが最後、つひに聖者にとどまつてはゐられなかつた。ひとは生れつき聖ならざる側面をもつてをり、このアダム的、根源的要求は、自分の勢力範囲内において手のとどきうるかぎり広く、支配者となり、優越者となりかつ栄《は》えある存在とならうとする。またみづから英雄をつくりあげ、その強きものより弱きものへと流れる権力の縦の流れにそつて自分を適当な位置におき、英雄を讃仰することによつてみづから昂揚感を覚えつつ、自分のうちに英雄を感得する。もしこの心理的事実をみとめないならば――イエスは、クリスト教はあきらかにそれを否定したるがゆゑに、その権力意識は地下にもぐつたといふのである。純粋なる個人、それもよからう――が、民衆は、民衆の最下層はつねに支配し支配される慾望に燃えてをり、孤独と諦念と自己認識の純粋なる愛の宗教のほかに、集団的な自我に応ずるべつの宗教を探し求めてゐる。そこでアポカリプスがその歪曲された集団的自我の呻吟《しんぎん》にこたへ、挫かれ抑圧されたるものの復讐的な夢を正常化することになつたといふわけだ。

過失の発端はすでにイエスにある――その愛の宗教に。かれの眼には個人しかなかつた。かれはパンや金銭を軽蔑した。が、たしかにひとはパンのみにて生くるものではないにしても、それだからといつて愛が必要だとはいへない。権力はパンよりも金銭よりもおそらく生くるに欠くことのできぬものであるかもしれぬ。イエスの眼が個人のうへにのみあつたとすれば、その洩れたところのものをパトモスのヨハネが引継いだとしてもふしぎはない――いづれだれかがその穴埋めを引受けねばならないものだつたから。

四

「アポカリプス論」は二十三章に分たれてゐるが、以上はその冒頭の四章を概括したものである。そのつぎの四章はアポカリプスに影響を与へてゐる古代異教の宇宙観に関聯して、それがいかに卑小な隠喩にまでねぢまげられてゐるかを語り、なほひきつづき第二十二章にいたるまで、黙示録の本文に即してその隠喩を解明してゐる。もちろんそれは神学的な解説ではない。ぼくはニーチェの「ギリシア悲劇時代の哲学者たち」を想ひうかべた。両者の基調は期せずして一である。あながちロレンスが書中たえずタレス、ヘラクレイトス、アナクシマンドロスなどに言及してゐるからばかりではない。この二つの精神の共通にもつてゐるデクリネイションへの異常な関心が、ほとんどおなじやうな形をとつてゐるのである。ロレンスの古代謳歌にはつねに一種の悲調がまつはつてゐる。第一に、かれの異教への情熱は、そこに復帰することの不可能を前提としてゐた。第二に、権力思想を肯定するかれの真意はあくまでクリスト教的な愛の宗教を信奉してゐた。第三に、かれの飛躍した論理の底には、強靭な合理主義の刃がわれをもひとをも傷つけてゐる。ひとびとはあるいはその逆説的な外装に欺かれるかもしれぬ。ロレンスの異教讃美にオプティミスティックな保証を見いだし、近代ヨーロッパの没落を信じこんだり、またはその神がかりめいた非論理性や権力思想に反撥を覚えるあまり、かれを反動的とみなすことがないとはいへぬ。ロレンスの異教精神をいふものは、なによりもまづ正統なヨーロッパ人が容易に異教徒たりうるかどうかを考へてみるがよい。またさういふひとたちはヨーロッパにとつて合理主義がいかに根強い伝統であるかをかへりみてみるがよい。ニーチェはたしかにクリスト教を攻撃した。しかしかれの精神ははたしてアンチ・クライストに近かつたか、それともイエスに似てゐたか。ボードレールは頽廃の悪魔であつたか、それとも敬虔なクリスト教徒であつたか。それは答へるまでもない明白な問ひであらう。同様にしてこののち何十年かの歳月はロレンスに殉教徒の資格を与へるかもしれないのである。

じじつ、異教の壮大を歌ひ近代の卑小を嫌忌するかれの声のうちにいつのまにか近代人の歎きがかよひ、クリスト教の愛の思想が忍びこんでくる。かれが「チャタレイ夫人の恋人」の終末において到達した救ひは、もはや激しい情熱ではなく、「あたたかい心」「やさしい心」であつたことを想ひ起すがよい。アポカリプスの裏口からゆがめられた権力意識が新約のうちに忍びこんできたのとまつたく逆に、かれの異教讃歌を通じてイエスの愛の訓へがひそかにみづからを主張してゐるのである。またそこでは古代を楯に近代が近代の悲歌をうたひつつその立ちなほりを用意してゐるといへよう。

「アポカリプス論」最後の第二十三章がすべてをあきらかにする。それは死の呼吸さながらに性急な結論をほとんど箇条書のやうにして読者のまへにたたきつける。ロレンスがぼくたちに提出した問ひはかうである——現代人ははたして他者を愛しうるか、個人と個人とはいかにして結びつきえようか。かれの答へはもちろん否定的である。個人はつひに愛することができぬ。

個人は、クリスト教徒は、つひに他者を愛しえない。こころみに女を、隣人を愛してみよ――ぼくたちが肌と肌とをぢかに押しつけるやうにしてたがひに愛しあはうとするならば、そのむくつけき努力のうちにしだいに洗はれ露出してくるものは、他人を支配しようとする我意であり、それは純粋なる個人などといふものでは毛頭ない。女を愛してみるがいい――ぼくたちは底の底までしぼりとられ、自分の我意がみじめに踏みにじられる危険にであひ、やがて最後には相手にたいする反撥と憎悪とのみが残留し、愛情はどこへやら消滅してしまふ。我意と個性とはつひに自分のうちの愛し手を殺さねばならぬ宿命にあるのだ。ひとびとはなにゆゑそのことをはつきり是認しないのか。スペイドをスペイドとはつきり宣言しないで、自分たちのうちの我意を愛他思想のうちにひつくるめてしまはうとするからこそ、抑圧された我意はゆがんだ権力慾へと噴出口を求めるのである。トルストイの悲劇を現代はいまだありのままの姿において見てゐない。トルストイは依然として愛他思想に自己を犠牲とした英雄として眺められてゐる。我意を我意としてみとめよ。この世に純粋なる個人といふやうなものは存在しない――仏陀のやうに塵網を去つて山中に隠れる以外には。というふロレンスもまたトルストイと同様に愛他思想の犠牲者でなかつたとはもちろんいへない。かれはたしかにスペイドをスペイドといつてゐる。が、その生活はなんとかして愛の実証をつかみたいと悶えとほした。とすれば、愛を説いたトルストイとどこがちがふのか、スペイドをスペイドといひえた逆説も所詮は時代と民族との相違にほかなるまい。

ぼくたちは――純粋なる個人といふものがありえぬ以上、たんなる断片にすぎぬ集団的自我といふものは――直接たがひにたがひを愛しえない。なぜなら愛はそのまへに自律性を前提とする。が、断片に自律性はない。ぼくたちは愛するためにはなんらかの方法によつて自律性を獲得せねばならぬ。近代は個人それ自体のうちにそれを求め、そして失敗した。自律性はうちに求めるべきではない。個人の外部に――宇宙の有機性そのもののうちに求められねばならぬ。ぼくたちは有機体としての宇宙の自律性に参与することによつて、みづからの自律性を獲得し他我を愛することができるであらう。愛は迂路をとらねばならぬ。それは直接に相手にむけられてはならぬ、クリスト教もそれを自覚してゐた。が、ロレンスはその迂路をば、宇宙の根源を通じることによつて発見した。それはあきらかに神を喪失した現代にひとつの指標を示すものであらう。が、現代人は総じてあらゆる結びつきに反抗してゐる――宇宙、世界、人類、国家、家族、これらすべてに従属することに反抗し、個人の独立を主張する。断片が自律性を強要し、その不完全性をあくまで統一体として強弁するのだ。結果の不幸は火を見るよりあきらかである――なによりもアポカリプスがそれを証明する。ロレンスの脳裡にあつた理想人間像はいまやあきらかである――人間は太陽系の一部であり、カオスから飛び散つて出現したものとして太陽や地球の一部であり、胴体は大地とおなじ断片であり、血は海水と交流する。はたしてこのやうな考へかたは神がかりであらうか。が、ぼくはロレンスの結論にいかなる批判も与へようとはおもはぬ。それは「アポカリプス論」の読者の責任であらう。いまはただかれの現代批判をのみひとびとのまへに提出したいとおもつただけにすぎぬ。冒頭にかへる――ぼくたちはかれのことばをぼくたちの心理のすみずみに検してその真偽をたしかめることがなによりも必要であらう。

（「展望」昭和二十二年五月号）

II

「私」を超えるもの

民衆の生きかた

一

いま私のまへにガラス窓があります。そして私はそれをちらりと見たばかりで、ガラス窓だと理解する。が、このばあひばかりでなく、私たちはあらゆる事物を、かうして、ろくに確めてみもせずそれと理解してゐるのであります。もしだれかが私にむかつて、なぜきみはそれをガラス窓だと認めるのかと問うたとしても、私は即答に困るでありませう。そこで私は、自分がそれをガラス窓と認めた根拠として、乏しい科学的知識に訴へようとするかもしれない。すなはち、ガラスの製法やその物理的性質や用途などに照して、自分の眼のまへにあるものが、紛ふかたなきガラス窓であることを証明しようと焦るでせう。しかし、私がものごころづいて以来、ほとんど百発百中、ガラス窓をガラス窓として認識してきて誤らなかつたのは、さういふ科学的知識のためではない。それなら、やはり、ひとめ見ただけでわかると答へるべきものなのでせうか。いや、それだけではすみさうもない。理解とか認識とかいふことを、もうすこし分析してみる必要があります。

ひとめ見ただけと手軽にいひますが、およそわれわれが自己の理解力によつて把持してゐるもろもろの事物で、見るといふ視覚の作用だけを通じて知つたものなどひとつもありません。ガラスといふものをぜんぜん知らない未開人に、たつたいまそれを見せたとしてもそれだけで、かれがガラスについてわれわれと同様の理解力をもつことはありえない。われわれはガラスをたんに見たことがあるだけではなく、たびたびそれにさはつてもきた。視覚にとつては透明であるが、触覚にとつては明確な抵抗があることを、すなはち、それはときに視覚を欺くことができても、触覚まで欺くことのできぬ物質であることを知つてをります。しかもそれはたいへんに毀《こは》れやすい。そんなことを知るためには、われわれは過去に自分の指先を傷つけてもきたでせうし、たとへ自分がけがをしなくとも、だれかが血を流してゐるのを見せてもきたでせう。また、われわれはガラスをとほして日光の熱や外気の冷たさをまざまざと感じてゐます。のみならず、ガラスのコップから、それが脣や歯にふれるときの触感も知つてゐます。さらに、ガラスを加工した状態として、鏡やレンズといふものの存在を知つてゐる。のみならず、それが一枚のガラスといふ用途不明な一物質ではなく、ガラスの窓だと認めるためには、われわれは古今東西あらゆる窓から帰納演繹したひとつの概念を、ガラスといふ物質についてと同様、明確に把持してゐなければならぬわけです。

かうして、ガラス窓をガラス窓として認める単純な作用も、これをこまやかに分析してみれば、じつにさまざまな経験が作用してゐることがわかる。私はいま便宜上この分析を途中でやめたのですが、たとへば、窓を窓として認識するためには、それが扉とはちがふものであり、またたんなる毀損《きそん》せる穴凹《あなぼこ》ともちがふものであることを理解してゐなければならず、そのためには扉や穴凹について正確な概念をもつてゐなければなりません。さらに、そのためには、家といふ概念がわかつてゐなければならない。またそれがさまざまに利用されるにいたつた前後における他の生活上の種々な変革や、それが使ひはじめられるまへにはどんな物質がそこにあつたか、すなはちガラス窓のまへには雨戸と障子とがあつたといふ事実や、そのほかいろいろなことを知つてゐてはじめて、われわれはガラスといふものから近代的な感触を受けるのであります。

認識とか理解とかいふものは、このやうに生活経験の場において、一時代、一民族の文化感覚を背景にしてのみ、なりたつものにほかならない、視覚だけが知つてゐる真実、あるいは自分だけが知つてゐる真実といふものは存在しません。みんなが生活の場で理解して、はじめて、自分も理解できるのです。御承知のやうに、科学的知識といふやうなものは、さういふ生活や文化から抽象された知識であります。ガラスが実生活上いかに用ゐられるか、あるいはそれがわれわれの感覚にいかなる作用をおよぼすか、さうしたことはいつさい無視して、完全なる客体としての物質についての知識なのですが、完全なる客体としての物質といふがごときものは、われわれの生活には存在しません。それは物質として空間に一定の位置を占めてゐるかもしれぬが、それだけではわれわれの意識のなかにはひつてこず、意識のなかにはひつてこないものについては、われわれはこれを認識し理解することはできない。

　では、科学的知識は不必要であるのか。もちろん、そんなことはありえない。それは必要不必要の問題ではなく、他のすべてのこととおなじやうに、人間の本能なのです。子供をごらんなさい。子供の行動はじつに無意味な、いつてみれば不必要な経験の連続であります。道を歩いてゐる子供たちは、まつたくなんの必要もなく、汚い垣根や落ちてゐる紙屑に手をふれる。それらは淋病患者が小便をかけたものかもしれず、肺病患者が痰をぬぐつたものかもしれない。予防医学の専門家から見ると、その確率はかなり高いものであり、じつにぞつとするやうな恐しさでありませう。が、教育的見地からすれば、子供にはその種の危険をある程度まで許さなければならない。危険から完全に防衛された子供は、おそらく生活力をもたないでありませう。なぜか。われわれが成人してただひとめ見ただけで、なにかを認識し理解しうるといふのも、じつは子供のころのさういふ不必要な、ときには危険きはまる、もろもろの経験の集積があるからではないか。ほんたうの竹垣とブリキで作つたまがひものの竹垣とを、あるいは書き損じた紙を丸めた屑と痰をぬぐつた紙きれとを、一見して識別できるといふのも、子供のころ、なんでもかたはしから手をふれて歩いたからではないか。科学的知識といつても、所詮は、この子供とおなじ無意味な好奇心から生れたものにほかなりますまい。

　ただ、子供の無意味な経験が、そのままに集積されても、依然として無意味にとどまるやうに、科学的知識もそれだけでは完全に無意味であります。無意味であるばかりか、知識として存在することすらできない。子供にむかつて、いまさはつた紙屑をどうおもふかと問うたとしても、かれはなんとも答へやうがないでせう。それを汚い紙屑として認識するためには、まだまだ他のたくさんの経験を必要とするのです。いや、量的にいくら経験をかさねてもだめです。はじめからなにかがなくては、認識と理解は成立しない。すなはち、どんなささいな経験といへども、自分の生活の系列のうちに、ひいては自分を中心とする社会生活の全系列のうちにそれをあてはめ、その全系列を背景にして、はつきりしたパスペクティヴを形づくつたうへでなければ、ぜつたいに理解できぬのであります。科学的知識にしても同様です。どんな小さな発見も、これをそれぞれの学問の体系のうちにはめこんでみて、はじめて理解されるので、この体系の把握がなかつたならば、発見といふこと自体が不可能でありませう。のみならず、ひとつの学問的体系そのものが、われわれの日常生活といふ大きなパスペクティヴのなかにはめこまれてみなければ、それを利用することはもちろん、知識として存在することすらできないのです。

二

が、そんなことがどうして可能かと反問するひとがゐるかもしれない。なるほど、科学においては専門はますます分化するいつぽうであり、また日常生活においても、現代では国際政治の微妙な力関係や自然科学の進歩といふことを考へると、たうてい全体の見とほしなどききさうもない。われわれの生活の瞬間瞬間が、空間的にはとはうもない拡がりをもち、時間的にも、たえまない変化の速度に翻弄されてゐる。自己を中心として形づくられるべきパスペクティヴといつても、空間的には遠景のはうから、時間的には未来のはうから、たえずその統一を崩さうとはたらきかけてくる。われわれは大きな機械のなかの歯車のやうにたんなる部分として存在するのみで、全体との聯関など求めうべくもない。さういへば、たしかにそのとほりです。が、すでに申したとほり、全体といふものを把握してゐなければ、われわれは部分としても存在しえぬし、また他の部分を部分として認めることもできないのです。同時に、全体といふ観念がなければ、あるいは全体とつながらうとする慾求がなければ、われわれが今日、全体との聯関を喪失してゐるといふ不安さへ出てこないはずです。してみれば、この現代的不安の瀰漫《びまん》こそ、われわれが部分であると同時に、また全体であるといふなによりの証拠といへませう。すなはち、われわれは全体とのつながりを欲するものとして、あるいはみづからのうちに全体性を含むものとして、これを毀《こぼ》たうとはたらきかけてくるものに抵抗を感じるのです。

では、われわれの経験がひとつひとつの部分として孤立した、たがひに聯関のない事実の集積であるとすれば、その集積が相寄り相集つて、ひとつの全体ができあがるのか。もちろん、さうではありません。部分が集つて、その総和として全体ができあがるのではない。逆に全体がはじめにあればこそ、それぞれの部分が部分として存在しうるのです。が、どうやら現代では、さういふ考へかたは観念論と見なされ、あまりはやらぬらしい。もつとも、さうかといつて、部分の散漫な集積がそのままで統一ある全体を形づくるとは考へないでせうが、すくなくとも、部分がはじめにあつて、その集積ができあがり、これを意味づけするものとして、どこからか全体の観念を要請してくるといふのが現代流の考へかたであります。たんに部分の散漫な集積で統一ある全体ができあがるとするのは、個人主義的、あるいは自由主義的な世界観です。それに反して、外部から全体の観念を要請すれば、左右いづれにせよ、多分に全体主義的な世界観を形成します。現代の知識人の大半は、その折衷案に落ちついてゐるやうです。アメリカ流の民主主義も、フランス流の実存主義も、その点ではおなじで、これを一括して総称すれば、修正自由主義、あるいは修正個人主義にほかならず、もつと手つとりばやくいへば、プロテスタント的ヒューマニズムと呼ぶべきものでありませう。

が、いづれも共通なまちがひを犯してゐる。全体は、私なら私が、それを自己の外部に認識しうるものとして、つねに外部から要請されてゐる。すなはち、そこにおいては、全体といふ観念が、あたかも机や茶碗のやうに、自己の眼前に横たはつてゐるのです。それなら、それは全体ではなく、部分でしかないはずです。全貌が見わたせる全体などといふことはまつたくの自己矛盾です。全体は自己のうちにあり、全体は自己そのものでなければならない。といつて、私は、いまさら神とか真理とかいふものの自己内在説などを説いてゐるのではない。全貌が見わたせる全体が自己矛盾であるのと同様、内側がのぞける自己などといふのもことばの矛盾です。のぞかうとしてのぞけぬものをわれわれは内側と呼ぶのであります。神の自己内在説をいひだしたのは、ほかならぬプロテスタンティズムでありますが、じつはそのプロテスタンティズムに養はれた近代精神こそ、全体を、自己の外部に横たはり、その全貌が見わたせるものとして規定するやうになつたのであります。なぜなら、自己の内側がのぞけるといふ仮定は、ただちに自己の内側を客体として外側にしりぞける操作を必至ならしめたからです。なるほど、視覚による認識は、聴覚や触覚による認識に比して、かなり大きな距離の開きに堪へうるものであります。いひかへれば、客体化に堪へうるものであり、客体化をなしうるものであります。手でさはらなくても、眼でそれと理解することはできる。そこから、われわれは認識の手段として、視覚をもつとも優位なるものと考へるやうになつた。が、さきに申しましたやうに、視覚による理解は、じつはそれ以前における他の感覚による理解に基づいてゐるのです。もちろん、まへにさはつたことがあるから、ひとめ見ただけでわかるといふ面の逆に、かつて見たことがあるから、たとへ失明しても、ちよつと音を聴いただけで、あるいは手をふれただけでわかるといふこともいへませう。が、なんといつても、視覚がいちばん、他の感覚をそれみづからの世界に翻訳できるのであります。視覚の優位性といふ観念は、ある程度まで当然なことといへませう。が、われわれは視覚の翻訳能力に感心するまへに、それがあくまで翻訳にすぎぬことを忘れてはならない。翻訳は原文を無視してはいけませんし、原文からあまりに離れてはいけません。視覚による翻訳それ自体の自由と自律性とを強調したとき、その結果はどうなるか。より多くのものを見、より広くを見はるかすためには、われわれはつねにできるだけ後退し、遠隔視覚によつて対象を見なければならない。退けば退くほど、全体が視野のうちにはひつてくる。かうして、視覚の優位は、さらに遠隔視覚の優位にわれわれを導くのであります。遠くなれば遠くなるほど、視覚以外の他の感覚は、いきほひその働き場所を失ひ、鈍磨せざるをえません。このやうにして得られた全体の影像とはいつたいなにものか。そんなもののまへに、われわれの感覚は沈黙し、自己の無能をみとめなければならないのでせうか。たしかに、すべてを見きはめたといふ一瞬の喜びはあるでありませう。が、つぎの瞬間には、それが自分とはなんの関係もないといふ事実をおもひしらされなければならない。遠隔視覚によつてとらへられた全景のなかに、どこを探しても自己の影は見いだせないのであります。遠隔視覚は、自己と全体とのあひだを、ますます隔てるやうにしかはたらかなかつた。ここに視覚以外の他の感覚は生きることを要求します。それらは視覚に謀反する。視覚的認識がこれこそ全体だと説得しても、聴覚や触覚は、おのれの感受しえないものを全体とは認めえない。その結果、個人のうちにおける感覚相互間に、また精神と肉体とのあひだに、明瞭な分裂が起ります。をかしなことだが、全体を見はるかしてゐるはずの個人が、個人としての全体的統一を失つてゐるのです。おなじやうな現象が、知識階級と一般大衆とのあひだに見られます。知識階級がひとつの全体像として押しつけてくる全世界観を、大衆はただぼんやりと眺めてゐるだけで、それが自分たちとなんのかかはりがあるかを、容易に納得しない。知識階級の遠隔視覚によつてとらへた像は、あまりに遠いがゆゑに大衆の聴覚・嗅覚・触覚・味覚はこれを理解することができないのです。それらに支へられぬ視覚的認識だけでは行動できぬといふのが大衆であります。かれらにおいては、理解と行動とは、ぜつたいに分離してをりません。

遠隔視覚の優位性は、われわれに、あらゆるものを客体化しうるといふ妄念と、この客体化の手つづきの究極には、やがて全体が入手できるといふ錯覚とを植ゑつけたのです。すなはち、全体が見はるかせたとき、はじめて自己をその部分として在るべきところに在らしめ、さらにその自己の位置をも自己の視野のなかにをさめうると考へてゐる。かういふ誤解は、もつとも遺憾なことに、われわれの心理や倫理をわれわれの生理から遊離せしめ、それを完全に破壊してしまひました。なぜなら、われわれが部分として正しく行動するためには、そのまへに全体を見はるかしてゐなければならないと考へるからであります。現在の瞬間における空間的な全体の状勢ばかりでなく、未来をも含めての時間的推移の必然的型態が全体として見はるかされてゐなければならない。かくして、現在について正確なる情報と未来にたいする的確なる予測とが、すなはち観念が、現実にとつてかはつた。われわれの行為の善悪の基準は、いや、快・不快の基準すら、つねに外部的・未来的全体からやつてくるのです。そして、全体などといふものが見はるかせない以上、それは当然、観念的にならざるをえません。情報と予測とは、たんなる観念であり、仮説であるにすぎない。観念や仮説が不必要だといふのではありません。問題は、われわれがそれを観念であり、仮説であるといふ事情を忘却しかかつてゐるところにあります。観念論者と唯物論者とを問はず、また理想主義と現実主義とを問はず、ひとびとはたいていこの陥穽《かんせい》におちいつてゐるやうです。

三

視覚的認識が他の感覚による認識に比して、かなり大きな距離の開きにたへうるといふ事実は、倫理的にいへばいかなる悪にも、心理的にいへばいかなる不快にも、それは平然としてゐられるといふことを意味します。いや、生理的にいつても、最初に例をあげたやうに、われわれは痰をぬぐつた紙きれに、よしさはれぬとしても、見ることとくらゐはたへられるでありませう。他の動物にくらべて、人類が苛酷な自然の暴力にたへ、それを制御しえてきたのは、たしかにこの視覚的認識の優位性に頼つたからにほかなりません。それは、現実の危険にたいして、また社会生活上の悪や個人心理的な不快感にたいして、われわれが直接それらに遭遇するまへ、あらかじめわれわれにそれらの所在を知らしめ、われわれを防衛する役割をもつてゐたのです。われわれは防衛されてゐるがゆゑに強くなつた。また強者にならうとして、この防衛体制をますます完璧ならしめようとしてゐる。その結果、現代では、防衛そのものが生の内容となり目的となつてしまつたかにみえます。

現代において、生の自由とは、逃避か、さもなければ抵抗か、そのいづれかの形をとらざるをえない。が、両者はおなじものです。われわれは生の喜びにおいてよりは、死にたいする恐れにおいて、より正確に生の内容を把握しうるといふ状態にあります。原始人の健康な生活においては、さういふことはなかつた。かれらが死を恐れなかつたといふのではありません。むしろ今日よりも、死の危険は多かつたのです。死はたえず生のかたはらにあつた。が、かれらは、それにもかかはらず、生の喜びを知つてゐた。死の隣に立ちながら、それに顔をそむけ、現在の生の喜びに浸つたのであります。現代人はそれを逃避だといふかもしれぬ。そして、われわれはもつぱら死に向きあつて、それをできるだけ遠くへ押しやらうと懸命になつてゐる。

原始人のばあひが死からの逃避であるとすれば、現代人のばあひは生からの逃避にすぎぬのではないか。なるほど、われわれはかれらだつたら、不用意と無智とのために死ななければならなかつたさまざまな危険を排除しえたでもありませうし、そのため寿命を長びかせることに成功したでもありませうが、生の喜びを味はふ感覚については、むしろ退化の一路を辿《たど》つてゐるといつても過言ではありますまい。

もうすでにおわかりでせうが、われわれがなにかを理解するといふのは、どこかで判断停止をおこなふこと、ある一点で後退をやめるといふことであります。逆にいへば、そこがいちばん理解しやすい場所だといふことになる。そこにおいて、自己と対象とのあひだの力学的構成が、もつとも緊張せるパスペクティヴを形づくるといふことだ。もし全体といふものがあるとすれば、それはこのパスペクティヴそのものを意味し、自己がそれを理解するといふのは、自己がそのパスペクティヴの一部であることを感じてゐるといふことでありませう。全体は感じられるものであつて見られるわけのものではない。そのとき、自己は部分でありながら、同時に全体でもあるのです。なぜなら、そのパスペクティヴのなかのあらゆる事象は、視点に立つてゐる自己にむかつて整然と収斂《しうれん》されてくるでせうから。

もちろん、視覚的認識においても、それがいやしくも認識である以上、このやうなパスペクティヴが形づくられてゐるのにちがひありませんし、そのためには、どこかで判断停止がおこなはれてゐるはずです。いひかへれば、現実への注視をどこかで投げてゐるのです。ある点からさきは見ないやうに本能的な配慮がおこなはれるでせうし、また視覚にのみ頼つて、他の感覚の認識を遮絶しもするでせう。この判断停止は認識や理解の基本的な方式でありますが、それ以上に、生きるためにどうしても必要な手つづきでもあります。現実にたいして、いちばん理解しやすい場所があると同時に、現実のうちに生きるのに、いちばん生きやすい場所というものがある。じじつ、われわれは、程度の差こそあれ、つねにさういふ場所を見いだして、判断の停止を、いや、生活の停止を、おこなつてゐるのであります。その瞬間において、われわれは全体を認識するのではなく、全体を感じるのです。自己が全体のうちの一部であり、自己のうちに全体があるといふ、つまり、自己と対象との完全な合一感に浸つて生きうるのでありますます。

それはたしかに日常的な生の秩序からの逃避でありませう。が、厳密な意味において、生の日常はいかなる秩序をももつてはゐない。われわれの日常生活は、時間的にも空間的にも、際限のない拡がりと複雑きはまりない因果関係のあやめとのなかに埋没してをります。われわれは、われわれがその一部分にすぎない空間と時間との周辺を究極まできはめることはできない。われわれに影響をおよぼし、われわれを支配する因子を、とことんまで見とどけることはできない。そこにわれわれの眼のとどかぬ偶然が支配するとすれば、すくなくとも秩序などといふものは存在しません。それにもかかはらず、われわれのごく平凡な日常生活においてさへ、そこには秩序があり、われわれはそれをつくつた。視覚的認識といふものも、もともとさういふわれわれの本能から生れたものであり、要するに秩序を発見し創造しようとする生の衝動にほかなりません。が、それは秩序といふものを、自己を消去した対象の側にのみ求めた。そこに過ちがある。秩序とは自己と対象とのあひだに形づくられるパスペクティヴであります。秩序を求めることが、われわれの生の衝動である以上、すでにわれわれの内部に秩序の感覚がなければならぬはずです。一個体である私のなかに、すでに全体のパスペクティヴが型として影を宿してゐなければならぬはずです。

四

判断の停止とか、あるいは生活の停止とかいふものは、この型によつて複雑な現実を割り切らうとし、捨象しようとするこころみにほかなりません。それによつて、われわれは微弱な線を切りすて、あいまいな陰翳を無視し、型そのものを明確に打ちださうとする。われわれは、つねに、いたるところで、この型を発見しようと努力してきたし、また発見してきたのでありま す。すなはち、時間の流れを、あるいは空間の拡がりを、一定の大いさに区切り、そこに型がくりかへし出現することを楽しんでゐるのです。たとへば、われわれはかういふことを経験しなかつたか。だれか身近の親しいものが急死するとする。われわれは、愛してゐる父や母が死んだ瞬間にさへ、悲しみや苦痛と同時に、一種の快感に似たものを感じて、うしろめたい気もちに襲はれたことがないだらうか。さういふときの昂奮は、けつして単純な悲哀の情からだけくるものではありますまい。身近なものの死は、秩序のない無意味な時空の連続からわれわれを救ひあげ、解放してくれるのです。そのときをかぎり、われわれは判断の停止と生活の停止とを黙認されるのです。ことに、長い看病のあとでは、だれしもそれを感じてほつと一息つくでありませう。

が、もしそのあとに、死を葬ふ一定の型といふものが存在しなかつたならどうか。われわれは悲しむことさへできないでせう。近親の死といふ異常事はたしかに平板な日常生活の停止とそれからの解放とを意味しますが、もしそれにともなふ葬式といふ型がなかつたなら、日常生活は停止するどころか、ただ新しい経験の負荷を加へて、いつそう複雑化するのみであります。われわれは日常生活から解放されず、死をめぐるいつさいの手つづきや気もちの処理を、きのふとおなじ日常生活の次元でおこなはなければならなくなる。落ちついて悲哀の感情にすら浸れないでせう。悲哀感のうらに快感がひそんでゐることを、われわれはなにもうしろめたくおもふ必要はないので、悲哀感が純粋な型態においてはそのまま快感であることを、すなはち近親の死にたいする悲哀感すら生者にとつては生の充実感に転化されるのだといふことをそのときはじめて発見するにちがひありません。

われわれは近親の死にさいして、日常的な時空の連続を断ち切り、そこから逸脱して、それみづから独立し統一せる全体を形づくらうとします。さうすることによつて、はじめてわれわれは死と生とを理解し体験しうるのです。つまり、かういふことです。ある家でだれかが死ぬ。すると知人や親戚が威儀をただして現れる。かれらは意識するとしないとにかかはらず、深刻な表情のもとに死を悲しむ演技をする。かれらのあひだにおのづと親疎のべつはありませうが、とにかく一様におなじマスクをかぶり、足がしびれるのをがまんしながら頭をたれて僧侶のお経をきいてゐる。かういふ同一条件のもとにおいては、個人的な感情を親疎のべつによつて表現することは、許されません。のみならず、遺族すら、いたづらに悲しみに淫することを許されない。かれらは会葬者を迎へ、挨拶し、饗応しなければなりません。それには一定の型があり、その型に則ることによつて、すべてのひとはそれぞれの個人差を滅却して、死そのものの過程を演出するのであります。

さういふ儀式ばつたことは、故人を真に愛してゐた遺族にとつて、あるいはしらじらしい虚偽と感ぜられるかもしれない。が、じつは真実の感情ほど――それがなまなましい実感であればあるほど――その真実性を保証するものとして型が必要になるのです。故人の死にたいする悲哀感といふやうななまなましい感情は、まづ日常生活の煩雑さから解放されて、一定の深さと一定の持続とをもたされる必要があると同時に、それが野放図に解放されはなしになると、あの悲哀感のうちにひそむ快感は消滅して、苦痛をともなつた不快感と化するでせうし、のみならず、ひとはそのあとで、かへつてしらじらしい気もちになり、自己の感情の真実性を信じられなくなるものであります。真実の感情ほど、たちまちのうちに虚偽に転化しやすい危険をふくんでゐるのです。会葬者たちによつて強ひられるよそよそしい儀礼も、またなくてはかなはぬものなのであります。

それればかりではない。さらに遺族にはたへられぬやうな状景がお通夜には展開される。威儀をただしてゐた会葬者たちは、席を移せば、そのままだらしのない宴会の客となるのです。読経や焼香のときの深刻な表情はどこへやら、へべれけに酔つぱらつてしまひ、およそ人間の死といふ厳粛な事実にふさはしからぬ落花狼藉《らうぜき》を演じ、故人の懐旧談にまじつて猥雑な冗談や踊りがとびだすといふしまつです。いつぱう遺族は棺のそばにうなだれて涙をおさへ、あるいはたへきれずに居間へひつこんで悲しみをわけあふ。ときには鷹揚《おうやう》な施主が酒盛りの席に現れ、自分の悲しみを押しかくし、献杯をかさねながら、どんちやん騒ぎの奉仕をします。かれは、いまやこの儀式の主体が死者の側にではなく、礼をわきまへぬ会葬者の側に、すなはち生者の側にあることを知つてゐるからだ。会葬者たちもそれを承知してゐて、あへて遺族の悲しみには深入りしようとしない。たまたま遺族のなかにまじめな青年がゐたとすれば、かれは会葬者たちの心なき酔態に怒りを発するかもしれません。読経や焼香のときの会葬者の厳粛なマスクにしらじらしい虚偽を感じたときと同様、いや、それだけに、打つて変つた酔態に、まさにその虚偽の証拠を見たとおもふかもしれない。

が、かれの悲哀の真実性が、さきにはよそよそしい厳粛な作法によつてささへられてゐたのとおなじやうに、いまはどんちやん騒ぎの宴会にささへられてゐるのです。もし、会葬者の悲哀の表現が遺族のそれをはるかに凌駕したばあひ、かれはどういふ気もちをもつか。かれは自分の悲しみが自分のなかに沈潜してゆく快感を味はふことができない。それは逆に相手の心のなかに深い淵を見いだし、そこにひきずりこまれていくやうな焦燥を感じるでせう。つまり、故人を会葬者に奪はれるやうな不安を感じるにちがひありません。会葬者のどんちやん騒ぎは、たとへ遺族に反撥を感じさせながらも、遺族たちはじつはかへつてその反撥にささへられて、悲しみを適度に深化し持続し、生の充実感としての快感にまで昇華しうるのではないでせうか。

死といふものは、日常生活の停止でありますが、もし会葬者がゐなかつたら、そして葬式といふ型が存在しなかつたら——いひかへれば、もしその瞬間に生活がべつの次元にそれみづから完結した世界を形づくらなかつたとしたら——ひとびとはいかに行動していいか、まつたくその方途を見うしなふでありませう。会葬者の、あるいは葬式の役割は、まづ遺族たちが悲哀の深みに沈潜していくことに協力することであり、さらに、かれらが密室のなかに閉ぢこめられて身うごきできずにゐるとき、その扉を開いて死から生への橋渡しをすることであります。もちろん、さうすることによつて、会葬者自身も、死の過程を演じそして死から生への喜びを味はふのです。葬式ばかりではありません。われわれは三十五日とか四十九日とか、百ケ日とか、あるいは一周忌、三回忌といふやうな法事を営むが、遺族の悲しみも、そのたびごとに浅くなり、それにしたがつて、かれらは会葬者の心理に近づいてくる。七回忌、十三回忌ともなれば、もはや遊山や宴会とほとんど変りがありません。それは死者のための死の儀式であるよりは、残存してゐる生者のための生の習俗と化してしまふのです。死にたるものをして死にたるものを葬らしめよ——つまり、われわれは自分たちの内部にある死にたる部分をして、死者につきあはしめ、それが生ける部分を腐蝕しないやうにしなければならない。さうすることによつて、はじめて生は新しくよみがへることができるのでありませう。

五

私はいま葬式の例をとつたのでありますが、なにも葬式にはかぎらない。われわれは自分の生活や事業の破綻《はたん》にさいしても、あるいは異常な悲惨事の発生に出あはしてすら、程度の差こそあれ、心のどこかで一種の救ひに似た快感を感じるのです。時間的にいへばそこではわれわれは過去の尻ぬぐひからまぬかれ、未来への配慮を完全に抛棄できる。また、空間的な拡がりをもつてゐたわれわれのつきあひは、急にその紐帯《ちうたい》を断ち切られ、われわれは完全にひとりきりになる。要するに、時間も空間もまつたく静止し、われわれはそのそとに投げだされ、純粋な、同時に無意味な自由を獲得するのであります。その瞬間は、すくなくとも真の自由への、あるいは生の充実化への、有力なきつかけとなりうるわけです。ただ、残念なことにあとがつづかない。日常的な時間と空間とから脱出したわれわれは、そこから疎外されてゐるといふ形で、ふたたびそこへもどつていかなければならぬ。たとへば、破産者としてふたたび日常的な時空の世界に参加しなければならないといふわけです。それはかへつて苦しいことだとすれば、われわれは脱出したのではなく、脱落したのにすぎません。

しかし、現代では、自由といふものは、あるいは生の充実感といふものは、かういふ、いはば個人的な方法によつてしか得られないのではないか。いひかへれば、時空の日常的な連続を停止せしめようとしても、それは個人の力で——といふよりは、個人的な失敗によつて、世間全体から追放されるといふ形でしか――おこなはれないのではないか。しかし、それでは、お通夜や葬式のときのやうに、日常的な義務の抛棄を、世人はけつして認めてはくれません。さうなれば、死ぬよりほか、自由は得られないといふことになる。おもふに、個人の力とはそれほどに微弱なものなのです。個人には自由はない。生の充実感はつひに個人のものではない。

今日のヒューマニストたちは、全体からの離脱に個人の自由を夢みてをります。が、それは所詮、破産者の自由にすぎますまい。かれらの視覚的認識は全体からかぎりなく後退する――そのとき、全体を見はるかしえたといふ優越感から、時空の支配圏外に立つたやうな錯覚をいだく。が、それからあとで、かれらにどういふ生きかたが示されてゐるか。生きかたとは、つまりあのお通夜のときのやうな、一種のしきたりでありますが、日常的な生活から脱出した以上、さういふ型といふものがなければ、われわれはどうにもならないのです。真空の世界では、どうしても型が要る。型なくして、自由は持続できない。ふたたび破産者として日常的生活の空気を吸ひ、以前にもまして苦しい生活をつづけなくてはならなくなるのです。

結論はかういふことになる。われわれは全体のなかに埋没してゐても自由はない。さりとて全体から遊離し、それを眺めわたす位置に立つても自由はない。前者においては、われわれはただ動物のやうに生きてゐるだけであり、後者においては、われわれは神のやうに認識してゐるだけであります。人間としての自由は、認識しながら同時に生きることに、すなはち全体感に浸る喜びにある。そしてそのためには、判断と生活とを停止させて時空を一定限度に区切る型が必要なのであります。

　われわれの先祖はさういふことを本能的に知つてをりました。かれらよりも、われわれのはうが、より文化的だなどとおもつてはいけない。われわれのうちにも、いまだにかれらの強い本能が生き残つてをり、意識するとしないとにかかはらず、かれらのこしらへておいてくれた型をいまなほ利用してゐるではありませんか。さきに例をあげた葬式もそのひとつですし、また結婚式もさうですし、正月とか、節分とか、彼岸とか、春分、夏至、秋分、冬至など、みなさういふ型の顕著な例にほかなりません。些末《さまつ》なことでは「今日は」とか「さやうなら」といふやうな挨拶のしかたや手紙の書きかたもそれでせう。われわれはそれらを、葬式の儀礼と同様に、なかば軽蔑しながら利用してゐる。せいぜいよく考へて、日曜日の休業とおなじにリクリエイションと見なしてゐるにすぎません。つまり逃避です。みづからそれをうしろめたくおもひ、それを軽蔑するひとたちは、現実の生活に直面しろといふ。かれらは逃避を許さない。真の自由と生の充実感とは、現実の生活のさなかにおいて求めらるべきだといふ。それがヒューマニスティックな個人主義者や職業革命家の、異口同音に発する合言葉であります。

　そんなことは不可能です。空疎な観念論にすぎません。民衆がそつぽを向くのは当然です。ひとびとが観念的だとして非難する宗教さへ――いや、じつは宗教こそ――その間の事情をみごとに理解してをりました。仏教もクリスト教も、おそらくは他のあらゆる宗教も、祭日をリクリエイションと見なすがごとき浅薄な態度を示さなかつた。それは一国の君主や革命の功労者の誕生日にあはせて、いつにでも変更しうるやうな安直なものではありません。クリスマスはたんに王の王であり革命家であるイエスの誕生日を祝ふものではない。それは冬至の祝ひであります。復活祭は教祖の復活の祝ひであるよりも、まづ春の復活の祝ひであります。では、初代教会は民衆のごきげんとりをしたのか。さういふ考へかたこそ浅薄な個人主義といふものだ。かれらは、いかなる聖者といへども、またいかなる高遠な教義といへども、自然の生理から孤立しては生きられぬことを知つてゐたまでです。

ロレンスはかう書いてゐます——

生命それ自身のリズムは、教会によつて一刻一刻、一日一日、季節季節、一年一年そして各時代にわたつて、ひとびとのあひだにあまねく保持されてをり、その激しい光芒も、この永遠のリズムに順応せしめられてゐた。南国において、田園において、ミサや祈禱の声が時をしるし、明けがたと正午と日没にさわがしく鳴りわたる鐘の音を聴くとき、われわれはこのリズムを感じとる。それは日々の太陽の息づくリズムである。われわれはまた、もろもろの祝祭日に出あふたびに、そのリズムを感取する。行列祈禱に、クリスマスに、ケルンの三王祭に、復活祭に、聖霊降臨節に、聖ヨハネの聖日に、諸聖徒日に、万霊節に。これは一年の廻転であり、冬至から夏至へ、春分から秋分へとすすむ太陽の運行であり、四季の到来であり、その出立である。のみならず、それはまた男女の内奥のリズムでもある。すなはち四旬節の悲嘆、復活祭の歓喜、聖霊降臨節の驚き、聖ヨハネの聖日の篝火《かがりび》、万霊節の墓のうへに立てられた蠟燭《らふそく》、灯をともしたクリスマス・ツリー、これらすべては男と女の魂のなかに点火されたリズミックな情緒を表してゐるのである。

われわれの先祖においては、祭日とはたんなるリクリエイションではなかつたのだ。それは、人間が自然の生理と合一して生きる瞬間を、すなはち日常生活では得られぬ生の充実の瞬間を、演出しようとする慾望から生れたものであり、それを可能にするための型なのであります。そして、われわれが型によつて理解しようとし、型によつて生の充実をはからうとするのは、すでにわれわれ以前に自然が型によつて動いてゐたからです。生は周期をもつた型であるといふ概念を、われわれは、ほかならぬ自然から学び知つたのであります。自然の生成に型があればこそ、われわれはそれにくりかへし馴れ、習熟することによつて、無意味で不必要な行動から解放される。といふのは型のなかにおける行動は、それ自身が目的であり、他の行動に奉仕するといふことがない。ある行動が他の行動にとつて、ひとつの前提となり、手段となるやうな日常的因果関係のなかでは、個人の判断によつて、採用された行動は、ときに無意味で不必要な結果に終るかもしれない。同時に、個人はさういふ行動を避けるために、たえず注意してゐなければならぬわけです。が、型のなかの行動においては、だれもさういふ配慮から解放され、いちいちの行動をそれ自体として純粋に味はひえます。すなはち、われわれは生命そのものになりうるわけです。

一国の文化の基底を形づくるものは、かういふ祭日であり風俗であります。ところで、そのなかでも――たとへばクリスト教において――なにゆゑ復活祭が最大の祭日となりえたか。クリスト教のみではない。ギリシア、エジプト、ペルシア、バビロニア等、古代異教の最大の祭日は、ことごとに復活祭的意味をもつた、死から生への秘儀でありました。理由はおそらくかんたんなものでありませう。われわれが宇宙的生命との合一感に浸るための型として祭日や儀式を要求したとすれば、それは型である以上、部分にして全体、瞬間にして永遠、つまり、空間的にも時間的にも限られた枠のなかに全体が出現しうるものでなければなりません。さういふ瞬間は、季節の変りめ、ことに冬から春への変りめではないか。そこでは、われわれは、あの葬式のときのやうに、死から生への過程をくぐりぬけるわけであります。われわれは生自体によつて生を味はふことはできない。やはり死を背景とし、死と生との全体的な構成のうへに立つて、はじめて生命の秘密に参与しうるのであります。復活祭がそのまへに、聖灰水曜日にはじまる四旬節をもつてゐるのは、その意味において当然でありませう。なるほど、それは罪の償ひと十字架の勝利といふクリスト教の教義にもとづくものでありますが、民衆は教義だけで動きはしません。四旬節の英語はLentであり、それは春を意味します。四旬節と復活祭とは、クリスト教以前からあつた土俗の春の祭に、ただクリスト教的な意義をかぶせたものにすぎません。同時に、ユダヤ教の小麦の収穫を祝ふ逾《ゆ》越節《ゑつせつ》を新約的に飜案したものであります。いや、おそらくはその逆でありませう――民衆といふものは、個人の発見したあらゆる精神上の真実を、自分たちの生活上の風俗に同化してしまふのであり、またさうされなければ、いかなる真実も永遠に個人的なものとしてとどまるよりほかにしかたはない。

　われわれの仏教や神道においても、死から生への儀式はやはり最大の行事となつてをりますし、その精進潔斎、懺悔の教義も、聖僧の法要も、それだけでは民衆の生活と結びつかず、けつきよく春を祝ふ季節の行事として生きのびることができたのであります。ただわれわれの風土においては、冬から春への年季交替の喜びは、さほど激しいものではないし、また仏教も神道も時代により消長があつて、それぞれの時代の行事がそのまま残存してゐるため、それが復活祭のやうに凝集した型を形成するにはいたらなかつたやうです。神道では正月と節分、仏教では正月の修正会《しゅしやうゑ》、二月の修二会《しゅにゑ》、釈尊誕生を祝ふ花会《はなゑ》式《しき》、それから春の彼岸、いづれも季節的な行事であり、けつきよく冬から春への年季交替を祝ふといふ意味でおなじものであります。その多様性は、われわれのあひだで使はれる春といふことばのあいまいさにも現れてゐる。正月を新春といひ、節分のあとに立春があり、お水取（東大寺修二会）や彼岸がすぎて春がくるといふ。かういふわけで、われわれの春は分散してしまひ、宗教と風俗とは緊密な結びつきをもたず、けつきよく正月がいちばん大きな国民的祭日となつたのであります。が、太陽暦の正月は、春の祝ひとして、年季の甦《よみがへ》りとして、少々ぐあひがわるい。正月がすぎて、われわれは古き年の王の死を、すなはち厳寒を迎へるといふ矛盾を経験してをります。

しかも、われわれはさういふ矛盾について、まつたく無関心でゐる。文明開化の明治政府が彼岸を春秋の皇霊祭としたのは、天皇制確立のためではありましたが、それでも、かれらは彼岸といふものが国民生活のなかに占める位置といふものを知つてゐたといへませう。戦後、彼岸の風習はたしかにすたれつつあります。しかし、それを春分秋分といふ天文学上の命名でかたづけうると考へる民主主義精神の指導者に、はたして正常な生活感覚や文化感覚を期待できるでせうか。かれらにとつて、雛祭も端午の節句も、所詮はおなじ「子供の日」でしかない。

つまり、リクリエイションといふことだ。さらに、かれらは風俗や祭日を、結婚式や葬式を、すべて虚礼だとして一蹴します。もちろん、古い生活様式はそのままでは煩雑でもあり、無意義でもあるが、いつの世にも変らぬ民衆の慾求を受けいれる新しい様式ができぬかぎり、民衆はいかに煩雑であつても虚礼であつても、古い様式にすがりついて、風俗を形成しようとするでせう。

ことに死から生への儀式は、われわれにとつてもつとも本質的な生きかたの秘儀を啓示するものであります。われわれがいかに知的に開化された人種であるとはいへ、肉体の生理的必然からまつたく自由でありうるわけはない。冬から春へかけて、いまもなほ、われわれの肉体は一種の不整調を感じてゐないだらうか。暗い枯死せる冬から抜け出て、溢れるばかりの春の生気を浴びるためには、われわれもあの復活祭のどんちやん騒ぎをもつたはうがいいのではないか。それがないために、われわれの精神や肉体が個々にどんな重荷を背負はなければならぬか――さういふこともたまには考へてみてもいいでせう。それは神秘主義などといふものではない。むしろ個人が全体から遊離しがちな現代において、それはもつとも必要とされるのではないか。なぜなら、われわれは自己の内部における不協和を、それによつてただすことができる。自己のうちの、全体から遊離した部分を死につかしめ、さうすることによつて、自己が全体として生きぬくのであります。あるいは個人主義的ヒューマニストは、自己のうちの全体から遊離した部分に、かへつて全体を批判する真理の把持者を見るかもしれない。なぜなら、かれは――かれのうちの個人は――全体の影像を見はるかしてゐると考へるからです。とすれば、その個人によつて見はるかされた全体の影像を認めえぬ民衆こそ、全体から遊離してゐるのであり、かれらのはうが死を経験しなければならぬといふことになる。それもいい。が、それなら、ヒューマニストは、民衆が死を経験し、新しく生れかはりうる風俗を、すなはち生きかたをかれらに教へてやらねばならない。全体を指し示すだけではなく、全体と合一する方法を教へてやらねばなりません。さういふことができるだらうか、できはしますまい。全体が個人に生きかたを教へるのであつて、その逆ではないからです。エリオットも「アーヴィング・バビットのヒューマニズム」といふ論文のなかで、ヒューマニズムの弱点を指摘して、かういつてをります——

われわれの関心は未来の形成にあるのだが、われわれは過去を材料としてはじめて未来を形成しうるのにすぎない。われわれは伝統を利用しなければならぬので、それを否定してしまつてはいけない。民族の宗教的風俗といふものは、あらゆる場所において、あらゆる時期において、あらゆるひとびとにとつて、いまなほ牢固たる力をもつてゐる。が、ヒューマニスティックな風俗などといふものはない。おもふに、ヒューマニズムなるものは、たんに限られた時期における、限られた場所に発生する、限られたひとびとの精神状態にすぎまい。私にいはせてもらへば、あらゆるヒューマニストは——ヒューマニストであるかぎり——つねに個人主義者であつた。ヒューマニストであるかぎり、かれらは民衆に提供すべきなにものもつてはゐない。しかし、かれらは、民衆のために、いや、そればかりでなく（このはうが重大問題なのだが）自分たちの内部の民衆的部分のために、いつも空席を用意してきた。バビット氏はプロテスタントではあるが、あまりに峻厳《しゆんげん》であり良心的でありすぎて、さすがにそんなことはしない。そのため、かれ自身の個人主義と（主知主義はある限度を超えると、どうしても個人主義にならざるをえないのだ）、いつぱう、なによりもアメリカ国民にたいして、かつまた文明そのものにたいして、なにか有益なものを提供したいといふ内心の欲求とのあひだに、どうやら間隙《かんげき》ができてゐるらしくみえる。

このことばはそのまま現代の知識階級にたいする批判として通用するでせう。今日、ヒューマニズムは宗教に代るものとして、われわれの心の唯一の拠りどころとなつてゐる。が、もしそれが、かつてのクリスト教や仏教のやうに、教養の真実を、四季のリズムに則つた民衆の生活のなかにしのびこませ、かれらの生きかたにあはせるのでなければ、いづれ近い将来に薄弱なものと化しさるでありませう。それは永遠に個人の批判的真実にとどまるだけで、いかなる教養の真実ももちえないとおもひます。批判者としての個人の真実は、一度、民衆の生活のために死ななければならない。それは妥協ではありません。さうしなければ、それは生きられないのです。死から生への過程は民衆の生きかたであると同時に、また真理の生きかたでもあるのです。

（「群像」昭和二十七年九月号）

快楽と幸福

ギリシアの末期にエピキュリアニズムといふ哲学がありました。これはふつう快楽主義、刹《せつ》那《な》主義と訳されてをります。元来は、エピキュロスといふ人の唱へた思想といふ意味で、快楽主義といふ意味はないのです。ただ、そのエピキュロスの哲学においては、快楽が人生の目的とされてゐるので、さういふ訳語がつけられたのであります。

ここで、快楽とはなにかといふことが問題になります。私たちの間では、それはあまりいい意味には用ゐられてをりません。すくなくとも、快楽主義といへば、反道徳的なものと見なされ、悪や罪と結びつけて考へられてをります。物質的な、あるいは肉体的な慾望をのみ追ひ求める利己主義とおなじやうに使はれ、禁慾主義の反対であるかのやうに考へられてゐます。が、エピキュロスの快楽主義はそんな単純なものではありません。まづ最初に、その区別をはっきりつけておきませう。

なるほど、エピキュリアニズムは一種の唯物論で、この現実世界の外に「あの世」の存在を認めない。人間の肉体や物質を超える超自然の神を設定しない。喜びも楽しみも、すべてはこのうつしみの肉体と五感で感知しうる物質とに起因するもので、それをよそにした精神の幸福といふものを考へない。それらの点では、エピキュリアニズムは私たちが現在ふつうに用ゐてゐる快楽主義と、なんの変りもないかもしれません。

たとへば、道を歩いてゐて、石ころにつまづいてころぶ。そしてけがをする。それは肉体を傷つけることですから、エピキュリアニズムの立場からいへば、悪であります。肉体の慾望を追ひ求めることは、それ自体けつして悪でないばかりか、むしろ自然の法則に合致して生きるといふ意味で、あくまで善であると考へられる。逆に、肉体の慾望を殺したり、肉体を傷つけたりすることこそ、許しがたい悪だといふことになります。けがをするのは悪いことです。石ころにつまづくのは悪いことです。道を歩くとき、私たちは石ころにぶつからぬやうに、たえず注意してゐなければならない。

のみならず、私たちは疲れないやうに歩かなければなりません。疲れるくらゐなら、歩かないはうがいい。しひて目的地を定めて、そこに到達するために、肉体を酷使するなど、ばかげた話ですし、また悪でもあります。目的は先にあるのではない。歩くことそのことのうちに快楽が見いだせないくらゐなら、歩かないはうがいい。脚を動かすことが肉体的に快楽であり、周囲の景色を眺めることが感覚を楽しませる。それでこそ、歩くことに意味が生じるのです。したがつて、目的は未来の到達点にあるのではなく、現在の歩く行為そのもののうちにあるといふことになります。得られるか得られぬかわからぬ未来のために、現在を犠牲にしてはならぬわけです。かう考へてくると、エピキュリアニズムは現在の刹那刹那の快楽にすべてを賭ける快楽主義、刹那主義とすこしもちがはないやうに見えてきます。それにもかかはらず、やはりそれはちがふ。

ふつう世間でいふ快楽主義者は、眼前に現れる快楽の誘惑に、つぎつぎに身をまかせます。その場その場の肉体的な慾望に自分をゆだねます。かれらは快楽を操つてゐるのではなく、快楽に操られてゐるのです。自分が快楽を手に入れるのではなく、快楽に自分を売りわたすのです。平俗にいへば、酒を飲むのではなく、酒に飲まれてゐるのであり、金を自由にするのではなく、金に自由にされてゐるのだといふことになります。それでは、真の快楽はありえない。エピキュリアニズムはその点を強調します。快楽に身をもちくづしたのでは、その結果は、かならず苦痛をともなふ。日本流にいへば、「楽あれば苦あり」であり、「楽は苦の種」でありま す。いや、厳密にいへば、結果だけではありません。放縦な快楽には、その裏側に、たえず不安と悲哀とが隠れてゐる。ふたたび東洋流にいへば、「歓楽極りて、哀情多し」といふことになります。

不安や悲哀におびやかされてゐる快楽は真の快楽ではない。そこでエピキュリアニズムは、快楽を手に入れるために、それを確実なものにするために、快楽を操り、それを制御しようとする。肉体的、物質的な慾望を大事にし、それを充足することこそこの世の生きがひとすれば、そしてその考へを徹底し、その方法をよく考へていくと、どうしても、この肉体的、物質的な慾望を意のままに操つていかなければならないといふことになつてくるのです。ほかならぬ慾望のために慾望を、快楽のために快楽を、ときにはおさへつけなければならなくなるのです。なぜなら、人間の慾望と大自然の慾望とは、かならずしも一致しない。人間の慾望と他の動植物の慾望とは一致しない。また人間相互間において、自分の慾望と他人の慾望とは一致しない。それどころか、自分自身のなかにおいても、さまざまな慾望は、自分と他人との間におけるる以上に、対立し衝突しあつてゐるのです。味覚のいふことだけきいてゐれば、消化器官に被害を与へるでせう。また疲労を避けて歩かぬやうにしてゐれば、脚力は衰へるでせう。

そればかりではありません。すでに、性や結婚について述べたときに申しましたが〔編者注・本稿は『私の幸福論』の最終章を抜粋したものであり、この部分は本書では割愛〕、一口に自分の慾望といつたところで、それがどこにあるかを見きはめることは、容易なわざではない。私たちは一夫一婦制は「不合理」だと考へます。なぜなら、夫や妻でないほかの男や女がほしくなるからです。が、私たちのうちには、性の自由を求める慾望があると同時に、また貞潔を求める慾望がある。前者は意識化された慾望であり、後者はかげに隠れた無意識の慾望でありますます。性の自由を求める意識化された慾望が満足させられた瞬間、貞潔を求める無意識の慾望が、今度は自分にもはつきり表だつて意識されるかもしれないのです。性の自由を求める慾望のはうが意識化されてゐるのは、今日、それを禁止する一夫一婦の制度や、その考へかたが支配的であるからにすぎません。逆に性の解放がもたらされて、それが一般的になれば、いま無意識の底に眠つてゐる貞潔への慾望のはうが意識化されて、一夫一婦制こそ人間の本能だと叫び、性の放縦を攻撃するかもしれないのです。

私たちは、自分の慾望を真に知つてはをりません。ただ禁じられてゐるがゆゑに、その枠を破ることにのみ、自分の慾望があると錯覚してゐる。つねにさうだとは申しませんが、さういふばあひが非常に多いのです。あの峰を征服することが自分の夢だと思ひながら、そこに辿りついてみると、さらに向うに別の峰が見えてきて、いま立つてゐる場所がつまらなくなり、向うの峰こそ、真に自分の欲するものだと考へなほす。あるいは、自分の歩いてきた方向と逆になる。つまり、きのふ立ち去つた峰こそ、真に自分の欲してゐたものだと気づいたりする。しまひには、はてしもない慾望に、いひかへれば、つねに求めて得られぬ不満といふものに絶望してしまひかねません。そして自暴自棄になり、いよいよ快楽からは遠ざかるといふわけです。

快楽主義では快楽が得られぬといふことになる。そこに、快楽そのもののために、快楽を制御する智慧《ちゑ》が必要だといふエピキュリアニズムの結論が出てまゐります。エピキュリアニズムは唯物論でありながら、すなはち、肉体と物質との両面における快楽を目ざしながら、しかも、その快楽にわづらはされぬ「不動の心」「平静の心」といふものを最高の美徳と見なすのです。これは、理窟のうへでは、筋がとほらない。第一に、世界は物質以外のなにものでもないといふ立場に立ちながら、その物質に動かされない、のみならず、逆に物質を裁く精神といふものを持ちだしてきます。それは一種の精神主義です。第二に、快楽を目ざしながら、それにわづらはされては真の快楽が得られぬといふところから、どうしても禁慾主義的態度を必要としてきます。

が、さういふ矛盾はとにかく、エピキュリアニズムが、一般に考へられてゐるやうな刹那主義や快楽主義と、根本的にちがふといふことは、以上でおわかりいただけたと思ひます。ところで、私は、いま「根本的にちがふ」と申しましたが、さらによく考へてみると、その両者の差は、それほど根本的でもないやうに思はれる。平たくいつてしまふと、いづれも快楽を目標とするので、ちがひはただ方法にあるだけではないか。エピキュリアニズムは、快楽を手に入れるために、見とほしをきかし、よく計算する一方、世間でいふ快楽主義は、いきあたりばつたりである。前者は「賢い」快楽主義、後者は「愚かな」快楽主義、それだけのちがひではないか。さういひきつて、いいやうに思はれます。

さうなると、ここに快楽を目ざすといふこと、そのことが問題になつてくる。快楽といふものの限界が、問題になつてきます。なるほど「賢」と「愚」とのちがひはあるかもしれませんが、「賢」といつたところで、高が知れてゐます。いつたい、どんな賢者なら、「見とほしをきかし、よく計算する」ことができませうか。自然と人間との間の、他人と自分との間の、さらに自分のなかの無意識と意識との間の、さまざまな慾望の衝突に直面して、誰がすべてを見とほし、これに決定的な裁きをつけることができるでせうか。一人の個人に、それだけの大事業が可能であるとは考へられません。が、エピキュリアニズムは、それがいちわう可能だと考へる。さう考へたあげく、一種の禁慾主義に到達したわけです。自然や他人を自分の意のままに馭《ぎよ》せないならば、あるいは自分を支配する自然や他人の手を意のままに排除できないならば、いつそのこと、相手を馭せなくとも、また相手に馭されようとも、いつかう意に介しない自分を打ちたてようといふわけです。が、これもまた難事業であります。自己は、個人は、それほど強くはありますまい。

ここまで考へて、誰もがすぐ思ひつくことは、技術や組織にすがらうといふことであります。すべてを見とほし、よく計算することが、個人の力にあまるとしても、自然科学や社会科学の助けを求めれば、それがなんとか可能になりはしないかといふことであります。大ざつぱにいへば、それは正しい。かういふ社会的な視野にもとづく考へかたから見れば、いはゆる快楽主義は、たんなる利己主義にすぎず、エピキュリアニズムといへども、つひにその限界を出ぬものであります。エピキュリアニズムが単純な快楽主義の方法を欠いた無智を笑つたと同様に、社会主義は、科学的方法をもつて、エピキュリアニズムの無智を笑ふことができませう。が、その科学的方法もまた、なにものかに笑はれることがないだらうか。私の疑問はそこに集中します。つまり、そこにも、快楽といふものの限界が考へられはしないかといふことです。端的にいへば、私が単純な快楽主義とエピキュリアニズムの「根本的な」相違点を指摘したあとで、やはりその両者が一つ穴の貉《むじな》だと断定せざるをえなかつたやうに、社会主義も共産主義も、そして福祉国家の思想も、右の二つと「根本的に」ちがひながら、結局は同一地盤に立つものと断じうるのではないか。つまり、そのいづれも、広い意味における快楽主義のなかに包括されるものとしか、私には思はれないのです。そのいづれにおいても、目ざされてゐるのは快楽といふことであり、問はれてゐるのは、それを手に入れる方法にすぎません。

ここで、ふたたびこの章〔編者注・『私の幸福論』最終章、すなわち本稿のこと〕の冒頭にかかげた「快楽とはなにか」といふ問ひに立ちもどります。結論をいつてしまへば、それがたんなる個人的なものであらうと、また社会的な広い視野をもつてゐようと、所詮《しょせん》、快楽とは、おのれ一人にかかはる孤独な迷妄にほかなりません。私がこれまで長々と語つてきたのは、現代人の考へかたを通じて、さまざまな仮面をかぶつて入りかはり立ちかはり現れる快楽主義を指摘するためであり、そしてそれを否定するためだつたのです。この最後の章に、もう一度、その問題のしめくくりをつけておきませう。

あへて「快楽」とまではいはなくても、私たちは自分の人生を、また共同生活としての社会を、「快適」なものにしようといふ情熱にとりつかれてをります。もちろん、そのこと自体はすこしも悪いことではありません。が、その度が過ぎはしないでせうか。といふより、私たちはうつかりすると、そのことだけしか考へないといふ状態に落ちこんでゐはしないでせうか。人生を、そして社会を快適なものにするといふことが、現代では最高の「美徳」になつてゐはしないでせうか。

快楽主義とエピキュリアニズムと社会改良主義と、その別を問ひません。すべて、快楽や快適を目ざすところには、その底に利己主義がひそんでをります。刹那的な快楽主義のばあひ、誰の眼にもそれは明らかです。ですから、大して問題にもならないし、弊害もありません。が、エピキュリアニズムのやうな個人主義になると、外界にわづらはされぬ「不動の心」といふやうな精神的美徳を表看板にしてゐるので、私たちはその底にある利己主義に気づきにくいのです。さらに、社会主義、共産主義、福祉国家となると、貧しい人々の利害を考へ、「最大多数の最大幸福」といふやうな合言葉が出てくるので、そこに利己主義があるといふやうなことに、誰も気がつかないのであります。が、それは依然として利己主義であります。快楽や快適を目標とする生きかたは、どう転んでも、この利己主義の小さな穴からのがれられはしません。私はそのことを、ここにはつきりさせておきたいと思ひます。

エピキュリアニズムについての説明から、すでにおわかりのことと思ひますが、人々が快楽主義といふ思想に辿《たど》りついたのは、そのまへに、不快といふ事実があつたからであります。不快とは、心理的にもせよ、生理的にもせよ、自分の慾望が妨げられてゐる状態であるといへませう。たとへば、自分の好きな人がすでに妻をもつてゐるとする。一般の常識では、これはどうにもならない。すなはち、慾望充足が禁じられてゐるわけです。これに対処する態度は、大別して四つあると思ふ。第一は、いまいつた常識にしたがひ、どうにもならないといつて泣き寝入りすることです。第二は、常識などくそくらへ、ほしいものはほしいのだといつた態度で、さらにこれを二つに分ければ、好きな男とひそかに関係をつづけるのと、あるいはその男を妻から奪ふのと、そのどちらかですが、大ざつぱにいつて、これを快楽主義と名づけませう。

第三に、たとへこのばあひ快楽主義で成功するにしても、慾望にはきりがないものであり、さうまでして手に入れた男にしても、いづれは倦きがくるかもしれないし、さうさう慾望にひきずりまはされてゐたのでは、これまた不快だと観念する態度、つまりエピキュリアニズムです。

第四に、もうすこし科学的に考へて、一人の男が一人の女としか関係できないといふ常識にまちがひがありはしないか、常識とはいつても、ことごとに私たちの慾望をおさへつけ、それで苦しむ人が多くなるとすれば、その常識がもう古くて死んだものではないか。さう疑つて、一夫一婦制、ないしはその根幹となる性道徳を否定し、改革しようとする態度で、これはかならずしも社会主義、共産主義を意味しませんが、改良主義といふ点ではそれらと軌を一にするものです。

これらはいづれも、慾望が妨げられたときの不快を除去しようとする方法であり、態度であります。何度もいふやうに、そのこと自体はよろしい。が、ここに私たちの見のがしてはならぬ重要な問題があります。といふのは、私たちの慾望を消すのに必要な対象と、その反対に私たちの慾望の障碍になる対象と、この二つのものが、つねに別々のものとはかぎらぬといふことです。いや慾望のもつとも深刻な段階においては、この二つは往々にして同一物になるのであります。

右にあげた例でいへば慾望を満すのに必要な対象は、自分の好きな男であり、その障碍となつてゐるのは、かれの妻であるかもしれない。が、それは男を手に入れるまでの話にすぎません。男がひとたび自分のものになつてしまふと、慾望を満すのに必要な相手が、同時にその障碍物でもあるといふ事実を発見するのです。

若い人たちの特徴は、大抵のばあひ、そのことにまだ気づいてゐないといふことにあります。なぜなら、かれらは未知数であり、社会人としては、いまだになにものも手に入れてゐないからです。これから手に入れようといふ希望に満ちてゐる。したがつて、慾望を満してくれる対象と、その障碍物とが分離してをります。障碍物さへ除去すればいいといふ気もちになりやすいのです。が、それが手に入つてみると、また別の障碍物が現れませうし、それよりも困ることは、あれほど夢中になつて手に入れたものが、同時に障碍物であることを発見するといふことです。

年をとつた世代の憂鬱といふものは、この事実と深い関係があります。なるほど、いくら稼いでも楽にならぬ生計といふものと、それにたいする諦めとからくる憂鬱もありませうが、その根柢には、やはりどうしやうもない、もつと人間的な憂鬱が、すなはち慾望の対象が同時にその障碍物であるといふ憂鬱が、ひそんでゐるやうに思はれます。たしかに慾望には際限がない。が、この憂鬱はその原理からだけでは説明できません。より多額の月給といふやうな経済的条件に関するかぎり、慾望の対象と障碍物とは別物でありうるかもしれませんが、さきに例をあげたやうな恋愛とか結婚とかいふものになると、事は面倒になります。なぜかといふと、月給とちがつて、相手は生き物であり、相手もまた慾望をもつてゐるからであります。自分にとつて相手が慾望充足の道具であるばかりでなく、自分も相手にとつて慾望充足の道具になつてゐるからであります。またいふまでもなく、おたがひにその障碍物でもあります。

単純に考へれば、相手を代へたらいいと思ふかもしれません。が、その代つた相手も生き物であるかぎり、事態はおなじです。自分の慾望充足の対象に終始し、すこしもその障碍物とならぬやうな、すなはち完全な意味における道具、手段となる存在、さういふものを生き物に期待するわけにはまゐりません。いや、ふつうの意味における道具にしても、家具や衣服にしても、月給や金にしても、それほど完全な手段ではありえない。それらもまた生き物のやうに、私たちを支配しようとするでせうし、それ自身の慾望に応じて、ときに私たちを障碍物あつかひにしてくるのです。

が、そこまでは論じますまい。対象を生き物、人間に限りませう。人間は人間の道具にはならない。にもかかはらず、快楽といふものをつきつめていくと、どうしてもその極限には、相手を自己の慾望充足の手段としか見なさぬ生きかたに辿りつくのです。だから、私は快楽といふものを、おのれ一人にしかかかはらぬ孤独な迷妄だといふのです。そこには、自己と道具とだけ、それ以外になにものもありません。快楽を標榜《へうばう》するかぎり、そして対象との摩擦や相剋《さうこく》から生じる不快感の除去といふことに専心するかぎり、自分ひとりの生活くらゐ理想的なものはありますまい。自慰行為こそ最大の快楽といふことになります。

前章〔編者注・『私の幸福論』十六章「家庭の意義」、本書では割愛〕で、私は「家庭からの逃避」といふ現代の一般的な傾向について語りましたが、そこにも快楽主義の傾向が見られること、申すまでもありません。そして、誰でも夫婦二人だけの「愛の巣」などといふものを夢みてゐる。それを完璧なものにするためには、子供もうまないはうがいいと思ふ。うんでしまへば、食はせないわけにはいかないから、うまないで、その金で台所を整備し、寝室を快適なものにしたいと考へる。すでにうんでしまつた人は、託児所や、さては子供の国家管理などといふことに想ひをいたす。それなら、いつそのこと、結婚しないで、よろしくやつたはうがいいといふことになりさうです。新婚当時ならとにかく、まさか夫婦間に摩擦や対立の起きないはずはありますまい。それを避けるには、一人のはうがいい。自由結婚とかなんとかいふ言葉が、たえず人々の夢に描かれるゆゑんです。

その他の社会改良の思想にしても、結局は、人間と人間との間の摩擦を除去し、対立を避けようとするところから生れるものであります。そのことが最高の理想になつてゐます。さういふ世界こそ、無上のユートピアだと思つてゐます。一方、さういふ努力の過程で、人々は孤独をかこちつつある。しかも、その孤独が、その「理想」から出てくるものであることに気づかない。いや、逆に、孤独からのがれるためには、その「理想」の貫徹が必要だと思ひこんで、やみくもにそつちのはうへ突進してゐます。が、ユートピアの世界では、私たちは孤独になるばかりです。それは一口にいへば、摩擦のない清潔な貧しさとでもいふものでせう。

快楽の思想にはなにかが欠けてゐる。私たちはそのことを反省すべきです。皮肉なことに、私たちに欠けてゐるものの一切を埋めようとする快楽思想に、私たちにとつてもつとも大切ななにかが欠けてゐるのです。それは幸福の観念であります。しかも今日ほど幸福だの幸せだのといふことばが氾濫《はんらん》してゐる時代も珍しい。が、人々は単なる快楽に過ぎないものを幸福と呼んでゐるにすぎません。

となると、「幸福とはなにか」といふ問題が起りますが、これには誰も答へられますまい。神でない以上、その答へは不可能です。どうも無責任なことになつてしまひました。私はこの連載の最初〔編者注・『私の幸福論』「まへがき」、本書では割愛。もともと『私の幸福論』は「幸福への手帖」という題で雑誌に連載され、その後、単行本として出版された〕に、「私のいふとほりの生きかたをすれば、かならず幸福になれる」と申しあげた。読者はペテンにかかつたといはれるかもしれません。厳密にいへば、私の文章は「幸福への手がかり」を暗示しただけです。「幸福とはなにか」ではなく「幸福とはなんでないか」を語つただけです。

が、つぎのことだけはいつておきたい。私たちが日ごろ口にする「不幸」といふのは、ただ「快楽」が欠けてゐるといふことであり、「快楽」でないといふことにすぎない。したがつて、私たちは、その意味の「不幸」のうちにあつても、なほかつ幸福でありうるのです。真の意味の幸福とは、さういふものであります。それは決して「諦め」を意味しません。むしろ逆です。私たちは自分の欲するものを得るために戦はなければならない。その戦ひにおいて勇敢でなければなりません。が、今日、「正義」の戦ひを称道する人たちの大部分が、ただ勝利のためだけしか考へてゐない。さうなると、敗北すれば、すべては犬死《いぬじに》であります。「快楽」が手に入らなければ、「不幸」からのがれられねば、救ひはどこにもないといふことになる。

諦めずに、しかも戦ふといふことは、また敗北しても、なほ悔いないといふことは、それだけ抽象的にいふと、大層悲壮めいてきこえますし、英雄にのみ可能な生きかたのやうですが、じつはどんな凡人でもできるつつましい生きかたであり、煎《せん》じつめれば、それ以外に生きかたはないやうなものなのであります。悲劇の主人公たちが、平凡な市民を感動させるのは、その理由からでありませう。誰もが、程度の差こそあれ、英雄のやうに生きてをり、それよりほかに生きやうはないからでありませう。

私は最近、婚約中の娘の母親から相談をもちかけられました。結婚は本人の意思に基づくべきものかもしれぬが、その母親の眼から見て、当の相手の男がはたして娘を幸福にしてくれるかどうか自信がないといふ。そのばあひ、母親として、どういふ態度をとるべきかといふのです。私には母親を安心させるやうな適当な答へが与へられませんでした。しかし、私はかう思ふのです。母親として反対なら、あくまでその自分の考へを娘にいふべきではないか。それをいはずにすませ、娘の意思にまかせるといふのは、ものわかりいい態度のやうでゐて、じつは自信の無さであり、責任の回避であります。

私はなにも親のいひなりの結婚をよしとしはいたしません。娘がそれに随ふかどうかは別問題で、親は親の意見を主張すべきです。それをしないのは、自信がないからですが、それなら、なぜこのばあひ親は自信がもてないか。それは、「将来の幸福」といふものを考へるからであります。本人にせよ、親にせよ、誰が将来を見とほせませうか。誰が、将来、まちがひのない道などといふものを選びとれませうか。将来のことを考へたら、誰も自信がもてないのが当然であります。思ふに、私たちはなにか行動を起すばあひ、「将来」といふことに、そして、「幸福」といふことに、あまりにこだはりすぎるやうです。一口でいへば、今日より明日は「よりよき生活」をといふことにばかり、心を用ゐすぎるのです。その結果、私たちは「よりよき生活」を失ひ、幸福に見はなされてしまつたのではないでせうか。

それなら、ここに、もう一つ別な生きかたもあつたのだといふことを憶ひ起してみてはどうか。といふのは、将来、幸福になるかどうかわからない、また「よりよき生活」が訪れるかどうかわからない、が、自分はかうしたいし、かういふ流儀で生きてきたのだから、この道を採る——さういふ生きかたがあるはずです。いはば自分の生活や行動に筋道をたてようとし、そのために過ちを犯しても、「不幸」になつても、それはやむをえぬといふことです。さういふ生きかたは、私たちの親の世代までには、どんな平凡人のうちにも、わづかながら残つてをりました。この自分の流儀と自分の慾望とが、人々に自信を与へてゐたのです。「将来の幸福」などといふことばかり考へてゐたのでは、いたづらにうろうろするだけで、どうしていいかわからなくなるでせう。たまたま、さうして得られた「幸福」では、心の底にひそむ不安の念に、たえずおびやかされつづけねばなりますまい。それは「幸福」ではなく、「快楽」にすぎません。

私はいま「自信」と申しましたが、それは結局は、自分より、そして人間や歴史より、もつと大いなるものを信じるといふことです。それが信じられればこそ、過失を犯しても、失敗しても、敗北しても、なほかつ幸福への余地は残つてゐるのであります。この信ずるといふ美徳をよそにして、幸福は成り立ちません。もちろん、自分を「不幸」な、あるいは「不快」な目にあはせてゐる人間を、私たちは直接に信頼することはできない。ですから、私たちはかれらと戦ふでせう。が、それで敗北しても、あるいはその「不幸」な状態をすこしも改良できなくても、人間といふものを信じてゐなければならない。といふのは、最後には神を信じることです。これは別に何々教といふものを意味してはをりません。が、特定の宗教に帰依《きえ》できなくても、さういふ信仰は誰しももてるものではないでせうか。

自分や人間を超える、より大いなるものを信じればこそ、どんな「不幸」のうちにあつても、なほ幸福でありうるでせうし、また「不幸」の原因と戦ふ力も出てくるでせう。もし、その信仰なくして、戦ふとすれば、どうしても勝たなければならなくなる。勝つためには手段も選ばぬといふことになる。しかし、私たちは、その戦ひにおいて、始終、一種のうしろめたさを感じてゐなければならないのです。なぜなら、その戦ひは、結局は自分ひとりの快楽のためだからです。あるいは、最後には、勝利のあかつきに、自分ひとりが孤立する戦ひだからです。さういふ戦ひは、その過程においても、勝利の時においても、静かな幸福とはなんのかかはりもありません。

まづなによりも信ずるといふ美徳を回復することが急務です。親子、兄弟、夫婦、友人、そしてさらにそれらを超えるなにものかとの間に。そのなにものかを私に規定せよといつても、それは無理です。私の知つてゐることは、そんなものがこの世にあるものかといふ人たちでさへ、人間である以上は、誰でも、無意識の底では、その訳のわからぬなにものかを欲してゐるといふことです。私たちの五感が意識しうる快楽よりも、もつと強く、それを欲してゐるのです。その慾望こそ、私たちの幸福の根源といへませう。その慾望がなくなつたら、生きるに値するものはなにもなくなるでせう。

（「若い女性」昭和三十一年十二月号）

絶対者の役割

一　一人二役といふこと

マックス・ウェーバーは、産業革命から資本主義への歴史的展開について、その原動力をルネサンス期イタリアの商業資本の力と北欧の宗教改革の精神と、この二つだと規定し、しかも後者のうちに指導的な役割を見てをります。かれにいはせれば、後者なくしては、西欧の近代は力強い発展もなしえず、執拗《しつえう》な持続力ももちえなかつたらうといふことになる。現実的な商業勢力だけでは、いちはやく文化の爛熟期に突入し、たちまち腐敗堕落してしまつたらうといふのです。いふまでもなく、中世末期の西洋においては、南欧地方のはうがはるかに「先進国」でした。ルネサンスといふ文化運動そのものも、南欧から次第に北欧に及んだのでありま す。が、ウェーバーは、その「後進国」だつた北欧のクリスト教精神が指導的役割を演じなかつたなら、西洋の近代文化はありえなかつたといふのです。このウェーバーの言葉を裏書きするやうに、エリオットはかういつてをります。

今日あるがままのわれわれの文化をクリスト教外の諸々の国民の文化と比較するにあたつては、われわれの文化は何等かの点において後者に劣るものであることを知るだけの用意をもたなくてはならないのです。もしもイギリスがクリスト教よりも劣る何等かの宗教もしくは唯物的な宗教の処方に従つて、みづからを改革することによつて、その背教行為を行きつくところまで行かしめるならば、現在よりもはるかに華やかな文化の花を咲かせてみせる可能性のあることを私は決して見落してゐるのではありません。

右のうち「クリスト教よりも劣る何等かの宗教」といふのは、少々気にかかる。たとへば、仏教のごとき、おそらくクリスト教にくらべて遥《はる》かに「優る」宗教といへませうが、その仏教国はイギリスの「現在よりもはるかに華やかな文化の花を咲かせ」てみせたのであります。宗教の優劣の問題ではありません。ただ質の差にすぎますまい。

それはとにかく、ウェーバーやエリオットのいひたかつたのは、クリスト教のうちにある現実否定の精神といふことでありませう。いや、それが現実においていかに重大な役割を演じたかといふことでありませう。現実否定といふことだけなら、仏教にもある。しかし、クリスト教において顕著な事実は、それがつねに現実肯定と両立しうるといふことであります。それにしても仏教にない考へかたではない。すべてを否定して、かつそのあるがままを肯定するといふ態度は、むしろ仏教のはうが徹底してゐるといへます。が、クリスト教においては、現実否定といつても、人間が、あるいは自己が、それをするのではない。神がするのです。神が現実を否定し、人間を、自己を否定するのです。私たち人間は、はじめから神に否定されたものとして存在するのです。

反教会主義者で理性論と合理主義にこりかたまつてゐたヴォルテールでさへ、「もし神が存在しなければ、まづそれを造りあげねばなるまい」といひ、みづからこの一句を自慢にしてゐたさうです。これは不敬の言かもしれぬが、私たち非クリスト教国民からすれば、はなはだ適切な言葉だと思はれるのです。人間は、自己を超え、自己に対立し、自己を否定する絶対神といふものを造つた。これほど英雄的な行為はないわけです。が、神がこれほど「便利なもの」とは、はじめは誰も思つてゐなかつたに相違ない。造物主を造るといふのは大きな矛盾ですが、それこそ、クリスト教の栄えある矛盾といへませう。ふたたび非クリスト教徒的にいへば、人間は自分の栄光を神に帰したために、おかげで、自分はそのまま堕落の淵《ふち》に寝そべつてゐることができたのであります。

人間は原罪を背負つて生れてきた。生れながらにして、人間は完全ではないし、善ではない。そして死ぬまで、完全にも善にも到達しえない。もしそれに到達しえたと思ふなら、それこそみづからを神にする最大の罪に陥つたことになる。一方の極に現実否定の絶対者をおいたために、他方では、それではとても生きられないといふことで、現実肯定に居なほることができるわけです。これは絶対者と相対的現実を両立せしめる二元論であります。絶対者を置く以上、哲学的には絶対主義でありませうが、結果としては、絶対と相対とに相渉《あひわた》る相対主義だといへないことはない。人間は神に否定され、神に造られたものであると同時に、神を肯定し、神を造つたものであるといふ意味において、私は西欧人の生きかたを一人二役のそれと名づけたいのです。

この一人二役は、ルネサンス期にはウェーバーの指摘したとほり北欧と南欧とに分たれて現れてをりますが、それればかりではなく、異教徒教化のための布教といふ理想主義と殖民地獲得といふ現実主義とがたがひに手を握りあつて近代国家を築きあげたといふことのうちにも、また、アメリカ大陸の開発が北部の清教徒と南部の一旗組とによつておこなはれたといふことのうちにも見られます。その最後の一触が、天主教と南蛮貿易と黒船といふ形で日本にも現れ、尊王攘夷《じやうい》派の神経をとがらせました。もちろん、それは攘夷派の思ひこんだほど危険なものだつたとはいへませんが、かといつて開国派が考へたほどに安易なものでもなかつたのです。「和魂洋才」をいふ文化主義者は、精神と物質とを器用に腑《ふ》分けして、西洋人とつきあひ、文明の利器は輸入してもクリスト教は断らうとした。なるほど、現代の日本にクリスト教勢力は大してのびてゐないかもしれませんが、文明の利器をどんどん輸入し、その技術まで立派に身につけるにいたつて、私たちはやうやく何かが不足してゐることに気づきはじめた。ひよつとすると、クリスト教を受けいれなかつたことがまづかつたのではないか、さう思はれるのです。西欧が一人二役を演じてゐるのだとすれば、その一役だけの輸入では一人前になれぬといへませう。

最近いろいろな人から問題にされてゐる日本文化の「殖民地性」といふことも、根本の原因はそこにあるのではないでせうか。もつとも、なかには、話をそんな本質的な次元にまで溯《さかのぼ》らせても、現象的な問題は一向解決がつかない、かへつて人々をして現実から眼をそらさせ、それを未解決のまま放置せしめるのに役だつだけだといふ人もある。それは思想や藝術の世界にのみ通用する話で、政治や技術の世界では、問題にならぬといふのです。はたしてさうでせうか。かういふふうに二つの世界を別個に考へることそのことに、禍根があると私は思ふのですが。

二　エゴイズムについて

私は「国家的エゴイズム」のなかで、東欧や中近東における大国のナショナリズムを論じたさい、やはり一人二役といふ言葉を用ゐました。もちろん、私はかれらのエゴイズムを支持してゐるのではありません。が、多くの知識人のやうに、簡単にそれを否定できぬのです。なぜなら、エゴイズムは大国だけのものではなく、小国にもあるからです。前者を不正とし、後者を正義とするのは、たんなる判官びいきといふほかはない。もし私たちが大国のエゴイズムを否定するなら、同時に小国のエゴイズムをも否定しなければならない。それだけではありません。大国のものにせよ、小国のものにせよ、他者のエゴイズムといふものを否定するためには、それだけの用意がなければならぬのです。が、日本の知識人はそれをなしうるどれだけの根拠をもつてゐるか。

相手のエゴイズムを否定するのに、なんの理由づけも要《い》りはしない、ただ、自分のエゴイズムを主張すればいいといふかもしれない。なるほど、そのとほりですが、それなら自分のエゴイズムを主張しうる根拠といふものは、いつたいどこにあるのか。さういふと、人々はかう答へるでせう、エゴイズムはエゴイズムで、根拠もなにもありはしない、なんの根拠もなく主張できるものがエゴイズムなのだ、と。それにたいしては、私は「イエス・アンド・ノー」と答へる。

ここで私は日ソ交渉のときに示した日本の知識人の反応を想ひだします。かれらの多くはソ聯の要求の妥当性について語つた。が、これはをかしい。問題は日本とソ聯と、どちらがもつともかといふことではないはずです。私たちは日本人だ。それなら日本にとつて得になるはうを採るべきです。が、日ソ交渉において、日本の知識人は充分にエゴイスティックにはなれなかつた。それに反して、ソ聯は徹底的にエゴイスティックにふるまふことができたのです。なぜでせうか。かれらにはプロレタリアート解放といふ大義名分があるからです。日ソ交渉のときばかりではない。ハンガリー動乱のときでも、そのほかいつでも、ソ聯はつねに「横車」を押してはばからない。それは、どう見ても、自国のためであり、自国を利するものでしかない。つまり、エゴイズムです。にもかかはらず、日本の知識人がそれに反対できないのは、そのエゴイズムにはつねに大義名分がそなはつてゐるからです。これは一方が嘘《うそ》で、他方が本当といふものではありません。嘘といへば、いづれも嘘、本当といへば、いづれも本当であります。ソ聯もまた一人二役を演じてゐるといへませう。

日ソ交渉において、私たちが自国のエゴイズムを充分に主張しきれなかつたのは、日本にこの大義名分がないからです。このことから次の事実が明らかになる。それは、エゴイズムの主張には、なんの根拠も要らぬとはいへないので、むしろそれはつねになんらかの根拠をさがしもとめてゐるといふことです。大義名分があつてはじめて、エゴイズムは充分に強く発揮されるのです。

ところで重要なことは、この大義名分とエゴイズムとは、直接に結びつけられるといふものではない。一つ一つの行為において、両者がいつも手をたづさへて現れねばならぬといふものではありません。いや、その反対に、両者の関係は間接的であればあるほどいいのであります。大義名分はいはば床の間の置物で、それは日常生活に直接的な功利性をもたぬはうがいいのです。が、かういふ考へかたは、日本人には向かぬやうです。なぜなら、日本人のうちには暗黙のうちに「言行一致」を美徳とする観念があるからです。その態度からいへば、大義名分と直接に手を握つてゐるときだけ、エゴイズムを看過するといふことになる。そのため、エゴイズムは一々大義名分と自己との関係を気にやみ、充分に自己を発揮しがたいといふ結果に陥るのです。床の間に大義名分が飾つてあるから、居間ではどんなことをしてもいいといふわけにはいかないのです。日本人の潔癖はそれを偽善と呼ぶでせう。が、その潔癖性は思想的態度としての一元論を生むのであります。

一つ一つの行為において、大義名分とエゴイズムとの直接的な結びつきを検討しすぎるため、そのいづれも、それぞれの力をのばすことができないのです。大義名分はエゴイズムの存在を気にして、自己の体系を完成しえないし、エゴイズムは大義名分の思惑を気にして動きがとれない。かうして私たちの行動も思想も大きな振幅を失つてしまつたのです。大義名分とエゴイズムといふことは、いひかへれば、現実否定と現実肯定といふことです。両者の間には、思ひきつた断絶があつたはうがいい。エゴイズムを徹底的に否定する大義名分であればこそ、私たちはエゴイズムを肯定するほかはなくなるのですし、エゴイズムを徹底的に肯定したときに、どうしてもそれを否定する大義名分を必要としてくるのです。

欧米もソ聯も自国のエゴイズムを主張しながら、その裏にはそれぞれの大義名分を用意してをります。欧米にはクリスト教といふ観念論があり、ソ聯にはマルクス・レーニン主義といふ唯物論がある。ただ日本人にとつては、前者は後者ほど理解しやすくないといふだけのことです。したがつて、ソ聯の国家的エゴイズムをその大義名分によつて、たとへ辛うじてにしろ認める人たちも、欧米のそれはもはや弁解の余地がないと思つてゐる。いひかへれば、現実否定の梃子《てこ》としての観念論クリスト教は、今日ではさほど効力をもつてゐないやうに思はれてゐるのです。それはソ聯におけるマルクス・レーニン主義ほど生きのいいものではないやうに思はれてゐるのです。が、事実は決してさうではありません。なるほど、今日のクリスト教はマルクス・レーニン主義ほどの教条的な規制力をもつてゐないやうに見えるかもしれませんが、それは欧米人の生活のなかに肉化されてゐるからであります。だから、眼に見えないだけのことです。

洒落《しやれ》をいふわけではないが、それは観念論であるがゆゑに、もともと眼に見えない世界の掟《おきて》にしたがつてゐるのです。唯物的な日本人には、それが見えない。ここに唯物的なといふのは、唯物論的なといふことではありません。唯物論といふのは、観念論があつてはじめて存在しうるのであり、前者は後者の一機能にすぎぬともいへます。ここに注意していただきたいことがある。現実否定の因子として、唯物論は観念論より、はるかに薄弱だといふことです。マルクス・レーニン主義のみならず、すべての唯物論は、厳密には現実否定の因子たりえず、わづかに現状否定の役割しか演じられぬのであります。それはブルジョワジーを否定できるが、プロレタリアート独裁を、人間を否定することはできない。それだけに現実的であり、強い作用力をもつてゐるやうに思はれる。が、私たちの見のがしてはならぬことは、資本主義にたいする現状否定の力は、人間存在の一切にたいする現実否定の力をもとにして生じたといふ事実、すなはち、唯物論は観念論からのみひきだされるといふ事実であります。マルクス・レーニン主義はクリスト教からのみ生れうるのです。

　絶対的な現実否定を一翼に用意せぬ相対的な現状否定は危険であります。なぜなら、それは他人のエゴイズムは否定できるが、自己のエゴイズムにたいする否定の用意がないからです。このことはエゴイズムの自己保存といふ観点からのみ考へても危険なのです。なぜなら、他我を完全に否定し終つたとき、自我はみづからが否定される抵抗感を失つて崩壊しなければならない。自我の意思はつねにみづからを否定する因子をもつことによつて存在しうるのです。それなら、この因子は、ある自我を認め、他の自我を認めぬといふやうな相対的なものではなく、地上のあらゆる自我の意思を拒否しうる絶対的なものであるべきです。したがつて、それは現実には存在しない仮説でなければならない。この仮説性のゆゑに、観念論は唯物論にたいして優越性を保ちうるのです。優越性といつても、前者が後者をまつたく否定するといふ意味ではありません。いはば全体と部分との関係のやうに、前者は後者を包括しうるのであり、本質と現象との関係のやうに、前者なくしては、後者はその意味を失ふといふだけのことです。

国と国との関係においても、個人と個人との関係においても、私たちは相手の行動を、ただエゴイスティックだからといつて認めぬわけにはいきません。エゴイスティックな人間は信用しないといふのは意味をなさない。私はむしろさういふ人のはうが危険だと思ふ。なぜなら、さういふかれは自分のエゴイズムに気づいてゐないからです。エゴイストが真に危険であるのは、自分のエゴイズムに気づいてゐないときです。私は、ある人が、あるいはある国が、エゴイスティックな行動に出たからといつて、それだけで不信を表明する気にはなれません。おたがひさまだと思ふからです。が、その人が、その国が、自己のエゴイズムを否定する用意がないとき、その原理をもたぬとき、私はかれを信用できず、危険な相手だと思ふのです。

三　人格と信用

いつたい信用とはなにか。それは相手を一個の人格として認めるといふことでせう。まさか私たちは他人が自分のために利益をもたらしてくれるからといつて、かれを信用しはしない。たとへ自分にとつて不利でも、信用しうる人間といふものがあります。そこに人格があるからです。そしてこの人格の凝固度は、自己を客観視しうる能力によつて定まるのです。個人は全体のうちにおいて、つねにある場所に位置づけられてをります。が、位置づけられてゐるだけではなんにもならない。人格は発生しない。位置づけられてゐる自分を見ることができて、はじめて人格が存在しうるのです。

さらに問題になるのは、全体とはなにかといふことです。個を集めたものが全体であるのか。それはただ数量の観念か。さうではありますまい。全体と個とは質の相違であります。そこには次元の差があるのです。私たち人間が全体の観念をもちうるのは、私たちが個人でありながら、そのうちに全体を含んでゐるからです。それが精神といふものでせう。その内にあるものを外にとりだし、万人共通の人格神として客体化したのがクリスト教であります。それはいはば携帯用の「全体」であります。西欧人はそれを磁石のやうにポケットに隠し持ち歩いてきたのです。その磁針の動きによつて、個人は人格といふ明確な輪郭をもちうるし、その所在を明らかにしうるといふわけです。またそれが他人の眼にも、はつきりした存在を示すのです。

同じことを自己認識の面でいへば、本来は客体化しえぬ主体を客体化したといふことです。これは東洋人のやらなかつたことだ。ギリシアにおいても、さほど明確にはおこなはれなかつた。やはり中世のクリスト教文化独自のものといへませう。東洋においては、自己は精神作用や行動の主体であつて、それを客体的に見ることはできないと断念したのです。真実といへば、このはうが真実であります。自己は見るものであつて、見られるものではない。それを見えたといふのは嘘であります。いや、仮説であります。そんな仮説がどうして立てられたかといふと、絶対者といふ仮説をたてたからであります。ギリシアにおいても、なるほど自己認識はあつたが、その自己を見るものを、絶対者として、自己の外に、自己の上にたてはしなかつた。が、それをたてたはうが、より完璧に自己を見ることができるわけです。

が、考へてみればをかしい話で、つねに自己の上から自己を見おろしてゐる絶対者であるなら、それを自己が規定することはできぬはずです。自己がそれに包まれながら、しかも逆に自己がそれを包むことができるといふのはをかしい。仏教の「無」は、それによつて有限者の自己が包まれるだけのものであつて、自己がそれを内に包むことはできぬものです。

ここにクリスト教の非合理性があるが、この主体の客体化といふ精神から合理主義が生れ、実証科学が生れてきたのです。そこまではいい。が、その実証精神が唯物論として自己の形而上学を造りあげたとき、この生産的な非合理性はおのづから解消してしまひはしないか。唯物論においては、全体と個との関係は、まつたく数量の差に帰してしまふ。個を寄せ集めたものが全体であります。ですから個人は全体の外に出ることができない。個人は全体の一部にすぎません。つまり、両者は同一次元に属するものなのです。個人が全体の観念を自己のものとして所有し、それによつて現実の全体を拒否することはできない。国家や階級を離れて、一つの人格が自立するといふことはありえないのです。それは、国家や階級に比して個人が非力だからではなく、部分として全体を否定するだけの名目がたたぬからです。国家や階級がその内部に異分子の存在を許さぬのは、ただ力によつて許さぬだけではなく、原理によつて許さぬのです。

全体主義国家（共産主義国家）と自由主義国家（資本主義国家）との間に、何度もくりかへされてきた水掛論がある。ソ聯には個人の自由がないといふ非難にたいして、欧米にだつて自由はないではないかといふ反駁《はんばく》が出る。それが水掛論であるのは、やはり理想と現実と、表現と行動と、この二つの次元の混同があるからです。一元論的思考になじんできた日本人は、それを見おとしやすいのです。ソ聯に自由がないといふとき、それは原則についていつてゐるのです。欧米にだつて自由はないといふとき、それは現象についていつてゐるのです。自由は政治や法律にかかはる物質的な問題であると同時に、いや、それ以前に、倫理にかかはる精神的な問題なのであります。私は石川（達三）さんの自由否定論を否定したときにも、そのことを強調した。それにたいして、精神的な自由より物質的な自由のはうが先決問題だ、さう思はぬのは、おまへが食ふに困らぬからだといふ投書がありました。この言葉は俗耳に入りやすいが、根本的にまちがつてをります。さういふいひかたをすれば、売り言葉に買ひ言葉で、物質的自由をそれほど大事だと思ひこんでゐるのは、きみが食ふのに困つてゐるからだともいへる。つまり、精神的自由に不足してゐないからではないか。おそらくこの真理は容易に理解されますまい。

全体主義国家の危険は、民族や権力や階級を否定する精神的自由を個人に許さぬといふことであります。私はかならずしも英仏を支持しはしないが、英仏の国家的エゴイズムはその国家内に自己を否定する異分子の存在を許してゐるといふこと、そこに私は個人と同様に、国家の人格といふものを感じるのです。そこでは、個人がそれぞれに全体を所有し、それによつて国家を否定してゐる。つまり、その全体といふのが、国家を超えるものであり、現実を超えるものだからです。

ところで、このやうに現実を超えた全体の観念といふものが、クリスト教において、もつとも明確に把握されてゐるにしても、それだからといつて、私たち日本人にとつて無縁のものだといひきれませうか。さうではないと思ひます。私たちもまたそれを欲してゐるのです。私たちもまた、時代と場所を超えた不変の真理といふものを欲してゐる。人格の持続性と普遍性とを欲してゐる。早い話が、私たちはスパイを本能的に嫌つてをります。スパイそのものでなくとも、スパイ的なるものを私たちは嫌ふ。なぜでせうか。それは、スパイが一つの人格ではないからです。かれのうちに、全体の、いや、もう神のといつてもいいでせうが、その神の反映が認められないからです。私たちは、不忠実なスパイを嫌ふのではない。命令者を裏切るスパイを嫌ふのではない。スパイは命令者にたいして忠実になればなるほど嫌はれるのであります。かれが国家や階級を裏切ることができぬ人間だから、私たちはかれを信用しないのです。忠実が信用されないといふのは驚くべきことですが、これほど当然なことはありません。

かれの忠実は国家や階級のごとき相対的存在を絶対視してゐるからです。いひかへれば、絶対者にたいして忠実でなく、もつとも大きな裏切りをしてゐるからです。さういふ人間を私たちは憎む。私たちはかれの強さを憎むのです。その忠実の安定性を憎むのです。が、超自然の神としての絶対者は、人間にたいして地上の絶対者ほどに忠実を強ひない。私たちはそれを裏切る自由を保有してゐるのです。国家も個人も神を裏切ることができる。また国家が個人を、個人が国家を裏切ることができ、さうすることによつて神に忠実であることができるのです。いはば、絶対者と相対者との間、相対者相互の間が、細いヒューズでつながれてゐるやうなもので、裏切りによつて、ヒューズはとぶが、トランスは焼けぬ用意ができてゐるのです。地上の相対的存在を絶対者としたとき、国家と個人との間の強靭なヒューズが人々に安心感を与へるかもしれぬが、そのかはりトランスが危険にさらされるのです。崩壊は一挙に、そして致命的な形でやつてくる。

私はさきに自己のエゴイズムを否定する用意のない唯物論は、エゴイズムの自己保存の意味でも危険だと申しました。が、ここにさらに危険なことは、そのトランスに致命傷を受けるといふことであります。おのれの大義名分である絶対者に傷がつくといふことであります。もし、絶対者を神のやうな超絶的なものにしておけば、それは存在しないものですから、永遠に傷がつかない。現実に検証されうる理想は、すぐその馬脚を現しますが、現実と理想との間にいちわうの断絶を設けておけば、理想は無傷のまま次代に引きつがれるのです。

四　すべてが二元論

ここに伝統とか歴史とかいふ観念が生じうるのです。よく「近代性」とか「前近代性」とかいはれますが、人々はそれをどういふ意味で使つてゐるのか。石油ランプより電灯のはうが近代的だといふ程度のことならわかる。が、それを人間関係を対象とする社会科学の場において使ふとなると、いろいろ問題が出てくるのです。すでにいつたやうに、私たちの近代や近世が西欧人のそれと異つてゐるだけではない。彼我の中世に違ひがあるのです。しかも、それはどちらが進んでゐるといふことではないのです。西欧の近世と近代との差なら、さういふ観点から見ることもできませう。なぜなら、かれらの中世も近世も近代も一つの歴史を形成してゐるからです。といふことは、かれらがいづれの時代にも共通の全体観念を所有してゐるといふことです。

なるほど、それは実証科学の発達によつて、徐々に後退を余儀なくされたかもしれない。が、本質的にはなんらの支障をきたさなかつたのみか、その純粋度を増したやうなものだつた。かれらの神は超自然のものであり、実証科学によつて、その存在証明を要求されるといふ脅威に出あひながら、最後にはその不在証明をなしえぬ実証科学を拒否できたからであります。神はいまだに無傷であります。かれら流にいへば、「さういふ場所に神を設けたかれらに祝福あれ」といふことになる。

が、日本人のばあひ、中世と近世とは、近世と近代とは、それぞれの時代に、全体的観念の書きかへを要求されてきた。それどころか、戦前と戦後とでも、書きかへが必要とされたのであります。そんなところに、伝統や歴史の観念が生じるわけがありません。歴史的事実はあるが、歴史はない。歴史とか伝統とかいふ観念は、時間の流れをせきとめ、それを空間化することによつてのみ生じるのです。それをなしうるためには、なんらかの意味で絶対者が必要であります。同時に、その絶対者をどこに置くかによつて、過去と未来とがどこまで取りこめるかが決定するのです。ここにふたたび時間と空間との二元論が現れたことに注意していただきたい。

さて、いふまでもなく、唯物史観も絶対者をもつ形而上学であります。が、その絶対者は過去よりも現在を、現在よりも未来をひいきにする。といふことは、あらゆる時代がその絶対者の前で平等ではありえないことであり、それでは時間の流れは真にせきとめられぬといふことになります。

過去、現在、未来のいづれをもひいきにしない絶対者といふのは、そのいづれをもひとしく否定する超絶的なものでなければならない。この神の前においては、進歩といふことはありえぬのです。歴史も伝統も、進歩といふ意識からは決してとらへられぬものです。進歩主義においては、「大は小を兼ねる」式に、過去はつねに現在のうちに、現在はつねに未来のうちに、呑みこまれてしまふ。つまり、歴史は存在せぬのです。

最近「自由や進歩」といふことを、じつに安易な形で論じることが流行しますが、これはまへにも述べたやうに、決して対立概念ではありません。また「自由は進歩のためにあるべきだ」といふ粗雑な考へかたに見られるごとく、両者は上位概念と下位概念の関係にあるものでもないのです。

絶対者の前に進歩がありえぬごとく、その前に自由といふものもありえない。カトリックの田中（耕太郎）最高裁長官は、文学者の自由論争を批判して、かれらは政治的な自由と哲学的な自由とをわきまへぬと書いてをりました。が、わきまへぬのは、かへつて自由否定論者の石川さんのはうだつた。なぜなら、石川さんは政治的な自由否定論を主張したのです。これは最高裁長官としての田中さんには好都合だつたかもしれませんが、カトリックとしての田中さんが、それにただちに哲学的な、あるいは宗教的な自由否定の裏づけを与へることは疑問ではないでせうか。カトリックが政治の面で保守的であることは認めます。いや、私もまた保守的です。が、宗教的な自由否定をそのまま政治的な自由否定と結びつけるのは、非哲学的といはねばなりません。それは本質論的ではなく、政論的だからです。だから、石川さんの自由否定論は政治上の保守派のみならず、進歩派にも歓迎されたのです。

宗教的な自由否定は、むしろ政治的な自由肯定を生む原動力だつたといふことこそ、私たちがもつとも注意しなければならぬところではないでせうか。人間はすべて神のまへに自由を拒否されてゐる。そこに身分とは別に、人格として、万人平等の原理が生じたのであります。そして、さらに重要なことは、自由肯定が成立したからといつて、自由否定は排棄されるものではないといふことです。ここにも自由の肯定と否定といふ二元論が、しかも本質論と現象論との二つの次元に亙つて顔をだしてゐるわけです。

かう書いていけば、切りがありません。すべてが二元論です。愛と憎、善と悪、生と死、平和と戦争、すべてがさうです。しかも、それぞれの二元論的対立が、それぞれに絡みあひ、はてしがないのです。にもかかはらず、さういふ弁証法的な悪循環を、あるいは歴史主義的なユートピア思想を、最初に、そして最後に断ち切つてゐるものが絶対者なのであります。

（「新潮」昭和三十二年五月号）

III

遅れてあること、見とほさないこと

私の保守主義観

私の生き方ないし考へ方の根本は保守的であるが、自分を保守主義者とは考へない。革新派が改革主義を掲げるやうには、保守派は保守主義を奉じるべきではないと思ふからだ。私の言ひたいことはそれに尽きる。

普通、最初に保守主義といふものがあつて、それに対抗するものとして改革主義が生じたやうに思はれがちだが、それは間違つてゐる。なるほど、昔から仕来りや掟《おきて》を重んじ守る人はゐた。が、同時に、さういふものに縛られることを厭《いと》ひ、現状に不満を感じる人もゐたのである。ただどちらの場合も、さういふ自分をあまり意識してはゐなかつただけの話だ。最初の自己意識は、言ひかへれば自分を遮る障碍物《しやうがいぶつ》の発見は、まづ現状不満派に生じたのである。革新派の方が最初に仕来りや掟のうちに、そしてそれを守る人たちのうちに、自分の「敵」を発見した。先に自己を意識し「敵」を発見した方が、自分と対象との関係を、世界や歴史の中で自分の果す役割を、先んじて規定し説明しなければならない。社会から閉めだされた自分を弁解し、真理は自分の側にあることを証明して見せなければならない。かうして革新派の方が先にイデオロギーを必要とし、改革主義の発生を見るのである。保守派は眼前に改革主義の火の手があがるのを見て始めて自分が保守派であることに気づく。「敵」に攻撃されて始めて自分を敵視する「敵」の存在を確認する。武器の仕入れにかかるのはそれからである。したがつて、保守主義はイデオロギーとして最初から遅れをとつてゐる。改革主義にたいしてつねに後手を引くやうに宿命づけられてゐる。それは本来、消極的、反動的であるべきものであつて、積極的にその先廻りをすべきではない。

それは過去の保守主義だと言ふ人がゐるかもしれぬ。最近、英国保守党の「新保守主義」といふ本が飜訳出版された。が、そこには別に新しい保守主義の宣言があるわけのものではない。保守主義とは昔からああいふものであつた。労働党の社会政策を取入れたからといつて、それは新しい保守主義の誕生を意味するものではないし、労働党の先手を打つてゐるわけでもない。労働党や革新派がとくの昔に考へてゐたことを、自分流に取入れただけのことである。

保守主義とは昔からさういふものであつた。さうでないと思ふのは、保守派がつねに現状に満足し、現状の維持を欲してゐるといふ革新派の誤解である。戦術的誤解でなければ希望的観測である。日本の保守党すら、明治以来今日に至るまで、たえず進歩と改革を考へてきた。その「業績」は欧米の革新政党などの及ぶところではない。戦後の保守党でさへ、公平に言つて、掌中の一羽、あるいは半羽は与へてきた。なるほど未来の藪《やぶ》の中には何が隠れてゐるか解らない。が、革新派がいくらその不安を説いても、保守党の人気は落ちない。革新派の人気が高まらぬことはなほさらである。保守党が国民大衆の犠牲において自分たち支配階級の利害しか考へず、さういふ利己心から進歩や改革を欲しないのだといふ革新派の宣伝は、日本においても古すぎるし、効果もない。

蟹《かに》は自分の甲羅に似せて穴を掘るといふが、人間は相手の甲羅に似せて穴を掘る。日本の革新派は保守派の水準の低さを嘲笑《あざわら》ふがその水準は革新派の水準によつて定つたもので、軽々しくそれを笑ふことは出来ない。革新派がさういふことに気づかぬかぎり、少くとも私は革新派を支持できない。もちろん、そのことは逆にも言へる。保守派の水準が低いために、革新派の水準が低くなつたのだとも言へよう。が、それはさうも言へるといふだけの話で、さう言つてすませるべきではない。革新派の方が先に自己意識に目ざめるべきなのだ。といふより、それが革新派の身上なのだ。

進歩や改革にたいして洋の東西を問はず、保守派と革新派とが示す差異は、前者はただそれを「希望」してゐるだけなのに反して、後者はそれを「義務」と心得るといふことにある。保守派にとつて「私的な慾望」にすぎないものが革新派にとつては「公的な正義」になる。進歩は人間のごく自然な「現実」でありまた広汎《くわうはん》な人間活動の「部分」であり「手段」であると一方は考へるのだが、他方はそれを最高の「価値」に祀《まつ》りあげ、それこそ生存の「全体」であり「目的」であると考へる。保守派は進歩といふことを自分の「生活感情」のうちに適当に位置づけておけばよいのだが、革新派はそれを「世界観」に結びつけなければならない。

要するに、最初に言つたやうに、保守派は進歩を欲する動機や気もちを、あるいはそれを欲しない気もちを説明する必要がないのに反して、革新派はそれをつねに説明して見せなければならない。世界を空間的にのみならず、過去から未来にわたつて整然と説明して見せなければならないのだ。したがつて、改革主義は合理主義の上に立たねばならないし、それに救ひを求めねばならないのだ。何かの改革が問題になつたとき、保守派がそれを拒否する理由を説明できなくとも、必ずしも不名誉ではないが、革新派が改革した方がいい理由、改革せねばならぬ理由を説明できぬのは不名誉である。政治の場合でも、一般国民が保守党にたいして、より寛大である理由はそこにある。また革新党が相手のさういふ弱点を突いても、国民がついてこない理由はそこにある。

保守派が合理的でないのは当然なのだ。むしろそれは合理的であつてはならぬ。保守派が進歩や改革を嫌ふのは、あるいはほんの一部分の変更をさへ億劫《おくくふ》に思ふのは、その影響や結果に自信がもてないからだ。それに関するかぎり見す見す便利だと思つても、その一部を改めたため、他の部分に、あるいは全体の総計としてどういふ不便を招くか見とほしがつかないからだ。保守派は見とほしをもつてはならない。人類の目的や歴史の方向に見とほしのもてぬことが、ある種の人々を保守派にするのではなかつたか。世界や歴史についてだけではない。保守的な生き方、考へ方といふのは、主体である自己についても、すべてが見出されてゐるといふ観念をしりぞけ、自分の知らぬ自分といふものを尊重することなのだ。

さういふ本質論によつて私は日本の保守党の無方策を弁護しようといふのではない。むしろ逆なのである。保守的な態度といふものはあつても、保守主義などといふものはありえないことを言ひたいのだ。保守派はその態度によつて人を納得させるべきであつて、イデオロギーによつて承服させるべきではないし、またそんなことは出来ぬはずである。おそらく革新派の攻勢にたいするあがきであらうが、最近、理論的にそれに対抗し、保守主義を知識階級のなかに位置づけようとする動きが見られる。だが、保守派が保守主義をふりかざし、それを大義名分化したとき、それは反動になる。大義名分は改革主義のものだ。もしそれが無ければ、保守派があるいは保守党が危殆《きたい》に瀕《ひん》するといふのならば、それは彼等が大義名分によつて隠さなければならぬ何かをもちはじめたといふことではないか。

保守派は無智といはれようと、頑迷といはれようと、まづ素直で正直であればよい。知識階級の人気をとらうなどといふ知的虚栄心などは棄てるべきだ。常識に随ひ、素手で行つて、それで倒れたなら、そのときは万事を革新派にゆづればよいではないか。

（「読書人」昭和三十四年六月十九日）

伝統にたいする心構——新潮社版「日本文化研究」講座のために

まへがき

私は人々が日本固有の文化に関心をもち、それを理解し研究してみようとするとき、もつともこの場合に理解とか研究とかいふ言葉を用ゐることが当を得てゐるかどうかが問題でありますが、それは後廻しにして、とにかくその際に意を用ゐなければならぬ幾つかの点について考へてみようと思ひます。学問的な言葉を使へば、日本文化研究方法論といふことになりませうか。

しかし、それほど精密な学問的研究が私に出来るわけがない。第一、日本文化のみならず、一般に文化といふものが、学問の対象になりうるものなのか、またさうなりうるとしても、方法論を考へうるほどの段階に達してゐるものなのか、その辺がはなはだ怪しく思はれる。したがつて、私のなしうることとは、方法論といふよりはもつと常識的な心構について語るといふ程度のものにすぎません。

もう一つ、私は冒頭に「人々が日本固有の文化に関心をもち」と書きましたが、この「人々」が現代の私たち日本人である場合、当然、なんのために、どういふ動機から、さうしようとするのかといふ問題が出てまゐります。もちろん、外国人の場合でも、それは問題になることかもしれませんが、私たち自身が私たちの文化に関心をもつといふことは、外国人の場合とは異つた深い意味をもつてゐるやうに私には思はれます。

なぜなら、いま心構について語ると言つたその心構とは、自分が自分に意を用ゐ、自分で自分を知らうとする心構といふことになるからです。その意味で、私の書くものは現代日本人の心理分析になり、現代日本文化論にもなるでせう。もつとも、自然科学のやうに研究対象が研究の主体からはつきり離れてゐるものはもちろんのこと、一般の社会科学の場合でもそれはある程度まで分離できるので、まづ問題はないと言つてよいのですが、対象が文化といふ曖昧《あいまい》なものになると、それを研究する方法を論じることが、そのまま当の文化を論じることにもなるのであります。その意味では、この私の試みは、広く文化とは何かについて答へるものにもなりませう。私の出発点も結論も、おそらくさうなるはずであります。

文化の定義

最初に文化とは何かといふことを考へてみなければなりません。少くとも読者と私との間に話の行きちがひが起らぬために、文化といふ言葉の意味を決めておく必要があります。ことに現在、この言葉はあまり勝手に、粗末に濫用《らんよう》されすぎてをり、しかもそれが私の考へてゐるものとは大分隔りがありますし、また本来の意味とも異つてゐると思はれるからです。異つてゐるといふのが言ひすぎであるにしても、偏つてゐることだけは確かでせう。私は数年前の「文化の日」にNHKを通じて「文化とはなにか」といふ講演をし、それを本にして出したことがあります。そのときの私の考へは今も変つてをりませんので、まづそこからはひつて行きませう。

文化といふ言葉は一般にはどういふふうに使はれてゐるか、まづそこから始めます。それには大体二つの意味があるやうです。第一例は「文化住宅」「文化七厘」「文化の日」などの場合であり、第二例は「平安文化」「文化遺産」「文化財」などの場合であります。第一例において人々が暗々のうちに考へてゐる文化の意味は、便利なもの、新しいもの、西洋から来たもの、西洋化したもの、さういつたことのやうであります。時には、そこに高級なものといふ感じさへ含まれます。今日流行の言葉を用ゐれば、デラックスといふことになりませうか。

さういへば、最近では「文化住宅」式用法は少くなりました。かつて私は汽車の窓から、ある田舎町の風呂屋の看板に「文化風呂」と書いてあるのを見かけましたが、かういふ文化の使ひ方はもう田舎でなければ行はれてゐないのかもしれない。そこでは「文化的」といふことは「都会的」を意味するのでせう。都会では「西洋的」を意味したのと同様であります。それがもう田舎でしか用ゐられなくなり、都会では「高級クリーニング」といふふうに、いや、それも既に古くなつて、「デラックス新型洗濯機」といふふうに変つてきたといふのは面白い。そのやうに文化といふ添書が古くなつてしまつたことのうちに、「文化住宅」「文化七厘」などの用例に用ゐられる文化といふ言葉の意味が浅薄で不安だつた証拠があると申せませう。

なぜこの用法が古くなつたか。なぜ人々がそれを避けるやうになつたか。人々は今では、多少の軽蔑感をもつて嘲笑的にそれを用ゐてをりますが、なぜさうなつたか。その理由は、かつて便利なもの、新しいもの、西洋的なもの、のみならず時には高級なものとして登場してきたそれらの「文化××」が、またたく間に古くさくなり、廉《やす》つぽくなり、不便なものになつてしまつたからです。見せかけで、実質も基礎も伝統も貧弱であることをさらけだしてしまつたからです。「文化住宅」や「文化七厘」における文化といふ言葉の用法など、なにもここで問題にする必要はないかもしれませんが、さういふ意味では、やはり考慮に値することと言へませう。

元来、文化とは漢語であり、力を用ゐずして民を教化することを意味しました。たとへば「文化、内に緝《あつま》り、武功、外に悠《はるか》なり」のごとく用ゐられたのであつて、便、新、高級、舶来、いづれの意味も含まれてをりません。それらの意味が含まれるやうになつたのは明治になつて、英独仏語のｃｕｌｔｕｒｅ、Ｋｕｌｔｕｒ、ｃｕｌｔｕｒｅの訳語として使はれだしたのちのことであります。それなら、その元のｃｕｌｔｕｒｅやＫｕｌｔｕｒに「文化住宅」式用法があるかといへば、もちろんありません。ｃｕｌｔｕｒａｌ ｂｕｉｌｄｉｎｇとかｃｕｌｔｕｒａｌ ｓｔｏｖｅとかいふ言葉は聞いたことがない。むしろ漢語の文化の本来の意味に近い要素をもつてをります。そのことはまた後に述べることにして、「文化住宅」式な文化の用法は、明治以後の近代日本に特有なものであり、さういふ文化観ほど近代日本の文化を端的に示すものはないと言へます。

私たちは文化といふ言葉のかういふ用法を気楽に論外だと言ひ切ることが出来ないのであります。なぜなら、それよりはましかもしれませんが、本質的にはそれとあまり違はない考へ方が、やはり第二例の用法にも現れてゐるからです。それらも同様に近代日本、あるいは現代日本にのみ通用する文化観だと言つてさしつかへありますまい。例にあげた「平安文化」「文化遺産」「文化財」の間には、同じ文化といふ言葉を用ゐながら、意味に多少広狭の差があるやうですが、そのいづれにも共通な事実は、文化といふものを創造行為の結果としての業績と考へ、したがつて私たち自身の外部にある客観的な対象としてとらへてゐるといふことです。

「文化財」といふ言葉がそのことを一番はつきり示してをります。それは「財」であり、形あるものです。ですから、技術や藝のやうな形のないものにたいしては、わざわざ「無形文化財」といふ特別な名称を造つてそれに当ててをります。この「無形文化財」のはうが、すなはち形のないもののはうが、むしろ本来の文化に近いと言へるのですが、しかし、このやうに有形、無形のいづれにせよ、それらを「文化財」と名づけた側にはさういふ意識は全くない。無形は「文化財」として変則的な在り方と考へられてゐるばかりか、その無形もなほ有形の一種と見なされてゐるのです。つまり、それも保護すべき業績であり、客体的な対象であり、私たちの外にあつて、私たちが観察鑑賞できるものなのです。

のみならず「文化財」といふとき、私たちは主として藝術上の作品を思ひ浮べるのが常です。事実、それはそのやうに用ゐられてゐます。「文化遺産」といふともう少し意味が広くなり、それに学問業績が加り、さらに経済、法律、制度、科学的な技術や発明などまで含まれるに至ります。「平安文化」などもそれですし、この「日本文化研究」講座といふ言葉から人々が受ける印象もそれでせう。しかし、文化の意味がそこまで拡げられても、文化を一つの時代、一つの民族が示した結果的業績と考へる意識は、依然として拭《ぬぐ》ひきれません。やはりそれは自分たちから離れて自分たちの外にあるものなのです。のみならず、それは優劣、高下の価値批判、あるいは測量の篩《ふるひ》にかけて残つた、一時代、一民族の集約的頂点を示すものなのであります。

戦後さかんに人々の口にのぼるやうになつた「文化人」とか「文化国家」とかいふ言葉は、右の第二例に属するものなのか。それとも第一例に属するものなのか。私にはどうも両方にまたがつて用ゐられてゐるやうな気がいたします。「文化人」といふのは、時代の尖端に立ち、日本の西洋化、近代化の手本となり指導者になる人といふ意味が主で、同時に東西の「文化的」業績に通じ、それを身につけてゐる人といふ意味も多少はあるやうです。「文化国家」といふのも同様で、「文化施設」と同じく、便利で近代的な道具や制度に満ちてゐる国、しかも国民全部が学藝にいそしみ、その精華をみごとに実現できる国といふ二つの意味を兼ねてゐるのでせう。

そこから、第一例と第二例とに共通したもう一つの文化の定義が考へられます。それは本来の漢語の文化の意味をわづかに伝へてゐるもので、武に対立するものといふ考へ方です。戦前の歴史教育では、東西の歴史の主流をなすものは戦争だつた。教科書もほとんどそれで占められ、そのなかで時たま、まるで幕間のやうに、あるいは挿絵のやうに、「何々時代の文化」といふ章が現れてきて、百済《くだら》観音とか「源氏物語」とか光琳《くわうりん》とかいふ固有名詞的業績をおぼえさせられたものです。

じつはそれもいけなかつた。言ふまでもなく、子供にとつては戦争の歴史のはうが身近で、解るし、ずつと面白い。源平の争ひは子供の経験では割切れないが、しかし、それだけでも納得の行くものがあります。一方、「源氏物語」の世界は子供の手に負へるものではない。しかも、実物を読みもしないで、それを作りだし、それを楽しんだ人々の生活が解るわけがありません。その結果、私たちにとつて、文化とは、なんとなく白々しい、あつてもなくてもよい飾りみたいなもの、それでゐてありがたがらなくてはならぬものになつてしまつたのです。かういふ在り方は、戦後に「文化国家」になつて、戦争史が卻けられ、文化史中心になり、石器時代だの貴族文化だのといふ言葉で歴史教育が授けられるやうになつたからといつて、少しも変りはありません。いや、かへつて悪くなつたと言へませう。

以上、今日の、のみならず明治になつてそれが用ゐられはじめて以来の、文化といふ言葉の用法を検討してみたわけですが、それはすべて間違つてをります。少くとも日本だけにしか通用しないものです。もちろん、日本語だから日本だけで通用すればよろしい。しかし、元来は古い漢語であり、そしてそれを明治に外国語の訳として当てたものであります。それだけは自覚してゐなければなりません。が、それだけでも困る。訳語だから、元の意味と同じだと思ひこんでゐたのでは困るのです。さう言ふと、あるいはかう答へる人がゐるかもしれない。その混同は単に言葉だけの問題であり、それなら、私たちの用ゐる文化といふ言葉は英語のｃｕｌｔｕｒｅといふ言葉と違ふのだと承知してゐさへすれば、それで文句はあるまいと言ふ人がゐるかもしれない。

それに文句をつけるまへに、まづｃｕｌｔｕｒｅの意味について考へてみませう。英語にはこれと同根の語にｃｕｌｔといふのがありますが、いづれもラテン語のｃｏｌｅｒｅから出てをります。このラテン語は①心を尽す、世話をする、②教化する、修める、③崇拝する、などの意味をもつてをり、ｃｕｌｔは専ら③の意味を受けついだ名詞で「崇拝、礼讃、（宗教上の）儀式」などを意味しますが、ｃｕｌｔｕｒｅのはうは①②③いづれの意味をも受けついで、「栽培、訓練、教養、文化、崇拝」などの意味をもつてをります。しかし、どちらかと言へば、「栽培」のはうは同根のｃｕｌｔｉｖａｔｉｏｎに、「崇拝」のはうはｃｕｌｔに委せて、普通は「教養」「文化」を意味するやうです。その場合でも「栽培」と「崇拝」の余韻をひびかせてゐることは言ふまでもありません。

ここに、日本語の文化と比較して、考へてみなければならぬことが二つあります。右に述べ

たやうにｃｕｌｔｕｒｅには「栽培」「崇拝」への拡り、といふよりはさういふ根があること
と関聯して、第一に、動詞としての働きを含み、その働きから発した名詞であること、第二に、
「教養」と「文化」といふ、一方は個人的なもの、他方は全体的、民族的なものを同時に意味
しうるといふこと、その二つのことに改めて注意していただきたい。
さういふ柔軟な生きた働きが日本語の文化といふ言葉にはないのです。「あの人は文化があ
る」とは言はない。「あの人は文化人だ」といふのは「あの人は教養人だ」といふことを意味
しない。ですから、私たちの文化は教養なしの文化なのです。個人ぬきの全体としてしかとら
へられてゐないのです。また明治に造られ用ゐられた漢語のほとんどすべてが、外国の文物や
思想を輸入するために外国語の訳語としての用をなしてきたのですが、そのため、それらは出
来あがつた結果、すなはち業績にたいする命名の役しか果してをらず、その結果をもたらした
働きを掴《つか》みそこなひ、それを内に含む力を欠いてをります。文化といふ言葉の用法こそ、その
適例と申せませう。さう考へてくると、英語のｃｕｌｔｕｒｅと日本語の文化とでは、ただ意
味が違ふだけの話だとかたづけられないものがあります。
遺憾ながら、それは本来の意味での文化の相違と見なさざるをえないのです。文化と教養と
が一語に結びつくやうな文化が、また心して栽培し、みづから習熟するやうな仕来りや態度が、
さらにその背景をなす宗教的な生き方が、今の日本には無いのだといふことになります。それ
が現代日本文化の姿だといふことになります。が、それはあくまで現代日本文化の姿であつて、
日本文化がつねにさうだつたわけではありません、文化が、あるいは文化といふ観念が、日本

の歴史になかつたのではない。皮肉なことに、文化といふ言葉がむやみに使はれるやうになつた明治以前には、文化といふ言葉が無かつたかはりに、文化は立派にあつたのです。
エリオットが言つてをりますが、文化とは私たちの生き方であります。生活の様式であります。が、それはこれこれかういふものだと目の前に客体化しえぬものなのです。目的として示しえぬもの、意識的に追求しえぬもの、合理的に説明しえぬものなのです。いはば理窟ぬき、問答無益の領域にのみ、それは成熟します。なぜそんな行動に出るのか、なんのためにさういふやり方をするのか、それを問はれても当人には答へやうがない。今の人間はいろいろ理窟を仕込まれてをりますから、なんとかそれに縋《すが》つて答へるかもしれませんが、そんな答へは本当の動機も目的も語つてはをりますまい。ただ昔からさうしてきたから、あるいはさうするやうに教へられてきたから、それだけのことでせう。それとも、さうしたいから、それが本音でありませう。さういふものが文化であり、教養であります。ロレンスの「チャタレイ夫人の恋人」のなかで、夫人の姉のヒルダが妹のコニー、即ちチャタレイ夫人の恋人である森番のメラーズのうちに、貴族である自分よりも優れた教養人を見出す箇処があります。

男はパンを切り終ると、あとは坐つたままじつと動かなかつた。かつてコニーもさうだつたやうに、ヒルダは男から沈黙と距離の力を感じた。テーブルの上には小さな、感じやすい、力を抜いた手がある。この男は決して単純な労働者などではない。それどころか、演戯してゐる！　立派に演戯してゐるのだ。

しかもヒルダは、主人筋の恋人の姉の前で平然と方言を操り、それを注意されれば「礼儀作法にはうんざりしてゐる」と答へるこの森番に、段々引けめを感じはじめます。

三人は黙つて食べた。ヒルダは食事の際の男の作法がどんなものか注意してゐた。そしてつひにこの男が自分も及ばぬこまやかな心の働きと育ちの良さとを、本能的に身につけてゐることを認めずにはゐられなくなつた。

前の箇処の「演戯してゐる」といふのは、一つ一つの動作に、あるいは動きのない静止の状態にさへ、こまやかな心の働きが現れてゐるといふことであります。それが教養であり、ｃｕｌｔｕｒｅであり、それが一つの集団の社会生活全般に染みわたつたものを文化と言ひ、ｃｕｌｔｕｒｅと言ふのです。

私自身、このロレンスが述べてゐることと同じ経験をしたことがありますので、それについて書いておきませう。三四年前のたしか秋の終りころだつたとおぼえてをります。私は豊橋から南信に抜ける飯田線に乗つてをりました。飯田を過ぎたある小駅で六十余りの老婆と三十前後の女の人とが仲よく話しながら乗りこんできて私の隣に腰を降し、なほ盛んに喋《しやべ》りつづけてゐるのですが、土地の言葉なので私にはほとんど解りません。二人は姑《しうとめ》と嫁のやうでもあり、気の合つた隣人同士のやうでもあり、とにかく近くの農村の人で、飯田の近くまで一寸した買物に出て来たといふ感じです。二人とも手に買物籠をぶらさげてゐましたし、老婆のはうは前垂をつけたままでした。

私はその二人が私の隣に腰を降すまでは気がついてゐましたが、あとはもう二人のことは忘れて、向う側の窓越しに見える丘陵地帯に目を遊ばせてをりました。すると私のすぐ隣に腰かけてゐた老婆が急に何か話しかけてきたのです。突然でしたし、土地の言葉なので、始めはなんのことか解りませんでした。二度ばかり問ひかへして、やうやく解りました。老婆の言葉そのものは忘れましたが、それを直訳すると「窓を開けても迷惑ではないか」とたづねるのです。老婆の席は列車の進行方向に向つて私より前方だつたので、私が寒くはないかと気を使つたわけです。もちろん「構ひません」と答へましたが、私はもう一度その人の顔を見なほしたほど感心いたしました。

私は大磯に住んでゐて、湘南電車で東京との間を往き来しますが、一等、二等いづれの乗客からもかういふ挨拶《あいさつ》を聞いたことがありません。いや、一度か二度、それを聞いたやうにもおぼえてゐます。が、私が飯田線で会つた老婆は明らかに田舎者であり、顔つきなどから判断して、学校教育もろくに受けてゐさうもない人であります。それが教育のある都会人さへ守れぬ礼儀作法を心得てをり、それをごく自然に実行してゐるのです。

言ふまでもないことですが、西洋では、電車やバスで窓を開けるとき、「窓を開けてもよろしいですか」と風下の人にたづねるのは、「How do you do?」や「Happy to ｍｅｅｔ ｙｏｕ」などといふ挨拶同様の決り文句になつてをります。私たちにとつて、電車やバスのやうな文明の利器を輸入するのは易々たることだつた。が、その交通道徳を身につけるはうは簡単にはゆかない。交通機関に限りません。議会制度でも教育制度でも同様で、「近代的」な道具や制度はいくらでもまねできますが、それを使ひこなす心構や、それにともなふ人間関係となると、相変らず「前近代的」だと言へる。いちわうさう言へます。だが、さうとのみ言ひきれぬことは、この老婆の話がはつきり裏切り示してゐるではありませんか。皮肉な言ひ方をすれば、「近代的」な教育を受けた都会人よりも、「封建的」な農村の教育のない老婆のはうが、西洋流の近代的な交通道徳を身につけてゐるといふことになります。

しかし、それは少しも不思議なことではない。教育と教養とは別物です。近代化と文化とは別物です。都会には文化があつて、田舎にはそれがないなどとは申せません。知識階級のはうが一般大衆より教養があるなどと思つたら大間違ひです。私はむしろ逆の現象をしばしば見聞きします。文化の深さといふ点では現代の都会は、田舎、ことに農村に劣つてをります。教養を身につけた人間は、知識階級よりも職人や百姓のうちに多く見出せます。なるほど、農村の文化や職人の教養は「封建的」で古く固定してゐて、あの老婆のやうに巧みな適応力を示すのはまれでありませう。が、それでは都会の文化や知識階級の教養はどうかと言はれれば、「封建的」も「近代的」もありはしない、はなはだお粗末なもので、あの森番のメラーズのやうに、ただ生れつきの「こまやかな心の働きと育ちの良さ」にまつ以外に、その芽さへどこにも見出せない有様です。

要するに、現代の日本には主体的な生き方や心の働きとしての文化や教養がないばかりか、文化とはそのやうな主体的な精神の型だといふ観念さへないのです。くりかへして申しませう。おそらく日本の全歴史を通じて、現代ほど文化が薄ぺらになり、教養ある階級を失つた時代はなかつたらうと思はれます。日本文化に関心をもつまへに、私たちはまづその自覚に徹すべきだと思ひます。

伝統文化に対する態度

私はアメリカへ行つてみて、ちよつと驚いたことがある。それはアメリカの文化や文明について書いた本がたくさん出てゐるといふことです。「私のアメリカ観」とか「アメリカ人の見たアメリカ」とか「現代アメリカ批判」とか「アメリカ人とは何か」とか「アメリカの国民性」とか、その種の標題の本が有名人、無名人によつて次々に書かれてゐるやうです。なかには十数名がそれぞれの項目について共同執筆してゐるものもあります。そればかりでなく、ヨーロッパ人や英国人の書いたアメリカ文化論も時たま見かけます。

有名な話ですが、アメリカへ行くとかならず「あなたはアメリカやアメリカ人をどう思ふか」といふ質問を受けるといふ。これは本当の話で、私も何度かそれを問はれました。つまり、現代のアメリカ人は、自分が何者であるか、また何者に見えるかといふことをひどく気にしてゐると言へませう。この自意識過剰といふべき傾向において、アメリカ人に匹敵するのが私たち日本人であらうと思はれます。それはおそらく世界中でこの二つの人種だけの特徴でありませう。

なるほど、ソ聯人にも多少その傾向があるかもしれません。が、ソ聯を知らない私ではありますけれど、たとへ彼等の口から似たやうな質問が出たにしても、それは幾分意味が違つたものではないでせうか。民族性から考へて、スラヴ人はその種の自意識をこまかく働かせない人種らしいし、また革命後のソ聯の民衆教育は、自国をつねに他国と比較考量する自主性を許さなかつたやうに思はれるからです。

言ふまでもなく、民族的自意識過剰の原因は、自国が後進国であるといふ劣等感的な現状認識にあります。さう考へてみれば、世界中でアメリカと日本がさういふ認識を強ひられたといふのも当然な話でせう。世界中に後進国ないしは後進地域は、それこそ掃いてすてるほどありますが、それらの国々は、あへて言へば、後進性を問題にするほど進んでゐない。しかし、アメリカと日本とは、それを問題にしうるほど先進国に追ひついてゐるといふわけです。さう言ふと、アメリカと日本とを同じ後進国といふ言葉で論じ去るわけにはゆかぬではないかと反駁《はんばく》する人があるに違ひない。その点をもう少し考へてみませう。

たしかに、アメリカは既に後進国ではない。例の「アメリカをどう思ふか」といふ彼等の質問も、数十年前と現在とでは、その意味が異つてゐるやうです。昔は、否定的な答へを期待してゐたとまでは言へないにしても、そこには不安の影があつた。しかし、最近、ことに第二次大戦後はさうではなく、むしろ肯定的な礼讃を期待し、自己誇示の機会をねらふ気持がかなり濃厚であります。それだけの変化はある。これも、私ばかりでなく、アメリカについて語る人が誰しも指摘することです。が、私はさうとばかりは言ひきれないと思ひます。やはり彼等の質問には昔同様の不安が宿つてゐはしないか。先進国として自足してゐる英仏両国民は、自国が世界の中心だと思ひこんでゐますから、そんな質問が出る余地がありません。

なるほど今日のアメリカは政治、経済において世界の中心であります。産業、制度、生活における近代化、機械化といふ点では世界最高の地位を占めてをります。いはば「先進国中の先進国」と言へませう。自他ともにそれを疑ひはしない。日本と同日に論じることは出来ないのです。それにもかかはらず、アメリカ人のうちに後進性から完全に抜けきつたといふ自信がいまだに生れてゐない。だからこそ、その自信を得ようために旅行者に質問をくりかへしたり、その自信のよすがになる本を求めたりするのです。では、なぜ、その自信が生じないのか。

それは一口に言へば、自分たちの文化に自信がないからです。なるほど「American way of living」といふ言葉があり、それには大抵のアメリカ人が自信をもつてをります。が、この言葉が意味する生き方といふのは、「文化とは生き方である」とエリオットが言ふそれとは異つてをります。むしろ前章で第一例に属する文化といふ言葉の用法、すなはち文明と呼んだはうが適切な、自然や物質にたいする支配能力がものをいふ生活法では、アメリカ人は世界の先頭を切つてゐると信じてをり、その喜びを感じてをります。が、それに反して自分の心や自他の心の関係にたいする支配能力、あるいは調整能力がものをいふ生活法では、アメリカ人はいまだに自信がもてずにゐる。

その点、彼等は子供のやうに未熟で、潑剌《はつらつ》として生命力に富んでゐる半面、どこか自分が摑めず、自分を持てあましてゐるやうなところがあります。ですから、その激しい猪突性《ちよとつせい》と活動力の陰には、それと裏はらに挫折と破局の、これまた激しい意思のやうなものが潜んでゐて、いつそれが表面に飛びだすかわからぬやうな危険を感じます。物の生活では豊かなアメリカ人も、心の生活は貧しくて孤独なのだと、これは私がニュー・ヨークでつくづく思つた実感なのです。アメリカ人に多い神経衰弱も、唯美主義的ロマンティシズムや気恥しいやうなセンティメンタリズムも、またその反動としか思はれない冒険や暴力の崇拝も、種々の性的倒錯も、すべてが文明の高度化と文化の未成熟といふ矛盾に基づくインファンティリズムから説明できるやうに思はれます。

アメリカ人自身、それを感じ、それから逃れようとして精神医学に縋るのですが、これはをかしな話で、心の生き方をよく心得ぬために起る病気の治療に、性も懲りもなくまたもや物質の処理法である科学を持ちだしたことになる。文化とは生き方であります。適応異常や狂気から人を守る術であり、智慧であります。それは科学ではどうにもならぬことであり、また一朝一夕で出来あがるものではありません。時間がかかります。なぜなら試行錯誤的な方法しかなく、生き方は生きてみてはじめて知りうるものだからです。が、文化があり、伝統のあるところでは、社会が、家庭が、それを教へてくれる。さういふものであつて、個人の力でどうなるものでもない。

私は前章の終りで、まづ第一に自覚しなければならぬことは、私たちには文化がないといふことだと申しましたが、それと関聯してここでは、文化がなければ、私たちは生きられないのだといふことを自覚していただきたい。狂気と異常から身を守るために、それがどうしても必要なのです。個人個人が自分で生き方を知るやうに強制されてゐる社会では、個人はその負担に堪へかね、何事もなしえないでせう。天才は別だと言ふ人がゐるかもしれません。なるほど、時に天才はその強い個性のゆゑに、文化や教養を破壊するやうな反俗的生活を送る。が、さういふ天才の出現を可能にしたものは、彼が白い歯を見せた文化や教養なのだといふことを否定するわけにはゆきますまい。

ところで、本章の目標はさういふことではなかつた。むしろ逆のことを私は言ひたかつたのです。たしかに私たちは文化がなければ生きられない。狂気と異常から身を守るために、それがどうしても必要なのです。が、アメリカの例にうかがへるやうな自意識過剰からは何も生れぬでせう。度が過ぎれば、混迷あるのみだ。そのことを私は言ひたいのです。それだけでなく、日本はまたアメリカとは異つた、さらに複雑な現実のうちにあるのですから、なほさらのことです。では、日本とアメリカとはどこが違ふか。

近代の日本もアメリカと同じやうに、いや、それ以上に、ヨーロッパ先進国の存在を意識し、それと比較して自国の現状を考量するといふ自意識過剰にとらはれてきました。しかし、アメリカの場合は同じ競りあひにしても、地理的、経済的、政治的、その他各種の条件においてヨーロッパより有利な立場にあつたため、また文化的にも建国当初はヨーロッパをそのまま引きついでゐるといふ同質の自覚があつたため、彼等の関心はヨーロッパにいかに早く追ひつくかといふことより、それをいかに早く追ひぬくかといふ形をとつたと言へませう。それでもなほアメリカが後進国だといふのは、国家的自覚においてであります。

ところが、日本の場合には、欧米をいかにして追ひぬくかといふことはほとんど関心の的にならなかつた。それは現在でも同じことで、造船技術とか光学とか、ごく特殊なものを除いては、追ひぬくことを考へる段階には達してゐない。ただいかにして追ひつくか、あるいはせめてその差を小さくするにはどうしたらよいか、さういふ気持から出た競りあひだつたのです。もちろん国家的自覚といふ点においても後進国意識は強かつたでせう。といふより、日本の近代化が対外的独立自衛を直接原因として始つた以上、この国家的統一の立ち遅れといふ意識は相当に強かつたし、むしろさういふ政治意識を軸とし、それに奉仕するやうな形で、その他の産業技術の面における追ひつき競争が始つたのであります。

明治政府による廃藩処置はもとより必然性があり適切だつたのですが、その急速ぶりと徹底ぶりを、アメリカ聯邦政府確立の緩慢なのと同日には論じられぬもので、それにくらべれば、アメリカの国家的自覚における後進国意識などは、遥かに大まかで奥手だつたと言へませう。言ふまでもありませんが、この両者の差は、日本がアメリカに比して、あらゆる条件において不利だつたこと、また文化的にも西洋とは全く異質な国柄だつたことなどに帰せられませう。ここで問題にしなければならぬことは、のみならず日本の近代化を考へるうへで最も重要であり、かつ出発点をなすものと考へられることは、右二つの理由の後者、すなはち日本が西洋と異質の文化をもつてゐるといふことであります。

これは今さらしく採りあげる必要のない解りきつた常識のやうに思はれる。が、日本が近代化し西洋化すればするほど、そしてそれが世界史にも他に類例のないみごとな成果ををさめればをさめるほど、とかく忘れられがちでありますが、それだけに改めて考へてみなければならない問題になつてきてゐるのではないか。言ひかへれば、彼我の文化に質の差があるといふことは、それがほとんど気にならぬくらゐ微小なものと思はれる現在において、それを自覚してゐた明治初期よりも、かへつて決定的な意味をもちはじめてきたのではないでせうか。

明治の文明開化期によく人々の口にした言葉に和魂洋才といふのがありました。日本人の魂を失はずに西洋の技術や学問を取入れようといふ意味です。洋服を著、両刀を捨てても武士の魂は失ふまいといふ意味です。一口に言へば、生き方、心の持し方としての文化は日本的で行き、近代化の方法としての技術文明は西洋式で行かうといふことになります。それが望ましいかどうかは別にしても、果してそんなことが出来るかどうか、それが問題です。

なるほど、物質文明は普遍的、持続的であり、ある時代に、ある国で発明された機械が次の時代、他の国に受け入れられぬといふことはありません。その点は文化とは違ふ。文化の場合は、たとへば私たちがクリスト教の風俗習慣や未開人の戒律を強制されたら、苦しくて仕方ないでせう。異国の文化に限らない。日本のそれにしても、封建時代の主従関係を強制されれば、私たちはすぐ反撥する。自分たちの生き方が乱されることには、私たちは我慢が出来ないのです。しかし、文明がいかに普遍的であらうと、ある型の文明にはそれに適合した文化があるのだといふこともまた否定できません。といふよりは、ある型の文化の上にそれに適合した文明が築かれるのです。たとへ文明が目に見える物質的、客体的なものであり、文化が精神的、主体的なものであるとしても、前者には必ず後者の支へがあり、物質文明もまた精神的であることを知らねばならないのです。

したがつて、西洋文明を受け入れることは、同時に西洋文化を受け入れることを意味します。和魂をもつて洋才を取入れるなどといふ、そんな巾著切のやうな器用なまねが出来ようはずはない。和魂をもつて洋魂をとらへようとして、初めて日本の近代化は軌道に乗りうると言へるのです。もちろん、和魂洋才といふ言葉にこだはるのは愚で、本人が意識するとしないとにかかはらず、生涯をかけてさういふ苦しい努力をした人が、明治の日本にはかなりゐたことを忘れてはなりますまい。漱石と鷗外とは、一見その向きが反対のやうに見えますが、その点では代表的人物と言へませう。

が、当時の一般的風潮は、和魂洋才だつた。いや、一般は単なる文明開化熱に浮されたのであつて、和魂洋才はただ自覚者だけのものであり、そして時には反動家のものですらあつたのです。が、それも時代とともに影が薄くなつて行きました。和魂洋才といふ言葉そのものが古くさい、黴《かび》のはえたものになつてしまつたのです。といふことは、私たちの文化が西洋のそれとは異質のものであるといふ自覚が全く失はれたといふことです。そして、この自覚の喪失は、日本が曲りなりにも近代化し西洋化して、いちわう明治以来の文明開化の実を挙げえた大正期から昭和初期にかけて起つた現象なのです。

しかも、その明治から戦前にかけて継起した文明開化史の、いはば復習版とでも言ふべき現象が、戦後十数年の短い期間にくりかへし生じてゐるのです。といふのは、占領中の戦争直後数年は明治の文明開化期に相当し、政治制度の民主化を目標として過去の日本の否定と欧米礼讃に明け暮れしたわけですが、ここ数年、大正期、昭和初期と似たやうな文明開化完了の意識が支配的になつてゐるやうに思はれるからです。

二つの時期の相違は主として次の事実のうちにあります。つまり、明治から昭和初期にかけて、近代化、西洋化の過程をふんだものは国家だつたのに反して、戦後のその過程は個人によつて辿《たど》られたといふことです。比喩的に言へば、大日本帝国は世界最強の戦艦を造りだすことによつて、完全に西洋を卒業したといふ自覚に達したのに反して、現在の市民は自家用車や電気冷蔵庫やテレビの所有によつて、同じ自覚に達したと言へませう。いづれの場合にせよ、ここに見のがしえないことは、西洋卒業の自覚とともに必ず日本文化再評価の機運が起るといふことであります。

その心理はなかなか複雑です。単純に複雑なのではない。複雑であり、かつ単純なるがゆゑに複雑なのであります。なぜ単純かと言へば、根本は文明開化の精神を一歩も出てゐないからです。それが私たちに、よくここまで西洋を同化しえたといふ誇りを懐かせるのです。が、その先が複雑です。なぜなら、その誇りは決して自尊の念に結晶して行かないからです。それはおそらくかういふことでせう。よくここまで西洋を同化しえたといふ感慨の裏には、結局はそれに追ひつけぬといふ劣等感と、追ひつけぬものに追ひつかうと一途になつてきた自分を反省する空虚感があるのではないか。西洋卒業の自覚といふことよりも、そろそろこの辺で仮免許証がほしいといふことではないか。年中無休で働いてきたため、一度に疲れが出て一休みしたいといふ気持ではないか。

それは穿《うが》ちすぎだと言ふ人がゐるかもしれません。では、同じことを別の面から考へてみませう。すなはち、日本文化の再評価がどうして起るかではなく、どういふふうに行はれるかについて考へてみませう。その特徴は二つあります。一つは必ず江戸時代以前の過去にたいする回顧の形をとること、もう一つは西洋の文明にたいして日本の文化を、ことに美術や文学の価値を強調すること、この二つであります。言ふまでもなく、日本も捨てたものではないといふのがその結論になります。つまり、関心は優劣にあり、西洋との背くらべにあるのです。が、背くらべを思ひつくといふことそれ自体が劣等感、およびそれからくる自意識過剰の現れではないか。私にはさうとしか思へません。

二つの特徴と呼んだものについて、もう少し深く考へてみませう。回顧の形をとるといふのは、自分の外にあるものとしてとらへるといふことです。それは、本質的には自分のものではないもの、自分にとつて失はれたものだからです。また、文化を文明と並置し、それに対応せしめるといふことは、結果として、両者を同質のものと見なすといふことになります。文化を、文明と同様、外見によつて比較考量しうるものにしてしまふことであります。いづれにせよ、この方法による再評価からは、私たちを力づけ、日々の生活を豊かならしめるやうなものは何も得られないでせう。

ここまで来れば、前章の冒頭で明らかにした文化といふ言葉の二つの用法が、結局は同じものであることがよく解ります。「文化住宅」も「文化財」も、それを所有する私たちの主体から離れたものであるといふ点において共通なのであります。私たちはそれを自分の手足のやうに、あるいは親兄弟のやうに、自分の内部に所有してゐるのではない。やつたり取つたり出来るもの、したがつて自分の物ではあるが、同時に他人の物でもありうるものとしてしか、それを所有してゐないのです。

なるほど「文化住宅」のはうはそれでもよい。それは西洋伝来のものなのですから、そのはうが当然だと言へませう。が、私たちの伝統や歴史の象徴と見なされる「文化財」がそれでは困ります。困るだけではなく、論理的に矛盾であります。伝統とか歴史とかいふものは、今日においてもなほ私たちの血肉となつてゐるもの、自分の手足のやうに自分の内部に所有してゐるもの、それを切離せば自分が自分ではなくなるもの、さういふものであるはずです。それが、西洋文明にたいして日本文化といふぐあひに、両者をひとしく自分の目の前に並べて客観的に優劣の判定が下されるやうになつてしまつたとすれば、それはもはや私たちにとつて、伝統でも歴史でもなくなつてしまつたのだと考へなければなりません。

一口に言へば、現在の私たち日本人は西洋文明にも日本文化にも、ひとしく除《の》け者にされてゐると申せませう。いや、むしろ西洋の文明によつてよりは、日本の文化によつて除け者にされてゐるのではないか。「文化住宅」もしくは今様に言ふアパートやモダン・リヴィングのはうが、私たちの「文化財」である法隆寺や桂離宮よりも、あるいは普通の畳と障子の家よりも、私たちに血肉的親近感を呼び起すやうになつてゐはしないか。それが良いの悪いのと言つてみても仕方のない、私たちの実情であります。

それなのに、なぜ私たちは日本文化の再評価を求めるのか。そこに問題があります。それは人間が文明だけでは満されない存在だからです。私たち日本人の場合、これほど衣食住の生活が西洋化してゐながら、そしてそのいづれの面においても和式より洋式のはうに親近感を懐くやうになつてゐながら、なほかつ私たちの西洋化は文明の世界にとどまつてゐて、文化の世界にまでは及んでゐない。西洋には文明だけしかないのではなく、それを生み、その発展を必然ならしめた文化があるはずです。が、私たちはそこまでは自分のものにすることは出来なかつた。そのための満されぬ気持が日本文化への憧れとなるのです。それはごく自然なことです。が、それなら、「文化財」とか「文化遺産」とかいふ言葉が示すやうに、それを私たちの外部に押しやるやうな扱ひ方をしてはならぬはずです。

文化とは生き方であつて、私たちがそれと意識しえぬもの、目的として追求しえぬものだといふエリオットの考へは正しい。たとへ過去の伝統文化にしても、それが伝統であり文化である以上、多かれ少かれ、現在の私たちの生き方のうちに分ちがたく流れこんでゐるものでなければなりません。まるでよそごとのやうにエジプトやインカの文化と比較して分類研究できるはずのものではないのです。そんなものは私たちの伝統でもなければ、私たちの文化でもない。それでは、私たちは日本文化を知らうとし、それを身につけようとする努力を全く捨ててしまつたはうがよいのか。そもそも、さういふ要求それ自体が無意味であり、文化とは無縁のものなのか。

私が戦争末期に体験した一つの実感をお話ししませう。昭和二十年の春、東京の下町が次々に空襲を受けたころのことです。ある日、私は上野池端《いけのはた》に焼け残つた一劃を見出し、そのなかの見すぼらしいそば屋の建物に深い愛著をおぼえたことがあります。その愛著は正確に建物そのものにたいするものでしたが、私はその気持をわれながら珍しく思ひ、すぐその場でだつたか、それとも後になつて何かの話のついでだつたか、もつと立派な「文化財」的建築にたいする気持とくらべてみたものです。をかしなことに、そのときの私には、法隆寺や桂離宮よりも、そのそば屋が焼けてしまふことのはうがさびしいと感ぜられたものです。

それはおそらくかういふことでせう。そば屋の建物やそれを含んだ家並は、私にとつて生活の風物と化し、善かれ悪しかれ、私の文化を形づくつてゐて、それまではそれと意識されぬものだつたのですが、いづれ焼けて自分から失はれるであらう状態に置かれてはじめて、自分の外に、あるいはより深く自分の内に、対象として意識されたのにちがひありません。それに反して、「文化財」的建築は私にとつて美であつて、文化ではなかつた。私の生き方のなかに取りこまれてはゐなかつたのです。とにかく、さういふ意味のことを戦争直後に書いたことがあります。が、話はそれだけでは終らない。ここ数年の私は年に一度か二度、京都と奈良に出かけ、その自然や風物に接し、お寺まはりをしないと気がすまなくなつてゐるのです。その寺院も仏像も、十余年前の空襲下のそば屋の建物と同様、私から失はれさうな状態にあるからでせうか。

どうもさうらしい。といふのは、戦後、日本人の生活は、ことに東京人の生活は、その型を全く失つて、表面の近代的な合理性と利便とにもかかはらず、私たちの意識の底部では、空間的な厚みも時間的な積み重りもない、わびしいものになつてしまつたからです。言ひかへれば、他人の生活の中に自分を忍びこませ、自分の生活の中に他人を容れる生き方としての文化が、また親代々の過去の生活の中に自分を投入し、過去の伝統を自分の中に感じる生き方としての文化が、今の私から失はれさうな状態にあるからです。さうなつてみると、京都や奈良は、周囲の焼け野原の中に残されたそば屋の建物のやうに、はじめて自分のものだといふ実感のうちに甦《よみがへ》つてきたと言へませう。

さういふものだと思ひます。昔のお寺も仏像も単なる美ではない。まして平安朝ではああだつたものが鎌倉時代に入つてかうなつたなどといふ様式でなどあるわけがない。それは、平生はその存在を考へてみもしないもの、そのくせ失はれさうになると辛く感じ、始終身近に置いて話を交してゐないと落著けないやうなもの、すなはち、そのやうに無意識の自己として存在し、自己愛として現れるもの、さういふものなのです。単なる美ではなく、文化なのです。が、真の美はさういふところにしか現れないといふこともまた真実です。

ともあれ、ここに結論として申したいことは、私たちが私たち自身の伝統文化とつきあふ方法は、それを自分の外にある対象としてとらへ、今はない過ぎ去つたもの、あるいは自分にはないよそごととして、研究し、好奇心を満足させたり、現代と優劣を比較したりすることではなく、自分をその中に置き、それを自分の中に取りこみ、さうして過去を生きること、それしかないといふことであります。私たちは古人の生き方を知らねばなりません。いや、古人の生き方を生きねばなりません。古典の再評価と称し、それを現代的に解釈してみるなどといふのはつまらぬことです。そんなことをするくらゐなら、古典など追放してしまつたはうがまだましです。

過去にたいする現代の優越を自覚するためでも、西洋にたいする日本の優越の保証を手に入れるためでもなく、むしろさういふ自意識を抜け出たときに、あるいはまださういふ自意識に落ちこまぬうちに、虚心に己れを去つて古典に接しなければならない。さうしてこそ、古典は、伝統文化は、自分もまたその中にある現代文化として生きてくるのです。

方法の誤り

前章で解つたことは、日本人の自意識過剰から相反する二つの研究態度が生じるといふことです。その一つは西洋文明にたいして日本文化がいかに貴重なものかを証明しようとする形を採り、もう一つは、過去にたいして西洋化した日本の現代文明がいかにありがたいことかを証明しようとする形を採ります。明治以来、何度も繰り返されてきた欧化主義と国粋主義の対立であります。戦後の今日では、その対立が昔ほど単純明快には現れず、たがひに交錯して複雑な陰翳をもち、時には両刃の剣のやうに働くことがある。しかし、根本においては、明治初期の和魂洋才と大して変りがないやうです。結局はそこに落著かうとし、それを越えることが出来ぬものらしい。困つたことだが、現状ではまだその辺をうろついてゐるやうです。

ところで、問題はその方法にあります。西洋の近代文明を楯に日本の過去を裁くときはもちろんのこと、西洋にたいして日本の伝統文化の優越性や特異性を明らかにしようとするときにさへ、そこに用ゐられる方法はつねに西洋的であるといふこと、そこに問題がある。日本的なるものの優越と存在の証明が西洋的なるものによつてしか行はれないとすれば、そのやうにして証明された内容、対象としての日本的なるものよりも、むしろさうして証明してみせた形式、主体としての西洋的なるもののはうが優れてゐるといふことになりはしないでせうか。これは一見、逆説的な論理の遊戯のやうに見えるかもしれませんが、それどころか大層重要な問題なのです。

しかし、初めからあまりに本質論的になると頰がへしがつかなくなり、かへつて問題の所在を見失ひかねませんので、それは結論に廻すことにして、まづ具体的なことについて述べることにしませう。それには、西洋的な方法によつて過去の日本を分析批判する態度のはうを、問題にしたはうがよいと思ひます。日本文化の再評価とは言ふものの、現在のところ、それよりはまだ欧化主義的立場のはうが遥かに一般的ですし、いま申しましたやうに、それにたいする日本の反逆とでも称すべき国粋主義にしたところで、結局は欧化主義の裏返しに過ぎず、したがつてその土俵から脱け出てゐないからです。

言ふまでもないことですが、西洋的な方法は、西洋人が西洋の現実を処理し説明するのに都合のよいものとして考へだしたものであります。私たちが現実と言ひ、対象と言ふ場合、あるいは世界とか自然とか言ふ場合、とかく私たちはそれが全人類に共通な唯一絶対のものと考へやすい。たとへば、「現実の動きはかうだ」とか、「世界の歴史はかうなつてゐる」とか言はれると、本当に現実や世界がそのとほりのものであると思ひこんでしまふのです。時には、さう言つてゐる当人まで、そのつもりでゐることが間々あるやうです。が、当人のつもりがどうあらうと、それは次の二つのことを意味します。第一には、自分はさう解釈することを欲するといふこと、第二には、さう解釈したはうが、他の解釈よりも深く広く現実が説明でき処理できるといふこと、ただそれだけのことに過ぎません。

言ひかへれば、さう解釈できるやうにしか、その人には現実が見えてゐないといふことです。その解釈が当てはまらぬ現実は目に入らないといふことです。ですから、自分の採用した解釈が他の解釈よりも現実を説明でき処理できると言つたところで、そこに言ふ現実が既にその解釈の根拠とも材料ともなつた現実なのですから、至極当然のことと言はねばなりますまい。また第一の、自分はさう解釈することを欲するといふ、その慾望も、結局は自分が見なれた現実によつて養はれたものであり、その見なれた現実の映像を破壊したくないといふ気分にほかなりません。

要するに、現実はかうだと言ふ、そのやうな現実はあるものではなく、また理解できるものではなく、ただざういふ解釈があるだけなのです。存在するのは現実ではなく、現実の解釈であつて、ただ私たちはそれを便宜上、現実と呼んでゐるだけのことであります。厳密に言へば、自然科学が対象とする現実、すなはち自然、物質にしても同様で、その観察や実験によつて得られた真実もすべて相対的な仮説であり、歴史的制約の下にあることは、今さら言ふまでもありません。しかし、さうは言つても、自然科学における学説の相対性と社会科学における学説の相対性とでは、おのづから違ひがあります。社会科学の学説や方法のはうが、それを生みだした現実、あるいはその社会的現実の中にあつてそれを造りだした人たちの人間的現実と、より密接に結びついてをり、時代や国境や民族の限界を越えにくいといふことがあります。

今日、やや通俗化して私たちの間に用ゐられてゐる封建的、前近代的、階級闘争、民主主義、進歩、自由、ヒューマニズム等々の概念もその例外ではありません。それらの言葉は西洋の、しかもその一時期の現実を処理するための歴史観や世界観、あるいはそれらを支へる学説や方法に適した道具に過ぎぬものなのです。言ふまでもなく、道具は単に道具にとどまるものではありません。簡単な話が、ペン先を右に傾けて書く癖のある人のペンは、その人にだけ使ひよいやうになつてしまつてゐて、反対に左に傾けて書く癖のある人には、はなはだ使ひにくいものです。それを使ひよくするためには、ペンを取換へるか、あるいは自分の癖のはうをペンに合せて矯《た》めなほさねばなりません。もちろん、人は自分の癖を大切にして、道具のはうを取換へます。ところが、歴史観や世界観における道具にかぎつて、無条件な道具尊重の態度を採るのが常です。それがどういふふうに現れ、またどういふ結果を生むかについて考へてみませう。

たとへば封建的といふ言葉の用ゐ方です。封建制度といふ言葉は既に西洋においても、単に中世期固有の政治制度を意味するものとは言ひかねます。なるほど学問的にはその時代の政治の在り方を客観的に名づけたものと言へませうし、ことに命名の当初においてはさういふ客観性を保つてゐたとも言へませう。それは土地の所有と配分とによつて主従関係を維持する政治制度といふだけのことです。しかし、いかに学問的、客観的と言つたところで、そこに主観的な価値判断が含まれてゐなかつたとは言ひ切れない。なぜなら、第一に、その中世の政治制度を封建制度と名づけ規定したのは近世の学者たち、すなはち封建制度の外にゐる人たちでありますⅰ。第二に、そのやうに規定した動機は、自分たちの政治制度との別を明らかにするためであります。

そこに限界がある。いかに客観的であるとは言へ、歴史はすでに過ぎ去つたものであり、見ることも体験することも出来ないものなのですから、客観的とは他人事といふことでしかありえませんし、出発点が自分たちとの別を立てるといふことなのですから、どうしても自分を優者として過去を裁くといふ価値意識なしにすまされません。のみならず、政治ばかりではなく近世の精神そのものが自覚と自己主張を支へにしてゐるものであり、したがつて世界は過去であり他者であるものを否定しながら進歩発展してゆくといふ歴史観、世界観と、切つても切れぬ関係にあるのです。といふより、さういふ考へ方、生き方こそ、近世と中世とを分つものであり、近世以後現代に至るまでの時代精神の特徴だと申せませう。その立場、あるいは約束を、無条件に採用してしまへば、過去や他者にたいしてどういふ戦ひを挑んでも決して負ける気づかひはない。投資した金は必ずもどつてくる仕掛けになつてゐるのです。

小林秀雄氏はもう二十年もまへに、唯物史観の流行を揶揄《やゆ》してかう言つてをります。彼等の方法は金太飴《きんたあめ》を切り刻みながら、「飴の中から金太さんが出たよ」と掛声をかけてゐるやうなものだ、と。全くそのとほりで、初めから仕込んであるのだから、どこまで切つても、それが出てくるのが当りまへです。しかし、この方法が唯物史観についてのみならず、西洋の近世精神、近代精神の全体について言へることでせう。たとへば、黒色を初めから最も高貴な色と決めておき、他の色を一つ一つ検討して、それらがいづれも黒色でないことを証明したあげく、残る黒色をさして、これは正しく黒色なるがゆゑに高貴だと言ふやうなものです。客観的真実といふのは、要するにさういふことでしかない。が、これは明らかに論理学でいふ「先決問題要求の虚偽」ではないでせうか。なぜなら、歴史は次々に過去を否定してゆき、現在はつねに過去に優るといふ、まづそれを証明してかからねばならぬ先決問題を、なんの証明もなしに容認しておきながら、そのあとの手続にだけ、客観的、実証的な方法をほとんど自動的といつてもよいほどくりかへし適用したあげく、現代の優位といふ結論を出してゐるのに過ぎないからです。

　この近代西洋の方法が日本にはひつてきたとき、混乱は二重になります。西洋的な方法は、西洋の社会的現実と、それを生みだした西洋人の人間的現実とに必然的な結びつきをもつてゐるといふことを、ここでもう一度思ひだしてください。それはたとへ「先決問題要求の虚偽」を犯してゐようとも、いや、それゆゑにこそ、その大前提の枠の内側では完全に通用しうるものになつてゐる。いはば回路をめぐる電流のやうなものです。いかに西洋の近代が過去にたいして現代の優位を主張することに始つたと言つても、その過去は動しがたい現実として自分の目の前に存在し、根強く生存権を主張してをり、むしろ現代のはうがいまだ単なる萌芽《はうが》にすぎず、観念として存在してゐるだけで、相手を組伏せる方法も論理もまだ出来あがつてはゐなかつた。それを造りあげるためには、その過程において、たえず相手とかかはり、回路を保ちながら交流が行はれなければならなかつたのです。

ところが、その方法が日本にはひつてきたときには、それは日本の現実にとつて全く異質のものであつたばかりか、既に完璧なものに出来あがつてゐたのです。それ自身として完成してゐて、現実から教へられて自己を変へる柔軟性を欠き、逆にその方法に合せて現実を切取るほど硬化してゐたと言ひえませう。そして当時の日本の現実は、その方法にたいして、過去であり他者であつた。しかも、それは西洋の方法にたいして全く歯がたたず、根強く生存権を主張するどころか、たわいなく否定されてしまつたのです。そこでは電流の回路がどこにも成立しえなかつた。たとへば、封建制度といふ言葉に現代の優位といふ価値判断をこめて、いくらそれを分析し料理してみたところで、その結果は、所定の回路をめぐつて私たちの現代にもどつてくるといふわけにはゆかないのです。どう足掻《あが》いてもさうはゆかない。もどつてきたところは、私たちの現代ではなくて、西洋の現代なのであります。現代の優位が証明されたとしても、それは西洋のそれが証明されただけの話です。

かうして私たちの現代は私たちに見失はれたまま百年を経てきたのです。西洋の方法は日本の現実との間に回路を作りえなかつたために、それは真に生産的なものとはなりえなかつたのです。言ひかへれば、私たちは自分の手で日本の現実を推進することが出来なかつたといふことです。その原因は私たちが、近代の出発点において、自分自身の過去を否定してしまつたといふことのうちにあります。自分の過去を否定したものが現在を所有しうるわけがない。いや、過去を過去と観じることが、そもそもの間違ひなのです。

社会科学者たちが始終使ふ封建的、前近代的といふ言葉は一体なにを意味するのか。それは否定し脱皮しえなかつた封建性の残存を意味するのでせうか。どうもさういふふうに用ゐられてゐるやうですし、またさう受取られがちでもあります。が、この場合、人々は大事なことを見損つてゐる。といふのは、さういふ言葉で指摘される事実は、よく言はれるやうに私たちの近代の歪みではなく、私たちが過去を否定し近代を目ざしたために起つた封建時代の歪みであるといふことです。第一、さう考へるのが自然でせう。なぜなら、さういふものを含んでゐる近代はまだ真の近代ではないのですから、無いものが歪むわけがない。既に存在した封建時代が西洋近代の導入によつて歪みを生じたと見るはうが論理的です。屁理窟《へりくつ》をこねてゐるのではありません。私の言ひたいのはかういふことです。すなはち、封建的、前近代的と称される事実が今日もなほ存在し、それがたとへ悪をなしてゐるとしても、そのことからただちに封建時代が悪い時代だと断定しえないし、またそれが封建時代においても現代と同様に悪をなしてゐたと推論しえないといふことです。

例はいくらでもあります。忠孝思想、身分の固定化、家長制度、親分子分の関係、男尊女卑、人命軽視、その他きりがありません。しかし、これらの前近代的と呼ばれる人間関係を私たちが悪と見なし、嫌悪するのは、第一に、私たちがそれを専ら今日の目で見てゐるからであり、第二に、それが近代的な生き方のなかで変形し歪められた状態しか見てゐないからであります。第二の過ちはいはば科学的分析の不足ないしは怠慢から生じるものでありますが、第一のそれは科学的研究方法といふものの限界を示すものであつて、私たちが過去の文化、あるいは他国の文化を理解しようとするとき、さういふ方法がいかに無力であるかを物語つてをります。既に申しましたやうに、文化は理解するものではなくて生きるものであります。つまり自分をその中に置いて、虚心にそれを生きてみなければ、理解すら出来ないものなのです。

たとへば、忠孝の観念とか身分の固定化を悪と見なし、それを嫌ふのは現代の私たちなのであつて、当時の人々ではない。なるほどそれらの封建時代の思想や制度が支配階級に都合のよいやうに出来てゐるといふことはありませう。が、私たちが見のがしてはならぬのは、では、それは被支配階級にとつて果して都合の悪いものであつたかどうかといふことです。忠孝を強ひられる側にあつた当時の被支配階級は、現代の私たちがそれを強ひられたとしたら感じるであらうやうな苦痛を感じたかどうかといふことです。もちろん感じはしなかつた。そのことは、なにも封建時代の日本と近代の日本との比較を持ちだすまでもなく、敗戦前後の二つの日本をくらべてみれば容易に推測しうることでせう。敗戦前には、江戸時代の忠孝観とは異つたものではあるが、やはり明治以来独特の天皇制に基づいた忠孝観があつた。そして、それは戦後の教育を受けた若い人々が考へるほど不合理、不自然とは思はれてゐなかつた。また、それほど生き苦しいものとも感ぜられてゐなかつた。

それなら、敗戦前の日本人は馬鹿か気違ひだつたのでせうか。どうやら、さう考へるのが今日の常識になつてゐるやうです。戦後の若い人々に限りません。当時、本気で天皇制を支持し、その忠孝観を不合理とも不自然とも考へなかつた人たちの間にさへ、敗戦と同時に、まるで夢からさめたやうに、戦前の自分たちの生き方が愚かで気違ひじみてゐたと反省するものが相当にをります。人々は、当時はなんとも思つてゐなかつたのに、それを生き苦しい時代だつたと回顧し、どうしてそれに堪へられたのだらうとみづからいぶかつてをります。自分のことでさへ、さうなのです。たつた十年か二十年まへの生き方でさへ、もはやそのやうに理解できなくなつてゐるのです。まして、二百年前、三百年前の封建時代に、人々がどういふ気持で生きてゐたかを理解しようといふのは容易なことではありません。

しかし、ある時代の思想や制度は、人々がそれとどういふ関りをもつて生きてゐたかといふ主観的な要素を抜きにして考へることの出来ぬものです。考へられないばかりでなく、存在しえないものであり、事実そのやうには存在してゐなかつたのです。現実を客観的、科学的にとらへるといふやうなことがよく口にされる。それもよいでせう。また必要なことでもありませう。が、困るのは、現実を客観的、科学的にとらへるといふことが、そのまま現実のすべてを余りなくとらへつくすといふ意味において通用してゐることです。これは大きな間違ひです。現実といふものは、もともと客観的、科学的に存在してゐるものではなく、それぞれの時代人との関係において存在するものです。といふよりは、その関係こそ現実なのです。つまり、所有といふ主観的、心理的な事柄のほかに、歴史的観察もなければ、現代の現実も存在しないのです。

さうだとすれば、封建時代の思想や制度を専ら客観的に研究することなど、それ自体ではなんの意味もなさないでせう。なぜなら、客観的にと言ふとき、それは西洋流に、私たちが近代的にといふ意味でしかなく、たとへその方法が自分のものにしてゐると言つたところで、それならそれで私たち現代人の考へ方、私たち現代人の言葉で研究することであり、要するにそれは主観的方法でしかないといふことになる。そこからは、私たちが封建時代を生きたら、それが私たちの目にどう映じるかといふ答へは出て来ませうが、封建時代人がそれをどう生きてゐたか、彼等にそれがどう映じてゐたかは、つひに解らずじまひに終るでせう。

たとへば、戦争中に「葉隠」が盛んに読まれ、その死生観が滅私奉公といふ当時の国策に利用されたことがあります。また、戦後は正反対に、それは権力の前に人命を軽視する封建思想として排撃され、その名を口にすることさへ憚《はばか》られるやうになりました。が、この二つの態度は全く「葉隠」の与《あつか》り知らぬことであります。その著者山本常朝はもとより、当時の人々さへ、ほとんど関係のないことと言つてよい。

なるほど、そこには「武士道といふは死ぬ事と見附けたり」といふ言葉がある。しかし、この思想ないしは覚悟が、常朝のうちにおいてどの程度の重みをもつてゐたか、彼の生き方や考へ方の全体において、あるいはその時代の在り方や風潮にたいして、どういふ意味をもつてゐたか、それが問題です。「葉隠」を虚心に読んでごらんなさい。「死ぬ事と見附けたり」の一句にしても、戦争中、それが人々の心に投じた陰惨な影は少しもないし、また今日、人々の目にさう見えるほど馬鹿馬鹿しいものでもなく、そこにあるのはむしろ明るい智慧であります。それはたえず死によつて脅されてゐる戦時に、あるいは平和の崩壊を身近に感じてゐる不安な時代に、身を処するせつぱつまつた覚悟ではありません。そこには、平穏な日常生活を送るものが、その中に内在する頽廃《たいはい》からいかに身を守るべきかといふ、その努力の、自然で素直な姿勢しか感じられません。

それが戦争中に人命軽視の思想として復活し、あるいは利用されたのに過ぎない。したがつて、その在り方は封建時代の生き方や考へ方そのものを示すものではなく、近代的に歪められた形における封建時代の生き方や考へ方を示すものなのです。それが悪であるとしても、それは封建時代の悪ではなく、日本の封建社会の生き方と西洋の近代社会の生き方との混在から生じた不統一の悪なのであります。だが、その混在と不統一こそ日本の近代といふものではないか。その悪を肯定しなければ、私たちの近代は成立しない。ところが、人々はその悪を肯定せず、西洋の近代を基準にし、その方法をもつて現実を裁かうとしてきました。そこから、私が先に第二の過ちと呼んだものが出てまゐります。

たとへば、今日しばしば非難の的となつてゐるものに、封建時代の身分関係といはれるものがある。その最小の単位は家長を中心とする家族制度ですが、人々がそこに見てゐる悪は、封建時代のそれではなく、それが明治になつて近代的に変形し歪められた状態から発生したものなのです。俗に家長は威張るといふ。が、封建時代の家長は果して威張つてゐたか。決してそんなことはなかつた。それは容易に推測しうることです。なぜなら、彼等は威張る必要がなかつたからです。当時は生き方に一つの型があり、家長は家族といふ一生活集団において、長として、責任者として、一つの役割を演じるといふ約束が出来てをりました。そして、その役割を疑ふものもその約束を破るものもないとすれば、他に向つてわざわざその権威を誇示する必要はないわけです。威張る必要が、したがつて家長専制の悪が生じたのは、明治になつて家族制度の約束が怪しくなつたのちのことであります。その約束が怪しくなつたのは、それを善として生し保証してゐた封建制度が崩れたからであり、その約束を否定する西洋の近代思想が人々の心に植ゑつけられたからであります。

同様のことが男尊女卑についても言へます。大体、封建時代では、家長や男だけが自分勝手のことをして、いつも得になるくじを引く廻り合せになつてをり、他の家族の成員、ことに女は辛い想ひをし、損なくじを引きながら泣きの涙で一生を送つてゐたなどと、どうしてそんなことが考へられるのか。全く途方もない空想といふよりほかはありません。健全な常識の持主なら、さういふ馬鹿な仕掛が何百年も続くわけがないと考へるはずです。そのやうに不自然な身分関係は、単なる権力をもつて維持しえないはずです。思ふに、封建時代における男女の身分関係は、今日のそれの遠く及ばぬほど、持ちつ持たれつの巧みな釣合を保つてゐたのに相違ありません。

ここでも、男女の役割分担が決つてゐて、その約束に随つてゐるかぎり、男は威張る必要がなかつたし、女も苦しむことはなかつた。なるほど「嫁しては夫に随ふべし」といふ徳目がありました。が、それは役割の分担を明らかにする約束に過ぎません。それがすべて男に有利に出来てゐたことは確かです。が、だからといつて、男がつねにそれを有利に用ゐてゐたかどうかは別問題です。約束は原理です。原理からただちに作用を類推し、両者を同一視することは危険です。それは武士のさしてゐる刀がすべて一度は町人の血にまみれたものと考へるのにひ

とし く、封建時代の社会科学的研究方法は、いまだにその種の誤謬《ごびう》から脱け切つてをりません。

しかし「葉隠」の死生観と同様、「女大学」の女性観も、それがどういふ場のなかで、どういふ作用をしてゐたかを無視し、その原理だけを抽象し、孤立させ、あまつさへ現代の場のなかに移し入れて、是非を論じてみても始らないと思ひます。今日の法律も同じことで、原理が問題になり、引合ひに出されるのは、むしろ特殊な場合であつて、ことに男女夫婦のやうな個人的な間柄では、今も昔も人間的な信頼感が支配してゐたのに相違ないのです。のみならず「女大学」に規定された男女の身分関係は、いはば表向きの原理であつて、裏では別の原理が働いてゐたのであります。すなはち、表向きは男が主の役割を演じてゐたが、その反対に女が主の役割を演じ、男はそれに委せ随ふ領域があつて、その意味では、封建時代の女は現代の女より遥かに権威者としてふるまへたのです。ただそういふ裏向きの原理は、思想として表現されてをらず、文献として残つてゐないといふだけのことです。

思想や制度ばかりではなく、文学作品の取扱ひにおいても、社会科学的な研究はしばしば粗忽な過ちを犯します。たとへば歌舞伎の「寺小屋」や「千代萩」では、主家のために自分の子供を殺す苦悩が描かれてをりますが、そこに封建社会の矛盾を認め、その証拠を求めようとする。それがどれほど愚かなことかは、今日の文学の在り方を見れば、容易に推測しうることでありませう。小説でも同じことですが、ことに劇となれば、私たちの周囲にありふれた日常的な事件を写実してゐたのではどうにもならない。やはり、作者はめづらしい異常事を描かうとし、見物は面白いお芝居を要求します。歌舞伎や当時の文学作品から、非人間的な武士道や抑圧された恋愛を想像するのは間違ひであります。腹切りや心中や辻斬《つじぎり》が今日の交通事故ほどに頻繁に起きてゐたなどと、どうして考へられませう。嫁と姑との不和にしても、当時は今日ほど多くなかつたのに相違ないのです。少くとも当時は今日ほど逃げ道や救ひのないものではなかつたのです。

表があれば必ず裏があり、原理の厳しさはつねに作用の融通性によつて緩和されてゐたのです。その点は西洋にしても同じことです。なぜなら、時代と民族とを問はず、それが人間の生き方であり、文化の在り方であるからです。さういふ解りきつた、しかし最も本質的な人間観、社会観が日本の社会科学において方法論的に生きてこないといふのは、作用面を切捨てた西洋の生活原理だけをいぢくりまはし、それを日本の近代や封建時代に当てはめようとしてきたからです。そこからは何も出て来ない。出て来るとすれば、最初からあつた西洋の生活原理だけです。やはり「先決問題要求の虚偽」でしかありません。それはよいとしても、この原理だけを表に立てるのに急であつて、その裏には何もない。原理の厳しさを緩和する融通性がどこにも見出されないのであります。

要するに、先に述べたやうに、日本の過去と西洋の現在との混在と不統一を肯定し、それが悪であるならば、その悪を私たちの現在として認めるといふ態度がない。それは認めがたい悪であつて、どこにも逃げ道をもつてゐないのです。もちろん、人々は、日本の過去を抹殺することが、混乱と不統一からの唯一の逃げ道だと考へてゐるでせう。が、そんなことが果して出来るかどうか。それについて考へてみたいと思ひます。

歴史と古典

　誤謬の根本は歴史観の誤りにあります。平たく言へば、過去は文字どほり過ぎ去つたもので今は無いものといふ考へ方がいけないのです。さういふ考へ方を裏返してみると、今は無いものといふ、その「今」についての考へ方が間違つてゐると申せませう。現代のうちに過去が生きてゐないと思ひこみ、現代と過去とは切り離しうる二つのものであつて、両者を貫く一つものの存在に思ひ当らぬことが、そもそも過ちの因《もと》なのです。今まで述べてきた文化観、日本文化研究方法の誤りも、結局は自己省察、人間観察において根本的な欠陥があるといふことになります。

　人々は実に気楽に「時代が変つた」と言ふ。そして時代に応じて頭の切換へをしなければならぬと考へ、過去の習慣にとらはれてそれが出来ぬものを軽蔑する。しかも、過去の習慣がなぜ軽蔑されねばならぬのかと言へば、それは習慣であるからといふこと以外に、なんの理由もないのです。習慣は習慣であつて価値ではない、したがつて価値のためには習慣は捨てさらなければならない。同様にして、合理性の前に感情は抑圧されなければならない。また、未来のために過去は否定されなければならない。人々はさう考へます。が、この努力の過程において、一体、自己はどこに顔を出す余地があるのか。どこに自己を生す手がかりがあるのか。なるほど習慣や感情や過去は、それ自身のうちにそれを守りつづけねばならぬ根拠をもつてをりません。が、根拠がないからといつて、それを一度否定してしまつたら最後、自己はどこにも存在しなくなりまず。その自己が存在しなくなるといふこと、そのことがそれらを守らねばならぬ強力な根拠と考へられないでせうか。また、もし習慣や感情や過去に守るべき根拠がないといふことになれば、自己もまた守り生すべき根拠をもたないといふことになり、それならそもそも初めから習慣、感情、過去を否定する必要はなくなります。なんのためにそんなことをするのかといふことになる。自己に根拠がないとすれば、価値、合理性、未来にも同様に根拠はないはずです。

要するに、このやうな操作の過程において、自己はただ否定においてのみ、わづかに顔を出すことが出来るのであつて、自己は単に否定者の役割しか演じえない。これは恐しいことです。なぜなら、否定者としての自己は、当然自分自身を次々に否定しつづけて止ることを知らず、つひには完全な自己喪失に陥るからです。そしてこの危険は、最初に過去を否定したこと、習慣は単に習慣なるがゆゑに、また感情は単に感情なるがゆゑに、それを守る根拠なしと見なしたことに発してゐるのです。一口に言へば、習慣、感情、過去の上位に自己を祀《まつ》りあげ、自己の外に習慣、感情、過去を追放したことが間違つてゐるのです。まづ最初に私といふものが生じて、それが習慣や感情や過去を一つ一つ身につけて行くのではない。その反対に、初めに習慣、感情、過去といふものがあつて、その中に生じた私をそれらが次々に取りこんで行くのです。

私は社会からも歴史からも自由ではありえない。だが、個人は社会から自由ではありえぬといふことを納得する人々も、現代は歴史から自由ではありえぬといふことを認めません。これはをかしい。もし個体としての私の意識や行為が、現代社会といふ同一空間内にある他の個体と有縁関係にあることを認めるなら、現在と過去とを含む同一空間としての歴史が成りたつはずですし、しかもそれは論理的にではなく、感覚的に納得できるはずです。過去は既に過ぎ去つてしまつて今は無いものではなく、今もなほ現在と並んでゐる同一空間内の同時存在なのであります。私が自分と同じ社会に属する他者を無視できぬと同様に、現在は同じ歴史に属する過去を無視できないのです。

これは宿命論ではありません。私は、自己は他者にたいして、現在は過去にたいして、自由も独立も主張できないなどと言つてゐるのではない。それはめいめいの勝手です。ただ相手は生きてゐるのだといふ単なる事実を述べてゐるにすぎません。相手にたいして自由や独立は主張してもよいが、それを裁いてはならぬと言つてゐるのです。根拠のない過去の生き方が愚かに見え、不正、不幸に見えるやうな価値観を採用してはならぬと言つてゐるだけです。過去を現在から隔離し、現在とは無縁のものと見なしてはならない。過去は現在と同時存在であり、過去は現在のうちにあるのであります。

ただ多くの人々はその事実に気づいてゐないらしい。それなら、改めてそのことを自覚しなければなりません。またもし気づかうにも、自分のうちに全くそれがないならば、これ以上の不幸はないと申せませう。しかし、それならそれで、現在のうちに、自分のうちに、なんとしてでも過去の復原を試みなければならないと思ひます。その仲立ちをするものが古典であります。

しかし、すでに申しましたやうに、古典を研究の対象としてはならない。古典は文化遺産でもなければ、単なる知識でもない。歴史は現代の生き方にたいする教訓でもなければ、現代の優位についての保証でもない。古典はそれを生きてみるべきもの、体験してみるべきものであります。それを鑑《かがみ》として自分を矯め、それに習熟すること、それ以外に古典とのつきあひ法はなく、それ以外に古典を理解する道はないのです。古典に接して、そこに現代に通じる道がないなどと文句を言ふことほど、無意味なことはありません。またその反対に、古典を再評価し、現代的意義を発見して喜ぶのも、同様に無意味なことです。それは全く勝手な話で、私たちの心がけなければならないことは、現代のなかに、私たち自身のなかに、古典に通じる道をさがすことです。古典に強ひてはならない。自分を強ひて古典にならふことが肝要です。ならふことはなれることです。古典は無心に慣れ、習ふに限ります。

それは時に苦しいことでもありませう。自分を強ひることよりは、自分は坐したままで古典から現代的意義を拾ひだしたり、現代や西洋と比較したりすることのはうが、遥かに楽でありませう。が、これも既に申しましたやうに、単なる自慰行為でしかない。そんなことは古典の与り知らぬことで、それではただ古典を素通りして一廻りしたあげく、手ぶらで現代に、西洋にもどつてくるだけのことです。

現代の文明における最大の弱点は何かと言へば、人々の間にすべてを労せずして手に入れようといふ風潮を生じたことです。人々は労せずして手に入るものにしか目をつけないし、興味ももたない。さういふものだけが価値あるものと考へ、またさうすることこそ価値と心得て、そこに文明の誇りを感じてをります。この文明の原理は結局のところ「最小の労力をもつて最大の効果ををさめる」といふ経済学の、あるいは科学技術の原理に支配された考へ方であつて、それが生き方としての文化を蝕《むしば》んでゐるのであります。

なるほど、古典文学を読むよりは現代小説を読むはうが遥かに楽です。歴史に通じるよりは現代社会に通じたはうが、遥かに有用であります。なぜなら私たちは現代のうちにあるのですし、現代は私たちのうちにあるからです。古典を生きるのに骨が折れるといふのは、歴史や古典が私たちのうちで既に死絶《しにた》え、私たちはそれから絶縁されてゐるからです。しかし、もし私たちが努めてそれに習熟するならば、それは復活する。といふことは、それは決して死絶えてゐないといふことであります。また、私たちはそれを受けつけないほど明確な輪郭をもつた自己などといふものをもつてはゐないのであります。

ところが、大部分の人がそのやうに生れながらにして出来あがつた自己をもつてゐると思ひこんでをります。現代人といふ観念がそこから生じるのです。誰も彼もが自分は生れながらの現代人だと思ひこんでゐる。さういふ観念が歴史と古典を拒絶し、自分には他人と異る特性があると同様に、過去の人間とは相容れないものがあると信じてゐるのです。のみならず、自分のうちに少しでも過去に通じるものがあることを知ると、それだけで不安になる。現代人としての資格が脅されるやうに思ふらしい。人々はどうやら純粋に現代人であらうと願つてゐるやうです。だが、純粋な現代人などといふものはどこにもゐない。それは単なる観念でしかありません。

それにしても、私たちはなぜ努めて歴史の中に身を置かなければならないのか。なぜ労して古典を生きなければならないのか。第一に、これは言ふまでもないことですが、それ以外に私たち現代人の生き方はないからです。現代には現代の生き方があるといふのは浅薄な考へです。生き方といふものはつねに歴史と習慣のうちにしかない。それを否定してしまへば、ただ混乱あるのみです。現代そのものからは、生き方は出て来ません。なぜなら、未来はもとより、現在もまた存在してゐないからです。現実に存在してゐるのはつねに過去だけです。私たちの生き方や行為の基準は必ず過去からやつてくる。現在は基準にはならない。現在を基準にするといふのは、基準をもたないといふのと同じ意味です。現代的意義といふのは、それ自身矛盾した無意味な言葉です。現代に意義を与へるものはあくまで過去であつて、現代が現代に意義を与へるなどといふことは論理的にも成りたちません。たとへそれが可能だとしても、それはお手盛りの意義でしかありますまい。

第二に、過去と絶縁してしまつた現在は、未来からも絶縁されざるをえません。つまり、それは未来に向つて生産的でありえないのです。過去にたいして責任をとりえぬ現在は、みづからを歴史の中に位置せしめえず、未来への歴史を作りえないからです。私たちは同時代人にたいしてのみならず、過去の人たちにたいしても責任をもたねばならぬのです。私たちは同時代人ばかりでなく、過去の人たちをも生しつつ、自分を主張しなければならないのです。過去の人たちは見えないから、また文句を言はないからと言つて、勝手にふるまふことは許されますまい。それは過去と現在との同時存在を感じえぬ想像力の欠如といふほかはありません。

もう一つ、私たちが努めて歴史の中に身を置かねばならぬ第三の理由があります。たとへ自分の中には古いものが何もなく、古典に共感しうるものが何もないと思ひこんでゐる人たちにしても、それは単に意識された世界だけを問題にしてゐるからさう思ふのであつて、私たちの精神の内部には、現代の意識によつて照しだされぬ暗い無意識の世界が深く澱《よど》んでゐるのです。その無意識の世界を照しだし、それに生気を与へるのが歴史、あるいは古典といふものではないでせうか。もしそれが歴史や古典によつて生気を与へられず、暗い世界に閉ぢこめられたままでゐると、その澱んだ水はいつしか腐つてゆき、毒気を発するやうになります。さうなれば、過去は過ぎ去つて今は無いものであるどころか、腐つたまま今なほ存在するものであつて、その今を毒することになりませう。私たちが澄んだ健康な現代を享受するためにはやはり私たちの深部に歴史の光を導入し、私たちの無意識を歴史のなかに生しておかなければならぬゆゑんです。

度々申しましたやうに、歴史は私たちがその中に身を浸して、それを生きねばならぬものです。古典にたいしては徹底的に無心にならねばならない。現代人の目的意識や成心はすべて捨ててかからねばなりません。それは容易なことではない。が、自分は、あるいは現代は、かういふものだといふ観念が全く独断的なもので、現実の自分とはなんの関りもないといふことに気づけば、その瞬間から歴史や古典はすぐ身近に生きはじめ、ごく素直に自分の中にはひつてくるにちがひない。さうすれば、私たちは、古人と共に、その過ぎ去つた時代を生き、彼等の死生観や喜怒哀楽を私たちのものにすることが出来るでせう。

日本の歴史、あるいはその固有の伝統文化が、現代にたいして、現代の意識から算定しえない可能性を寄与しうるのは、私たちがなんらの目的意識なしにそれに接するときをおいて他にありません。現代の自己証明のための大よその日本文化研究は、伝統にも現代にもなんの役にも立ちますまい。

（新潮社版「日本文化研究」第八巻　昭和三十五年九月刊）

言葉は教師である

言葉が発生した最も初期の段階では、それは一種の道具であつた。他人を自分の思ひどほりに動したり、他人の心のうちを知らうとしたり、他人の協力を求めたり、他人が協力を求めるのを拒絶したり、言葉の用途はそんなところにあつたのであらう。もちろん、喜びや悲しみを相手と共に分ち合ふといふ純粋な言葉の機能も、かなり古くから芽生えてゐたには違ひないが、何と言つても実用が主目的であつたし、喜びや悲しみを相手と共に分ち合ふといふ事も、結局は実用から発し、実用に通じるものと言へよう。さういふ言葉の機能は、昔ばかりでなく今でも同じ事で、私達の行ふ日常会話の大部分はその種のものであり、その延長線上にある。


「そこへ坐れ」

「何の用だ？」

「とにかくおれの話を聞いてくれ」

「忙しいんだ、そんな暇は無い」

これらの会話では、一方が相手を自分の思ひどほりに動さうとしてをり、他方がそれを卻《しりぞ》けようとしてゐるのだといふ事は、聞けば直ぐ解る。それが第三者に解る前に、当事者の二人に解つてゐる。つまり、甚だ直接明瞭に実用を目的とした会話であつて、そこでは言葉は道具として、それも極く単純な道具として用ゐられてゐる。しかし、かういふ会話は、少くとも日本人の場合には、よほど遠慮の無い間柄でなくては行はれない。

遠慮といふのは、良く言へば、相手の立場を重んじ、その心を傷附けぬやうに注意する事であり、悪く言へば、相手を傷附けたその弾返《はねかへ》りが自分を傷附けぬやうに注意する事である。遠慮の要らぬ間柄とは、それほどの注意をしなくても、おたがひに傷附いたり傷附けられたりする心配の無い諒解の場が出来てゐる間柄の事である。

だが、完全に遠慮の無い間柄などといふものは滅多に無い。あるいは全く無いと言つてもよい。右の会話なども、随分ぶつきらぼうな言葉遣ひだが、それでも多少の遠慮が見られる。遠慮とまでは言へぬにしても、間接な言廻しが見られる。たとへば「坐れ」と言はれた相手は、既に始めから話を聞く気が無いのだから、そしてまた「坐れ」の後に「話を聞いてくれ」が続く事を予想してゐるのだから、直ぐ「いやだ」と答へてもよいはずである。それを、さう露骨に答へずに「何の用だ?」と問ひ返してゐるのは、「坐れ」の後にどういふ要求が出るか、つまり、相手が何のために「坐れ」と言ひ出したのか、その相手の腹が見えぬ振りをしてゐるのである。これは一種の遠慮である。

相手の腹を見透して「いやだ」と答へてしまひ、もしその後で「今までの事はおれが悪かつた」と詫びられたら、こちらは引込みが附かなくなり、場合によつては、さうして詫びるつもりだつた相手も「いやだ」の一言で詫びを撤回してしまふかもしれない。それはこちらの黒星であり、こちらにとつて不利になる。したがつて、相手の腹が見えぬ振りをして話を進めるといふのは、悪く言へば、自分の利益のためである。が、良く言へば、それは、他人には自分の窺《うかが》ひ知れぬ心の領域があり、自分の思ひどほりに動さうと思つても動せぬ自由と可能性を相手に許容する謙虚な心構である。

遠慮といふもののこの二つの面、即ち、自分に手落ちの無いやうに、自分の損にならぬやうにと心を配る防衛的、利己的な面と、相手を自分の思惑の中に閉ぢこめてしまはぬやうに心を配る積極的、利他的な面とは、大抵の場合、分ちがたく融け合つてゐる。といふ事は、自分の態度をどちらか一方に決めてしまはねばならぬほど決定的な対立や和解は、滅多に無いといふ事なのである。

今、相手を自分の思惑の中に閉ぢこめてしまはぬやうに心を配ると言つたが、その心遣ひは何も相手に対してのみなせばよい事ではなく、自分に対しても必要な事なのである。相手の腹が見えぬ振りをするばかりでなく、自分の腹も自分に見えぬ振りをする事が必要なのだ。それは振りと言ふよりは心構と言ふべきものであらう。さらに、それは心構と言ふよりは事実と言ふべきものであらう。相手がこちらの出方によつてどう出るか解らないと同様に、自分も相手の出方によつてどう出るか解らない。これは事実である。それなら、自分に対してもその自由と可能性を許容する謙虚な心構が必要だといふ事になる。さう考へれば、自分に手落ちの無いやうに、自分の損にならぬやうにと心を配るのも、簡単に防衛的、利己的とのみは言ひ切れない。

大事なのは、相手でもなく自分でもなく、相手と自分とを包み、相手と自分とを成立たせ、相手と自分とが作上げる場そのものである。必要なのは、相手や自分にその自由と可能性を許容し、それを狭く限定してしまはぬやうに心を配る事ではなくて、それよりも場そのものが自由と可能性を保持しうるやうに心を配る事である。場に対して謙虚な心構をもつ事である。

言葉は他人を自分の思ひどほりに動すための実用的な道具だといふ所から話を始めたが、ここまで考へて来ると、次のやうな結論が出る。余り直接的に相手に働きかけたのでは、却つて相手は自分の思ひどほり動かない。余り直接的に実用を目ざすと、却つて実用にならない。余り直接的に道具を使ふと、却つて道具としての用をなさない。したがつて、相手を自分の思ひどほり動さうとするなら、直接的に働きかけるより、間接的に場を作る事から始めたはうがよいといふ事になる。

言ふまでもなく、相手に働きかける道具としては、既に言葉そのものが間接的なものなのである。言葉で「戸を閉めろ」と命じるのは、自分で戸を閉めるよりは間接的な行動である。同じ言葉を用ゐるにしても、「戸を閉めろ」と命じるより、「戸を閉めてくれ」と頼むはうが、もつと間接的である。それよりも「戸を閉めてくれる?」と問ふはうが、あるいは「戸を閉めてくれない？」と否定形で問ふはうが、なほ間接的である。さらに「寒くない？」と問ひかけたり、ただ「寒いな」と呟《つぶや》いたりするはうが一層間接的である。

言葉の陰翳《いんえい》といふのは、言葉そのものに備つてゐるものではなく、それを使ふ心から、あるいはその心と言葉との相互関係から生じるものである。道具の善し悪しは、道具そのものにあるよりは、その使ひ方にある。だから、「戸を閉めろ」よりも「寒いな」の方が相手に対して強制的でないとは、必ずしも言へない。暴力を用ゐない亭主や教師の方が、それを用ゐる亭主や教師より、必ずしも思ひやりがあるとは言へない。証拠と犯跡とを残さずに相手を支配したり、その心を傷附けたりする事もありうるのである。

もし「寒いな」といふ言葉に対して、相手が「一寸《ちつと》も寒くない」と答へたらどうなるか。夫婦喧嘩《げんくわ》、兄弟喧嘩といふのは、大抵かういふ言葉の遣取りから始る。暫く言ひ合つた後で、当事者は出発点に戻り、どちらが先に相手を傷附けたか、即ち、どちらが先に手を出し、犯罪行為に出でたか、お互ひの言葉遣ひについて検討を始める。が、「不思議」な事に、どちらも罪を犯してはゐないのである。「寒いな」といふのは事実の客観的な叙述であり、疲れてゐる相手に「戸を閉めろ」といふ思ひやりのない命令を出した事にはならない。「寒くない」といふのも、これまた事実の客観的な叙述であり、相手の協力を拒絶する事を意味しない。しかも、お互ひにさういふ客観的な言葉ばかり使つてゐて、それでゐて相争ひ、傷附け合つてきたといふ事になる。をかしな話である。

かういふ行き違ひはどこから生じるのか。それは言葉が道具である事を忘れ、それを使ひ手の心から離れた客観的な存在ででもあるかのやうに扱つてゐるからである。なるほど鋸《のこぎり》や鉋《かんな》は使ひ手がゐなくても存在してゐる。が、それがその場にあり、ある効果を発揮したのはその使ひ手によつてである。しかも、鋸で板は削れず、鉋で木は切倒せぬが、言葉の場合は、もつと自由である。「寒い」「寒くない」は気温を示す客観的な存在ではない。「戸を閉めろ」「いやだ」といふ心の陰翳を示す道具である。自分でさういふ風に使つておきながら、これは鋸だから板が削れる訳が無い、それは鉋だから木が切倒せる訳が無いと言ふのはをかしい。

日本人は神経が細かいから、さういふ自在な言葉の使ひ方にたけてゐるし、またさういふ言葉の陰にある相手方の心の動きを鋭敏に感受する。かつてはその感受性に即応する言葉遣ひに定法があり、それを使ひこなす躾《しつけ》を受けてゐた。だが、最近はそれをどこでも教へないばかりでなく、そんな事は教へる必要がないといふ考へ方が支配的である。言葉は辞引にあるとほりのものだと思ひこんでゐる。まるで鋸や鉋は買つて来さへすれば、誰にも使へるし、何の用にでも使へると言はんばかりである。が、言葉は常に誰かが誰かに向つて何かの目的に使ふものである。使ひ方を知らなければ、お互ひが傷附くだけだ。

使ひ方の方はおろそかになつてゐるが、感受性の方は依然として敏感であるから、ますます始末がゆかない。結果としては、自分の言葉が相手を傷附けてゐる事を棚上げにして、相手の言葉に向つ腹を立ててばかりゐるといふ事になる。さて、ここまで来れば、言葉は道具だと言ひ切れるだらうか、いや、道具は心そのものでないと言ひ切れるだらうか。言語道具説がいけないのではない、道具が生き物である事を知らぬ事がいけないのである。しかも、言葉は私達の生れる前から存在し、長い歴史を生きて来たのであり、私達は日本語といふ大家族の一員として生れた新参者なのである。とすれば、私達は言葉を学ぶのではなく、言葉が私達に生き方を教へるのである。私達は謙虚に言葉に附合はなければいけない。自然と歴史と言葉、この三者は知識としては教育の対象ではあるが、それ以上に最上の教師である事を忘れてはならない。

（「電信電話」昭和三十七年一月号）

Ⅳ　近代化への抵抗

世俗化に抗す

一

昨年の秋、或る雑誌に金田一春彦氏が「日本語は乱れていない」といふ文章を書き、次の様な結論を下してをります。

「要するに私の言いたい事は、乱れている、というのは、決して現代日本語の特質ではないという事である。私に言わせれば、これこそ言語の常態である。もし、一糸乱れない整然とした言語があれば、それは成長のとまった言語であろう。」

金田一氏の書くものはいつでもさうですが、まことに俗耳に入り易い、詰り大衆に媚《こ》び、俗受けを狙《ねら》つてゐるといふ事であります。それがなぜ俗耳に入り易いかといふと、第一に氏の所説が気楽な現状肯定論で、国語は乱れてをらず、今のままでよろしいとなれば、国民の側に何の努力の必要も無くなるからですが、第二に氏が国語学者といふ肩書を持つてゐて、その専門の立場から一応学問的に尤《もつと》もらしい論証を行つて見せ、読者に成るほど御尤もと思ひ込ませる処があるからではないでせうか。その点については、また後で触れる事にして、問題は右に引用した結論にあります。

「一糸乱れない整然とした言語があれば、それは成長のとまった言語であろう」とは正に氏の言ふ通りで、私自身その事を度々強調して参りました。譬《たと》へば、私が戦後の国字改革に反対するのも、さういふ言語観に随へばこそであります。改革者は国語における漢字や仮名遣が難しく不合理であり、その為に表記法が、更に日本語そのものが乱れてゐると強弁し、改革を断行したのですが、私はそれに反対した。その理由は「一糸乱れない整然とした言語」などを夢想する似而非合理主義を信じないからであります。同様、それを信じない金田一氏が、その信念と原理とをなぜ今時になつて持出したのか、そこが納得出来ない。

当用漢字や現代かなづかいが制定されるまでは乱れてゐて、それによつて乱れが治つたと言ふのでせうか。さう考へるより外に解釈の仕様がありませんが、もしさうなら、いつの時代にも日本語が乱れてゐたといふ氏の結論は虚偽であり、氏はやはり日本語の乱れが起り得るといふ事を、また過去にさういふ時期のあつた事を内々認めてゐるのであつて、それを何等かの理由によつて人目に隠してゐるといふ事になります。私は今その理由を発《あば》き立てようとは思はない。「武士の情」といふ事もありますが、それよりも当面の問題は所謂《いはゆる》国字問題にはなく、日本語が乱れてゐるかゐないかといふ言語の本質を、そして更にその彼方に物の考へ方、人間の生き方といふ文化の根本を問ふ事にあるからです。

金田一氏は日本の名文家と考へられてゐる紫式部、近松、西鶴、芭蕉、朱舜水にも、語法、文字の誤り、拙劣、或は新語、外来語の濫用《らんよう》がある事を指摘し、それを楯《たて》に現代の日本語は乱れてゐないと診断してゐます。これは乱暴な話で、その論法を以てすれば、山登りの専門家でもクレバスに落ちて死ぬ事があるのだから、高校生の滅茶を咎《とが》め立てする事はないといふ事になる。しかし、芭蕉が自動詞と他動詞と混用したからと言つて、今の子供がさうしてゐるのを見聞きしても吾々は黙認しなければいけないのでせうか、それを目して日本語の乱れとなし、現状を歎く者は「言葉ノイローゼ」患者なのでせうか。「源氏物語」は誤用があるから名文なのではなく、誤用があつても名文なのであつて、誤用が無いのに越した事はありますまい。

私は最近、或る外国映画を見て、その字幕の誤りが余りにひどいのに驚きました。今でも憶えてゐるその幾つかの例を挙げませう。(一)死んだ人の面影が「心のまぶた」に残つてゐるとありましたが、心眼といふ言葉はあつても、それに「まぶた」が附いてゐるといふのは初耳だつた。(二)「時刻も寸分たがはず」といふのもをかしい。「寸分」とは恐らく「一寸一分」の意で、目に見える形が「寸分たがはず」とは言つても、時間にまでそれを適用するのは誤用でせう。(三)「あとかたが残る」とありましたが、「あとかた」は跡と形ですから、文法的に間違つてゐるとは言へぬまでも、それは慣用として「あとかたも無い」の様に否定的に用ゐられるもので、「あとかたが残る」はをかしい。

勿論、映画やテレビの字幕は時間・空間の大きな制約のもとに作られるもので、それに文句

を附けるのは野暮な話ですが、私が驚いたのは、それを見た人のうちで右の様な誤りに気附い

た人が殆どゐないらしいといふ事です。日本語の乱れといふのは、寧《むし》ろその事のうちにありま

す。といふのは、金田一氏も指摘してゐる通り、誤用はどんな名文にも附きものですが、問題

は、第一に、それにどこまで気附くか、第二に、それをどこまで許すかといふ、言はば私達の

言語感覚、文化感覚のうちにあるのです。

二

　金田一氏は一応の学者だから誤用に気附く事だけは気附く。それは私達以上でせう。それが始末に悪いのです。第一に、氏はその優越感を「庶民感情」に擦りかへて、無学の者を許してやれと言ふ。これは物解りの良い「名君」の心情で、およそ「庶民」とは縁遠いものなのですが、さういふ愚民政策にたわいなく瞞《だま》されるのが、また「庶民」といふものでもあります。第二に、氏の優越感を支へるものは学問的知識であります。しかし、それは真の学問ではない。日本でも西洋でも、嘗《かつ》て学問と名の附くものには志といふものがあつた。知識の優越だけでは学者になれなかつたものです。即ち、どこまで気附くかは二義的な事で、どこまで許すか、その志の高下深浅によつて学者の値打が決るのです。

　考へてみれば当然の話で、本を読む事なら、今の中学生でも世界の四聖を遥かに凌駕《りようが》してゐる。単なる知識なら、金田一氏でも契沖、宣長の誤りを指摘出来る。が、志においては到底そ

の足下にも及ばない。といふより、氏の従事してゐる事は学問とはおよそ縁の無い知識の行商に過ぎません。行商人に日本語が乱れてゐるか否かを裁く識見も資格もある筈が無い。その証拠に日本語はいつも乱れてゐたのだから、今のままでよろしいといふ結論しか出て来はしないではありませんか。曲学阿世とはその事です。私が言ひたいのは、国語問題に限りません。譬へば道徳においても、単に人情の自然に照してその基準を下げ始めたら切りが無いといふ事です。嘗て私が石川達三氏の道徳論に腹を立て「読売新聞」に反駁《はんばく》の文章を寄せたのも同じ理由からです。その時にも言つた様に、原則や理想といふものは人情の自然や社会の実情に合はぬばかりでなく、実は合はぬからこそ、その存在理由があるのです。誰にも実行可能の事だつたら、それは理想とは言へますまい。さういふ単純な事が言葉の世界では解らなくなる。言葉にはさういふ曖昧《あいまい》な処があります。だからこそ、私は言葉の問題に深く関心を懐くのです。

なぜ言葉の世界では単純な事が解らなくなるのかといふと、そこではなかなか基準といふものが見出せないからであります。では、なぜ基準が容易に見出せないのか、それは言葉が生きものであり、人間と同様、基準を探し求める存在ではあつても、基準そのものを初めから与へられてはゐないからです。私達は言葉や日本語の発生に、人間や日本人の発生と同様、最初から立会つてゐた訳ではない。どういふ訳で月を月と言ひ日を日と言つたかと詮議立てしてみても始らない。今年の元旦を以て月を日と言ひ、日を月と言ふべしと定めれば、それはそれで通用してしまふ。言葉は命令一下どうにでもなるのです。それに抵抗する論理的根拠はありますか。精々、変更する理由は無いと言ふ位の事でせう。もしその方が便利だとなれば、もう何とも言へない。文字にしても月を日と読め、日を月と読めと命令され、内閣訓令告示でさう定められ、教科書でさう書き、新聞がそれを採用し、旧式で書いても書き直されるといふ事態になつたら、どうにも仕様が無い。旧式は間違ひといふ事になりませう。

同様、「綺麗にする」と言ふべき処を「綺麗くする」と言つてなぜ悪いと言はれれば、それまでです。金田一氏は子供の用法と言つてをりますが、私は現にかういふ用法を冗談でなく連発する大人を知つてゐます。文法的にその誤りを指摘しても始らない。通じれば良いと言はれれば文句は言へないし、この方が妙に感じが出てゐて良いではないかと弁護されれば、何とも答へ様が無い。先に挙げた映画字幕でも同じ事で、誰にも気附かれぬ程度の間違ひに気附き、それが気になるのは「言葉ノイローゼ」だと決めつけられても、多勢に無勢で引退るより外に手が無いのです。そこから、国語審議会の様に、国民が間違つたら、その間違ひに随つて国語を「改善」せよといふ考へ方も出て来るのです。

では、言葉に関する限りそれより外に方法は無いのか。あります。私達は古典を古典と自覚した瞬間、その中に基準を探し求め始めるのです。慣用と、それを支へ、それに支へられる美意識を自分のものにしようとし始めるのです。さういふと、人々は私を頑固な守旧派だと言ふかも知れません。が、私は語法でも文字遣でも、昔の通りにせよなどと言つてもゐないし、実行してもゐない。私の言ふ事は実に簡単な事です。私は過去を基準とせよ、鑑《かがみ》とせよと言つてゐるのであつて、過去の通りにせよと言つてゐるのではありません。

三

これは大事な事です。過去といふものを基準としなければ、他に何物も基準とは為し得ぬといふ事を人々は気附かずにゐるらしい。勿論、部分的訂正は可能です。また現実適用における融通性は必要です。しかし、基準、原則、或は理想に関する限り、もし私達が一度過去を否定してしまつたら、もはや取返しがつかぬのであります。

一度否定した以上、それを更に否定してはならぬといふ理窟は無い。革命は永久革命になる事必定です。それを防ぐには力による粛清しかあり得ません。フランス大革命が危く永久革命にならずに済んだのは、民主主義的自覚の為ではなく、カトリックの伝統が過去の道徳基準を維持し得たからです。それでもなほ今日に至るまでフランスの政情は容易に安定しません。

革命が必然的に永久革命になる理由は次の事のうちにあります。私達に対して基準として君臨する資格と権利とを持つてゐるのは過去のみであつて、もしそれを否定すると、基準提出の資格と権利とは万人平等になるといふ事です。早い話が日本語の乱れといふ事ですが、それが乱れてゐると見做《みな》すのも乱れてゐないと見做すのも人様々です。何処までを乱れと見做すかについて、誰が他より優先して判定者になる資格と権利とを認められるでせうか。

「さしずめ」と「すしづめ」との「ず」と「づ」の使ひ分けについても、前者には二語の意識が無く、後者にはそれがあるからと言ふが、その二語意識の有る無しを一々の語について誰が判定し得るか、誰の判定なら国民は承服するか。難しいと文句を言ひながらも、仕方無いと諦《あきら》められる権威ある判定者は、過去の慣用から抽出し得る基準の外にはありますまい。

私は右の理由により革命に、といふより革命主義に反対します。革命主義と漸進主義との違ひは、一方が急激に、他方が漸進的にといふ程度の差にあるのではない。後者は飽くまで基準を過去に置くといふのに対して、前者はさうしないのみか、自分の基準によつて過去を否定するのであつて、それは基準そのものの否定になります。随つて、両者はAなる基準とBなる基準との対立ではなく、基準は必要だといふ考へ方と基準は廃棄すべしといふ考へ方との対立に基づくものなのです。

それこそ国字問題に限らない、私達の文化はすべてこの二者択一の危機に直面してゐるのです。これを保守と革新との対立と考へてゐるのは、いまだ現代の文明の本質を見極めてゐぬ者の気楽さと言へませう。保守派が革新派に対して気が弱く、革新派の中でも穏健派が極左派に対して現状適応の優越感の蔭に、絶えず後めたさと気兼ねとを隠し持つてゐるのも、実は両者共に一つ穴の貉《むじな》で、斉《ひと》しく過去の否定に憂き身をやつしてゐる処があるからです。

漸進主義が革命主義との間に程度の差しか建てられないとすれば、一線を劃すると言つても、その一線はどこにでも引けるし、それは際限も無く革命主義に近附いて行かざるを得ないといふ事になります。過去に基準を求めない以上、基準廃棄を表立てた革命主義に理論の上でも現実においても勝てよう筈が無いのです。

私がライシャワー氏の近代化論に対して賛成しながら、同時に疑問を呈して置いたのも、実は右の事を考へてゐたからです。私が氏に賛成なのは、日本の左翼が日本の近代化を軽蔑し否定してゐる実情に対して、氏がその成果を認め肯定してゐるからであります。が、大事な問題はその先にあるのではないか。

近代化は日本のみならず、西洋においても必至ではありますが、必至であるからと言つて、それが齎《もたら》す世俗化の悪を黙過する訳には参りますまい。世俗化とは基準概念と価値意識に対するなしくづしの破壊を意味します。人間の個人的な努力を軽減し、困難への挑戦において人を無気力にさせます。勿論、技術の革新や複雑な機械の操作は多大な知的労働を必要とするでせう。しかし、それによつて、大部分の市民は労力を省かれるばかりでなく、少数の知的労働者の場合においても、その努力は機械化され組織化され、精神の入り込む余地は段々無くなつて行くでせう。それは原水爆の発明などよりもつと恐しい事です。いや、原水爆はさういふ恐しい過程の正に序曲として登場したものに過ぎますまい。

この近代化の波は何も日本だけではなく、世界中を襲つてゐるものです。が、日本が一番その辛さを感じてゐるのではないか。なぜなら、日本は先進国中の後進国であり、後進国中の先進国であるからです。東洋の中で最も西洋的であり、西洋の仲間に入れられれば最も東洋的であるからです。その結果、辛さを敢へて無視したり、或は辛さを軽減しようとしたりする試み、譬へば日本語は乱れてゐないと言つたり、誰でも間違はずに済む様に国語国字を「改善」しようとしたりする試みが積極的に行はれるのは、当然と言へば当然の話ですが、そこにまた日本の近代化の特殊な形態があると言へませう。言換れば近代化は世界共通の現象であつても、それの齎す世俗化に対する抵抗素が今日の日本では甚だ稀薄であるといふ事です。しかもその稀薄化は外ならぬ近代化の必然的帰結であるとすれば、他の諸国以上に私達はこれに抵抗しなければならぬのではないでせうか。

（「読売新聞」昭和四十年一月十日）

伝統技術保護に関し首相に訴ふ

一

前回〔編者注・「国語審議会に関し文相に訴ふ」のこと、本書では割愛〕、国語審議会に関して文相に建白した事から言へば、伝統技術保護に関する建白もまた当然文相に向けらるべきでありませう。それを直接首相に向つて行ふのには二三理由があります。第一に、今年の元旦、フジ・テレビの「新春放談」で同社社長の鹿内信隆氏と鼎談を致しました時、私は蒔絵《まきゑ》塗師《ぬし》高野松山氏の話を持出し、日本の伝統技術を継承保持する為に今のうちに何とか手を打たねばならぬと強調しましたが、それは僅か十五分の番組の中で採上げられた幾つかの話題の一つに過ぎず、私の趣意が充分御理解戴けたとは思はれません。しかし、私はその事一つを申上げたい為にあの番組に出席したのであつて、出来ればもう一度お目に掛り、ゆつくりお話し申上げたいと思つてをりましたが、それよりは公開の建白書の形で記した方が充分に意を尽せますし、また首相としてもその記録によつて然るべき機関に計り、具体的な措置を取り易いのではないかと考へ直したのです。

第二に、前回は第八期国語審議会委員の人選といふ目前の問題を控へてをり、それは文相直轄の管掌事項である事が明らかであるばかりでなく、国語政策の癌《がん》が何処に在るかについては私自身の良く弁《わきま》へてゐる事であり、何処をどうすれば良いかを明確に指摘し進言出来る事でしたが、伝統技術継承保持の対策となると話は全く別になります。なぜなら、対策が間違つてゐる事を言ふ前に、対策と称すべきものが殆ど無い事を指摘しなければならぬからです。しかも、その無策の為に数々の誇るべき伝統技術が所謂《いはゆる》近代化の波を被《かぶ》り今や滅亡の寸前にあるのですが、その喪失が日本及び日本人の将来にとつて何を意味するか、それについて私見を申述べたいのです。とすれば、これは文相よりは直接首相に建言し、政府や議会において緊急の対策を講じて戴いた方が良いと思ひ直した訳です。

最初は雑誌「室内」に連載された斎藤隆介氏の「昔話シリーズ」を中心に話を進めようと思ひますが、これを単に「昔は良かつた」式の職人の懐旧談や愚痴と軽視しないで最後まで読んで戴きたい。結論を先に申しますと、さういふ職人の伝統技術の様なものを軽視して急速に推進された日本の近代化といふものに私は疑問を懐いてゐるのです。尤《もつと》も誤解の無い様に申上げておきますが、私の疑問は近代化そのものに対するものではなく、現在進行しつつある日本の近代化の軽兆に対するものであります。といふのは、保守政党が革新政党に対して先手を打つた積りの経済成長、技術革新、福祉国家といふ美々しい三本柱も、たとへそれが世界の耳目を引くほど立派に聳《そび》え立つたとしても、その瞬間から根本が腐り始めるといふ事になりはしないか、言換れば、近代化のぼろが出て来るのではないかといふ事であります。既にその心配があればこそ、政府も道徳感や愛国心の恢復に意を注いでゐるのではないか。が、道徳感も愛国心も抽象的、形式的な説教によつて育つものではありません。いや、結論は後廻しにしませう。余り急ぎ過ぎると、それこそ話が抽象的、形式的になる。例の「新春放談」の時にお話した高野松山氏の事から始めませう。斎藤隆介氏の聞書から御本人の談話を在りのまま抜書きさせて貰ひます。

わしは、七年前に最初の「重要無形文化財保持者」というのに指定されて蒔絵の技術で「人間国宝」タラいうものになった。なって損バこいた。

ちょうど藝術院会員の候補にもなっていたんだが、「人間国宝」にされてしもうたので、二つはいらなかろうチ、そちらにはなれなんだ。

ところが、藝術院会員は年金があって銭《ぜ》ンも来るし汽車にもタダで乗られるが、「人間国宝」ナ、何も来ん。ほんになんも来ん。

詮衡する時には「見本見せろ」言うから、天平から明治までの蒔絵の手法を時代順序に六十何枚かかいて出した。(中略)

出して「人間国宝」になったがそれだけ――。

そのうえ、作品の買上げの時、値段の事でなんじゃかんじゃ言いよるから、

「文部省の、コスタクリン！」

って怒鳴ってやったら、役人が目をパチクリしよったバイ――。

「コスタクリン」チ言うのはわしの生れた熊本で「ケチンボー」ということ。

ほんにコスタクリンでしょうが。「生きている国宝」というものに指定したら、その国宝の技術が生きるようにせんならんでしょうが。（中略）

わしは一作出来上らんと次の作品にとりかからん。だから年に一作かせいぜい二作だ。昭和三十七年一年間の収入はいくらかというと、座談会に二度出てその謝礼合わせて一万円也。それだけだ。

それでは毎日何をしとるかというと、毎日研究しとる。

わしは同じものは二度と作らん。たとえば第五回日展に出した「蛤形蒔絵香盒《こうごう》」だが、これは三寸と二寸五分の小さいもンだが、これを作るのに一年半かかった。デザインを考えるだけで半年かかった。その間、蛤や浅蜊を何百と買い込んで来て眺めたので、台所がいっぱいになって家内が呆れとった。

なア、「浅蜊」なんチひと口に言いよるが新しい模様があるんだぜえ。まるでアブストラクトそっくりのもある。蛤の中には、模様がまるで横文字そっくりなのもあってこれも見飽かない。見ているうちに半年たってしもうた。

わしの作品を、「七十の坂を越した爺イのくせにデザインが新鮮だ」なんチ、言いよる奴

があるが、自然は新鮮なものよ。よく見ると驚くばかりよ。（中略）

ン？　ン。その一年半かかった蛤形香盒は、デザインを半年かかって決めた上で、木地も自分で挽いた。

木地作りの名人も、みんな死んで亡びてしもうてね。これ見なさい。こんなに薄く、経木のように薄く挽いて枯らしとくんだが、もううまい木地屋がいないから自分で挽く。

何百年という建築の古材を使うと、枯れに枯れているから狂わないんだ。しかもそいつを挽いたあとこうして半年一年と枯らしておく。

このぐらいにしておかないと漆をつけると狂いがくる。展覧会がすんだら曲っていた。なンていう藝術家先生のお作品が、冗談でなしにほんとにあるんだからね。（中略）

材料の研究も、やればやるほど面白いものでよ、第三回新帝展の、たしか二・二六事件のあった年の春に、いまで言うなら「藝術院賞」当時の「推薦」を受けた「蝦模様蒔絵筥」は、蒔絵で象牙の感じを出してみた。

富山県城ケ端の漆を使って、漆に銀箔を練り込んだ。チタニュームを入れたので、銀は固いから沈む、六回ほどやって仕上げると、いまのベージュ、チ言うかまるで――象牙の箱に蒔絵したような沈んだ静かで柔和な色になる。

材料の吟味から良うしてからんで、会場で見てくれだけの色を良うしようとして揮発油をウント入れたりすれば、三年も立てば粉が飛んでしもうバイ。

漆でも、今では高級な梨地漆は手に入らんようになっている。金をみがくのに必要な椿ズミの特殊な製法も亡びた。蒔絵に使う特殊な鼠毛の筆を作りきる職人ももうおらんようになった――。

最近の家ねずみは、壁ン中を歩きよるんで毛先が切れて使いものにならん。船ン中の米ぐらに住んでおるねずみを探して作るより仕方がない。

そんなことの分る職人が本当に無うなった。わしは仕方がないから手製で作っとるが、今のうちに京都の「村田」なんという、奈良朝から続いとる筆屋なんかを早う文化財に指定してほんとに保護せんならん。

二

右に明らかな様に高野氏の腕には天平から今日に至るまで千余年に亙る蒔絵の技法が籠《こも》つてゐるのです。その高野氏の肉体が亡びれば、日本特有の蒔絵も亡びる。いや、高野氏が生きてゐても、年々それは亡びつつある。氏の言葉通り、木地造りの職人がゐなくなつた。高級な漆は手に入らなくなつた。筆造りの職人も無くならうとしてゐる。粉屋《ふんや》も今は両国に「蒔辰」といふ店が一軒あるだけです。しかし、肝腎のその粉を造る最後の名人吉田甚三老は去年の暮に富山で亡くなつてゐる。高野氏はこの老人を東京に引張つて来て、後継者を養成させようとしてをりました。老人は下宿代だけ都合してくれれば、いつでも出京し、高野氏の求めに応じると言つてゐたさうです。粉だけではない、高野氏は木地も自分で造り、筆も自分で造つてゐる。

右の談話が「室内」に出てから間もなく、「人間国宝」も年額三十二万円貰へる様になつたさうですが、蛤《はまぐり》の文様を眺めて一年間に一万円の収入しか無い時もある、さういふ生活で、材料や道具の製作後継者は固《もと》より自分の後継者すら養成出来る筈はありません。「文部省のコスタクリン！」と怒鳴りたくもなりませう。

高野氏ばかりではない、同じく斎藤氏の「昔話シリーズ」には、螺鈿《らでん》師の片岡華江氏なども、今日螺鈿師と名の附け得る人は五指に足りないと言つてをります。片岡氏は中尊寺金色堂修理の調査を頼まれたさうですが、その破損の惨状は見るに堪へぬもので、そこに使つてある夜光貝は今では沖縄でしか採れぬものなのに、それがアメリカとの政治的関係で入手不可能との事、金色堂修理には絶対不可欠な材料ですが、文化財保護委員会はどうする積りなのでせう。或は既に政府を通じてアメリカと話合ひが出来てゐるのかも知れませんが、首相としてもいちわうの実情調査を命じて戴きたいものです。尤も中尊寺の場合はさういふ特殊な例に過ぎますまいが、夜光貝だけでなく、白蝶貝など良質のものは滅多に入手出来ぬのが現状ださうです。第一、戦前には貝屋が入谷に一軒あつたのが今ではそれも無くなり、新橋の金箔屋が求めに応じて片手間に何処かから仕入れて来るといふ有様、まことに寒心に堪へません。この様に今日なほ生き残つてゐる伝統技術、即ちその創造力を持続して行かうとする慾望が政府にも国民にも殆ど無いに等しいといふ事です。これはをかしくはないか。一方では正倉院御物の展覧会があると、門前市をなす。それでゐて、当時の工藝技術を承け継がうと貧窮のうちに苦心惨澹してゐる藝術家ならぬ職人が隣に棲《す》んでゐる事すら知らずにゐる。これはどこか狂つてゐます。

一体、藝術家と職人と何処が違ふのか。藝術院会員と無形文化財保持者「人間国宝」と何処が違ふのか。文部省の定義に随へば、その差は五十万円と三十二万円、前者の方が年額十八万円がた偉いといふ事になります。勿論、金の事はどうでも宜しい。問題は藝術家の方が職人よりも格が上だといふ考へ方に在る。高野氏の談話の中にもその反撥が処々に窺《うかが》へるでせう。氏に言はせれば、「世間は腕の無い奴を藝術家と称し、腕の有るのを職人と呼ぶ」といふ事になる。それに私の注釈を付け加へれば、藝術家を職人と峻別する要素として自己宣伝の才と学歴とが必要だと言へませう。藝術とか技術とかいふものは閉ぢられた密室の作業で、その苦心も効果も一般世間には容易に解つて貰へないものです。高野氏の談話にも出て来る様に「漆をつけると狂いがくる。展覧会がすんだら曲っていた。なンていう藝術家先生のお作品」の場合も、その「藝術家先生」が枯れに枯れた木地を使はねばならぬといふ初歩の常識を知らなかつた筈は無く、たとへ知つてゐても、展覧会作品にそれだけの手間と金を掛けた処で世間はそれを理解してくれぬと考へ、職人の良心を捨てて手抜きをしたに相違無いのです。さうなると、職人から良心を引いたものが藝術家だといふ事になりますが、それだけではまだ不充分で、その良心の命に随ふ精力を自己宣伝に注ぐ人といふ事で藝術家の定義は完成する。かうして高野氏より良心も腕も劣つてゐる「藝術家先生」が展覧会用の見てくれの作品を造り、政治力を発揮して藝術院会員や、文化功労者になるといふ訳です。しかしさういふ藝術家は時の波に乗つて今後も掃いて捨てるほど輩出するでせうから、何もさう大事にする必要は無い。一方、腕に百年千年の伝統を仕込んだ職人は、それもその道の名人と言はれてゐる人は、大抵はその人が死んだら伝統は断たれるといふ掛け替への無い人ばかりなのです。

私は工藝の方の事は余り知りませんが、譬《たと》へば書道の方では田中眞洲氏や比田井抱琴さんなどと親交があつて、多少は書を見る目もありますが、身贔屓《みびいき》ではなく、両氏より遥かに劣つた書家が藝術院会員になつたり、ジャーナリズムで活躍してゐる例を知つてをります。勿論、どんな場合にも完全な公正などといふものはあり得ない。しかし、藝術院といふものを真のアカデミーとして野に対し伝統保持の場とする積りなら、自己宣伝によつてジャーナリズム市場への売り込みに成功した人を会員とすべきではありますまい。処が今日ではアカデミーの会員選定がジャーナリズムにおける知名度といふ基準に随つてゐるのです。その為、作家達は自分の仕事以外の事で世間の注目を引かうとさへする。展覧会用に前衛書道じみた作品を提出し、人目を驚したり、その他、絶えず新趣向を凝して自分の存在を誇示してゐなければならない。しかし、良い意味でも悪い意味でも、アカデミーといふものはおよそ「新」とか「前衛」とかいふものに対して頑《かたくな》に門を鎖《とざ》してゐるべきものです。その意味から言へば、伝統に忠実で頑固な職人の方がアカデミーの精神にふさはしいといふ事になります。

三

職人の、殊に伝統技術に随ふ者の仕事は密室の作業だといふ例を二三挙げて見ませう。塗師屋名人の長谷川信太郎氏は、親方の先代で藤堂和泉守のお抱へ塗師屋だつた加藤といふ人の

「藝談」を紹介してをります。

重箱は、今は二つ重ねが多くなったが昔はみんな五段重箱だ。正月だア花見だアなんて時に使うんだから塗りも腕にヨリを掛けるわけだが、塗り上げたあとあの五つの函が、何番目を何番目に持って来ようが、前を横に重ねようが、ピタッと合わすのが腕の見せどころだ。ところでさて、この加藤のお爺さんが若い職人の頃、親方の家で仕事をしたあと、ヒョイと棚に重箱を伏せてのっけて帰ったんだそうだ。

するってえと仲間の職人の一人がね、手を伸してそいつを取ったんだ。

――ってえのが、当時の職人はみんな腕自慢、「あの野郎、どれくらいの仕事をしてやがるか」ってのが一つと、もう一つは、まア仕事を盗む……ってえと聞えが悪りイが、職人はみんなツボツボはひとには隠して工夫したもんなんだ、それを見てやろう――、その二アつから手を伸ばしたわけなんだが、重箱を取った、と思つたトタンに頭からザアッ！モロに水を浴びちまったのさ。チョンマゲからチリケモト、背筋から懐ろン中を通ってフンドシまで水雑炊を浴びちまって、ヒャアーッてことになっちまったが、こいつ、重箱に水を一杯いれて、そいつをクルリとひっくらけえすと、そのまンま棚の上へ伏せといたんだね。

腕がよくなくっちゃ出来る藝当じゃアねえ、(中略)

下地漆を塗って、砥石でまっ平らに研ぎ上げて、中塗り上塗りを済ましたあとの重箱のフチが、フタと吸い合うようにピッタリいってるから、水が入ろうが酒が入ろうがしみ出るスキ間もねえってことになってたわけよ。

シトの悪いイタズラみてえだが、イキなことをする爺さんじゃァねえか。いま時の職人なんざァ、水がこぼれねえどころか、逆さにしたら強飯《こわめし》だってこぼしかねねえんだから世も末さァ。（中略）

千年前の奈良の仏様を、千年前のぬし屋が塗ったやつが、未だに生き生きと残っているんだからねえ、仕事はあだやおろそかに出来ねえよ。

それと同じ事を瓦師の新井茂作氏が言つてゐます。

「瓦万年、手入れ年々」ってぐらいのもんでさァ。年々手入れをしせえすりゃ亀じゃねえが万年でも寿命があろうってのが瓦でさァ。

ウソじゃありませんぜ、奈良の東大寺なんてのを見てごらんなせえ。千二百年前に葺いた瓦が落ちも腐りもせず、いまだにチャーンと乗っかってるじゃァありませんか。

新井氏の話では、今では「チョイト屋根屋さん」と呼ばれる情無い身分になつてしまつたが、昔は「瓦師」、時代が下つても「瓦職」と称され、「それだってレッキとした瓦を扱う技術を持つた職人」だつた。その瓦職にとつて決定的な命取りになつたのが関東大震災です。それまでは東京の瓦は泥で下塗りして葺《ふ》いたもので、それに対し京風は引掛け桟に葺いてゐた。処が大震災で泥葺瓦はがらがら落ちてしまひ、引掛け桟の瓦は落ちなかつたので、その後、瓦は後者と定められてしまひました。それどころか、速成復興と経済的理由もあつての事でせう、トタンやスレート葺《ぶき》が圧倒的になつた。しかし、トタンは瓦に較べて夏場は七度も暑いばかりでなく、たとへ泥葺であらうと、瓦の方が耐震、耐火、耐風の効力がある様です。東大寺などでもさう年々手入れをする訳でもないのに、しつかりしてゐるのは敷土の泥を充分に使ひ、泥には莇《すさ》(或はツタ)を混ぜてきちんと仕事をしてゐるからですが、そんな大昔の事でなくとも、戦前には名人がゐたものだと新井氏は言ひます。

いつだつたか、宮下の勝ちゃんが、

「おれの葺いた瓦が手でひんぬけたら、わら草履を一足買ってやらァ」

ってもんですから、なにお！　と思ってやったんですが、押しても引いても動かばこそ、とうとうあやまっちまいました。

こういう人のやつのを抜く時は金槌を使わなくっちゃ駄目です。

アウンの呼吸でピタリと差す差し方にもあるんですが、上手は敷土の土葺きを夏なら泥を余計に使ってツヤブキするとか、冬なら控えてイスカのハシのように無理にセリモチでふく、とか、下ごしらえまでチャンと心をくばってあるんです。

かういふ話を聴くと、瓦は地震国の近代建築に適しないとは必しも言へなくなる。要するに技術が落ち、材料が落ちたのに過ぎません。そして、技術や材料が駄目になつたのは何も震災後や戦後に始つた事ではなく、明治以来、日本の近代化にとつて伝統技術は邪魔にこそなれ、役には立たぬといふ先入観があつて、それに従事する職人を軽視し蔑視して来たからです。欧米を旅して見れば解る事ですが、いづれの国においても近代化はそれぞれの文化の表皮を一撫《ひとな》でしてゐるだけで、譬へば住居にしてもルネサンス以来、或は十七八世紀以来の伝統的様式を保持してをります。大抵の日本人がその劃一主義を嘲笑するアメリカにおいても、田舎は田舎、南部は南部の特色を持つてをり、日本の様に便宜主義がすべてを覆ひ尽してゐる国は何処にもありません。イタリアやスペインでも、またフランスやアメリカでも、もし昔から瓦屋根があつたとしたら、鉄筋コンクリートの建物を瓦葺にする事など、別に新奇の思附きとしてではなく、極く自然に行はれてゐた事でせう。

四

職人やその技術を蔑視《べつし》する風潮の中では、後継者が現れぬのは当然です。右に挙げた蒔絵師、螺鈿師、塗師、瓦師は勿論、鋳金師、飾職、指物師、建具師、左官、畳職、いづれも名人と言はれる人達はその事を歎いてをります。和家具造りの指物師小川才次郎氏はかう言つてゐる。

そうは言ったってね、この「指物師」を好きで一生の仕事にしてえなんて旧弊な人間はだんだん少くなっちまって、いずれ和家具づくりの「指物師」なんてものもあたしあたりが最後だろうよ。

早い話が、あたしの倅《せがれ》だってワケの分らねえ「デザイン」とやらで、ヘンテコな洋家具を「同人」というのと一緒に展覧会に出してるし、そっちの方が良いって、倅名指しの注文もボツボツ出て来てる御時勢だ。

道具がどうの、心掛けがどうのなんてシチ難かしいことを言ったって、だいいち弟子のなり手がありゃァしねえや。目ぼしい弟子って言やァ、三越の家具部が出来る時、うちから紹介した四人ぐらいのもんかねえ。

尤もこれは陽気な啖呵《たんか》に類するもので、小川氏の「倅」なる人も父親の血を継いだ立派な職人かも知れませんが、飾職最後の人と言はれる樋口金正氏の言葉など嫋々《でうでう》として、それこそ末世をはかなんでゐるが如きものがあります。

イイエ、申し上げるようなことはなにもありません。……飾り職なんて仕事は、もう駄目なんです。東京にだって、あたくしのほかには一人か二人いるきりで、それも、やっぱりはかばかしくないようです。(中略)

ナアニ、名人だなんて、そんなことはございません。

……ほかにいない、というだけなんです。もう駄目です。飾り屋も、あたくしで最後でしょう。(中略)……悪い戦争です。焼野原の、家もない所へ道具を飾るったって飾りようがないでしょう？　やっと落ちついて家もドンドン建つようになったら、今度は住む人間が変っちまいました。趣味のあった人はみんなもうあの世です……。

さうかと思ふと組子の佐藤重雄氏の様な人は戦災の焼野原を見て、「もうこれでおれの仕事なんかおしまいだ」と思ってゐた処へ、直ぐ川口の鋳物屋から組子の「干網《ほしあみ》」を、続いて荒川の病院長から檜物《ひもの》の贅沢《ぜいたく》な書院障子の注文が来たといふ。が、さうなれぱなつたで、氏は妙な反省に陥る。その時の気持を次の様に述べてをります。

「日本人と建具とは、切っても切れない仲なんだなァ」

しみじみそう思いましたね。私のおやじの様に、爆弾の落下音の中で背中を丸めて組子を組んでるやつもあれば、焼野原に立って「干網」の組子の注文をする人もある……。そして、注文のおかげでどうやら食いつなげそうなのでホッとすると同時に、まわりでは人々が食いもののことで餓鬼のように目を血走らしている時に、「干網」を注文する人がいて、自分がそれを作る人間なんだ、と思ったら、なにかイヤーナ気がしたのも事実ですね。私は時々映画やテレビでダム工事やガンの研究の文化映画なんかを見ると、自分の仕事がイヤーになるんです。

あっちは人類文化に貢献してるのに、おれの仕事はなんだ、金持のお道楽のお手伝いじゃねえか――、なんて、良い年をして青臭いってお笑いになるかもしれませんが、そんな気がして仕方のなくなる時があるんです。

――そんな気持をどうにかダマして、また仕事を続けられるようになったのは、拾って来た犬の死ぬのを見た時からなんです。

そこの上りカマチの土間に小ッポケな犬が寝てるでしょう？

こいつは野良犬でしてね、もう一匹いたんですが皮膚病でボロボロになって死んじまったんです。

死ぬのを見てますと、その赤ムケの皮膚を舌で一心にペロペロ舐《な》めてるんですね。ひとから見たらどうせ舐めて療《なお》そうたってムダなことで、死ぬのは分り切っているのに馬鹿な話なんですが、自分は舐めることしか出来ないし、舐めてもムダなことが分っても、舐めずにはいられないいんです。

私、見ていて体がブルブルっときましてね、おれも、お他人様から見たらロクでもないこんな仕事しか出来ないが、これしか出来ないいんだし、これだけは出来るんだ、ひとに笑われても、どう思われても、死ぬまでこの道をやってこうじゃないか、――こう思いましたら、それから幾らか気楽になりました。

そこまで言はれると、聞き手のこちらも「イヤーな気」になつて来ますが、かういふインテリ職人を出した世の中が悪い。組子といふのは障子の桟で風景などをあしらつたもので、確かに成金趣味の厭味《いやみ》が何処かに附き纏《まと》つてゐるものですが、それはそれ、これを他に真似られぬ程に上手な細工を施す技術ともなればまた別の話です。近代的な職業でも「人類文化に貢献」といふ観点からすれば怪しげなものは幾らもある。一歩譲って組子細工が「金持のお道楽のお手伝い」に過ぎぬとしても、あれだけ巧緻な技術を他の「人類文化に貢献」し得るものに振り向ける事を考へれば良いのです。組子職人の佐藤氏にそれを考へろと言つても無理です。それが近代化の過程で処を得る様な文化感覚を、政治家は固《もと》より国民全体が持つべきなのです。そこで改めて首相にお訊ねしますが、ダムの設計者や癌の研究者を職人よりも有意義な職業と思つておいでですか。大工や左官の名人をノーベル賞の物理学者より低級とはまさかお思ひになつてはをりますまいね。藝術院会員が五十万で文化財保持者が三十二万といふ文部官僚的文化感覚が支配的な世の中ですので、いちわう、念を押して見たくもなります。

五

職人の技術が近代化の過程でそれぞれ処を得る様な文化感覚、それは言葉で言ふのは易しいが、実際はなかなか難しい事です。それが可能ならば、今日、日本の政治家の前に横はるすべての難問は一挙に解決されると言つても過言ではありません。斎藤氏の職人談話を読めば誰でも直ぐ気附く事ですが、彼等を庇護《ひご》した人達は第一に皇族、及び旧華族であり、それから実業家、将軍、通人、役者、待合の女将だつたといふ事です。さうなると、ますますそんな職業は亡んでも構はないといふ様な気持になるかも知れません。しかし、待合政治を廃する事は保守党の近代化を意味するにせよ、職人技術に対する眼が、華族、軍人は愚か待合の女将にも及ばないといふ、さういふ近代化が文化喪失の便宜主義に堕するであらう事もまた否定し得ますまい。資本家が無くなつて経営者時代になつた途端、各大会社の社長室には大観の代りにビュフェが登場したといふ訳ですが、大観は成金趣味だとしても、蒔絵や螺鈿の硯箱よりビュフェの方が近代企業の、そしてまた西洋建築の社長室にふさはしいとは言へない。寧ろ蒔絵や螺鈿の硯箱が気の利いた装飾に見える社長室の方が遥かに近代的だと思ひます。会社の社長室や応接間は迎賓館ではないにしても、いや、迎賓館ではないからこそ、そこへ訪ねて来たフランス人にビュフェをお目に掛けても意味は無い。しかも、日本の大会社を訪ねると何処へ行つても必ずビュフェにお目に掛るとなつたら、フランス人もうんざりするでせう。そんな時、高野松山の蛤の香合がアルコーヴに飾つてあつたら、何億といふ商談が忽ち成立するかも知れない。冗談はともかく、氏の作品は事実フランスやロシアの美術館に買はれて行つてをります。

もう一つ、先に学歴の事に触れましたが、どの職人も厳しかつた昔の修業時代に誇りを持ち、学校教育では学べぬ自分の技術に自信を持つてゐると同時に、それだけに学歴偏重の世間に腹を立ててをります。また高野氏の話になりますが、氏は最後には美校の漆藝科を出てをりますけれど、小学校時代は腕白小僧で、父親が校長をしてゐた学校を三度も逐《お》ひ出され、「学問は駄目だから職人になれ」と言はれて熊本県の飽託郡立工業徒弟学校の漆工科に入つた。それが今日の氏を産む第一歩だつた。処が、当時、中学へ入つた同級生に「重箱塗ヤーイ、下駄塗ヤーイ」と囃《はや》し立てられたさうです。一時は満洲に渡つて馬賊にならうと思つたものの、それでもどうやら徒弟学校を出て、京都の美術工藝学校に入つた。しかも、学費が無いので、艶歌師をしながら卒業したといふ。そこで首相に考へ直して戴きたいのですが、今日の学校制度の基になつてゐる精神は、高野氏の小学校時代、即ち今から六七十年前と少しも変らぬ立身出世主義であり、立身出世の手段としては学校しか無いといふ考へ方であつて、これを叩《たた》き潰《つぶ》す様な学校教育、社会教育を行はねば、日本はもはやどうにもならぬのではないでせうか。

今日、新憲法を振り廻してゐる連中でも、その心底には重箱塗、下駄塗よりは中学卒や高校卒、大学卒の方が高級だといふ観念が潜んでをります。明治百年が到達した近代化の成果といふのは、唯それだけでしかありません。処で、今日、飽託郡立工業徒弟学校だの、その漆工科だのといふものは存在してをりますか。さういふものを全部打ち毀《こほ》して、国民の高校全入、大学全入を目ざすのが新憲法の精神なのでせうか。日教組はさう考へてゐる。しかし、保守党の首相であるあなたも、その点では同じではないでせうか。教育制度改革案については、また時を改めて申上げるとして、とにかく大学で好い加減な教育を受けて来たといふより、それすら碌《ろく》に受けずに卒業して来たホワイト・カラーよりも優れた職人とその後継者との養成に充分投資して戴きたい。今直ぐ手を附けないと、五年、或は三年経てばもう間に合ひません。今でも既に遅過ぎるのです。が、やらないよりはやつた方が良い。別に脅迫する積りはありませんが、高野氏、その他一二の蒔絵師が死ねば、日本の蒔絵は滅びる、といふ事は世界が蒔絵の技術を失ふといふ事であつて、大げさに言へば、あなたはその責任を世界に負うてゐる訳です。蒔絵に限りません。既に述べた様に、また他にもさういふ危機に臨んでゐる伝統技術は幾らもありませう。

それには大した金は要りません。この前、お目に掛つた時に申上げた様に、国立大学の一つや二つ潰しても、職人養成に金を使つた方が遥かに有意義であり、国家の為にもなります。前首相の池田勇人氏にも新聞紙上で進言した事ですが、奨学資金を貰ひながら内職して遊び暮してゐるデモ大学生が沢山ゐる、その奨学資金をなぜ職人、徒弟に出さないのか、私には理解出来ぬ事です。序《つい》でに一つ美談をお伝へしますが、大工道具を売る鋸目《のこめ》立《た》て職に土田一郎といふ人がをります。まだ四十にならぬ人ですが、彼は鉋《かんな》、鑿《のみ》造りの名人千代鶴是秀の作品を初めとし、日本の大工道具二万点を十四歳の時から独力で蒐《あつ》め、大工道具博物館を作る事を一生の念願としてをります。ドイツにはゾーリンゲンにさういふ博物館があるさうですが、日本の大工道具は世界最高のものでありながら、そんな事は誰も思ひ附きもしない。道具ばかりでなく、木工技術でも日本は最高で毎回世界の技能オリンピックで一等賞を獲得してゐます。一方、吾々はドイツへ行つてゾーリンゲン産の刃物を買つて来るのを楽しみにしてゐる。土田氏念願の博物館は唯の五坪で事足りるさうですが、それが目立て職には出来ない。今まで日本人がドイツで刃物を買つた金を全部蒐めれば、忽ち堂々たる博物館が出来、それを修学旅行の子供が見て育てば、再び是秀の様な名人が生れ、世界中から日本の刃物を買ひに来るでせう。それこそ、大して金の掛らぬ事です。私もこの原稿料の半分を土田氏に寄附する積りですから、首相も少くともここまではお読み戴けた証拠にせめて月収の三分の一も御寄附下されば、土田氏の宿願は一挙に叶《かな》ふといふものです。

いや、それで終つては困ります。首相は所得税五百億の減税を約束なさつた。しかし、これはそれだけの余裕が出来たといふ事で、極端に言へば、予想外の金が五百億ここに降つて湧《わ》いたのと同じですが、意地の悪い言ひ方を許して戴ければ、その五百億の使ひ道として、首相は国民一人平均年十本のビールを贈る事しかお思ひ附きにならなかつた訳です。率直に言つて、私は不服です。職人、及びその保持してゐる伝統技術を何とか滅さずに置かうといふお気持があるなら、その十分の一、或は百分の一で事足りる。国民はビールが九本になつたからと言つて、文句を言ひますまい。繰り返して申しますが、高速道路の完成が一年や二年遅れても、百本の計画が九十九本で終つても、日本の近代化にさして影響はありません。その遅れは近いうちに必ず取返しの附く事です。が、伝統技術の喪失は取返しが附きません。今は国民の大多数が数寄屋造りよりはコンクリートのアパート生活の方が便利だと考へてゐます。さうでないとしても数寄屋造りの家に棲む余裕は無い。しかし、ニュー・ヨーク市民の憧《あこが》れは、アパートから脱け出し、ニュー・ジャージー辺りに独立の木造家屋を造つて住む事にあるので、そこに、譬へば前世紀の鉄道で使つてゐた電灯の笠を取り込んだり、移民時代の大陸的な家具を備へたりする事を夢見てをります。日本も恐らくさうなるでせう。その時、血眼になつて骨董品を探し廻るよりは、作り手そのものが骨董である人の作品が生きて使はれてゐる方が、文化の在り方として遥かに健全と言へませう。これ程の大事業があなたの決断で直ぐ出来るといふ事は大きな魅力ではありませんか。

六

私が職人を敬愛するのは、彼等の仕事に対する良心、といふよりはその愛情に頭が下るからです。それは一体何処から来るか。簡単な事です。それは彼等が物を扱ひ、物と附合つてゐるといふ、ただそれだけの事です。名人と言はれる程の人なら誰もが材料と道具の吟味を口やかましく言ふ。今の人間には考へられない辛い徒弟奉公は、何も親方風や兄弟子風を吹かせ、長上に対する忠誠心を仕込みたいからではありません。実は個性や恣意《しい》ではどうにもならぬ材料や道具の抵抗力を厭といふほど身に沁《し》み込ませる為なのです。物を使ひこなす前に、物に使ひこなされる様に仕込まれるのが徒弟奉公の目的なのです。先づ材料に合つた道具を造り、それから道具に合つた腕を造らなければならない。本来なら、その道具を造る職人が別にゐる訳ですが、それが得られぬ世の中では、自分でその職人も兼ねなければならない。しかし、たとへさうではなくても、良い物を造らうとなれば、それに必要な道具を自分で造らなければならぬ場合は幾らもある。家具木彫の村松喜市氏はかう語つてをります。

注文が来れば、どんなにこまかいものでも「これ出来ません」とは言えません。ですからそれに合わせて道具を作るんですが、今の若い人たちは、道具を作るというとふしぎな顔を

するんです。だから「そんな御注文は無理ですよ」ってな事を平気で言えるんじゃないでしょうかね。(中略)

仕事に凝るから道具に凝る、道具に凝るから自分で作る、作った道具で思いのままの仕事をする時の気分の良さなんてもなア、職人だけの知っている喜びなんですがねえ……。

先に話した指物師の小川氏も五百挺の道具を持つてゐるさうですが、勿論その中には自分の造つたものが幾らもある。戦前はその倍もあつたが、戦災で半減、戦争で何が堪《こた》へたといつて、この道具を失つた事ほど辛い事は無いと言つてをります。話が飛躍しますが、平和運動反対の私でも、この人の平和論なら大人しく傾聴します。この人はただ堪へたといふだけで、平和論などに血道を上げはしません。しかも、食糧難や生命の危険などに少しも堪へてはゐない。「仕事に凝るから道具に凝る、道具に凝るから自分で作る、自分で作った道具で思いのままの仕事をする時の気分の良さ」を知つてゐる人間は、それを奪はれた以上、食糧難だの生命の危険だのといふ事に文句を附ける余裕も無く、そんな事は思ひも附かないのでせう。くどい様ですが、もう一つ道具の事について大工の味方寅治氏の憶出話を御紹介しておきませう。

あたしは十六から仕事を覚えさせられたんだが、それから二年目、十八の時だったといまでもはっきり覚えているが、道具についてえらい恥をかいたのが肝に銘じて、それから根性が変った。

え？　なにね、仕事場へいって、年寄りに、

「すいませんが、ちょっと小ガンナを貸してもらえませんか」

ってってたんだよ。そしたらその年寄りがね、ジロリと横目で流し目に見て、なんとも言えない笑い方をすると、小ガンナを渡して寄越しながら、

「ハイヨ。あると重宝だよ」

って言ったんだ。それだけだが、あたしァ顔から火が出たね。受けとった小ガンナが、ジリッと手に灼《や》きついたような心持ちがして、しばらくは顔もあげられなかった。（中略）それからあとも時々思い出しちゃア舌を嚙み切りたいような気のしたことがなんべんもあるね。その時の、まるで「女房を貸せ」とでも言われたような、不愉快そうな、にがい、そしてあきらめてうすら笑いした年寄りの目を思い出すと、あたしは地ベタを転げまわりたいほど恥しい気がしたもんだ。


道具や材料に対してそれ程に打込んでゐる職人が、自分の造つたものに強い愛著を持つてゐるのは言ふまでもないことです。今の国会議事堂の演壇と議長席は村松氏の見積りで氏自身が丹精籠《こ》めて拵《こしら》へたものですが、その時の気持を氏はかう述べてをります。

あの演壇は桜でしてね、腰が柔らかいカーブを描いて後へ廻っているんです。その正面へ、盛り花と、アカンサスと果物を彫ったわけなんですが、全国民の目が集まるその一点に、そ

れにふさわしいように彫らねばならないと思うと、ずいぶん緊張も致しましたが、豊かに豊かに誠実に——、そう祈るような気持で彫り続けました。

演壇に向って左右の壁には唐草を彫りましたが、四十尺もあると、下と上では彫り方が違います。目八分で見たのと、上の方を見上げた時では彫りの深さは変えなくちゃなりません。上へいくほど深く彫らないと、目の錯覚で平均して見えないんです。

それで、下の方の唐草は、彫りの深さは五分でも上は二寸彫るということになります。

（中略）

仕事はうまいがクセも強いという職人たちを指図して、あの大きな仕事を仕上げるのは、なかなかひとには分って貰えない苦労もあったもんです。

さういふ訳で、村松氏は町の映画館や茶の間のテレビで始終自分の仕事にお目に掛り、他の職人の知らぬ喜びを味つてゐる訳ですが、困るのは代議士諸公乱闘の場に出遭ふ時で、さうなるとはらはらして落著かず「あんなに暴れてあの演壇に傷が附かねえかな」と、そんな事にばかり気を取られて主権在民もへつたくれも無くなつてしまふらしい。代議士諸公はもしあれが自分の家だつたら、父祖伝来の机や掛軸に傷が附く事を気にし、敢へて昂奮を抑へるでせうが、国有財産となると私物より粗末に扱つて顧みない。それとも歴史の浅い議事堂にそれほど入念の仕事が施されてゐるとは思つてゐないのでせうか。知つてゐても高が職人の仕事ではないか、毀れれば幾らでも取替へれば良いと思つてゐるのでせうか。それなら中尊寺も法隆寺も毀れたままに放つておくが良い。あれも昔の職人が造つたものです。とにかく、乱闘は民主主義の精神に背くといふ良識の訓戒より、机や板に傷が附くといふ感覚的な躾《しつ》けの方が通りの良い世の中になつて貰ひたいものです。

私は近頃、或は年のせゐかも知れませんが、心より物の方が大事に見えて来ました。下手な人間より物の方が生きて見える場合が幾らもあるのですから、どう仕様もありません。人との附合ひの根本は物との附合ひに在る、さう思ふ程に物の中に心が見えて来ないと、人との附合ひが駄目になるのではないか。詰り、物が単なる物にしか見えない様では、人もまた物にしか見えないのではないか。物に己れの心を通はせ得る人が、人との附合ひにおいて相手方に心を通はせられぬ筈はありますまい。

最初に申上げた道徳感や愛国心の涵養《かんやう》といふ問題も結局はそこに絞られて参ります。伝統技術、及びそれに従事する者を一方で滅びるがままにして置きながら、他方で愛国心、道徳感の鼓吹を叫んでも何の効果もありません。尤も政府は文化財保護には充分に力を注いでゐる、国宝修理にも多額の金を出してゐると言ふかも知れない。勿論、それも大事です、が、今は造れぬものに対する憧れが、今なほ造れるものに対する無関心を助長する様な文化政策では困ります。自分の国を愛すると言つても、人は抽象概念としての国家に愛情を持つ事は出来ませんし、また単なる過去の遺産に対する憧れは力としての愛国心には結集しません。もしそれを強要すれば、所謂《いはゆる》ウルトラ・ナショナリズムといふ国粋思想が復活する事は火を見るより明らかであります。道徳もまた単なる抽象概念として押し附ければ、自分のみを正しと為し、他者を片端から断罪する偽善的正義派を生み出す事必定であります。愛国心の場合も道徳感の場合も、その前に先づ物を、それも生きてゐる物を必要とします。人々の求めてゐるものは「期待される人間像」などといふ抽象的理想ではなく、もつと具体的な存在、即ち吾々が手を触れ、心を通はせる事の出来る物そのものなのです。国家が抽象的な理想としてではなく、具体的な物として見えて来、それに愛著を覚える様な教育といふ観点に立つた時、戦後は固より、明治以来の教育理念も教育制度も、のみならずそれを成立たせてゐる文化観、価値観も、すべてが間違つてゐるとお思ひになりませんか。物と附合ひ、物から物を造る百姓や職人の生き方を唯々古めかしいものと軽視し、物を処理する商人や経営者の生き方にのみ近代化、合理化の方向を見出して来たのが間違ひの因《もと》なのです。物を処理する商人や経営者の生き方と申しましたが、実は商人や経営者もそれだけでは済まされない、やはりその根本には物と附合ひ、物に愛著を覚える心の働きがなければならぬ筈です。

七

最後に御参考までに具体的な施策について一言附け加へさせて貰ひます。といふのは、文化財保護委員会の在り方に幾つか問題があるのです。人間国宝を藝術院会員以上に、少くとも同格に扱ひ、その後継者養成に力を入れる事、これは既に申上げた事なので、充分御納得戴けたと思ひますが、もう一つ、政府が充分に力を注いでゐる筈の国宝修理の件で御検討願ひたい問題があります。しかも、これまた解決の急を要する事柄であります。ここでは一つだけ例を挙げて置きませう。数年前に鎌倉の大仏の首が落ちさうだといふので、文化財保護委員会の美術工藝課がその修理を命じた事がありました。技官が現場に出掛けて調査した処、大仏の項《うなじ》に長さ一尺五寸、幅一寸ばかりの笑み割れがあつて、そこに嵌《は》めてある埋金が細り浮上つてがたがたしてゐたといふのです。当時、この修理に反対し、その不必要を力説した技官は唯一人松原正業氏だけでした。現在、氏は文化財保護委員会を定年退職して大倉集古館に勤めてをりますが、氏の反対理由は大よそ次の如きものであります。

　項の笑み割れは鋳造時に出来たもので、湯詰りと言つて、熱い湯（溶けた銅）が冷める時に屢々《しばしば》生じるものです。松原氏の推測では大仏が出来上つた時に、鋳造者はその笑み割れに気附いてはゐたが、それが首の落下を来すほど危険なものではないと判断し、唯、外面の体裁が悪いので埋金を施しただけの事だといふ。これは単なる当てずつぽうではありません。鋳造者にせよ、或はずつと後代の保修者にせよ、それが危険なものと知れば、首の内部に補強工作を施す筈で、外から埋金を入れて済ませられる処か、そんなものを叩き込めば、却《かへ》つて裂け目を拡大する危険を伴ふであらう事くらゐ気附かぬ訳が無いと言ふのです。随つて、松原氏は項は内部では危険の無い位しつかり繋つてゐる、埋金は接著用ではなく、飽くまで体裁を整へる為のもので、幾ら同時に造つても地金の質や、その他の条件の差で時代を経るに随ひ収縮してがたがたしてしまつたのだと強調してをりました。

　しかし、委員会は松原氏の言を卻《しりぞ》け、百万円も掛け伸縮自在の鉄製調査台を造つて調査に乗り出した。が、乗り出した途端、結論が著いてしまつた。色んなもので隙間《すきま》を突き廻した揚句、松原氏の言ふ通り、それが内面まで貫通してゐないらしい事が解つてしまつたからです。更に大仏の内部に入り、鋳造当時の中籠《なかご》の泥の残りを落して見た処、内面の肉は充分に厚く繋つてゐる事が明らかになつたのです。松原氏に言はせるまでもなく、その泥の落しを一番先にやるべきだつた。また百万円の調査台などを造らなくても、頃を調べるなら足場を組めば済む事です。尤も鉄製調査台は他の場合にも使へる、当事者はさう言ふかも知れませんが、唯一台の調査台を全国の国宝修理に使ひ廻しするのは容易な事ではありますまい。が、それはそれとして、修理の必要は無いといふ結論が出た以上、それで万事中止すれば良い筈です。が、委員会はそれでもなほ鎌倉大仏修理調査委員会なるものを設けて、一方では責任をそれに仮託し、他方、既に取つてある予算を何とか使つてしまはうとしたのです。しかし、万事を任された修理調査委員会にしても、必要の無い修理はどうにも施し様が無い。そこで東大工学部に委託して、項の修理を土台修理に切り換へ、所謂可動性装置なるものを造り、大地震が来ても大仏が揺籠《ゆりかご》に乗つて居眠り出来る仕掛けを施す事にしました。かうなると国宝修理といふよりは土木事業です。その費用は確か二千万だか三千万だかでしたが、全くの無駄遣ひと言ふほかはありません。これは私の持論ですが、さういふ予算確保の為の無駄遣ひの話を聞くと、汚職よりも腹が立つ。犯罪よりも形式主義の方が国を亡すからです。

この種の例は御必要とあれば、いづれ折を見て披露致しますが、有形文化財保護の問題においても、近代的な学問と伝統的な職人技術との対立が大きな禍《わざは》ひをしてゐる事に御注意戴きたい。今の例で言へば、大仏修理を必要と見たのは大学で美術史を学習して来た若い技官であり、松原氏は同じ技官でも青年時代彫刻家を志し、博物館に入つて過去の国宝に取巻かれ、その修理を行つて来た人です。しかし、さういふ技官は今は殆どゐなくなつた。そこで、また似た様な対立が技官と現場の施工者との間に生じてゐるのです。譬へば、或る国宝修理に対して施工者に見積りを立てさせる。施工者は大抵A・B・C三級の見積りを提出する。Cはその場凌《しの》ぎのもの、Aは完璧を期したもの、当然、予算面で折合ひがつきません。大体、Bに落著くのですが、Aを求めて、Bの費用で引受けられ、実際は手抜きをされてBは愚かCの仕事をしても、今の技官にはそれを見破る目がありません。といつて、施工者を責める訳には行かない。彼等から見れば、何十年と叩き込んだ腕の値打を認められず、学校出の技官に大きな顔をされ、資格も給与も下廻つてゐるとなれば、甚だ面白くないでせう。

つい最近、矢代幸雄氏は文化財保護委員を辞しましたが、氏は長年に亙つて国宝修理室を独立させ、そこに松原氏を中心に国宝修理の技術家を集め、後継者の養成も考へてゐた様です。矢代氏は松原氏を国宝修理の第一人者と呼んでゐましたが、それも松原氏が自ら一個の技術家として造り手の側から物を見る目が出来てゐたからです。さういふ目と腕とはやはり物とまともに附合つて来た人特有のもので、大学教育などでは決して身に附けられぬものです。そもそも矢代氏が委員会を止めた事にも問題がありさうです。氏の構想を阻む何かが機構自体のうちにあるのではないでせうか。しかし、国宝修理も高速道路の修理と異り、一度やりそこなつたら取返しの附かぬものです。鎌倉大仏の場合はただ無駄金を使つたといふだけの事で済んだからまだしも、全く取返しの附かなくなつた例が幾つもあります。唯それが高速道路ほど世間の目に触れず、理解もされないので、年に四十億も使つてゐる文化財委員会の不始末がいつも不問に附されて来ただけの事です。現在、著手された中尊寺金堂の修理も大分問題がある様です。一度衆参両院の文教委員会あたりで、矢代、松原、高野、片岡などの諸氏を招いて、中尊寺ばかりでなく、国宝修理の実情を調査し今後の確たる方針を定める事にして戴きたい。国宝修理に名を藉《か》りて国宝破壊が行はれてゐるとしたら、どうなりますか。

とにかく、さういふ文化政策に政治家も役人も余りに無関心過ぎる。国語問題にしろ、伝統技術保存、国宝修理にしろ、票に関係が無いからといふ事もありませうが、やはり一見、現実の政治に無縁としか思はれぬ文化が、宝は驚くほど直接に政治を動してゐるのだといふ事に気附いてゐないからだと思ひます。少くとも保守党の政治家は宗教を阿片と見たマルクスの故事に倣ひ、文化といふものが青少年の不良化や大学騒動や過激な大衆運動を未然に防ぐ阿片として絶大な効果を有するものである事くらゐ見抜いてゐなければなりますまい。

（「潮」昭和四十一年四月号）

偽善と感傷の国

一

ロバート・ケネディが暗殺された直ぐ後の事である、或る新聞社で出してゐる週刊誌の記者が訪ねて来て、この暗殺事件をどう考へるか、私の感想を聴かせてくれといふ。瞬間、私は答へに窮した、暗殺は悪いに決つてゐる、道徳的にも政治的にも許し難い事であつて、今更考へ直して見る余地が何処にあらう、私にせよ誰にせよ、発表するに値する独特の感想など持合せてゐる筈は無い。が、さう言はうとして私は忽ち相手の意図を察知した、相手は何も私の感想などを聴きたいのではあるまい、感想は、といふより解釈は既に自分の方に用意してあるに相違無く、それに私が賛成しようが反対しようが、自分の解釈記事の彩《いろど》りとして私に何か喋《しゃべ》らせようといふのであらう。その罠《わな》にわざわざ落ち込む手は無い。改めて私の方から問ひ返した、あなた方は一体どういふ処へ結論を持つて行きたいのかと。その答へはおほよそ次の様な事である。

　戦後、アメリカは自分達の政治体制を最上のものとし、それを十二歳の「野蛮国」日本に押附けた、世にこれを民主主義といふ。そのアメリカで、ここ数年の間に、前大統領ケネディ、黒人解放運動の穏健派指導者キング、そして今またロバート・ケネディと三人の暗殺事件が起つてゐる、かうなれば、アメリカはもはや民主主義の模範国とは言へぬではないか。それに較べて、日本は国論二分し、兄弟牆《けいていかき》に鬩《せめ》ぐ体の騒擾《さうぜう》が日常化してゐながらも、暗殺などといふ野蛮な事件は起らない、反体制側の学生や労組ばかりではなく、体制側の警官にしても、フランスの警官ほど無遠慮に警棒を振り廻しはしない、日本の方がアメリカよりもフランスよりも遥かに民主主義的であり、遥かに進歩してゐるではないか。

　その言ひ分を聴いて、正直、私は驚いた。第一に、この記者は若いせゐもあらうが、戦後の実情を正確に知つてゐないからである。成る程、アメリカは日本を「野蛮国」と見做《みな》し、自国の政治体制を最上のものとして日本に「押附けた」、それは事実であるにしても、だからといつて日本がアメリカに民主主義を「押附けられた」とは必ずしも言へない。アメリカは日本に民主主義を押附けたかも知れぬが、日本もまたこれを押戴いた。「押附ける」の受身は「押附けられる」であるといふのは飽くまで形式文法上の考へ方で、心理学的には「押附ける」の受身が「押戴く」になる場合が屢々《しばしば》起る。戦争中にもさういふ事実を私は数々見聞きしてゐる。軍部が好戦主義や神国思想を押附けたといふのも事実なら、民間側が喜んで、時にはその意を迎へ、先んじてこれを押戴いたのも事実である。同様に、戦後日本の指導者達は過去の日本を「野蛮国」と見做し、民主主義を最も理想的な政治形態と考へ、その点でアメリカを最上の模範国としてこれに倣はうとし、国民一般もその大旨を押戴いたのである。それは戦争直後の混乱期特有の現象とのみは言へない。近代日本の開国を昭和二十年八月十五日とし、明治百年に対し戦後二十年を主張する人々の数は決して少くない。引続き起つた三つの暗殺事件によつて夢を破られたのは自業自得である。

第二に、民主主義が人類の案出した最も理想的な政治形態であるかどうか、またアメリカが地上最高の模範的民主主義国であるかどうか、今それは問はぬ事にして、暗殺と民主主義とは相容れぬ事柄かどうか、その点を考へて見る必要がある。確かに民主主義は暗殺を容認しない。が、民主主義国にも暗殺は起り得る。反対に全体主義国で暗殺が起らぬ事もあり得る。寧《むし》ろ、全体主義国の方が暗殺の可能性も機会も少いであらう。或る国が民主主義国であるかどうかは、そこで暗殺が起るか起らないかによつて判断すべき事ではなく、暗殺が起つた時、それを法的にどう処理するか、その結果が社会秩序をどの程度まで攪乱するかによつて判断すべきなのである。

私の処へ来た週刊誌の記者はその点において大きな勘違ひをしてゐた。暗殺は非民主主義的であり、銃器の売買や保持が許されてゐるアメリカ、警官が学生のデモ隊を厳しく取締るフランス、いづれも日本に較べて野蛮で非民主主義的ではないかと言ふのである。私は再び答へに窮し、再び問ひ返した、では、あなたの考へてゐる民主主義とは一体どういふものなのかと。

彼は打つて返す様に答へる、それは物事を暴力によつてではなく話合ひによつて解決する事だと。これはとんでもない誤解だが、大部分の日本人が同じ様な考へを懐いてゐるに違ひ無い。

だが、私はさうは考へない。現代の複雑な社会機構において、話合ひによる解決の機会は減少する一方である。嘗《かつ》て家庭は話合ひによる解決が最も期待出来た場所であり、話合ひによる解決に頼つて成立してゐた最小集団であつた。が、戦後の新民法はさういふ話合ひによる暫定的解決を、言換れば最終的解決を廻避する為の馴合《なれあ》ひを禁じ排する為に採用されたものではなかつたか。そしてそれが民主主義といふものなのではないか。民主主義とはさういふ乾いた冷たい政治思想なのであつて、話合ひの成立する温情主義的世界と対立するものではないのか。もしさうだとすれば、とんだ飛ばつちりで申訳無いが、都知事の強調する「対話」といふのは、少くとも民主主義体制下においては、甚だいかがはしい詐術といふ事になる。なぜなら、話合ひとはたとへ話合ひが附かなくても、所詮別れられぬと諦《あきら》めた親子や夫婦の間で行はれるものであつて、善かれ悪しかれ、永遠の未解決に堪へる為の方法である以上、これを複雑な人間関係を処理する都政や国政に利用するのは不可能でもあり、民主主義の原則にも背く事になる。親子や夫婦の間で、話合つたところで解決は出来ないと知りながら、それで諦めてゐられるのは、解決不可能の責任は相互にあるといふ信頼感が根柢にあるからである。この家庭といふ一対一の最小集団における附合ひの原則と方法とを、信頼感の全く成立たぬ大都市や国家の政治に持ち込めば、その動機は如何《いか》に善意に満ちたものであつても、結果としては信頼感の一方的押売によつて、早々に解決せねばならぬ数々の案件を「未済」の箱に投げ入れ、任期満了の時まで手を附けずに済せられるといふ事にもなりかねない。

信頼の鍋蓋《なべぶた》で不満の臭気を押へる事が話合ひなら、話合ひこそ民主主義の敵である。元来、民主主義とは話合ひによつては片の附かぬ対立を処理する方法の一つなのである。が、それは唯一の物ではない。小は家長から大は一国の独裁者による専制的処理法といふ方法もあるし、私刑や強い者勝ちに任せるピラト式処理法もある。民主主義は唯一の処理法ではないばかりか、最善の処理法でもない。それは唯単に最悪の事態や悔いを残す様な間違ひを避ける為の消極的=防衛的方法に過ぎない。が、もしその程度の物を最善の社会を齎《もたら》す為の最善の方法と勘違ひしてゐるなら、民主主義は吾々を滅す最悪の物とならう。

二

民主主義が相互理解の為の話合ひだといふ誤解は、今や善意の誤解の域を脱して、頗《すこぶ》る現代的な偽善と感傷の風を帯びて来てゐる。私は最近「解つてたまるか！」といふ戯曲を書いたが、それを書かうと思ひ立つた動機、或は主題はさういふ風潮に対する腹立ちにある。が、それに対する世間の反響が更にその風潮をさながらに再現してゐるのを見て、病根の意外に深い事を思ひ知らされた。私の作品は寸又峡《すまたけふ》のライフル魔事件から思ひ附いたものであるが、主題は右に述べた様に年来の私自身の物であり、民族問題とは何の関係も無い。だが、ここではそれについて私の考へを述べて置く。意地の悪い問ひ方だが、次の様に訊ねたら、私を非難した人々はどう考へるであらうか。といふのは、ロバート・ケネディを殺したのはサーハンといふアラブ人であり、その理由はケネディがアラブの敵イスラエルを支持したからだといふ、とすれば、金嬉老と同じく殺人の動機は民族問題といふ事になるが、それにしては日本のジャーナリズムの取扱ひ方は両者に対して公正を欠いてゐはしなかつたか。殺人者サーハンは初めから兇悪犯呼ばはりされ、殺されたケネディは英雄視された。一方、殺人者金嬉老の民族差別に対する抗議はいちわう理解すべきものとして受け容れられ、殺された二人の男は完全に無視された。しかも、金嬉老の殺人は民族問題が直接の動機になつてゐたのではない。その点ではサーハンの方がまだしも同情出来る。民族問題に関する日本人の通念から言へば、大統領候補のケネディが公開の場で強国イスラエル支持を表明した事は余り好感を以て迎へられぬ筈なのだ。

まさか日本の前科者ややくざを、或は平凡な一市民を殺すよりアメリカ大統領候補を殺す方が悪いと考へてゐるのではあるまい。もし殺人の罪の軽重が被害者の社会的身分によつて決ると考へるなら、それこそ民主主義の原則に悖《もと》るものと言へよう。誤解された民主主義であるにもせよ、その手前、金嬉老とサーハンとをああ派手に差別待遇した理由が何処にあるのか、私にはつひに理解出来ぬ。ケネディが「進歩的」であつたといふ事も、その理由としては薄弱である。反動を殺すより進歩的な人間を殺す方が罪が重いといふ事になつたら、民主主義は自滅する。が、今日、多少その気が無いでもない。その何よりの証拠は私の処へ来た例の週刊誌記者の言である。フランスの警官より日本の警官の方が民主主義的だと言ふのは、後者の方がデモ隊に怪我《けが》をさせないからであるが、その結果、警官側に怪我人が多く出る事は避けられない。

これは屁理窟《へりくつ》ではなく、私の知る限り、大抵の知識人は学生の被害の方を警官や学長、教授連の被害より悪質と見てゐる。私の「解つてたまるか！」を非難する人達は、中合せた様に、所謂《いはゆる》文化人グループと全学連に対する私の取扱ひの不当を言ひ、彼等の立場を弁護する。が、当時、テレビで金嬉老に謝罪をさせられた警官を作中「愚弄」した廉《かど》により私に文句を附けた者は一人もゐない。民主主義の名によつて、どうしてこの様な差別待遇が起るのか、また自分がさういふ差別待遇を行つてゐる事をどうして意識せずにゐられるのか、私は理解に苦しむ。

だが、良く考へて見れば、ケネディ暗殺について私の感想を求めに来た週刊誌記者の、或はその編輯部の狙《ねら》ひは、ケネディにも暗殺にも民主主義にも無く、日頃親米と目されてゐる私がアメリカの「恥部」に対してどういふ弁明を試みるか、それが知りたいのかも知れない、私はさう察した。勿論《もちろん》、私は世間が考へる様な親米派ではない、かといつて、友人サイデンステッカー氏が見てゐる様な反米派でもない。暗殺があつたからといつて、それをアメリカの恥部と見做《みな》し、その民主主義に失望するほど私はそそかしくもないし、暗殺の起る前のアメリカをそんなに理想的な民主主義国と思ふほど甘くもなかつた。いづれにせよ、私はここで私のアメリカ論を披露しようとは思はぬ。私の関心はアメリカそのものより、それに対する日本人の反応の方にある。手取り早く言へば、私は反米の軽薄が不愉快なのだ。反米に限らない、今日、民族主義の名の下に大国に対する反逆の姿勢が俗流に人気がある様だが、これは戦後二十年間の拝外的劣等感の反動であるばかりでなく、実はその単なる裏返しに過ぎず、随つて戦後そのままに引続き残存してゐる劣等感が透けて見えるのである。

人は絶えず人目を気にしてゐるからこそ劣等感に捉はれるのである。その意味では、強者に卑屈であるよりは、それに楯突《たてつ》く事によつてそれは更に醜く露出する。暗殺や黒人問題をアメリカの「恥部」と恥しげも無く決め附ける時、今まで文句を附けたくても附けられなかつた劣等感の復讐をそこに見る。暗殺に対する感想と言ふが、初めに書いた様に、それは悪いに決つてゐて、弁護の余地は全く無い、さういふものが沢山ある。同様に、良いものと無条件に決つてゐて、これだけは絶対に悪口を言つてはならぬタブーも沢山ある。強者や権力者ばかりでなく、このタブーに対しても人々は日頃から劣等感を懐き続けてゐる。が、それだけに、暗殺の様に悪いと決つてゐて弁護の余地の全く無いものに対しては、禿鷹《はげたか》の様に襲ひ掛る、これも人目ばかり気にしてゐる劣等感が裏返しに露出したものである。暫く前、汚職で起訴された関屋前代議士が病院から運び出されるのをテレビのニュースで見た事があるが、群集はその担架に襲ひ掛らんばかりにして悪罵の限りを尽してゐた、中年の女性もゐたし、若い人達も多かつた、それを見て私は暗い気持になつた。汚職もまた悪いと決つてゐる事だ、感想や批評を求められても返答に窮する。が、これだけは幾ら悪口を言つても何処からも文句が出ないと承知して居丈高になるといふのは、やはりタブーに卑屈な弱者の劣等感が裏返しに出たものとしか思はれなかつた。もしそれを公憤や正義感の発露と自他共に思ひ做すとすれば、偽善もここに極れりと言ふ外は無い。

さういふ劣等感の働きが反対の方向に向ふと、弱者や小国への同情となつて現れるが、それが口先だけのお為ごかしであり、優越感の裏返しに過ぎぬ場合が屢々《しばしば》ある。朝鮮人の中の心ある人なら、さういふ一部の日本人の心理を感じ取つてゐると思ふ。私の「解つてたまるか！」では民族問題は扱つてゐないが、それについて論じた二つの論文の一部を、作中文化人グループとして登場する二人の人物のせりふに借用した。その論文はいづれも寸又峡事件の直後に発表されたもので、私はそれを民族差別に限らず、すべての差別待遇に関するものとして流用した。勿論、論理的にそれが可能であると思つたからである。私を非難する人はその元の論文を書いた二人が前々から民族差別問題について考へて来た人であり、その言説を際物《きはもの》芝居によつて揶揄《やゆ》するのはけしからんと言ふ。が、私の作品が際物芝居であるなら、彼等の書いたものも際物評論ではないか。それは一向構はない。評論の大部分は際物であり、同時にアリストファネス以来、喜劇が際物であるのは宿命的であると言つて良い。アリストファネスは同時代人ソクラテスを、それこそ自己流に歪《ゆが》めて悪罵の餌食《ゑじき》にしてゐる。自作を弁護する為にそれを言ふのではない、私の言ひたいのは次の事である。私がその論文の一部を借用した二人が昔から民族差別問題に心を致して来たといふのが本当なら、寸又峡事件については敢へて沈黙を守るべきではなかつたか。殺人を犯し、人質を抱へて、ライフルやダイナマイトを用ゐながら民族差別の不当を口実にする朝鮮人に触発されて、それに同情や共感を示すのは、他のすべての真面目な朝鮮人を愚弄する事になる。金嬉老は人を殺した瞬間、朝鮮人ではなくなり、唯の殺人者になつたからだ。

殺人を正当化する如何なる大義名分も存在しない、国家や民族の様な政治概念を人類の普遍的道徳より優先的に考へてはならない、これは自明の理である。ナチの残虐行為を民族的エゴイズムとして悪口雑言を並べ、それで正義派の証《あか》しが立つと考へるのが偽善なら、ヴィエトコンの残虐行為を民族的英雄行為として声援し、それで理解者の証しが立つと考へるのは感傷である。偽善は虚偽の道徳感から発し、感傷は虚偽の感情から発する。

三

もう一つ具体例を話す。私の知合ひで真面目な学生がゐる、政治的な立場も私とさう違ひはしない、全学連の行動に対しては常に批判的である、それにも拘らず、たとへば私が彼等の悪口を言ふと、むきになつて突掛つて来る。全学連が如何に常軌を逸した行動に走らうが、それは飽くまで純粋な善意に発したものであり、日本の人民の幸福と世界の平和を心から欲してゐるのであつて、それだけは理解してやらなければいけないと言ふ。この学生の言ひ分は聊《いささ》か子供ぽいが、本質的には現代人の物の考へ方の最も端的な類型を表してゐる様に思へる。一口に言へば、それは一種の動機論的思考法であつて、物事や行為をその結果によつて裁くのではなく、その動機によつて評価する遣り方である。ところで、動機とは一体何か。

言ふまでもないが、行為の表面に現れた結果が貰いものであり、成功せるものである場合、立入つてその動機まで詮索しようとする物好きはまづあるまい。誰もそこに結果と動機との一致を見てゐるからである。動機の詮索が自他共に必要になつて来るのは、結果から動機を判断されては遣り切れない、判断してはならないと思ふ時であらう。詰り、それは結果が悪かつた時、失敗に終つた時に限られる。勿論、動機の如何《いかん》を問はず否定さるべき悪しき結果といふものはある、明らかな破廉恥罪がそれだ。しかし、民主主義の世界では、その場合でも法廷において動機が追求され、それによつて情状酌量が行はれ、罰が軽減される。寸又峡事件の異常性は、法廷外において、しかも犯行直後、逮捕活動に対する防禦手段として早くも逃走中から動機論が持出された事である。この場合、人種差別といふ一語によつて、犯人は実際のライフルやダイナマイトと同程度に、いや、それ以上強力に武装出来たのであり、またその一語を現実の人質以上に効果的な人質として利用したと言へよう。しかし、この事件の異常性は犯人が逮捕前に動機論を以て武装した事その事よりも、それが恐らく本人の予想した以上の成果を収めたといふ事にある。世間は虚を突かれたと言ひたいところだが、さう言ふと、世間は強固な実体を持つてゐて、この時ばかりは数少ない隙《すき》の一つに附け入られた様に聞える。が、実際はさうではない、世間は隙だらけ虚だらけなのだ。詰り、人々の頭の中には、武器や人質としていつでも盗み出せる観念が充満してゐるといふ事になる。動機とは何かと言へば、それは「世間の非難」に対して、自己を正当化する為に利用し得る兇器や人質と言へよう。

今、私は「世間の非難」と言つたが、世間が虚だらけ隙だらけになり、人々の頭の中が他人を攻め自分を守るのに好都合な動機といふ武器や人質で充満してゐるとすれば、その非難もまことにたわいの無いもので、「純粋な善意」といふ子供騙《だま》しの動機論で世間は大抵承服し、寛大な物解り良さを示す。が、再び動機とは何か、これが動機だと言はれれば、「成る程、さうか」と誰にも理解出来るほど確たるものなのか、その前に自分でそれと思ひ当るほど手応へのあるものなのか、その点、私には頗る怪しげなものに見えて仕方が無い。全学連の諸君は日本人の幸福と世界の平和との為に闘つてゐるのであつて、その点は純粋であると言ふが、本当にさうなのか。私は全学連やその支持者を疑つてゐるのではない、私が疑つてゐるのは動機といふ怪物その物なのだ。日本や世界などといふ御大層なものを持出さなくても良い、たとへば自分の勤先で、その企業全体の為に働いてゐるといふのと、自分一個の立身の為に働いてゐるといふのと、その差を人はどうして見分ける事が出来るか。他人はいざ知らず自分だけはと言ひたいところだが、その点、他の誰より自分が一番見分けにくい事ではないか。動機などといふ曖昧《あいまい》なものを相手にしてゐると、人間は気違ひになる。企業全体の為であらうと自分一個の為であらうと、いづれにせよ目に見える形として結果はどうなつたかといふ事だけ考へるにしくは無い。

純粋といふのは、言換れば私心が無いといふ事であらう。が、私心が無いからといつて、それがどうしたといふのか、それだけで人々はなぜ脱帽しなければならぬのか。学生に純粋な動機とやらを人質に取られて、教授側や新聞社は私心だけの後めたさから下手に出なければならなくなつたのかも知れぬが、間違ひの源はどうやらその辺にあるらしい。なぜ人は私心を恐れるのか、利己心を恐れるのか。自ら恐れ抑へなければならぬほど利己心が過剰な時代だからとも考へられる。実際はさうなのだが、半面、今日ほど利己心を否定する観念が過剰である時代も珍しい。さういふ観念の亡霊に十重二十重に取巻かれて手も足も出せなくなつた利己心が、自分を表現する場を失つて適応異常を起し、時々暴走する、それ故、現代は利己心の時代と見做されるだけの事ではないか。が、世間は、大部分の人間は自分の内部から私心や利己心の臭気が立昇る事を極度に恐れてゐる、それを他人に嗅《か》ぎ附けられる事を何よりも恐れてゐる。殊に青年や学生はさうだ、彼等は恐れてゐるばかりでなく、自分のうちにそれがある事を認めようともしなければ許さうともしない。世間もまた青年や学生のうちにそれを認めようとはしたがらない。その結果、気の毒なのは若者達の中に巣喰つてゐる利己心の「悪魔」である。彼等は吐け口を何処にも見出す事が出来ない、どの口にも「純粋」といふ栓が詰め込まれてゐる、その硬い栓を緩めるものが世界の平和とか日本人民の幸福とかいふ観念、即ち動機に他ならぬ。が、さういふ動機附けが必要だといふ事実位、明白な利己心の存在証明は無いのである。

　身も蓋も無い言ひ方をすれば、学生が純粋であると一般に誤解され勝ちなのは、彼等が何処からも給料を貰つてゐないからといふ単純な事実の為に過ぎない。彼等は日本の為に闘つてゐるかも知れぬが、同様に、警官も教授も国の為に闘つてゐるのである。唯、警官も教授も給料を貰つてゐる。その為、大義と利己心との見分けが吾ながら附きにくくなる。学生がその弱味に附け込んだといふより、彼等が、そして世間がその弱味に附け込まれたのである。が、どうして金を貰つてゐる事が弱味なのか。金を貰つてゐない学生はどうして純粋なのか。昔なら人々は反対に考へた、金を稼いで来ない人間が何で天下国家の事に口出しする資格があるかと。それこそ健全な常識といふものである。金を稼いで来ないから、天下国家の為といふ動機附けの為の観念をそこらから勝手に口ハで盗んで来るのではないか。

　以上で明白であらうが、私は利己心そのものを非難してゐるのでもなければ、これを否定しようとしてゐるのでもない。寧ろ、それを非難し否定しようとする清教徒的な、そして徒労の営みが偽善を生み、更にその偽善に同情する感傷を生んだ事に、現代の混乱の根がある事を言ひたいだけである。この偽善と感傷とはいづれも空疎な言葉と観念との産物であるが、それにしても今日ほどさういふものが氾濫《はんらん》してゐる時代は、他に無かつた様に思はれる。どんな些細《ささい》な利己心も近頃は決して素肌を見せない、その裸心を一分の隙も無く鎧《よろ》ほふ動機附け用のレディ・メイド、ハーフ・メイドの観念が山ほど用意されてゐる。さういふ空疎な言葉や観念の方が利己心丸出しの戦争より遥かに恐しい事を、そしてライフルやダイナマイトどころか原水爆より遥かに危険な破壊力を持つてゐる事を、人々はそろそろ気附いても良ささうなものである。

四

空疎な言葉や観念が氾濫し、それが学生に秩序破壊の強力な武器を提供してゐるといふ事情は、今では日本だけの事ではなく、或る程度まで世界的な現象と言へるが、その原因は何処にあるのか。

私は初めに民主主義とは温情主義的な話合ひを意味するものではないと言つた、さういふ馴合ひを拒否する乾いた冷たい政治体制だと言つた。が、ここまで来れば、もう少し深く掘り下げて見ねばならない。といふのは、元来民主主義といふものにはさういふ風に勘違ひされても仕方が無い様な、或は意識的にさういふ風に利用される様な弱点が潜在してゐるといふ事である。既に述べた様に、民主主義は最善の社会を齎す最善の方法ではなく、唯単に最悪の事態を避ける為の消極的＝防衛的方法に過ぎない、もしそれを最善の方法と考へたとしたら、民主主義ほど始末に負へぬ代物は他に無いであらう。言ふまでもなく、民主主義は君主、支配者、政府権力などの強者を、その利己心の横暴を抑制する手段として思附いたものである。その意味において消極的＝防衛的なのである。機構の隅々に安全弁《あんぜんべん》を設《しつら》へ、強者の利己心、即ち悪の跳梁《ちやうりやう》を抑制し防禦しようといふ訳である。詰り、敵を仮想した思想であり、敵意に備へる思想である。が、悪を抑へるといふ消極的行為はそのまま善を生む積極性に転じはしない。悪を行ふ能力の喪失は善を行ふ能力の育成を意味しない。人がもし個人の力を以て悪と闘ひ、これを抑へようとすれば、それは勇気といふ美徳に通じる、同時に、この美徳の花の根方には利己心といふ蛆虫《うじむし》も巣喰つてゐようが、この闘ひは敗ければそれ切りの結果論で処理されてしまふ。それでは救はれないと思つた人間の「智慧」が個人の力の代りに機構の安全弁といふ物を発明した。さうなれば、強者の悪を抑へるのに勇気も要らなければ、その他の如何なる徳目も要らない、道徳の介入する余地は何処にも無くなつた、万事は法と規則で片が附く。

かうして百年経ち、二百年経ち、民主主義は見事成功したのである。強者、実力者を雁字《がんじ》がらめにする機構、何なら機械と言つても良いが、それに頼つて生活してゐるうちに、人間は善を行ふ能力を失ひ、そしてまた自他の悪を抑へる事をそのまま善行と勘違ひする様になつたのである。そこへ来たのが大衆の蜂起である、といふより、さうなれば大衆の蜂起あるのみである。強者の自己主張と自己正当化を抑へる事に長年専心してゐるうちに、その方法がいつの間にかそのまま大衆の自己主張と自己正当化の武器に転化してしまつたからだ。当然、民主主義は蜂起した大衆、即ち新時代の強者に対しても、その悪を抑制すべき役割を引受けねばならぬ訳だが、実情はさうは行かない。なぜなら、民主主義は悪そのものを抑制する道徳的原理ではないからだ。民主主義は発生的にも本質的にも、強者の悪を抑へる政治的原理に過ぎない。弱者が如何に多数と集団を頼んでも、それが飽くまで弱者である限り、これを抑へる事は出来ない、少くとも本質的にはその能力は無い。既に明白な事だが、大衆は民主主義の安全弁を常に逆用する、彼等は「……してはいけない」といふ消極的理念を、或は「……すれば、危険である」といふ防衛的理念を楯《たて》に、自己主張と自己正当化を謀る。全学連が如何に積極的で勇敢に見えても、彼等の拠り処とする理念は、たとへば「反戦」といふ事であり、それは謂《い》はば戦争の危険防止といふ消極的行為に他ならず、平和を持ち来らさうといふ積極的な行為ではない。が、民主主義はさういふ様々な理念に対して、宿命的に寛大な理解者でなければならぬのである。

私は民主主義を否定してゐるのではない、民主主義だけでは駄目だと言つてゐるのである。今日、私達の政治体制として民主主義以外のものは考へられない。とすれば、政治や政治理念だけで、今日の政治的混乱を処理する事は不可能だといふ事になる。大衆の蜂起はもはや日本だけの事ではなく、徐々に世界的規模にまで拡大して行くであらう。単に学生運動に限らない、恐しいのは利己心と怠惰と破壊と、そしてそれらを動機附けし理由附けする観念の横行である。考へるとは今ではさういふ観念を巧みに操る事を意味する様になつてしまつた。さういふ世の中で本当に物を考へ、物を育てて行く事がどんなに難しい事か。

私達が新しく造つた「日本文化会議」に関聯して何か書けと言はれたのだが、今の処、私にはこれだけの事しか言へない。何をやるのかと問はれても、正直の話、具体的には何も決つてゐない。唯言へる事は、まともな仕事のやりにくい世の中だが、何としてでもそれをやつて行きたいといふ極く単純な願ひから発したものだといふ事である。大それた事は考へてゐない、大それた事を考へる人間が世の中を歪めてしまつたといふのが私達の考への出発点だからである。それでは恰好が附かぬと言はれれば、せめてこの位の大言壮語を許して貰はうか——道徳感の頽廃を齎す偽善と感傷とを、それと思考力の麻痺《まひ》を促す言葉と観念とを、先づこれを一掃する事を仕事の手始めとすると。それに賛同してくれる人達の数多からん事を。

（「文藝春秋」昭和四十三年八月号）

V

生活すること、附合ふこと、味はふこと

消費ブームを論ず

私の知人に山本夏彦といふ人がある。知人といつても、まだお目にかかつたことはない。手紙だけのお附合ひで、それも近々一年足らずのことである。

山本氏は雑誌「室内」の発行者である。「室内」といつたのでは馴染《なじ》みが薄いかもしれないが、この雑誌はつい先月まで「木工界」といふ名前で、室内装飾、家具、建築に関りのある人々の間ではよく知られてをり、四月号から「室内」と改称されたものである。山本氏とのお附合ひは、昨夏、その「木工界」に短い原稿を頼まれた時から始る。

日頃から私は公私共になるべく附合ひの範囲を拡げぬやうに心がけてゐるので、普通だつたら、自分と掛け離れてゐる専門雑誌に物を書く気にはならなかつたであらう。それを二つ返事でお引受けしたのは、そのとき初めて頂いた「木工界」を通覧して、それが私のやうに家具、建築に興味を持つてゐる素人にも親しめる雑誌だと知つたからばかりでなく、発行者の山本氏に親しみを感じたからなのである。

「木工界」には毎号編輯後記を兼ねた「日常茶飯事」といふ欄が設けてあり、山本氏が専らそれを受持つてゐる。その言ひ分も言ひ方も面白い。私同様、しかし私よりは穏かで大分円熟した天邪鬼《あまのじやく》ぶりで、それが私の共感を呼んだ。山本氏は時折明治などの古い時代を引合ひに出して、今様の生き方や考へ方を茶化してゐるが、それが決して単なる回顧趣味や繰言《くりごと》ではなく、このまま放つておけない現代社会の病ひを鋭く指摘する批評になつてゐるのである。

ところで、その「木工界」改め「室内」の四月号の「日常茶飯事」欄は「君子多忙」といふ題になつてゐて、そこで山本氏は明治時代に較べて五倍も十倍も忙しくなつてゐる今日の世相に冷水を浴せ掛けてゐる。山本氏は多忙といふ事実に文句を附けてゐるのではない。多忙であることにいい気になつてゐる人間や、多忙であることに期待してゐる社会に反省を促してゐるのである。氏に言はせれば、忙しいのは生き方として「間違ひ」であり、忙しく働いて文明を発達させ、それだけ生活が豊かになつたつもりでゐても、よく考へてみると、私達は明治人よりも遥かに貧しくなつてゐるといふのである。その一つの証拠として、ラフカディオ・ハーンが書いた明治三十年頃のある女の一生を、氏は掻摘んで紹介してゐる。少し長いが、氏の文章をそのまま引用させて頂かう。

この婦人は婚期を逸し、ようやく良縁を得て、まもなく三人の子を生むが、生むそばから死なれ、やがて自分も死ぬという薄倖の人である。

ご亭主は役所の下級吏員、六畳三畳の二間の家に住み、月給十円——いくら明治半ばでも、これは薄給である。

それにもかかわらず、彼女たち夫婦は、義理をはたそうと千々に心をくだき、そして立派にはたしている。べつに時々小芝居を見て、寄席に通って、夜桜を見て、祭見物をして、雪見をしている。事あるごとに神詣でして、兄弟夫婦がいつまでも仲よく暮せるようにと祈願している。

どんな些細な親切にも、感謝の念をいだいている。嬉しいにつけ、悲しいにつけ、歌を詠んでいる。

歌をよむからといって、彼女は高い教育をうけた人ではない。からくも小学校を出ただけの人である。

三番目の子は、生まれて八日目に死んだ。かさなる不幸に、彼女は己が悲しみから推して、夫の心中を察し、あるいはこれを機縁に、夫の心は悪いほうへ傾くのではないかと案じている。「天命なれば是非もなし」と夫はくりかえし言うのみである。

二人は、この世の苦労は、すべて前世に犯した過ちの酬いだと信じている。非運に対するごとに、彼女はけなげにふるいたつが、三番目の子を失うと共に、力つきて死ぬ。——

これはハーンの創作ではない。三児を失つて死んだこの女性は実在した人物である。その死後、たまたまハーンの家で使つてゐた奉公人が後妻に行つて、先妻の残した針箱から発見した手記を、ハーンはほとんどそのまま英文に移したのである。

一体、この「不幸な」女の一生のどこが先進文明国のハーンを感動させたのか、おそらく今の人には理解できまい。理解できないのが当然である。なぜなら、戦後は学校教育でも社会教育でも、かういふ夫婦の生き方や考へ方を、間違ひの典型として教へこんできたからである。何事も天命と諦《あきら》め、他人の善意に感謝し、つつましく家庭の幸福を守つてゆかうといふ無自覚なお人好しの国民が多かつたため、支配階級はそれをよいことにして国民を瞞《だま》し、そのかすりを取り、戦争に引きずりこんだといふのである。それが事実かどうかは、今は問はないことにする。いや、むしろ事実としておいたはうが、話が進めやすい。

よろしい、それは事実である。戦後の教育のおかげで、国民は自分の愚に気づいた。が、愚に気づいたといふことは、必ずしも賢に至り著いたことを意味しない。一つの愚から目ざめて、また別の愚に突進するといふことも間々起りうる。今日、さういふことになつてゐはしないか。忍耐、奉仕、天命、愛国などといふ昔の徳目が愚民政策のために利用されたと言ふのなら、自由、平等、民主主義、平和などの今日の徳目も同じことではないか。それらによつて、国民は戦前より少しも幸福になどなつてはゐないのである。福祉国家の夢は富国強兵の夢ほどにも、人々に幸福を約束しない。

さういふ野暮を言ふ前に、「いくら明治半ばでも、これは薄給である」と山本氏の言ふつつましい夫婦の生活を、明治開国以来空前の消費ブームと称される今日の都会における若夫婦の文明生活と比較してみるがよい。日本人はどれほど幸福になつたか。どれほど進歩したか。

「六畳三畳の二間の家」の代りに、ほぼ同じ容積の公団アパートといふものが出現した。昔はただ横に長くつながつてゐたので長屋と呼ばれたが、鉄筋コンクリートのおかげで、その長屋が縦にも五層、十層と積重つたためアパートと呼ばれるやうになつただけのことだ。

「時々小芝居を見て、寄席に通って」は差当り、「時々映画を見て、球場に通って」とならうか。それも近頃はテレビが頻繁にその代用を勤めるやうになつてきた。といつても、夜桜、祭見物、雪見のごとき季節の自然に附合ふ風流は、さすがに今は無くなつた。過去には無かつたものを所有するといふこと、それ以外に現代の意義や生き甲斐を見つけることを知らないのが現代人の特徴であるから、「今は無くなつた」で満足してゐるはずはない。「今は無くなつた」ものは意地にでも下らぬものと決めてしまはねば気が済まぬのである。それは女に捨てられたでは面白くない、こちらが捨てたのだと思ひこみたい男の虚栄心に似てゐる。自分を去つた女が今ねんごろにしてゐる男を差して「あんな女のどこが良いのか、あいつよほど女に不自由してゐると見える」と陰口を叩く、それと全く同様に、「夜桜だの、祭見物だのと、そんなものに楽しみを見出すとは、昔はよほど他に面白いものが無かつたと見える」と封建時代の人民を憐《あはれ》む人が案外に多いのである。

さうして、それらの詰らぬものの代りに、人々は今日何を得たのだらうか。夜桜見物に行くよりは、友人夫婦を招いて麻雀《マージャン》をやるはうが進歩してゐるのだらうか。祭見物よりはドライヴの方が洒落《しやれ》てゐるのだらうか。ランプの下で亭主の著物を縫ふ暇に蛍光灯の下で新聞を読んでゐるはうが文化的なのだらうか。昔はあつて今は無くなつたものは、すべて悪いものであり、昔は無くて今あるものは、すべて良いものである。さう考へたければ、さう考へてもよいが、それでは何だか話があまり巧く出来すぎてゐる。世の中はそんなに甘いものであらうか。

私はかう考へる。私達が自分にとつて損になるものを切捨てるときは、必ずそれに伴ふ得になるものも一緒に切捨てることになり、その反対に、何か得になるものを入手するときには、必ずそれと抱合せに損になるものも一緒に背負ひこむことになる。損だけを捨て、得だけを貰ふといふわけにはゆかない。それは取引の原理である以上に、附合ひの原理である。なぜなら取引の場合には、差引勘定が出来る。が、附合ひの場合には、それが出来ないからである。

昔はあつたのに今は無くなつたものは落著きであり、昔は無かつたが今はあるものは便利である。昔はあつたのに今は無くなつたものは幸福であり、昔は無かつたが今はあるものは快楽である。幸福といふのは落著きのことであり、快楽とは便利のことであつて、快楽が増大すればするほど幸福は失はれ、便利が増大すればするほど落著きが失はれる。全く奇妙なことだが、人は暇をこしらへて落著きたいと切望し、そのために便利を求めながら、その便利のおかげでやつと暇が生じたときには、必ずその暇を奪ひ埋めるものが抱合せに発明されてゐるのだ。つまり、便利は暇を生むと同時に、その暇を食潰《くひつぶ》すものをも生むのである。

明治の女性の話から始めたので、例を女性に採るが、両親や兄弟姉妹のゐない男を亭主にして、二人切りのアパート住ひをし、電気釜、電気冷蔵庫、電気洗濯機等々、山本氏の言葉を借りれば万事を「電気仕掛」にしてしまひ、それから生じた暇を映画、週刊誌、テレビ、パーティと漁《あさ》つてゆけば、どこまで行つても切りがない。男の場合はもつと切実で、その消費財を手に入れるためには、まづその前にそれだけの暇を生む便利な「電気仕掛」を手に入れなければならない。つまり、暇を手に入れるために、忙しく立働かねばならないのである。山本氏はそれから先の理窟はこねたくないと言つて筆をおいてゐるが、私は野暮だから、なほその先を言ふ。

よく考へてみれば解ることだが、昔も今も一日は二十四時間である。昔は落著きがあつたと言つても、必ずしも暇があつたといふことではない。むしろ反対で、昔の方が暇は無かつた。忙しいといふ言葉は大分昔からあつたので、さういふ言葉がある以上、さういふ状態があつたと認めなければならない。ただ昔と今とでは忙しさの質が違ふのだ。どう違ふかといふと、昔は忙しさのうちに安心して落著いてゐられたのに、今では忙しくしてゐて、その忙しさに安閑と落著いてゐられなくなつた。言換へると、昔は何かしてゐて、その事に忙しかつたのだが、今は何かしてゐても、そんなことはしてゐられないといふ忙しさなのである。暇は出来たが、することも沢山出来たからであらう。しかし、それよりも根本的な原因があるのである。話はいよいよ野暮になるから、覚悟してもらひたい。

昔と同じ二十四時間を、同じやうに忙しくしてゐて、なぜ今の人間がその忙しさに安心して落著いてゐられないかといふと、同じ忙しいのなら、もつと有効で能率的な忙しさはないだらうかと気が廻るからである。あるいは生産する忙しさをもつと減らして、その時間を消費の忙しさに廻すことは出来ないだらうかと考へるからである。昔の人間はあまりさういふことを考へなかつた。全く考へなかつたと言つてもよい。では、なぜ彼等はさういふことを考へず、今の人間はさういふことばかり考へるやうになつたのか。

それこそ理由は簡単である。私達の文明社会では、生産はあくまで消費のための手段なのだ。自動車の部品を造つてゐる職工は、自動車の部品を造るために働いてゐるのではなく、自分の家に電気洗濯機を備へるために働いてゐるのであり、電気洗濯機を備へようとするのは、下著をきれいにするためではなく、麻雀をする時間を捻出するためなのである。麻雀だからいけないと言ふのではない。読書でも何でも同じことである。

文明といふものはさういふものなのだ。何かのために何かをやり、その何かのためにまた何かをやりといふ風に、最後の目的を残して、その他のものはすべてそれを実現するための手段になつてしまふ。手段である以上、常にもつと有効で能率的なものは無いかと迷ふのは当然である。

昔の人の生活が、今日では免れてゐる日々の雑事に追はれながら、それでも落著いて見えるのは、さういふ迷ひが無いからである。女房は亭主や自分の著物を仕立てながら、衣服の目的は暖を取ることにあるのだから、その手段に一所懸命になるのは馬鹿馬鹿しいなどとは考へなかつた。著るのが目的で縫ふのが手段だとも考へなかつた。縫ふことが目的で、さういふことが自分の人生だと考へてゐたのである。女房は亭主の著物を造ることを通じて亭主と附合つてゐたのだ。それでは女房だけが損をしたのか。そんなことはない。亭主はそれを著ることで女房と附合つてゐたのだ。造る側が損をして、著る側が得をするといふのは、消費が目的で生産が手段だといふ今様の考へ方である。昔はさういふ考へ方は、少くとも家庭の内部にまでは侵入してゐなかつた。

今日では夫婦生活の目的は精神的な理解にあるとか、性生活にあるとか、そんなことを考へて、夫婦水入らずの二人切りの生活を欲し、家庭内のあらゆる生産手段を雑用と称して最小限に切捨て合理化して、その後に何が残つたか。おたがひに相手に附合ふ切掛けもよすがも失つてしまつたではないか。人間は生産を通じてでなければ附合へない。消費は人を孤独に陥れる。その点では、共産主義国家も福祉国家も同様の過ちを犯してゐる。いづれにおいても、生産は消費の手段と化してゐて、さういふ前提のもとでは、いかに生産の意義を強調し讃美しても、すべてはごまかしになる。

文明とは、自然や物や他人を自分のために利用する機構の完成を目ざすもので、決してそれと丹念に附合ふことを教へるものではない。それは当然「インスタント文明」を招来する。人々は忙しさと貧しさとから逃げようとして、人手を煩さず、自分の手も煩すまいとし、さうするために懸命に忙しくなり、貧しくなつてゐる。もちろん、今さら昔に戻れない。出来ることは、ただ心掛けを変へることだ。人はパンのみにて生きるものではないと悟ればよいのである。さうしないと、パンさへ手に入らなくなる。別に脅迫する気ではないが、自由、平等、民主主義、平和といふ徳目が戦後の日本人にやうやく根づいたなどと夢を見てゐると、とんでもないことになる。消費ブームが怪しくなれば、そんなものは一度に吹飛んでしまふであらう。

（「紳士読本」昭和三十六年六月創刊号）

附合ふといふ事

数日前たまたま国語学者の大野晋氏と湘南電車に乗合せ、語源の事で色々面白い話を聞かせてもらつた。

これは私が日頃主張してゐることであるが、漢語のため同音異義語が氾濫《はんらん》するやうになつた、だから漢語を追放してしまへといふのは、何か為にする虚偽、あるいは無智ゆゑの誤謬《ごびう》のいづれかで、実は漢語移入前の本来の日本語、即ち和語にも、漢語に劣らず同音異義語が多いのである。どんな言葉でもと言つては大げさかもしれぬが、和語のうちよく用ゐられる重要な言葉は、それを口に出せば、それと同じ音で意味の異つた言葉がたちまち一つや二つは思ひ浮ぶ程である。左にその例を挙げよう。

避く　裂く　咲く（き・け）　先　酒

著る　切る（り）　霧　錐

汁　知る（り）　尻
止む　病む（み）　闇
斯く　欠く　掻く　書く（き）　柿　垣　牡蠣
降る　振る　触る　経る　古
春　晴る　腫る　張る　貼る（り）　梁　針
干る　昼　蛭
無く　泣く・鳴く
鳴る　成る
成す　済す　茄子
無し　成し　梨
倦く　開く・空く（き）　秋
好く　透く　鋤く・梳く・漉く
漉す　越す（し）　濃し

この調子で全く切りが無い。なほこの表を見ると解ることだが、下の活用部分に「く・る・す」が来る事が多く、それを残して上の一字を変へただけで全く異る語が出来上つてゐるのである。逆に下の一字を変へれば「さか（坂）・ささ（笹）・さし（刺）・さち（幸）・さと（里）……」のやうに幾らでも異つた語が出来る。これらはすべて二音節から成るものであるが、三音節語の場合も同様で、三字のうち頭の一字だけが異なる類音語は非常に多い。一例として「×まる」となる語を左に挙げる。

あまる（余）　うまる（埋・生）　かまる（噛）
きまる（決）　くまる（汲）　こまる（困）
しまる（閉）　せまる（迫）　そまる（染）
たまる（溜）　つまる（積・詰）　とまる（止）
なまる（訛・鈍）　のまる（飲）　はまる（塡）
ふまる（踏）　もまる（揉）　やまる（止）
よまる（読）

しかも、その多くに下の一字だけ異る別の語がある。「あまる」には「あまく」、「うまる」には「うまく」、「かまる」には「かまふ（構）・かまち（框）」といつた具合である。英・独・仏・伊・露その他の言葉には、ほとんどかういふ現象は無い。日本語に特有の事柄である。どうしてさうなつたのか。理由は簡単である。国語の音の単位が単純で少く、随つてその組合せもまた単純で少いからである。大野氏によると、国語の大部分は一音節語か二音節語で、三音節語となると、またその大部分は二つの語の合はさつたものと考へて間違ひない。右の三音節語の例も、たとへば「生む」「噛む」の自動詞と「る」といふ受身・自発の助動詞との複合体である場合が大部分である。四音節以上の語については、二語以上からなる複合語にあらざるは無しと言つても、まづ間違ひない。ただ私達にはそれと気附かれないだけの事である。

たとへば右の「こまる・せまる」など、始めからさういふ語が一語として存在したやうに見えるが、実はさうではない。「こまる」は「弾丸《たま》を籠《こ》める」「電車が混む」の場合と同じ「こむ」に「る」が附いたもので、行止りの所に追ひこまれた状態、押しこまれた状態を意味する「こまる（困）」なのである。「せまる」も「せむ（攻・責）」の受身で相手方との間隔が狭くなつてゐる状態を意味し、言ふまでもなく、「せまし（狭）」も同族語である。この二つの例から察せられるが、両者で共通し安定してゐる部分は「こ」と「せ」の一音だけである。それなら、その同じ「こ」「せ」を含んだ「こる（凝）」「せく（急・堰）」も同族語であらうと察しが附けられる。

話が横道に逸《そ》れてしまつたが、もう一言附加へさせてもらふ。右の事実は目下話題になつてゐる国語問題につながるのである。それらの同族語を私達は困・混・籠・凝、あるいは攻・責・迫・狭・急・堰のやうな漢字を用ゐて書き表してゐるので、そこに同族関係があるとは気附かず、随つて漢字は無用有害と言へさうであるが、それは半面の真理であつて、実は、和語はそのやうに同音異義語、類音異義語が多いため、観念の結晶力が弱く、また視覚的に際立つ造形力に乏しいといふ弱点があり、それを補ふために漢語が移入され、和語にも訓読みの漢字が当てられるやうになつたといふ事実を忘れてはならぬ。漢語、漢字を追放したり、あるいは不必要に削減したりすると、国語はその弱点を一遍にさらけだすであらう。

　大野氏の語源の話から、私は「仕へる」といふ言葉の成立ちを教はつた。これは文語では「仕ふ」であるが、今流に言へば甚だ封建的であり、縦の身分関係を表すとしか思へぬこの言葉が、実は「使ふ」と同語だといふのである。さういふ事を考へると、英国では「大臣」を意味するミニスターには同時に「従僕」の意味がある、さすがは民主主義のモデル国家だ、それに引換へ日本では「大臣」などと威張つてゐると言つて日本の封建性を批判するのは片手落ちの譏《そし》りを免れまい。封建時代よりずつと前から、日本には、貴人に「仕ふ」のも、奴僕を召し「使ふ」のも同じだといふ考へ方があつたといふことになるからだ。

　その「仕ふ」「使ふ」の語源だが、この三音節語も分解すれば「附く」と「合ふ」の二つの二音節語から成る複合語なのだと大野氏は言ふ。つまり「つき・あふ」〔ｔｓｕｋｉ＋ａｕ〕の前の母音〔ｉ〕が脱落した形なのである。それなら、ますます縦の身分関係などといふものではなく、横に対等の人間関係を表す言葉と言へるのである。もちろん「に・仕ふ」と「を・使ふ」とでは上下の差があると言ふかもしれない。が、その源が「附き・合ふ」である以上、差があるといつても、「附合ふ」と「附合せる」との差で、いづれにおいても相手の「主体的人格」を認めてゐるのである。それに対して「用ゐる」の方は「も（持）ち・ゐ（率）る」で、相手の主体を認めにくい目下や品物に対して用ゐられた言葉であるといふ。

　新聞や雑誌の編輯者が誰かに執筆を頼む場合、「今度の随筆にはAを使はう」などとやつてゐる、その言葉遣ひがけしからんといふ随筆を読んだ事があるが、右の大野説に随へば、それはAに附合はう、Aに附合つてもらはうといふ意味で、編輯者と執筆者との間柄を的確に規定した好もしい言葉遣ひだといふことになる。ただし、上品ぶつて「Aを用ゐよう」と言つてはならない。

以上で既に予定紙数の半ばを越えてしまつたが、実はまだ本論にはひつてゐないのである。これから後が本論になる。昔の日本人が「附合ふ」といふ言葉に微妙な意味を託してゐたのに、今の私達はそれをすつかり忘れてしまつたのではないか、そして、その不幸の根本原因は、自然と「附合ふ」ことをおろそかにしてゐるところから来たのではないか、私はそれを言ひたいのである。前回の「消費ブームを論ず」で、私が「附合ふ」といふ言葉を意識的に何回も用ゐておいたことを覚えておいでだらうか。以下はその続篇「夏の巻」である。知合ひのあるアメリカ人が、私にかう言つたことがある、日本人は自然を愛し、自然のうちに生きる民族だと聞いてゐるが、自分が日本を知るに及んで、それが嘘《うそ》だといふ事が解つた、日本人は少しも自然を愛してなどゐはしない、と。

外国人によるその種の非難は、別に珍しくはない。が、大抵は公徳心の欠如と結附けて論ぜられてゐる。他人には見えない裏側に庭を造り、草木を植ゑ、ひそかに自然を愛してゐる日本人が、公園や野山では紙屑や弁当の殻を捨て自然を醜くして平気でゐるといふやうな事である。これは、自分が野山を楽しんでしまへば、後から来る他人の事など構ふものかといふ根性であるから、確かに公徳心の問題である。しかし、私の知合ひのアメリカ人はその事については何も言はなかつた。自分が野山を楽しんでしまへばと言ふと、いちわうその楽しみを味はつたことなるが、かのアメリカ人によると、そもそも日本人はその自分さへ自然を楽しんではゐないといふのである。実は数年来、私も同じ疑ひをもつてゐたので、おつしやるとほりだと答へざるを得なかつた。

その最初の疑ひは、私が今住んでゐる大磯の海岸で、はつきり意識にのぼつたのである。さういふと大げさだが、別に珍事が起つた訳ではなく、それはどこにも見られる状景の一つに過ぎない。毎年、浜には葦簾《よしず》張りの茶屋が立並び、その弧の中程に青年会の見張櫓《みはりやぐら》が立つと、それでわが大磯海水浴場は夏の準備を完了したことになる。見張櫓には拡声器が附いてゐて、注意、警戒の用をなす。そこまでは良い、気が知れないのは、時折、それを通じて流行歌や軽音楽を流すことだ。あるいは見張の退屈しのぎに自分達が聞くためかもしれない。しかし、それだけではなく、海水浴客に対するサーヴィスと心得てゐるやうである。さもなければ、大ぴらに拡声器を通してやれるはずがない。私はそれがサーヴィスにならざる事を言ひ、抗議を申込まうと思つたが、考へて止めにした。彼等がサーヴィスと考へ、レコードを用意したのは、多分それに似た慣習があり、客が喜ぶといふ暗黙の諒解があるからに違ひない。

そこで思出したのは、戦後数年目の夏に始めて金沢に出掛けた時の事である。北陸の山間の小駅で、停車毎に流行歌のレコードを聞かせられたものだ。その時は腹が立つたが、色々の品物がやうやく出廻り始めた戦争直後の事であるから、無い物づくしの戦時に対する反動かもしれぬと思直した。しかし、それからさらに数年たつた大磯海岸では、それほど寛大な気持にはなれなかつた。もし海水浴をやりながら音楽を楽しんでゐるのだとすれば、それは一体何を意味してゐるのか。どちらも楽しんでゐるのではないといふことを意味する。

さう確信してもよい事実に、私はその年の秋の箱根で遭遇した。まだ東京からの一番が通らぬ早朝、大船発の一番が大磯を通る、それに乗つて、私は家族と一緒に箱根に出掛け、金時山から乙女峠、長尾峠を経て姥子《うばこ》に下つたことがある。乙女峠までは誰にも会はなかつた。ただ金時山で起抜けの金時娘に罪の無いお説教を聞かされただけである。乙女を過ぎる頃から登山客に行交ひ始めた。そして長尾を仙石の方に下り始めた時、擦れ違つた子供連れの男が携帯ラジオを首にぶらさげ、音楽を聞きながら歩いてゐるのに出会つて驚いたのである。危険な場所でもなし、天気は好しで、どう考へても天気予報が目的とは思はれない。やはり音楽が目的なのである。海ばかりではない、山にまで人々は「文明」を持込まねば気が済まないといふのであらう。

大方、察せられる事は、家にゐる時の彼等はまともに音楽を聞いてゐないであらうといふことだ。聞くにしても、話しながら、飯を食ひながらしか聞かぬであらう。何をするにもせよ、対象にまともに附合つてはゐないのである。さう言へば、明治の斎藤緑雨が言つたやうに、その頃から日本は「ながら」文明だつたのである。汽車や電車で読書してゐる人が多いのを見て、大抵の外国人は日本人の勤勉に驚くが、あれも汽車に乗りながら、その退屈を紛らすための「ながら」読書である。もつとも退屈を紛らすためだけではない。前の人や隣の人から話掛けられるのを防ぐためであり、またこちらから話掛けぬ気まづさから逃げるためでもある。あの勢ひで、日本人が家庭で読書を楽しんでゐると思つたら大間違ひだ。

その論法でゆけば、海水浴しながらの流行歌は、人々が海水浴を楽しんでをらず、その退屈を紛らすためのものであり、また自然に話掛け、自然から話掛けられる事を避けるための、手取早く言へば、自然から逃避するための防壁の役割をなすものであると言へよう。あるいはこれをこじつけの屁理窟《へりくつ》と思ふ人もゐるかもしれない。が、実際にさうなのではないか。私達は自然に根気よく附合ひ、それをたつぷり享受することを知らないのではないか。西洋人は自然を征服し、東洋人は自然に随ふといふが、それはどうも疑はしい。一見、自然を征服するもののやうに見える自然科学も、その前に、自然に根気よく附合ふ態度が無ければ、発達するはずがない。

大磯には自然の海水浴場の外に、近頃、人工の歓楽場的プールが出来、そちらの方が都会の男女を吸収して、結果的に言へば、自然海水浴場の近化代を遅らせるといふ良き効果を発揮してゐる。が、考へてみれば妙な話で、自然の海水が豊富な大磯の浜辺に、その海水を嫌つて金の掛る淡水プールを造り、それが当るといふのはどういふ事であらう。それはかういふことである。第一に、目的は自然を楽しむことにあるのではなく、文明を楽しむことにあるといふことだ。第二に、それも都会においては、もはや面白くない段階に、既に日本の文明は達してゐて、今や海や山の非文明地帯に進出し始めた証拠だといふことである。日本の青年男女は、わざわざ海や山に出かけて、そこに自然の海や山ではないものを持込み、「ざま見やがれ」と言つてやりたくて仕方がないらしい。

しかし、考へてみると、その原因は日本の貧しさ、あるいはそれに養はれた日本人の習性にあるのではないか。目的は、自然をではなく、文明を楽しむことにあると言つたのではまだ不充分である。恋を恋するといふ言葉があるが、それと同様で、日本人は文明そのものではなく、これが文明だといふ何とはない気分を楽しんでゐるのではないか。端的に言へば、成上り者と同じに、金が掛つてゐることその事を楽しんでゐるのであつて、金を掛けた対象そのものを楽しんでゐるとも言ひ難い面がある。一口に「ながら」文明と言つても、果して流行歌を聞きながら海水浴を楽しんでゐるのか、海水浴をしながら流行歌を聞く事を、いや、それが聞ける事を楽しんでゐるのか、一寸解りかねるところがある。温泉へ行つても、周囲の自然はもとより、湯にも入らず、徹夜で麻雀して帰つて来る連中が多いが、彼等も目的は自然にあるのではなく、麻雀に、それよりは家庭の世帯臭さから逃れて、自分の家よりは上等の部屋で上等の物を食つて遊んでゐられる身分を実感する事にあるのだ。戦時の無い物づくしに対する戦後の反動を通越して、今や消費ブーム時代にはひつたのである。

その善悪は言はない。が、はつきり言へるのは、箱根山の携帯ラジオや大磯海岸の拡声器や温泉場の麻雀は、景勝の地に捨てられた紙屑や弁当の殻と全く同じものなのだ。が、人間は自然と「附合ふ」事をおろそかにすると駄目になるので、それが本論中の本論なのだが、うかうか前置きを長く書き過ぎて、そこまで辿《たど》り著けなかつた。次章に廻させていただきたい。

（「紳士読本」昭和三十六年九月号）

自然の教育

本誌（「紳士読本」九月号）に外国人の座談会が載せられてゐた。話題は男と女とどちらが得かといつた風な軽い茶飲み話であつたが、その出席者の一人にジェイムズ・ステュアートといふ有名な映画俳優と同姓同名のアメリカ人のゐたことを読者は覚えてゐるであらうか。前回では「附合ふ」といふ言葉の語源などに触れ、国語問題に脱線してしまつたため、本論に入るや否や筆を擱《お》かねばならなくなつた。雑誌が出来上つて、手もとに送られてきて、まづ最初にヌード写真をしみじみ眺めて、それからぱらぱらと頁をめくつてゐるうちに、右の座談会の写真にステュアート氏の顔を発見して快い驚きを覚えると同時に、「しまつた」と思つた。私の「附合ふといふ事」が脱線せずに本論に這入《はひ》つてゐたなら、読者も編輯者もそこにステュアート氏の話を見出し、座談会との偶然の一致に興味を感じたに違ひないからである。

私はステュアート氏に二度しか会つてゐない。氏は普通私達が考へてゐるアメリカ人とは全く異つた印象を与へる、しかし、これこそ紛れもないアメリカの「地の塩」といふ感じの人柄である。アメリカ人と言へば、多くの人は軽快、無頓著、愛想の良さを思ふであらう。が、ステュアート氏の人柄には重厚、慎重、忍耐、孤独の気風がある。初対面の時から、それが私を惹附《ひきつ》けた。

日本の青年の平和主義が話題に出た時、氏はアメリカの青年にも、平和主義といふよりは、反戦的気分といつたやうなものがあると言つて、次のやうな事を話してくれた。氏は太平洋戦争で従軍記者として蔣介石《しやうかいせき》軍と行動を共にしたのであるが、いまだに当時の友人が遊びに来ると、戦ひの懐旧談が出る。そんな時、氏の長男は必ずつと立つて居間から姿を消してしまふといふのである。ステュアート氏はかう言つてゐた、「自分は戦争を讃美してゐるのではない。ただ友達と思出を語合つてゐるだけだ。同時に、子供に自分の体験を聞かせておきたいといふ気持もある。それをなぜ子供は聞いてくれないのか、親父が戦争の時、どんな苦労をし、いかに耐へてきたか、それを子供が聞いておくのはよい事だと思ふが。」

一人呟《つぶや》くやうなステュアート氏の言葉に私は打たれた。そこには戦争も平和も無い、「親と子」といふ人間の永遠の主題がある。親がどういふ風に生きてきたか、その親の生き方に子供は附合ふべきなのだが、ステュアート氏はさう言つてゐるのである。おそらく氏自身が親にさうしてきたのであらうと想像し、私は心打たれたのである。ステュアート氏に二度目に会つた時、私はその想像の誤りでなかつたことを知つた。

ステュアート氏の父は都会の軽薄な文明が子供の教育に悪影響しかもたらさぬと考へ、人里離れたアリゾナに居を移したさうであるが、氏の口ぶりから、その事を氏が感謝してゐる事を私は知つた。アリゾナと言へば、西部劇の舞台である。日本人には映画やテレビでおなじみであらうが、あの荒涼たる砂漠地帯は何も西部開拓時代の、映画のためにのみ選ばれた特殊地域ではない。その点、チャンバラ映画用の東海道松並木とは違ふのである。数年前、私はロス・アンゼルスからアリゾナ、ニュー・メキシコ、テキサスを通つてニュー・オーリンズまで汽車旅行をして、その砂漠の広大なるのに驚嘆した事がある。その荒涼たる様は映画やテレビでは解らない。汽車の窓からは、人間は愚か、人間の手の加つた形跡のあるものが何一つ見えず、さういふ荒蕪《くわうぶ》の地を一日中走り続け、何時間目かに出会ふ停車場には、ただ駅だけがあつて町は無く、そこで乗り降りする人は一体どこに住んでゐるのか見当も附かぬ有様である。

ステュアート氏はどこかさういふ駅の近くに住んでゐたのに違ひない。しかも、その荒地は高度五千尺程の高原で、冬の間は文字どほり白一色の世界である。その雪の下からやつて来る春の訪れの喜びを氏は話してくれた。氏の言葉によれば、自然は少しづつ小さなものから、季節の装ひを変へてゆくのであるが、その目だたぬ変化をじつと見つめ、それと共に生きてきた人の、といふよりは一人の子供の姿を、私は氏の中に見て取り、氏の人柄の重厚、慎重、忍耐、孤独の源を一瞬にして諒解したやうな気がしたのである。

人柄といふものは、その人の人間附合ひの型を決定する、いや、その人特有の附合ひ方がその人の人柄のすべてであると言へよう。その場合に、人と人との附合ひの根幹をなし、それを教育し維持してゆくものこそ、自然であり、自然との附合ひなのである。さういふ事が言ひたいため、ステュアート氏の話を持出さうと思つてゐたのだが、先月それを書き損ひ、氏の紹介は座談会に先を越されたと残念に思つてゐた。そこへ、また「鼎」といふ趣味の同人雑誌が届いて、二世のオギタ・トモオといふ人が「焼物狂」といふ随筆を書いてゐるのに出会つた。似たやうな話だが、それを引用しておく。

　私は米国、カリフォルニア州、ロス・アンゼルス市に生れ、十七歳の時までそこで育つた。一九四一年に太平洋戦争が勃発して間もなく私達日系人は太平洋沿岸の各州から立退きの命令を受け、奥地へ移動させられた。私は家族や友達とコロラド州の東南部に、西部劇映画で見られるやうな、索莫たる平原の一角に設けられた収容所へ送られた。戦争と言ふ怖い渦巻に私の小さな人生も何時ともなく引込まれていつた。

　広原は静かである。夜、時々遠方から狼に似たコヨーテの淋しいなき声が聞えて来ると背筋がぞつと寒くなる。然し澄み渡つた夜空には、背伸びすればとどきさうな百カラットのダイヤより大きい星が光つてゐる。私は或る時、地面を覆ふ残雪の隙間から春を告げる小さな野花を見た。その土を割つて咲き誇つてゐる姿を見てこんな不毛の土にも……と、その時私は始めて「土」の存在を如実に意識した。私はその後何回も両こぶしに一杯の土をつかんでその香を心ゆくまで吸ひ込み、私なりに自然の一片を感じた。

　自然に対する私達の附合ひ方は、私達一人一人の附合ひ方を決定すると同時に、その時代の附合ひ方を決定する。個人の人柄と同時に、その時代の道徳や文化を決定する。自然に対して無関心であつたり、粗暴であつたり、冷酷であつたり、おろそかであつたりすれば、その人の、あるいはその民族や、その時代の附合ひ方が優しく懇ろになる訳がない。戦後、進歩派は教育に平和と民主主義を説き、政治教育を強調した。それに対して保守派は道徳教育の復活を説いてゐる。だが、抽象的な徳目の列挙で道徳が身に附くと思ふのは大間違ひであらう。親孝行も愛国心も勇気も深切も正直も忍耐も、教場の修身教育ではどうにもならぬので、敗戦と同時にそれらの徳目が一度に吹飛んでしまつた事実に照して見れば、その事は明らかであらう。

最近、私は「読売新聞」の「愚者の楽園」で、文部省に歴史教育の復活を要求しておいた。その中で、道徳教育の基本は自然と歴史にある事を言ひ、しかしながら、自然科学といふ「化物」の出現のため、この方は諦めるとして、せめて歴史教育を社会科といふごつた煮の悪食料理から分離し独立させなければならぬと書いたが、言ふまでもなく、これは私の逆説である。今日の自然科学の知識及び教育は、自然についての知識であり、自然についての教育に過ぎない。それはそれでよい。私がそれを「化物」と呼んだのは、自然を知る方法はそれしか無い、あるいはそれが最高の方法であると思ひこんでゐる人達に対する皮肉である。人々は大事な事を忘れてゐる。私達は教師が子供に自然についての知識を教育するやうにばかり期待してゐて、自然が直かに子供に教育を施すといふ事実を見逃してゐる。それどころか妨げてさへゐる。

今日、科学技術教育と言はれるものは、自然についての知識を教育する事に限られてをり、それ以上のものではない。それは当然の事である。自然科学といふものが既に自然に対して自己の態度をそれだけのものに限定してしまつてゐるからである。したがつて、もし私達が自然についての教へではなく、自然の教へを乞はうとするなら、自然科学以外のものに、つまり自然そのものに向はねばならぬ。植物学は植物についての知識を与へてくれる。が、植物そのものは私達に植物との附合ひ方を教へてくれ、また人と人との附合ひ方を教へてくれるのである。人と人との附合ひ方、即ち道徳を教へてくれるものは自然を措《お》いて他に無い。近頃、私はさう考へるやうになつた。なぜさう考へるのか。理窟を言へば、かういふ事になる。自然は私達人間の方で附合はうとし、その道を考へなければ、決して自然の方からこちらの都合を考へてくれようとはしないからである。自然はそのやうにして私達を教育する。それが自然の教育法である。そしてまたそれが最高の教育技術である。

自然は私達に忍耐を教へ、勇気を教へ、深切を教へる。思ひやりや愛情を教へる。また時には冷酷になれと教へ、厳しくなれと教へる。草木や山や河や、雪や嵐や、その他、自然現象のすべてが季節の転変を通じて、私達に絶えず道徳教育を施してゐるのだ。が、文明は一途に自然科学的な対自然の態度によりかかり、自然の脅威から守るといふ名目で私達を自然から遠ざける事に熱中してゐる。おかげで私達は自然と無縁に暮せるといふ錯覚を懐き、自然は人間が手を加へてやらねば、人間に何物をも与へてくれぬものであり、人間が教へてやるだけで人間には教へてくれぬものであると思ひこみ始めたやうである。私達は自然との附合ひ方を自然から教はる事を忘れ、したがつて、自然との附合ひ方を知らずにゐる人が段々多くなつてゐる。

右の一節の「自然」といふ言葉を「他人」といふ言葉に置換へてみるがよい。現代の対人関係がそのまま窺《うかが》へるであらう。生活に余裕が出来て、山に登り、ドライヴを楽しんで、それで自然を生きた気になつてゐるのは、麻雀やナイト・クラブの社交に人間の附合ひを見るのと同じで、ここでもやはり、一時代における自然との附合ひ方が人間との附合ひ方を決定するといふ原理が、そのまま当てはまるではないか。

歴史もまた自然と同様、こちらから附合はうとしない限り、向うの方でこちらの都合を考へてはくれぬものである。そしてまた歴史も自然と同様、こちらでそれを無視しようと思へば無視できるもの、つまり幾ら無視しても決して文句を言はぬものである。もつとも、自然は文句こそ言はぬが、復讐《ふくしゅう》する。ただ自然科学は、あるいはそれに慣らされた人間共は、やがてその文句も言はさぬやうにしてやれるくらゐに考へてゐる。が、さうはゆかぬ。歴史もさうはゆかぬ。過去の人間は、いかに不当に扱はれようと黙つてゐるが、やはり復讐するであらう。死者は知らず識《し》らずのうちに、生ける私達の人間関係を駄目にしてゆくであらう。自然と歴史、それに私は言葉を附加へよう。この三者の復讐は恐しい。が、今日の学校教育、社会教育では、この三者が最もおろそかに扱はれてゐる。

（「紳士読本」昭和三十六年十月号）

物を惜しむ心

私は倹約について語るのに最もふさはしくない人間かも知れません。寧《むし》ろ浪費家と言はれても文句の言へない事が屢々《しばしば》あります。しかも、倹約を美徳と考へる点では、恐らく人後に落ちまいといふ一面も持つてをります。詰り、一方で倹約を美徳と考へながら、半面浪費家と言はれても仕方の無い生活をしてゐる訳で、それはそれなりの理由なり動機なりがあつての事ですが、それを話せば弁解がましくなりますし、それはまた当面の課題から逸《そ》れる事になりますので、今は自分の言行不一致に目をつぶつて、専ら倹約至上主義者として話を進める事にしませう。

私は今「倹約の美徳」と申しました。なぜなら倹約といふ事は道徳的要請であつて、経済的必要事ではないと考へるからであります。言ふまでもなく、道徳とは附合ひの精神に発し、その規則の遵守を意味します。処で、附合ひといふ言葉は「附く」と「合ふ」との二語から成るもので、普通は対人関係に用ゐられ、相手の心、習慣、意思に「附き」且つそれに「合せる」

事を意味するのです。随つて、この「附合ふ」といふ言葉が訛《なま》つて出来た「使ふ」と「仕ふ」は、立場が上と下と全く正反対のものですが、根本義は同じで、相手の心を思遣つて、それに「附き、合ふ」といふ気持から生じたものであります。しかし、この「附合ひ」の精神は単に対人関係において、即ち人間に対してのみ発露するものとは限りません。私達は物を「使ふ」し、金を「使ふ」のであります。言換れば、物にも附合つてゐるのであります。倹約が道徳的要請だといふ意味は大体お解り頂けたと思ひます。

或は反問する人がゐるかも知れません。同じ附合ふにしても、対象が人と物とでは次元が違ふ、人は生きてゐるが、物は死んでゐると言ふかも知れません。果してさうでせうか。物は死んでゐるでせうか。倹約に限りません、今日道徳感があらゆる面で麻痺《まひ》してゐる事の原因は、この「物は死んでゐる」といふ誤つた固定観念の一般化にあると私は考へます。

少々道学者的な言ひ方になるかも知れませんが、物の中にはそれを造つた人の心、それを所有し、使用してゐる人の心が生きてゐる事は誰も否定し得ません。私達は子供の頃、よく両親から三度の食事を残す事を厳しく叱られたものです。また畳の上にこぼした飯粒を、それがたとへ一粒でも二粒でも、洗つて食べる様に言はれた事を憶えてをります。それを作つた百姓、料理した者の労力に相済まぬといふのです。子供心に私はそれを屁理窟《へりくつ》だと考へ、偽善だと思ひました。だが、今から思へば、それは屁理窟ではなく、説明が下手だつたといふ事に過ぎないのです。また、それが偽善に聞えたのは、既に世の中が悪くなつてゐたからでせう。その点では、今は猶更悪くなつてをり、随つて、私の言葉もまた多くの人には偽善と聞えかねますまい。

しかし、幾ら世の中が悪くなつても、次の様な事実は誰にでも容易に理解出来るでせう。譬《たと》へば、親にとつて死児の遺品は決して単なる物とは言へない。自分の子供が愛玩してゐたおもちやは、遺された親にとつて、子供の心と自分の心とがそこで出会ふ場であり通ひ路なのであり、随つて、それは心の棲家《すみか》なのであります。夫婦や恋人、友人の間においても同様の事が言へませう。いや、さういふ愛する者の所有品についてばかりでなく、自分自身の所有品についてさへ、同じ様な心の働きがある事も容易に認められます。自分が長年の間使つて来た、詰り附合つて来た品物は事のほか愛著を覚え、吾々はそれを単なる物として見過す事は出来ないのです。消しゴムや小刀の様な些末《さまつ》なものですら、そしてそれがもう使ふに堪へなくなつたものでも、むげに捨て去る気にはなかなか成れないものです。この「こだはり」を「けち」と混同してはなりません。それはその物の中に籠《こ》められてゐる自分の過去の生活を惜しむ気持であつて、吾々はその物を捨てる事によつて自分の肉体の一部が傷附けられ切落される痛みを感じるのであります。

ましてその物が、自分が生れた時から暮して来た家、子供の頃に登つた柿の木、周囲の山や川、さういふものともなれば、なほさら強い愛著を感じ、自分の肉体の一部どころか、時にはそれが自分の命そのものに等しい感じを懐くのであつて、それを私達は「命よりも大事な」とか「命の次に大切な」といふ言葉で表現してゐるのです。さうした自然、風物、建物に対する愛情が愛郷心、愛国心の根幹を成すものではないでせうか。

中にはかう反問する人があるかも知れません、そんな愛国心は国家的エゴイズムの別名ではないか、子供や配偶者の遺品に愛著を感じるのも、詮じ詰めれば自分自身を愛するエゴイズムに過ぎないではないかと。その通りです、いや、私はその事を強調し、さういふエゴイズムが如何《いか》に大切なものであるかといふ事を言ひたかつたのです。エゴイズムそのものは善でも悪でもありません。なぜなら、それは生命、或は生命慾そのものだからです。問題はその育て方、御し方にあります。

ここで話をもう一歩進めますと、先に私は道徳とは附合ひの精神に発すると申しましたが、人それぞれにおける他人との附合ひ方はその人の自分自身との附合ひ方と全く一致します。そのどちらが先であるか、どちらがどちらを規制し決定するのか、それは鶏と卵との関係同様、俄《には》かに申せませんが、私は長年の間、多くの知人を、そして私自身を観察してゐるうちに、つくづくその両者の関係の深さを思ひ知らされました。両者の関係といふよりは、それは一つのものなのです。誰とでも反りの合はない人といふものは、結局は自分自身と反りの合はない人、自分で自分を扱ひかねてゐる人であります。言換れば、自分のエゴイズムをどこで発散させ、どこで抑制したら良いか、その手心を心得てゐない人です。馬術を例に採れば、それは自分で自分の馬を手なづけられない人の事です。エゴイズムは抑へるばかりが能ではない。といふより、下手に抑へてばかりゐると、それはとんでもない時に跳ね反り、騎手を振落して暴走するものであります。

最近、私はタクシーの運転手から次の様な話を聞きました。彼の言ふには、この頃の若い人々の気持には全く訳の解らないものがある。譬へば、客席のビニールや布を安全剃刀《あんぜんかみそり》の刃で切つて行く奴がゐるが、これなど全く諒解に苦しむ、何か附属品を盗むなら解る、それは悪い事であり、自分にとつては迷惑至極だが、その盗まれた物は相手に使はれ、役に立つてゐる、詰り、自分は損をするが、相手は得をしてゐるのだ、しかし、座席を切つた処で、誰も得をしないではないかと言ふのです。成る程、彼の言ふ通りです。が、切つた青年の気持を察すれば、誰も得をしてゐないのではない。良く切れる刃物で、はち切れさうになつてゐる柔い物を切る快感はある訳で、恐らく切られた方の運転手の中にもその慾望は潜んでゐるのに相違ありますまい。青年は自分の感覚を満足させるといふ方法で、エゴイズムを発散させてゐるのです。処で、さういふエゴイズムの発散法と他人の物品を盗むといふエゴイズムの発散法と、法律的にはどちらが罪が重いか、その辺の事は良く解りませんが、一寸考へると、後者の方が悪事と思はれかねない。もつと具体的に言へば、宝石店で五百円の時計を盗んだ犯人の方を、五千円の布を切つた犯人よりも、警察は重要視するかも知れません。なぜなら、座席の布を切るのは「悪戯《いたづら》」に類するものであり、下手をすると子供つぽい、罪の無い事柄として見過されかねないからです。しかし、道徳の立場からすれば、言ふまでもなく、この方が看過し得ぬ重大事なのです。

その理由はもはや言ふまでもありますまい。それは盗みではなく破壊であります。物を破壊する事によつて、その人は物の中に籠《こも》つてゐる人の心を殺してしまつたのです。この場合、人の心といふのは、他人の心ばかりでなく、自分自身の心を意味します。物は他人の心と自分の心との出会ひの場であるからです。盗人にとつて、物はまだ生き物であります。が、破壊者にとつて、物は破壊する前から既に死んでゐる物なのです。彼は物に対して常にさういふ附合ひ方をしてゐるのです。といふ事は、他人に対しても自分に対しても、さういふ附合ひ方をしてゐるといふ事を意味します。物は単なる物ではなく、心と心との出会ひの場所であるどころか、彼にとつては他人の心も自分の心も単なる物に過ぎないのです。物を切る快感といふのは、全く心の忍び込む余地のない、純然たる生理的快感であつて、その時の彼にとつては、切られる前の布ばかりでなく、切る側の手まで単なる物に堕してゐると申せませう。自分の肉体も心の棲家ではなく、死んでゐる物体に過ぎないのです。

　浪費もまた破壊と同じ危険を内に含んでをります。自分の稼いだ金だから自分がどう使はうと勝手だとは言へません。最初に申しました様に、私には半面浪費癖がありますが、人間といふのは愚かなもので、漸く五十を過ぎてその愚に気附き始めました。私は自分の浪費癖が虚栄心から生じたものとは思つてをりません。また右に述べた破壊慾に通じるものとも思ひません。しかし、動機は何であれ、その結果は頗《すこぶ》る危険なものになる事を思ひ知りました。なぜなら、私には月給の様な定収は無く、一つ一つの仕事によつて報酬を得てゐる点、全く肉体労働者、いや、日傭人夫と同様で、その報酬を詰らぬ物や事に投じるといふのは、私の頭脳や肉体を粗末に扱ふ事になり、それを単なる物として、手取り早く言へば、消費の為の金を稼ぐ手段として用ゐた事になるからです。売笑婦が肉体を売るのと何の変りも無い訳です。そして売笑婦が性を軽蔑し、客を軽蔑し、社会全体を軽蔑するのと同様に、文筆業者も頭脳や精神を軽蔑し、その仕事の産物を手にする者、即ち読者を軽蔑し、社会全体を軽蔑する様になるでせう。さうなれば、誠意の籠つた仕事が出来る筈はありません。

月給取りの場合でも同じ事でせう。或は月給生活の方がその危険を含んでゐるといふ面も無いでは無い。労働は消費の為の手段に過ぎぬといふ考へ方は、今日の社会では相当普遍化してゐる様に思はれます。そしてまた貯蓄や倹約もいつか一度大盤振舞をする時の、或は稼ぎ手が死んだ時の用意、詰り手段としか考へられてゐない様です。私はその事実、或はさういふ考へ方を頭から否定しようとは思ひません。しかし、もつと大事な考へ方があるといふ事を言ひたいのです。即ち、それは物そのものを、肉体そのものを、労働そのものを、倹約そのものを目的とし、大事にするといふ思想です。

以上、大層理窟つぽい話になりました。昔はこんな事を言ふ必要は無かつたのです。唯、無条件に倹約をしろと言へば良かつた。それが美徳である前に美的感覚でもあつたからです。浪費は不快な事であり、汚い事だつたのです。それがさうでなくなつたのは、消費ブームの為ばかりでなく、物の中に人の心を見、通はせるといふ生き方が失はれたからでせう。なぜそれが失はれたかと言へば、物の造り方や売り方が機械文明の為に変化し、人と人との関係が時代と共に間接的になつて来てゐるからです。出来合ひの物、機械の造つた物に心を通はせる事は難しい。百貨店の売子も買ひ手も、商品の造り手やそれによつて利得を得る資本家の身になり、それと心を通はせる事は難しい。資本主義がいけないといふ事では簡単に割切れません。共産主義社会になればなつたで、なほの事、売子はその管理者である抽象的な国家といふ機関の身にはなれないでせう。

さう考へれば、これは文明の必然性で、一面仕方の無い事です。が、それが恐しい事であり、危険を内蔵してゐるといふ事も否定し得ぬ事実であります。寧ろ、それが文明の必然性であればあるだけ、吾々はそれに抵抗する生き方や思想を身につけなければならないのです。

（「貯蓄時報」六十一号　昭和三十九年九月刊）

生き甲斐といふ事——利己心のすすめ

一

生き甲斐とは生ける標《しるし》であり、生ける証《あか》しであり、また生の充実感である。それが今日何処にも無いばかりか、それを探し求める手掛りすら何処にも見附からぬといふ事に、人々は漸《やうや》く気附き始めた様である。少くともさういふ心理が一種の不安感として社会の底流に潜んでゐる様に思はれる。その原因は大雑把《おほざつぱ》に分けて、次の三現象に分けられる。

㈠ 戦争に対する罪悪感の消滅
㈡ 進歩主義の挫折
㈢ 大衆社会の出現

大方の日本人は大東亜戦争の敗北によつて「醜《しこ》の御楯《みたて》」としての生ける標を失つた。が、それを失ふより早く手に入れた生き甲斐は戦争犯罪に対する懺悔《ざんげ》の心であり、贖罪《しよくざい》意識である。その為に実際何をしたかは、日本人の場合、殆ど問題にならない。生き甲斐の如き本質的な事柄において日本人の関心を引くのは、常に心懸であつて行為ではなく、意であつて形ではない。「醜の御楯」として実際にどう振舞ひ、どういふ効果を発揮したかを殆ど問題にする必要が無かつた様に、戦争に対する罪悪感が実際にどういふ形を採つて現れたかといふ事も殆ど問題にする必要は無い。必要なのは心の拠《よ》り処《どころ》であり、それはすべて平和憲法に預けた恰好になつてゐた。これは二重の皮肉である。第一に、罪悪感といふ消極的な概念に生き甲斐を求めた事であり、第二に、それを積極的な誇りに転用した事である。が、この生き甲斐としての罪悪感は戦後に生れた人達や物心附かぬうちに戦争が終つてゐた人達が成人になつた頃から、詰り今から十年位前から次第に効力を失ひ始めてゐたのである。

進歩主義の挫折感も大体それと時期を同じくしてゐる。戦争に対する罪悪感と、それを生き甲斐とする事を国民に教へたのが、他ならぬこの進歩主義であるが、それは更に相手の弱味に附け込んで、単なる罪悪感といふ消極概念だけではなく、欧米先進国を手本とする民主主義、共産主義の様な積極的な価値観を国民に強要した。だが、それらはいづれも永続きはしなかつた。なぜなら、共産主義は非合法と武力革命とを前提として初めて生き甲斐の対象としての魅力ある積極概念たり得るものであつて、議会主義の寛容に飼ひ馴されてしまつては、戦術の変り身に時を稼ぐ自己欺瞞の温室と化する他は無いからである。それればかりではない、共産主義の二大モデル国家であるソ聯と中共が数々の過失を犯して今では相互に反目してさへゐる。更に、共産主義者とまでは言へなくとも、欧米を範として日本国民を鞭打《むちう》つて来た進歩主義者達の挫折感は大きい。先づ第一に、敗戦直後、民主主義の理想国として、祀《まつ》り上げたアメリカを、彼等は次第に帝国主義国として取扱はねばならなくなつたからである。それは反米、反安保、反戦の形を採つて現れたが、この「反」といふ概念は常にさうであるが、いづれも積極概念としての魅力を持たない。それは民主主義ほどにも魅力を持たない。

そこで彼等が想ひ到り、縋《すが》り附いたのが民族主義といふ概念である。反米の為の反米ではない、日本民族の為の反米である、さういふ風に自他を納得させようとした。が、それは同時に、進歩主義とは全く反対の極に、所謂《いはゆる》右派反動勢力の側に、また別の民族主義を目醒ませるに至つた。それと一線を劃す為には、進歩主義が進歩主義的である限り、それは飽くまで西洋的なるものを基準とせねばならず、民主主義といふ概念に忠実でなければならない。さういふ西洋的民主主義のモデルとして、人々は次々に英国労働党、ネルー、ナセル等々に拠り処を求め、そして次々に期待を裏切られた。いや、その揚句に想ひ到つた民族主義であつたればこそ、西洋と民主主義の枠内から逃れる事が出来ない。が、西洋と民主主義を土台にした民族主義が積極的な魅力を持ち得る筈は無い。左右を問はず、国民が心情的に民族主義に傾きを見せ始めたのは戦後二十数年に亙る拝外的進歩主義に倦《う》み疲れたからである。

平和や民主主義が生き甲斐とは考へられなくなり、それが単なる消極概念に過ぎぬ事を更に曝露《ばくろ》したのは、大衆社会、繁栄社会、あるいは高度に工業化された社会の到来である。元来私はかういふ流行語を好まない。それを敢へて用ゐたのは、さういふ言葉の無内容である事を後で証明する為である。いや、後に限らぬ、今でもそれを仄《ほのめか》す事は出来る。マス・プロ教育と軽蔑し、それを不満に思ひながら、わざわざそれを受けようとして大学に這《は》入《ひ》つて来た学生と同じ様に、人々は大衆社会の劃一化、繁栄社会の空虚感、高度に工業化された社会の疎外感に不安を感じると言ひながら、結構それを楽しんでゐるのではないか。マス・プロ教育といふ言葉が学生自らの発明したものではないのと同様、大衆社会、繁栄社会、高度の工業化も、またそれに伴ふ劃一化、空虚感、疎外感も、国民や大衆が発明したものではないのではないか。国民や大衆の心理や感情は無定型のものである。それを言葉といふ溝によつて一定の方向に流す事ほど易しい事は無い。

　が、それは解釈に過ぎず説明に過ぎない。戦争に対する罪悪感も進歩主義も似て非なる生き甲斐であるとすれば、その生き甲斐の似せ物である事を曝露した高度に工業化された繁栄せる大衆社会における人間の劃一化、空虚感、疎外感といふのも同じく似せ物ではないか。それは、自己欺瞞としての生き甲斐を全く失つたといふ自己欺瞞に過ぎまい。さうなると、劃一化、空虚感、疎外感の不安を絶えず口にしながら、それに縋つて生き、それを生き甲斐とする人々が生じかねない。嘗《かつ》てさういふ事があつた。ロシア帝制末期のインテリゲンツィアは自ら余計者と称し、優越感の上に胡坐《あぐら》をかいた劣等意識に特権的な生き甲斐を見出してゐた。それを悲劇と喜劇の左右両翼から粉砕したのがドストエフスキーとチェーホフである。余計者の概念は日本にも輸入された。が、その偽善と感傷を粉砕する思想の基盤はこの国では甚だ脆弱《ぜいじやく》である。

二

私は人々が生き甲斐と呼ぶに足るものを見失ひ、その事について不安を懐き始めてゐるといふ事実を否定しはしない。ただ問題なのは、その不安に漸く今になつて気附き始めた事であり、それまでは右に述べた様に似て非なる生き甲斐によつて自分を欺いて来た事である。とすれば、今日、漸く気附き始めた生き甲斐無き事についての不安感もまた自己欺瞞に終りはしないか。似て非なる生き甲斐とは真に生き甲斐と呼ぶに足りぬものの事であり、さういふ消極概念を恰《あたか》も積極概念であるかの様に錯覚し転用する事に掛けては、日本人ほど器用な民族は他に無い。下世話に言へば、「鰯《いわし》の頭も信心」といふ事になるが、それはたとへ鰯の頭にもせよ、何処かに生き甲斐のよすがを求めずにはゐられぬ弱き心の現れであり、同時に生き甲斐のよすがとしてなら鰯の頭でも満足する慾の無さの現れでもある。この弱さと慾の無さとは日本民族固有の特性か、或は江戸時代、乃至は明治時代からの慣習か、それは暫く問はぬ事にする。問題はその特徴を長所と見るか短所と見るかにあらうが、少くとも現代に関する限り、私はそれを短所と見る。弱さと慾の無さとは一口に言へば利己心の欠如といふ事になるが、現代の日本人はこの利己心といふ「臭い物」の存在を自分の内に見出す事を恐れて、それを隠す「蓋《ふた》」として到る処に鰯の頭を探し求める。どんな小さな「蓋」でも、紗の様に透けて見える「蓋」でも構はない、「蓋」の役を果さぬ「蓋」らしき代用品で満足する。それほどに中身の利己心が小さいのか、或はそれほどに利己心に対する恐怖心が大きいのか。恐らく両方であらう。人々は極く些細《ささい》な利己心に対しても、その蘖《ひこばえ》に対してすら、無意識のうちに後めたさを感じる様に飼ひ馴されてゐるかに見える。

これは欧米人は勿論《もちろん》、他のアジア・アフリカの諸民族においても殆ど見受けられぬ心情である。日常茶飯の例を幾つか挙げよう。彼等は立身出世主義を決して後めたいとは思つてゐない。彼等は小金を貯めて老後を安楽に暮す事に汲々としてゐる事を後めたいとは決して思つてゐない。彼等は私有財産を飽くまで守り、その事自体に少しも後めたさを感じてはゐない。彼等は世襲財産の譲渡、継承に、またそれを可能にし、それによつて成立つ家庭、及び家庭的満足に何の後めたさも感じてはゐない。彼等はさういふ自分達の「小市民的」利己心を保護し保証するのが国家だと考へてゐると同時に、それらの利己心が相互にぶつかり合つた時に、その紛争を調停し管理するのもまた国家だと考へてゐる。随つて国家権力を悪と見做《みな》す考へ方は一般的ではない。

さう言へば、日本でも同じ事だと言ふ人がゐるかも知れない。日本でも大部分の人間が私有財産を大事に守り、老後を安楽に暮す事を念願としてゐる。が、さういふ「小市民的」利己心を否定する「思想」に対しては殆ど防備力を持たない。国家、社会、階級、公共の福祉、ヒューマニズムなどの大義名分に対して、常に後めたさを感じてゐる。それ処か、戦後の風潮の中で育つた青年が結婚して家庭を持ち、日曜日など子供連れで温泉場に出掛ける時、未だに「家庭サーヴィス」などといふ言葉を用ゐ、「炉辺の幸福」に多少の後めたさを示す。英仏の十八九世紀の文学と明治以後の日本の近代文学とを比較して見るが良い。英仏においては、その優れた小説の殆どすべてが家庭小説であり、それも富裕階級、貴族階級を材料としたものであるのに反して、日本の近代文学の主流は自然主義からプロレタリア文学に至るまで貧者の文学であり、貧者、敗北者である事が藝術家の証しであると考へる私小説まで生んでゐる。

欧米の市民は経済主義に徹し、民主主義といふメカニズムを通じてのみ政治に参与する。それ以外の所では、個人の生活においても、家庭の生活においても、また職場や社交においても、政治は話題にはなるが、積極的に政治に参与しようとはしない。同時に、政治をして個人、家庭、職場、社交の領域にまで立入らしめない様に努める。それこそ「政経分離」である。が、日本ではその分離が利かない。個人的、家庭的、職場的、社交的、その他のあらゆる不満と期待とが政治に懸けられる。経済主義に対して、これを政治主義と名附けても良い。戦後に限らぬ、戦前もさうであつた。国家権力に対する厳しい批判と攻撃は、江戸時代における全身的な公儀依存の裏返しと言へよう。現代の日本人は国家権力の増大を恐れながら、或は恐れる様な素振りを見せながら、実は国家権力が塵溜《ごみだ》めの世話まで焼いてくれる事を暗々裡に待ち望んでゐる。主婦連から教育ママに至るまで、全共闘の暴力学生から文部省の大学自治への介入に反撥する大学教官に至るまで、すべてがさうである。さうなれば、これは反体制といふ体制の許される世界での甘えになる。国家内国家の許される世界での甘えになる。反権力といふ権力慾の許される世界での甘えになる。かういふ彼我の差は一体何処から生じたのか。なぜ日本人は利己心が乏しいのか、或は利己心の表出に後めたさを感じるのか。

明治維新以後については、それは簡単に理解出来る。黒船に象徴される外敵の圧力に対し急速に中央集権的な近代国家を造り上げねばならぬといふ宿命的な要請が、利己心をすべて悪しきものとして抑圧した。或は利己心は国家に吸収された時にのみ、身を立て家の名を顕彰するものとして称美されたのである。随つて一般の国民は十の国家意識の蔭にこの利己心が生きてゐる事に殊更気附かず、私心が零《ゼロ》であると思ひ込んでゐられた。同様に、マイナス二の利己心をプラス十の国家意識と混合して済せてゐた似て非なる「憂国の士」も存在し得たのである。このマイナス二の私とプラス十の公とからなる三角形と、プラス二の私とプラス十の公とからなる三角形とは、全くの相似形を為し、互ひに出入り自由であつて、そこには無意識のうちに自己欺瞞が成立し得たのである。しかも、この三角形は公軸を底辺とする限り扁平で安定した形を採る。が、私軸を水平にすれば底辺の短い細長い三角形を為し、甚だ不安定なものとなる。

国民一般に、少くとも知識階級に向つて、その弱味に附け込み、自己欺瞞を通用しにくくさせたものは、社会主義思想、或はマルクス主義であつた。が、それは人々に利己心の存在を気附かせるといふ本質的な形を採らなかつたばかりでなく、その必要も無かつた。なぜなら、本来的には日本の民族性のうちに、また第二の習性として封建道徳の名残りとして、人々は利己心に対して頗《すこぶ》る過敏であつたからだ。だからこそ、プラス二の利己心を零と思ひ込み、僅かマイナス二程度の利己心を憂国に転じ得たのであり、その利己心から逃れようといふ衝動が、幕末維新の混迷に堪へ切れず中央集権的国家意識に救ひを求めたとも言へるのであつて、明治の開国を必ずしも外発的なものとしてのみ解釈し切れないものがある。

社会主義、マルクス主義は利己心を衝くよりは、国家に代る、そして国家より大きな上位概念を人々に突き附ければ充分であつた。世界、社会、階級といふ概念の前には国家もまた私的な存在となり、個人同様利己的なものとなるからである。さうなれば、私軸を底辺として立つ事の後めたさを逃れる為に、人々は争つて公軸を底辺として扁平な安定せる姿勢を採らうとする。戦後の日本人が戦争中の国家中心主義の反動として、一見利己的になつた様に見えたにしても、その実は反体制の掲げる大義名分の蔭に利己心の不在証明を求めたのに過ぎぬ。ただ、世界、社会、階級、或は民主主義、ヒューマニズムといふ様な概念は幾ら国家よりは優位な概念であるとは言へ、それは余りに抽象的であり、戦前のプラス十に較べて私軸からプラス二十位遠く離れた実体不明のものである為、人々は、自分の利己心を過不足無く蔽《おほ》ひ隠す「蓋」としては余りに大き過ぎ、それが露《あらは》に透けて見えてしまふ事に、最近、漸く気附き始めたのである。そこで戦前の国家に相応する様な利己心を蔽ひ隠す「蓋」としての生き甲斐を求めてゐるのではないか。

三

生き甲斐、或は価値観の必要といふ事は、この数年来、主として政府側から、道徳教育の実施、愛国心の昂揚といふ形で提唱され、経営者側からは「都市の論理」に対抗する価値観の要望、企業に対する忠誠心の要請といふ形で提唱されてゐる。政府や産業界に限らぬ、吾々の様な職業に携る者の間にも福祉国家や繁栄社会、平俗な家庭中心主義に対する疑惑と批判が頻《しき》りに行はれてゐる。他人事の様に言ふが、実は私自身、殆ど文筆家業を始めて以来、直接間接、この問題について論じて来た。しかし、最近は、別に天邪鬼《あまのじやく》ではないが、少々それに厭気《いやき》が差し始めてゐる。勿論、根本の考へに変りはない。或は神経質に過ぎるかも知れぬが、生き甲斐の必要を説く最近の論調が、うつかりすると戦前と同じく私軸を底辺とした時に甚だ不安定である為、公軸を底辺とした扁平で安定した姿勢を求める安易な態度に終りはしないかと予感するからである。断るまでもないが、これは左翼の口癖である逆コースへの警戒心とは全く異る。

結論から先に言へば、下手に生き甲斐など求めず、利己心に徹底したらどうかといふ事だ。私はその事を今年のテレビ放送で言ひ掛けた事がある。江藤淳氏の司会で司馬遼太郎氏、坂本二郎氏と「日本を考へる」といふ座談会に出た時の事だ。その極く最初の部分で、私は戦後の利己心を否定しながら、序《つい》でに「後で反対の事を言ふかも知れませんよ」と断つた。が、話の切掛けも悪く、時間も限られてゐたので、最後は枕通りに「大思想の必要」を唱道して終りになつてしまつた。「大思想」とは人をして生き甲斐を感ぜしめるものである。「貧乏人は麦を食へ」と言はれても、文句の言ひ様の無いものである。「人はパンのみにて生くるに非ず」と言つた時のパン以外の何物かである。その何物かが必要である事は、私は骨身に応へるほど痛感してゐる。が、大事な事はそれを誰にも解り易い様に、そして誰でもが飛び附く様に説いては ならないといふ事だ。譬《たと》へば学生暴徒も実は高度に工業化された繁栄せる大衆社会の平穏なのに業を煮やし、その劃一化、空虚感、疎外感などに堪へかねて暴れ廻つてゐるのかも知れない。

さういふ彼等を教化する必要など毛頭無い、ただ片附ければ良いのだ。

私が十五六年前、欧米を歩いて来て一番強く感じた事は、一般市民の落著きである。或る人はそこに疲労と頽廃《たいはい》を見て取つたかも知れない。が、私はかう感じた、彼等は支配する技術と共に支配される技術を、或は支配される事によつて支配する技術を身に附けてゐると。一体それは何か。第一に、それは個人の確立であり、第二に、誤解される事を虞《おそ》れずに言へば、政治などといふ「賤業」は政治家といふ「賤民」に任せて置けといふ心理である。

第一の個人の確立だが、これは戦後日本でも「自我の確立」とか「主体性の恢復」とかいふ言葉で盛んに強調された事がある。いや、明治においても福沢諭吉、西村茂樹の様に精神の自立、自我の目醒めの最も必要なるを説いた人は幾らもゐた。が、私の言ふ個人の確立とはさうした抽象的、観念的な事柄ではない。もつと暮しや附合ひにおける我儘の主張、利己心の発揮である。第二の政治「賤業」説は、何も欧米人一般が事実さう考へてゐるといふのではない、それはこの世の中には政治以外に幾らも楽しい事があるといふ考へ方、生き方である。譬へば、イギリス人は殆ど日曜庭師と考へて良い。庭や草花の手入れをする道具を売る店はどの町に行つても必ずある。それは七つの海に跨《また》がる英帝国が戦後老朽化したからであらう、日本の憂国の士はさう考へるかも知れない。が、さうではない。彼等は昔からさうだつた。政治的、社会的に如何に身分が低くても、その外に生活を楽しむ道を必ず発見してゐた。その意味では封建時代がそのまま生きてゐたのである。

日本の封建時代における町人の生活を考へて見るが良い。彼等は西洋における以上に政治から全く切り離されてゐただけに、生活の贅《ぜい》にすべてを賭《か》けた。少し長くなるが、田村栄太郎氏の「江戸時代町人の生活」（雄山閣刊）から次の一節を引用する。

「寛天見聞記」に享和のころ、浅草三谷ばしの向うの、八百善という料理茶屋が流行した。（中略）或人の咄《はなし》に、酒も飲みあきた、いざ八百善へゆき極上の茶を煎じさせ、香の物で茶漬がよかろうと、一両人で八百善へゆき、茶漬飯を出すようと望んだところ、暫くお待ち下さいと、半日ばかり待たせ、ようようにかくやの香の物と煎茶の土瓶を持出した。香の物は春の頃では頗る珍らしく瓜茄子《うりなすび》の粕漬を切交ぜにした物である。食べおわって価をきくと金一両二分だといったので、客は驚いて、珍らしい香の物だとはいえ余りに高値だといえば、亭主は答えて、香の物の代価はとにかく、茶の代こそ高値であって、茶は極上の茶でも一と瓶に半斤は這入らない、茶に合った水が近辺にないので、玉川まで水を汲みに人を走らせたのでして、お客を待たせ奉り、早飛脚で水を取寄せたから、この賃銀が莫大になるのですと申された。

更に田村氏は西鶴の「世間胸算用」から大名の奥方も及ばぬ町人女房の服装の描写を次の様に引用してゐる。

ことに近年は、いづかたも女房家ぬし奢《おご》りて、衣類に事もかゝぬ身の、其ときの浮世模やうの正月小袖をたくみ、羽二重半疋四十五匁の地絹よりは、千種の細染百色《ももいろ》がはりの染賃は高く、金子一両宛出して、是さのみ人の目だゝぬ事に、あたら金銀を捨ける。帯とてもむかしわたりの本繻子《ほんじゆす》、一幅に一丈二尺、一筋につき銀二枚が物を腰にまとひ、小判二両のさし櫛、今の直段《ねだん》の米にしては本俵三石あたまにいたゞき、襠《ゆぐ》も本紅《ほんもみ》二枚がさね、白ぬめの足袋はくなど、昔は大名の御前がたにもあそばさぬ事、おもへば町人の女房の分として、冥加《みやうが》おそろしき事ぞかし。せめて金銀我ものに持あまりてすればなり。

次は太宰春台が町人妻女の奢侈《しやし》な髪飾について叙述した一節である。

明暦年中迄は、大名の奥方ならでは鼈甲《べつかう》は用ゐず。遊女と雖も、つげの櫛に鯨の棒かうがいにて済みぬ。元禄の頃より世上活達になりて鼈甲もはやあきて蒔絵《まきゑ》などかかせ、鼈甲も上品を選び、価の高下に拘ると雖も、金二両を極品とする。(中略)男女とも身の飾り、奢事は享保以来甚し。元禄より正徳まで廿余年の間は、世上繁栄の様なれども民奢らず。享保以来、御倹約第一と遊ばさるといへと、下の奢り、上古より甚し。

右の三つの引用中、目に附く事が二つある。一つは江戸町人の繁栄振りは元禄を出発点としてゐるが、当時は左程ではなく、享保以来甚だしくなり、文化文政期に至つて頂点を極めた事、しかもそれが今日の民主主義的大衆社会など足もとにも及ばぬほどの豊かさであつた事、その二は、春台の如き儒者なら当然と言へようが、商家の出であり、町人の為に大いに気を吐いたとされてゐる西鶴まで、大名の手前を憚《はばか》るが如く「おもへば町人の女房の分として、冥加おそろしき事ぞかし」と非難し、「せめて金銀我ものに持あまりてすればなり」と財物の私有に批判めいた言葉を投げつけてゐる事である。「寛天見聞記」の筆者まで、料理に無益な工夫を凝らし、食物本来の味を失つた文化の豪奢趣味を歎いてゐる。が、さういふ批判の声をよそに、江戸の町人達が自分の利己的な慾望の充足に「命を賭けて」ゐた事だけは確かである。彼等は利己心の満足に生き甲斐を見出してゐたのである。逆説的に言へば、政治といふ「賤業」を武士といふ「賤民」に完全に預け切つてしまつてゐたからであらう。その武士にしても贅沢の方法こそ違へ、それぞれ身分格式に随ひ、相当な奢り、遊びを享受してゐた。さういふ封建時代の豊かさに較べると、高速道路や飛行機、その他の大量生産的産業技術の発達を以てしても、現代の民主主義下における高度に工業化した繁栄せる大衆社会なるものが如何に惨めで貧しいものである事か。オルテガの「大衆の蜂起」など一面的観察に過ぎぬといふ事になりかねない。現代の繁栄が封建時代のそれに比べて誇り得るものがあるとすれば、それは精々機会均等による一般化といふ事位のものであらう。が、不思議な事に、富が一般化され平均化されるに随ひ、却《かへ》つて富や繁栄に後めたさを覚え、嘘か本当か知らぬが、その劃一化、空虚感、疎外感の亡霊に不安を感じ始めてゐると言ふ。皮肉に聞えようが、富は平均化されない方が、詰り他方に貧民を抱へ込んでゐた方が、それ自体、生き甲斐になるものらしい。事実さうなのである。権力慾、支配慾についても同じであらう。

江戸時代について、もう一つ考慮に入れて置くべき事がある。それは隠居といふ一種の制度、乃至は慣習である。この慣習は室町時代から戦国時代にかけて定著したものらしいが、少くとも江戸時代においては武士と町人、農民と漁民との別を問はず行はれてゐた。年齢は大体四十歳以上であるのが普通だつたが、寿命が著しく延びてゐる今日、定年五十五歳や六十歳で隠居させられたらどうなるか。封建時代の人々は自ら隠居して老後を楽しむ智慧を身に附けてゐたが、今日の「若い老人」は隠居生活を楽しむ術を知らない。彼等こそ生き甲斐を何処に求めるべきか。先に私は、もし私軸を水平にして考へたなら、安定度が著しく弱い事を指摘して置いたが、隠居して公の社会集団、或は家族集団から離脱した時、その人の私的生活の安定度は殆ど零に近くなる。吾々は公のうちにばかりでなく、私のうちに生き甲斐への通路を見出して置かなければならないのではないか。なぜそれが出来ないのか。

四

今、私は日本の民族性そのものについては問はない事にする。数年前、「建白書」を雑誌「潮」に連載した時、教育制度の改革について首相に訴へた事があり、その際、明治以来の教育史を俄《には》か勉強して驚いた事がある。明治十三年に出た「改正教育令制定理由書」の次の如き一節を今日の読者はどういふ気持で読むであらうか。

然レドモ人民未ダ学問ノ利ヲ暁ラズ、劇場祭礼ノ為メニ千金ヲ捐《ス》ツルモ、学校ノ為メニ十金ヲ出スヲ悦バズ、俳優力士ノ為メニ款待ヲ尽スモ、教員ノ為メニ礼意ヲ表スルヲ厭フガ如キ、未ダ普通学ノ人生ニ必需ナルヲ知ラズ。（第十一条より）

今日は全く正反対になつた。教育ママがPTAで教員に媚態《びたい》を示しても、祭礼や芝居に熱を挙げ、千金は愚か一金を投じる者も殆ど無い。敢へて問ふが、どちらが文化的であるか、どちらが生き甲斐のある生活か。差障りがある事を承知の上で言ふが、右の様な「改正教育令」制定の精神は薩長の明治政府要人を育成した「非文化的」土壌から出たものである。善かれ悪しかれ江戸の旗本、家人にはさういふ考へ方は無かつた。彼等は町人文化に巻き込まれてゐたからである。もし彼等の手で開国維新が行はれてゐたなら、この様な教育観は出て来なかつたであらう。同時に「非文化的」な「田舎侍《ゐなかざむらひ》」が江戸文化の破壊に熱中しなかつたなら、近代国家日本の安定は得られなかつたに違ひ無い。

そこまで考へると江戸時代における同時代の他国では殆ど例の無い学問知識への熱情とその普及といふ事が問題になつて来る。その根柢は言ふまでもなく儒教にある。そして儒教の根本理念は、少くとも日本化されたそれは賢人政治の一語に尽きる。儒教の理念はたとへ通俗化されたものであるにもせよ、支配層の武士ばかりでなく、被支配層の町人のうちにも浸透してゐたが、だからと言つて、賢人政治は被支配層にとつて必ずしも無益なものではなかつた。なぜなら、それは第一に、「名君」としての家長の規範として役立つた。第二に、それは最も下層の仲間《ちゆうげん》、小者、或は小僧、下女にとつて「名君」に仕へたいといふ夢と憧《あこが》れの的として役立つた。かうして江戸時代の、少くともその中期以降の儒教は道徳的規範であると同時に、それ以上に支配被支配の政治的技術だつたのである。江戸時代はそれで良かつた。といふのは支配者が権力を持ち、被支配者との間に明確な一線を劃してゐたからである。

しかし、明治になつて四民平等の観念が普及し、誰でもが大臣大将になれる時代が来た時、賢人政治といふ儒教的理念は一遍にぼろを出してしまつた。国民全部が潜在的政治家、潜在的支配者への志向を示し始めたからである。アウトサイダーでさへさうであつた。社会主義文学とは縁の無い文士まで、拗《す》ねた形での賢人政治家の素質を内に隠し持つてゐた。敗戦後においては所謂「政治的関心」とは「もし自分が政治家だつたら」といふ願望と言動を含意する様になつた。処が、所謂「昭和元禄」と称される高度に工業化された繁栄せる大衆社会の出現に伴つて、所謂「政治的無関心層」が次第に増大するに至り、それが保守的賢人政治家を苛立《いらだ》たしめ、進歩的賢人政治家の革命的イデオロギーに対抗し得る様な生き甲斐を求めさせるに至つたのではないか。が、進歩派の革命的イデオロギーの統一に対して、保守派の縋り附く生き甲斐は余りに多様であり、しかも魅力に乏しい。民主主義、福祉国家、民族主義、愛国心、道徳教育等々、しかし、それらはいづれも儒教的賢人政治に収斂《しうれん》され易い傾向を持つてゐる。

最も見逃し得ぬ事は、左右を問はぬ、人々の提唱する生き甲斐は人間の利己心と真向うからぶつかる事を避けてゐる事である。日本人の高々プラス二程度の新芽に過ぎぬ弱い利己心を摘み取らうとしてゐるばかりか、たとへその程度の弱い利己心にしても、それを自覚させぬ様な安全装置を生き甲斐と称して手近な処に求めさせようとしてゐる事である。それよりは左右いづれにせよ、万人のうちに潜むプラス二程度の微弱な利己心の存在に気附かしめ、それが五にも十にも伸びる可能性を知らしめ、それを自他に向つて蔽ひ隠すに足る立派な「蓋」が手近に見当らぬ事を悟らせて愕然《がくぜん》とさせるに若《し》くは無い。さもなければ、日本人はいつまでも利己心を大義名分でごまかす偽善から抜け切れぬばかりでなく、社会機構が複雑になり、政治、経済、社交を通じて外国人と接触する機会が多くなるに随つて、手近な大義名分ではごまかし切れぬほどに利己心の方がどうにも手に負へぬ大きなものになつて行くであらう。

もし私に生き甲斐を説けと言ふなら、日々の楽しみ方について語りたい。政治や社会からの脱落者に限らぬ、その指導者達も、潜在的支配者層も再び維新以来の轍を踏まぬ様に、それを知つて置いて貰はねばならぬ。それは既に述べた様に政治などは「賤業」に過ぎぬと悟つた賢人政治の要諦である。政治以外に生き甲斐を求め得る政治の原理である。江戸時代の儒学にはその要素は乏しかつたが、孔子はそれを良く知つてゐた。「論語」の中の左の二節などに窺《うかが》へる「静かなエピキュリアニズム」がそれである。

莫春《ぼしゅん》には春服既に成り、冠者五六人、童子六七人、沂《き》に浴し、舞雩《ぶう》に風し詠じて帰らん。

（先進篇第十一）

色《いろ》みて斯《ここ》に挙《あが》り、翔《かけ》りて而《しか》る後に集《とどま》る。曰はく、山梁の雌雉《しち》、時なる哉、時なる哉。

右引用文の脈絡と大意を左に示して置く。

（その一）孔子が晩年の一日、四人の弟子達を前にして問うた、「お前達は平生、世間に用ゐられぬ事を歎いてゐるが、もし認められたら何をやりたいか」と。それに対して子路が真先に答へた、「周囲の大国に侵略され、しかも饑饉《ききん》に悩まされてゐる様な弱小国を治めよと求められれば、自分はその国の人々に勇気を与へ、正しく生きる道を悟らせて見せる」と。次いで冉有、公西華も、子路ほど威勢の良い事は言はぬにしても、それぞれ治国の抱負を語つた。最後に曾皙の番である。それまで瑟《しつ》を静かに爪弾きしてゐた彼は、それを傍に置いて立上り、遠慮勝ちに答へた、「晩春ともなれば仕立て上つた春衣を着て、冠者（元服をすませ冠を着けた成人）五六人と童子六七人と連れ立ち、沂（魯の都であつた曲阜郊外の川）に出掛けて浴《ゆあみ》し、そこにある舞雩（雨乞ひの為の土壇）に上つて風に吹かれ、詠《うた》ひながら帰つて来たい」と。孔子はそれに対して、大きく溜息を吐いて言つた、「私も曾皙と同じ気持だ」と。

（その二）孔子の一行が山中を歩いてゐた時の事らしい。一羽の鳥が人の気配に気附いて舞上つたかと思ふと、一めぐりして様子を窺ひ、すつと木に集《とま》つた。この山梁の雌雉（山中の丸木橋にゐる雌の雉）の動きを見て取つた孔子が思はず口に出した言葉が「山梁の雌雉よ、お前は何と良く時を心得てゐる事か！」である。孔子が何を言はんとしたかについては諸説あり、定説といふ程のものは無いが、私はただ字義通りに解したい。といふのは、孔子の目には、雌雉の動きが形として美しく無駄の無いものに映じたのに過ぎまい。

（「諸君！」昭和四十四年七月創刊号）

続・生き甲斐といふ事——補足として

私は生き甲斐や価値観が不必要だと言つてゐるのではない。それは必要なのである。何よりも必要なのである。が、それだけに、提出され方によつては有害にもなる。さういふ事を強調したかつただけだ。

現代の微温的な大衆社会において、人々は危機感からは免れ得たが、その為に心の内に空虚感を覚えてゐるといふ。左翼も右翼もその点では同じ事を言ふ。政治的無関心と利己的な享楽追求の裏に空虚感が潜んでゐるといふ。本当にさうだらうか。たとへさうであつても、その事実を指摘し、苛立つて見せた処でどうなるものでもあるまい。

世の中には危機感を食ひ物にしてゐる人種がゐる。新聞雑誌ジャーナリズムを始め、それに依存してゐる知識人がそれである。危機を強調する事に生き甲斐を感じ、強調される事に生き甲斐を感じる。さういふ人達にとつては、危機を微温化し、曖昧《あいまい》にしてしまふ大衆社会は全く生き甲斐の無いものである。彼等にとつて、それこそ最大の危機である。だが、今日、人々が心の底で感じてゐる空虚感といふものが、もし本当にあるとしても、その空洞を何か別の危機感で埋め、疑似的な生き甲斐を感ぜしめてはならない。或は疑似的な空虚感に怯《おび》えてゐる相手の弱味に附けこみ、その利己心を脅迫してはならない。

シラキュース大学のエリオット教授は「革命—情熱と政治に関する覚書」の中で、次の様に述べてゐる。「(マルクス主義者や大方の革新主義者は）進歩の名において、熱烈に他人に干渉する。彼らは、自分たちが善だと確信することを——あなたがそう考えるかどうかにはお構いなしに、——あなたに押し附けても、それは許されることだと感じている。そして自分たちのしてゐることがどんなに傍《はた》迷惑なことであるかには殆ど気附いてゐない。彼らは《あなたの習慣やあなたの神さまが何と言はうとも、われわれはあなたを研究して、あなたを正しく仕合わせな人にしているのです》と嘯《うそぶ》くのである。」(「日米文化フォーラム」昭和四十六年一月号）これはあながちマルクス主義者や大方の革新主義者だけに限らない。右翼的な憂国の士の場合にも当てはまる。日本では幕末維新以来、左翼も右翼も共に「憂国の士」であり、時に彼等は国家の危難を救ひ、時に国を乱した。

正義感、使命感といふものは、それ自身、免れ難い宿命的なアイロニーを背負つてゐる。自分が目醒めた生き甲斐、それだけなら問題は無い。が、それを自分だけの喜びに留めて置くのは利己的であるとしても、その自分の喜びを他人に強制するのも利己的でありはしないか。なぜなら、それは自分の正義感に他人が屈服する満足感に陶酔してゐるからである。

T・S・エリオットは「寺院の殺人」の中で殉教者トーマス・ベケットにかう反省させてゐる。「神のしもべたるものには、国王に仕へるよりも、さらに大きな罪と悲しみとが待ち構へてゐるのだ。それは明らかな事、より大いなる大義に仕へる者は、正しく振舞ひながら、その大義を逆に自分に仕へさせてしまひかねぬからだ、政治家達と争つてゐるうちに、大義の上で自分のやつてゐる事は正しい積りでも、いつの間にか己れも結構政治家になつてゐて、大義そのものを政治的なものに引きさげてしまふものだ。」

天下国家の為に己れを殺す事が美徳であるなら、家庭の為に己れを殺す事も美徳である。後者が利己的なら、前者もまた利己的である。この場合、美徳だからといつて必ずしも讃美できぬと同様、利己心だからといつて必ずしも軽蔑できない。美徳が時代を動す大きな力であると同時に、利己心もまた社会を動す大きな力である。大きな美徳と小さな美徳、大きな利己心と小さな利己心、それが互ひに絡み合ひながら、時代を、社会を動してゐる。

世の中が気に食はぬからといつて、自分だけが憂国の士、ヒューマニストと思上つてはならない。また自分の利己心について徒《いたづ》らにうしろめたがつてばかりゐるのも愚である。人間は平等ではないのだ。誰でもが殉教者になれるものではない。また、国民の一人一人が炉辺の幸福を軽蔑する憂国の士になつたとしたら、さういふ社会は危険極り無いものとなる。さういふ国家は滅びる。資格と能力とを持たぬ者が人類や国家の危機を一人で背負つた様に振舞つてはならない。「寺院の殺人」の中に次の様なトーマスのせりふがある。「間違つた動機に基づく正しい行為ほど恐しいものはない。小さな罪のうちにこもる自然の活力は、いはば吾々が生の営みを開始する手段の様なものだ。」右の「罪」といふ言葉をこの場合、利己心といふ言葉に置き換へて見てもよからう。作者は世の大部分の凡人、善男善女の生き方をそのまま肯定してゐるのだ。本当の殉教者は他人に対して、一般社会に対して、この様に静かで落著いてゐるものではなからうか。

しかし、どんな利己的な人間でも、利己心だけでは生きられない。利己心にうしろめたさを感じるのは当然である。が、そのうしろめたさから逃れる為に、天降り的な生き甲斐に縋《すが》り附くなと言つてゐるのだ。いや、本当は左程うしろめたくもないのに、うしろめたさうな風をして多少は感じてもゐるらしいうしろめたさから逃れる様なずるさだけは避けろと言つてゐるのだ。それどころか、人は安易に生きる為に、自分の些々《ささ》たるうしろめたさを楯《たて》に、他人の利己心を責める事さへある。

自分の利己心と直面する為には、出来合ひの生き甲斐など返上して、たとへうしろめたくともそのうしろめたさに耐へる事だ。さうして初めて、人は利己心だけでは生きられないといふ事実を痛切に感じるであらう。

それにしても、詰り、生き甲斐とか価値観とかが必要だとしても、誰がそれを与へるのか。誰がそれを与へれば人々は承服するのか。

使徒や殉教者でもない限り、一般の人々にとつて生き甲斐とは普通考へられる様な抽象的なものではない。誰かから誰かへ簡単に授受できるものではない。それは思想であらうか。思想は一般の人間にとつて生き甲斐になり得るであらうか。私にはさうは思へない。普通に生き甲斐といふのは、子供の時からの生き方の様式である。言換れば、それは文化といふものだ。それは甚だ具体的なものである。寧《むし》ろ風俗、行事、仕来りと言つた方が良い。

江戸時代の町人は勿論《もちろん》、武士でさへも、二六時中、ひたすら忠を念じ、利己心と闘つてゐた訳ではない。彼等は適当に利己心、立身出世主義、享楽心の吐け口を持つてゐた。ただ、今日と異るのは、彼等には文化があつたといふ点である。利己心を適度に発揮し、そのぶつかり合ひを適当に調整し、また時には巧みにそれを捨てる整然たる様式が存在したのである。それを、今日の吾々は制度や法で解決できると単純に思ひこんでゐる。

大衆社会の出現と共に何かが失はれたのではない、初めに大事な何かが失はれた、その弱点が大衆社会の出現と共にはつきりして来たといふ事に過ぎまい。大衆社会そのものが空虚なのではなく、文化を失つた大衆社会が空虚なのである。文化の無い社会は大衆社会であらうがなからうが空虚である事に変りはない。が、今日のそれは経済的繁栄と政治理念の喪失から生じたのではなく、明治以来、徐々に行はれて来た伝統文化の破壊から生じたのである。それを救はうとして、抽象的な生き甲斐や価値観を模索しても徒労であらう。

人々は横の連帯感の喪失には気附いてゐる様だが、縦の連帯感の喪失にまでは気附いてゐない様に思はれる。が、前者は後者による当然の帰結なのだ。それにも拘らず、過去との時間的連帯感を否定し拒絶する事によつて現代の連帯感、共同体意識が確立できるといふ誤解が支配的である。

だが、失はれた文化を早急に、しかも人為的に再建する事など出来る筈が無い。率直に言つて、解決策など何処にも無いのだ。それなのに一方では性急に解決策を提示したがる人々がをり、他方、それをありがたく押し頂かうとする人々がゐる。そこから馴れ合ひと欺瞞が生じる。さういふ事にはもう充分に懲りた筈ではないか。

何よりも必要な事は、人から何と言はれようと、もつと自分を大事にする事だ、自分の本当の声に耳を傾ける事だ。空虚感とか疎外感とか、現代の病状を手取り早く説明する言葉が氾濫《はんらん》し過ぎる、さういふものに足を掬《すく》はれぬ様にしなければならぬ。

（昭和四十六年一月）

言論の空しさ

「世の中は随分変つて来ましたね、二十五六年前、あなたが平和論の迷妄を批判した時と較べて……、」近頃よくさう言はれる、勿論《もちろん》、相手は平和論批判以来の私の仕事がその変化に多少の役割を演じた「功」を犒《ねぎら》つてくれてゐるのである。さう言つてくれる好意はありがたいが、その「功」を私自身は一度も認めた事が無い。なるほど平和論批判の時、私の為に援護射撃してくれる人は殆ど無く、私は村八分にされた、その頃に較べれば確かに世の中は変り、私の様な考へ方は「常識」になつたとさへ言へる。寧《むし》ろ左翼的な「進歩的文化人」の言論の方が村八分にされかねない世の中になつた。そして私は二十数年前と同様、厭な世の中だなと憮然《ぶぜん》としてゐる、その意味では、世の中は少しも変つてゐはしない。

私の平和論批判や安保騒動批判が正しかつたから、その論理の正しさによつて世の中が変つたのではない、世の中が変つたので、私の考へ方が正しかつたといふ事になつただけの話である。

しかし、防衛論はもはやタブーではなくなり、自衛隊強化論も大ぴらに言へる様になつたではないかと言ふかも知れない。が、それは私、或は私と似た様な考へ方をする人々の言論が新聞、雑誌に多く載り、つい最近まで自衛隊、日米安保否定であつた野党までそれに同調する様になつたのは、専らソ聯のお蔭である、ソ聯が日本人の「国民意識」を変へたのであつて、私達の論理の勝利だなどと夢うぬぼれてはならない。引かれ者の小唄の様だが、平和主義を叩《たた》き潰《つぶ》せたのはソ聯の兵器であつたといふ事実くらゐ、平和主義の虚妄を証明し得たものは無く、またその虚妄を批判する言論の空しさを露《あらは》にしたものも無い。

言論のみではない、元統幕議長栗栖弘臣氏は自衛隊の現在の在り方を問題にし、有事の際の不備な実情を是正する様に求めた為、つひに職を辞さねばならぬ様に追ひ詰められた。氏の言は正しく当然の事であつたが、私と同様、それを少し早く言ひ過ぎたのである。ソ聯が色丹《しこたん》にまで基地を築き、アフガンに侵攻し、アメリカも慌てて日本に防衛力増強を求めて来た今であつたら、栗栖氏の発言は共産党以外のすべての野党に認められ、氏は詰め腹を切らされるどころか、大いに男を挙げたであらう。

要するに、言論も政治も外圧によつて動く、といふ事は、いづれも殆ど無益であり、日本は黙つて何もしないでゐるに越した事は無いといふ事になる。それを敢へて口に出して言ふとすれば、「等距離外交」「全方位外交」といふ言葉になり、「平和」「平等」「民主主義」といふ言葉になる。漢語は表意文字だからといつて、それぞれの意味に生真面目に附合ふ必要は無い、いづれも同じ意味であり、はつきり言へば「無為」といふ事になる。その事を私は何処かでかう言つた事がある、「日本はただ相手のエラーを待つてゐればよいのだ」と。実力でホームランが打てる訳が無いが、幾ら弱い打者でも、相手がひどいエラーをやつてくれさへすれば結果としてはホームランと同じ成果を挙げられる。尤《もつと》もこれは日本だけではないかも知れない、米ソも「二すくみ」でひたすら相手方のエラーで点を稼がうとしてゐるのではないか、積極的な殖民主義《コロニアリズム》、国家主義《ナショナリズム》の時代は終つたのであらう、少くとも一時休止の時代と言へよう。

だが、防衛問題がタブーでなくなり、それが人々の関心を惹《ひ》き始めたといふのは本当であらうか。私はさうは思はない。極く最近、或る新聞の見出しに「右へ傾く国民の自衛隊観」と出てをり、その書出しはかうなつてゐた。

何かが変つた。ちょつとヤジロベエの姿を思い浮かべてほしい。自衛隊を今後どうするかについての国民意識。これまでは「現状で行く」がいつも六割前後を占め、これを真中にはさんで「強化論」と「縮小・廃止論」とが左右に揺れ動きながら釣り合いを保ってきた。

それがその新聞社の五十三年十二月の世論調査と今回、即ち五十五年三月のそれとを比較して見ると「バランスが大きく右へ傾いてしまつた」と言ひ、その傾き方を弥次郎兵衛の略図で示してゐた。五十三年では右の「強化論」が一割八分、左の「縮小・廃止論」が一割六分で、ほぼ同じであり、「現状で行く」といふ六割一分の台座の上で垂直に近い形になつてゐるが、五十五年三月では右が二割五分、左が一割一分で、右翼が左翼の二倍強になつたとし、「現状で行く」といふ五割八分の台座の上で右傾の形に描いてある。が、この弥次郎兵衛による図示は全く意味が無い。「現状で行く」の台座が五割八分と六割一分とでは、書出しにある通り「六割前後」といふ意味で少しも変つてをらず、「強化論」はその残りの浮動層のうち僅か七分増に過ぎず、「縮小・廃止論」は五分減に過ぎないからであり、事実、その記事の中でもその点に読者の注意を促し、「アフガニスタン事件」にも拘らず、この程度の変化しか見られず、「自衛隊の支持率が向上したから、国民世論の面で増強への道が開けたと考へるのは早計に過ぎよう」とあり、「右へ傾く国民の自衛隊観」といふ見出しを自ら否定してゐる。確かに見出しが間違つてゐるのであり、日本人の防衛意識は殆ど変つてゐない。変つたとすれば、新聞、雑誌、単行本に現れる言論だけであり、それが右へ大きく傾いたのに過ぎず、「大きく」と言つたところで、精々七分増なのである。それにも拘らず、言論界に関する限り、この四半世紀で世の中はすつかり変り、保守派は勝利に燥《はしや》ぎ、進歩派は失意に鬱《ふさ》ぎ込み、及び腰の反撃を繰返しながら徐々に転向を策しつつある。それを見てゐると、ますます言論の空しさを感ぜざるを得ない。

防衛論の流行はソ聯のお蔭であつて、その論理の力によるものではないと言つたが、同じ事が戦後二十年間の進歩主義的平和論についても言へる。いや、戦争中の軍国主義についても同様である。当時、私は反戦ではなく厭戦であつたと書いた事があるが、それは反戦を進歩主義の象徴とする風潮に対する一種の厭味《いやみ》であつて、実はやはり反戦であつた。勿論、戦争を悪とするが如き単純な反戦ではなく、国家、国民の命運を賭《か》けた戦に対する姿勢、態度の軽佻浮薄にへどが出るほどの反感を覚えたのである。「勝つてくるぞと勇しく」と高唱しながら街を往く応召兵の行列、愛国婦人会といふ名の有閑婦人会、実際には何の役にも立たぬ防空演習、すべてがお座なりの形式主義であり、本気で戦争してゐる人間の姿も心も感じられなかつた。人々が本気になつたのは食ふ物が食へなくなつた戦争末期だけである。

それに引続き戦後の闇市時代だけ、人々は本気であつた。それからどうやら食へる様になり、それこそ雨後の筍《たけのこ》の様に仙花紙の雑誌が氾濫《はんらん》し始め、人々は言論の自由に酔ひ、平和だの民主主義だのといふ空疎な言葉を弄《もてあそ》び出すに随ひ、敗戦は掠《かす》り傷に過ぎぬものとなり、誰も彼も軽佻浮薄に戦争を否定し、日本の歴史を、即ち日本人の心を抹殺して顧みなかつた。これもまた千篇一律の形式主義であり、本気ではない、と言ふより戦後の日本人はつひに本気といふものを喪失したとしか、私には思へなかつた。

その間、何でも西洋が優れてゐるといふ、これまた軽佻浮薄な拝外思想に振り廻され、それも本気でなかつた証拠に、国民総生産が世界第二位といふ「経済大国」になると、再び軽佻浮薄な日本人論が歓迎され始めた。やはり千篇一律、本気で書いたものは殆ど無いと言つていい。それまで大抵の本が外国人の引用で埋められたものだが、近頃は一夜漬けの日本古典、それも心学道話の類ひに至るまで有り難さうに引用される、いづれも流行であるが、後者の厭らしさは、戦争中のブルーノ・タウトの亜流に過ぎず、いづれも外国人が日本を見る物珍しげな目附で日本の古典や日本人の意識をいぢくり廻してゐる事である。

すべてが流行、世相、風潮であり、外圧、相手のエラー待ちで右往左往するのみ、本気になるのは戦争末期、戦争直後の食へぬ時代や「経済大国」に生き甲斐を感じ、或はその崩壊に不安を覚える時だけである。防衛論のタブーが解けたと言つても、それはソ聯の「エラー」のお蔭であるが、何を防衛するのかと言へば、結局は豊かさの防衛に過ぎまい。

私はあながちそれを否定しない、豊かさや自由を守りたいといふのは人間の自然である。が、問題はそれを本気で守らうとしてゐるのかといふ事にある。私にはさうは思へない、戦後三十五年、日本人に染みついたあなた任せの生き方は、最近の防衛論流行をも支配してゐる。これを書いてゐる今日、アメリカはイランと国交を断絶したが、かといつて、ペルシア湾、紅海、アラブ海で、更に飛び火してチトー亡き後のユーゴーをめぐつて米ソが第三次大戦の火蓋《ひぶた》を切るとは考へられない、いや、何事にせよ、絶対に起らないとは断言できないが、もしさうなつたら、日本で今更、何の防衛論ぞといふ事になるので、これは考慮の外に置くしかあるまい。

吾々が考へなければならぬ事は、米ソの冷戦も恐らく今年一杯で妥協が成立し、再びデタントが到来するであらうといふ事である。他人事の様だが、私はその時を待つてゐる、防衛論は急に下火になり、弥次郎兵衛は五十三年三月の形に戻るであらう。本気で防衛について論ずる気があるなら、米ソのエラーに便乗せず、デタント、平和共存などといふ言葉が流行語の様に飛び交ふ時を待つて、落著いて冷静に考へた方がいい。

或る友人が自衛隊そのもの、或は自衛隊に関する事件について、最高裁がはつきり合憲の線を出すべきだと言つたのに対して、私は反対だと思ふと言つた事がある。なぜなら、吾々の憲法には「平和を愛する諸国民の公正と信義に信頼して、われらの安全と生存を保持しようと決意した」とある。第九条だけなら、色々抜け道もあり、法網を潜る事も出来ようが、この前文の一句は如何なる遁辞も許さぬ重味を持つてゐる。「平和を愛する諸国民」といふのは、原文の英語でも不明確で、「平和を愛する世界中の国家、国民」の意にも取れない事もないし、世界は必ずしも平和を愛する国民だけで出来てゐるとは言へないが、そのうちで「平和を愛する幾つかの国家、国民」の意にも取れる。勿論、後者の方が幅は狭くなる、この原文を書いたアメリカ人は自国アメリカを念頭に置いてゐたのであらう、それ故にこそ只乗りの日米安保条約が締結されたのではないか。

とすれば、右の一句は「アメリカの公正と信義に信頼して、われらの安全と生存を保持しようと決意した」といふ意味になり、森嶋通夫氏でさへ、これは「アメリカの嘘」だと断言し、日本の現行憲法を認めてゐないのである。その点、森嶋氏は正しい。そしてまた、この憲法に則り自衛隊を否定するのも正しい。専守防衛と言ふが、「われらの安全と生存」をアメリカに託した以上、専守にせよ何にせよ、防衛、自衛の必要は全く無い筈である。随つて、私は最高裁が自衛隊を違憲だと言つてくれれば、問題はすべて解決すると考へる。いや、その時初めて防衛について討議、検討する緒を与へられるものと考へる。「現状で行く」とごまかしてゐる六割の人々が大いに慌てて本気で事を考へようとするからである。

自衛隊自身も、法網を潜つてもいい、とにかく現行の当用憲法により合憲として認知されたいといふ様ないぢらしい、或はさもしい根性を捨てた方がいい。

私が何より惧《おそ》れるのは、さういふ根性から自信と責任感と誇りとを持ち、国民に信頼された国軍が生れる筈が無いといふ事である。二三年おきに輿論調査をして、その支持率を問はねばならぬ様な軍隊は世界の何処にも無い、それは軍隊とは称し難く、たとへ自衛隊といふごまかしの名称を以てしても、やはりその名にすら値しないであらう。この際、私は提案する、いつその事、政府、国会、裁判、警察制度などについても、「現状で行く」か、それとも「強化」「縮小・廃止」いづれにするか、四年毎に大規模な輿論調査を実施して見てはどうか、結果がどう出るかは別として、人々がその必要を自明の事として疑はない事を私は不思議に思ふ。国防についてのみ憲法に照らして、その必要と限度を度々国民に問ふといふのは、やはり憲法自体が国防を自明の事としてゐない何よりの証拠ではないか。

それでも保守派の憲法学者は勿論、米ソ、陰陽の外圧を利用して防衛力の増強を主張する政治学者、言論人の殆どすべては自衛隊合憲を自明の事とし、共産党の違憲論を叩きながら私の違憲論は黙殺する。そのうちの一人が正直にかう言つた事がある、「本当は君の言ふ通りさ、しかし、今それを言つても通用しない、それどころか逆に叩き潰される。といつて心配は要らない、時が来れば憲法など何処かへ吹飛んでしまふ。さうすれば、自衛隊は堂々と国民の前に姿を現すよ」と。

大方の考へは、まあ、そんなところだらうとは思つてゐたが、はつきりさう言はれると唖然《あぜん》とする。時が来てからでは間に合はない、なるほど国民の前に堂々と姿を現すかも知れないが、その数日後、数週間後、外敵の前に堂々と姿を現し、堂々と戦へるであらうか。それはともかく、この友人の言葉は見事に日本人特有の考へ方を裏切り示してゐる。詰り、法は、そしてまた論理とか理想とかいふものも、現実を扮飾《ふんしよく》し糊塗《こと》する為のアクセサリーに過ぎぬといふ考へ方であり、随つて、さう言つた当人自身は意識してゐるかどうか知らぬが、憲法そのものは勿論、護憲論も改憲論も、その他あらゆる言論について言へる事は、それによつて現実が牽制され動かされるのではなく、その反対に現実が自ら変化する事により、その力に牽制されて言論が動かされるのだ、人々はさういふものと納得してゐるのである。

やはり言論は空しい、無力である、無力と決れば責任を取らずに済む、さうなれば真に気楽なものである。人々が「言論の自由」と言ふ時、その「自由」とは、何の事はない、「気楽」といふ事なのである。戯作評論家が輩出する所以《ゆゑん》であらう。

が、それをまた日本人論に結び附けるのが今日の流行であり、ここまで来ると、正に「暖簾《のれん》に腕押し」「糠《ぬか》に釘《くぎ》」である。なるほど、法、論理、契約の思想は西洋人のものであり、そのままでは日本人に馴染《なじ》まない。それなら、飜訳憲法を何も後生大事に抱へ込んでゐる事は無く、自衛隊合憲論といふ時間稼ぎを、日本人特有の生活の智慧とまで自己正当化をしなくてもよさうなものである、それは自己正当化と言ふよりは自己欺瞞と言ふべきであり、精神や道徳の頽廃《たいはい》である。が、さういふ見方こそ西洋的であり、日本人の意識の働きはもつと深い所から発してゐると近頃ではさう言ひ返されるに決つてゐる。しかし、私は人間の普遍性といふ大通りに道を通じてゐない日本人論は勿論、それによる現状肯定論を一切認めない。

殊に防衛の問題は、手段としての戦略、戦術、兵力、兵器、その他に関してはそれぞれの国により差があるのが当然だが、国を守るといふ目的に関する限り、憲法の言葉をもぢつて言へば、それこそ「人類普遍の原理」であつて、日本文化論の通人にしか解らぬ日本人的防衛論などといふものがある筈が無い。私の危惧する事は、事勿《ことなか》れ主義の保守的リベラルが坐り心地のいい日本人的防衛論に凭《もた》れ掛つて時を待つてゐるうちに、再び右か左かの軽佻浮薄な全体主義が吾が自衛隊を「人類普遍」の国防軍として救出、奪取する時が来るかも知れないといふ事である。

それは杞憂《きいう》であるにしても、最近、防衛論も漸く陽の目を見るに至つたといふ楽観論は、当確といふ票読みの甘さの為に落選する選挙に似て、防衛論のタブーが解け、それを表沙汰《おもてざた》に論議出来るといふ、ただそれだけの安心感から卻つて逆の効果を生じかねない。なぜなら、今まで繰返し諄々《くどくど》と説いて来た様に、たとへ自衛隊合憲論が檜舞台に登場して来たにしても、その華やかな人気の蔭で憲法といふ奥役が睨《にら》みを利かせてゐるからであり、観客は合憲論議のショーに目を奪はれ、楽屋裏のタブーがどんな嫁いびりをやつてゐるかは見えないからである。人々はガラス張りといふ言葉を好むが、これほど危険なものは無く、何でも見える様にして置くと、人は必ず何か大事な物を見落すものなのである。

言論は空しい、いや、言論だけではない、自分のしてゐる事、文学も芝居も、すべてが空しい。が、それを承知の上で、私はやはり今までと同じ様に何かを書き、何かをして行くであらう。「私にとつて人生の唯一の目的はそれを生きる事です」（ラティガン）と言へば少々きざになる、詮ずるところ、幾ら食つても腹が減る事を承知しながら、やはり食はずにゐられないといふ事に過ぎまい。

（「諸君！」昭和五十五年六月号）

編者解説　「近代」と「伝統」との間で

浜崎洋介

I

「解説」に入る前に、思い出話から始めたい。

私と福田恆存との出会いは遅かった。文学に足を踏み入れ、政治に迷いながら、二十代後半に至って、ようやく私は福田恆存の言葉に向き合い始めるのである。むろん、その出会いは個人的な必要に導かれたものだった。が、その背景には、九〇年代以降に物心つくようになった世代の問題も少しは与っていたのかもしれない。

戦後の、しかも高度成長後の日本に生まれた私には既に自明な伝統などありえなかった。と同時に、冷戦後の時代を生きる私には、既存のイデオロギーはどれも偽物にしか見えなかった。とはいえ、消費生活の夢に戯れるといった余裕もバブル崩壊後を生きる世代には許されてはいなかった。いいかえれば、頼るべき過去は既になく、来るべき未来も未だなかったのである。

そして、既にないと、未だないという二重の「ない」を生きるデカダンスが最後に縋るのは、いつでもロマン主義的な観念である。今ある現実の彼方に、ここではないどこかを思い描くこと。そのユートピアによって、断片化する社会と、あてどなく浮動する私の不安を吊り支えること。進学するでも、就職するでもなく大学を出た私は、当時、柄谷行人によって結成されたロマン主義的政治運動＝ＮＡＭ（New Associationist Movement／二〇〇〇年〜二〇〇三年）に向かうことになる。

だが、それが政治運動としてある限り、彼方の物語に此方の現実が侵入してくるのは不可避だろう。実際、ＮＡＭは、たった三年余りであっけなく潰えていった。むろん、世間知らずの知識人が、おためごかしの綺麗事を並べて自滅していく図など、近代日本にはありふれている。しかし、自らのルサンチマンに目を瞑り、周囲の忠言に耳を貸さず、難解に秘教化された理屈を身元保証にして、そのおためごかしに乗ったのは、他でもない私自身だったのである。とすれば、今更の自己反省や自己批判は全く無意味だろう。なぜなら、反省し批判している当の「私」自身が一番信用ならないのだから。「自己喪失」という言葉の意味を、私は初めて思い知る気がした。

だから、できることは限られていた。性急に自己回復の夢に飛びつくことは同じことの繰り返しでしかない。私はただ待つしかなかった。私の意識を超えて、私のなかに残る手応えがあるのかどうかを確かめること、そして時間に洗われてなお残るものがあれば、それが何なのかを見極めること。フットワークの軽いはずだった私の足取りは次第に重くなり、現在進行形の言葉、未来展望的な言葉を必要としなくなつた。私は、降り積もつた言葉、歴史が積み上げた言葉の中に身を沈めていつた。

そして、回り道の末、ようやく私は福田恆存に出会つたのだつた。福田の言葉によつて、これまでの私の彷徨、軽薄、愚行の全てが清算されていくのが分かつた。自分の輪郭が書き換えられていくことが分かつた。福田は言う、「私たちが欲してゐるのは、自己の自由ではない。自己の宿命である」(『人間・この劇的なるもの』)と。私はハッとした。それは私が長年欲しながら、与えるべき名を見いだせなかつた当のものだつた。この簡単な言葉が私には見出せなかつたのである。「自己が居るべきところに居るといふ実感」、私は、ただその「宿命感」だけが人生を支えているものだと悟つた。

Ⅱ

一九九四年に福田恆存が亡くなつた時十六歳だつた私は、むろん福田恆存の肉声に触れたことはない。だが、その人のことを思うとき、いつも浮かんでくる像がある。それは、まだ文藝批評の筆さえ持たない、ごく若い頃の福田の姿である。

「大学に入ると、本郷界隈に田舎から攻めのぼつて来た人種が、下宿に屯《たむろ》して、一つの世界を形造つてゐたが、私の家は神田錦町である、下宿の必要もなければ、反対に私を訪ねてくれる者も殆どゐない。後年さういふ連中の生き方を「下宿文学」と名付けて、密かに私は自分の「孤独」に栄冠を与へた。それは負け惜みでも何でもない。その頃の私は用の無いおしやべりが苦手で、むしろ孤りを好んだ。私は気質的には良くも悪くも職人であり、下町人種であつたのだ。だが、一方では、あたりを取巻く「知識階級」といふ異人種の包囲網に遭ひ、さうかといつて身方の下町人種は大震火災後、もはや周囲になく、どつちへ転んでも孤独であつたのだ。」(「覚書Ｉ」『福田恆存全集』)

この「どつちへ転んでも孤独であつた」という福田の姿は、その後の福田の歩みを暗示するとともに、近代日本を生きる正統の姿を思い起こさせる。近代主義に抗しつつなお「近代」を生き、伝統主義の不可能を自覚しながらなお「伝統」を生きること。それは、かつて夏目漱石や森鷗外が、あるいは小林秀雄や中村光夫が生きた「孤独」の姿と重なっている。と同時に、東洋の島国に生きる日本人が、それでも西欧近代と付き合っていくしかないと覚悟したときに身に帯びる「孤独」の姿でもある。そして、この近代日本の正統の姿は、戦前と戦後という時代区分を遥かに超えている。

しかし、この「近代」と「伝統」との間にある「孤独」は、それが強靭な知性と鋭敏な感性によって支えられているのでない限り単なるヒロイズムと見分けがつかない。近代主義が成り立たないことを知るには「近代」をその限界まで歩き通す知性が必要であり、伝統主義の虚偽を見抜くには誰より敏感に「伝統」の力を感じていなければならない。この知性的認識と身体的実感とが折り合う場所、そこに福田の言う「保守」という言葉もあった。本書の編集にあたって、私は、福田恆存における「保守」の姿を、その思考と感性の有機的連関をできるだけ犠牲にせずに示したいと考えた。

とはいえ、時事的な論争家、文藝評論家、脚本家、演出家、シェイクスピア翻訳者など、多くの顔を持つ福田恆存において、その思考を万遍なく辿るというわけにはいかない。したがって本書は、福田恆存における最も基礎的な論考の中から、できるだけ「保守」という主題と関連するものを中心に纏めることにした。つまり、本書は「福田恆存入門」であると同時に、「保守思想入門」でもあるということである。

構成は次の五部とした。

Ⅰ「私」の限界――九十九匹（政治）には回収できない一匹（個人）の孤独と、その限界をみつめた福田の論考を集めた。

Ⅱ「私」を超えるもの――近代個人主義の限界で、エゴ（部分）を超えるもの（全体）へと開かれていった福田の論考を集めた。

Ⅲ 遅れてあること、見とほさないこと――近代＝個人を超える「全体」を「伝統」として見出しながら、それを「主義」化できないものとして受容した福田の論考を集めた。

Ⅳ 近代化への抵抗――戦後を風靡した合理主義と近代主義に対する福田の抵抗と、そこにあった論理を確認できる文章を集めた。

V　生活すること、附合ふこと、味はふこと——特に福田の「生活感情」に基づいたエッセイを集め、主義ではない「保守」、生き方としての「保守」の在り方を示した。

これらの文章が書かれた時期を見れば分かるように、I章からIV章までの各評論は年代順に並べてある。というのも、福田の思想自体が、問いに対する答えを一つずつ腑に落としながら形成されたものにほかならないからだ。さらに言えば、「保守」の構え自体が、歴史の手応えのなかで形成されるものである以上、福田恆存の言葉もまた、時間的説得力のなかでパフォーマティブに示されるべきだということである。

ただ、その分、V章だけは別に、比較的肩の力の抜けたエッセイを中心に収録した。福田の言葉の息づかいを身近に感じてもらえればと思う。

III

福田恆存の活躍は戦後に始まった。戦前にも嘉村礒多論や芥川龍之介論など重要な作家論を書いていたとはいえ、それらが広く知られることはなかった。しかし、戦後になって、坂口安吾や林達夫、また時代の価値転換に混乱していた若い世代——佐伯彰一、奥野健男、磯田光一など——からの圧倒的な支持を得て、福田は一躍戦後文学の表舞台に登場する。本多秋五の言葉を借りれば、福田は「戦争が終わったとき、心のなかの深い声をスイッチひとつで即席に発する能力をそなえていた少数の戦後批評家の一人であった。いや、荒正人とならんでその筆頭」(『物語戦後文学史』)であったのである。

しかし、福田の主題が、戦前の作家論と戦後の時事批評で違っていたというわけではない。福田は一貫して次の一点を問うていた。「いったいぼくたちはこのヨーロッパの近代といかに対決してしかるべきか。答へは――その確立と同時に超克とを。まさにそれにほかならぬ――が、たれが、いかにして、それをなしうるか」(「近代の宿命」)。そして、この「確立と同時に超克とを」という困難な課題を、時事批評の形で提示したものが「一匹と九十九匹と――ひとつの反時代的考察」(以下副題省略)であった。

当時、「政治と文学」論争をはじめ、戦後文学の方向性をめぐって幾多の論争がなされていた。その主なものは、文学は政治イデオロギーに従属するべきだとした雑誌『新日本文学』(旧プロレタリア文学者、中野重治)と、文学は政治イデオロギーから自律すべきだとした雑誌『近代文学』(戦後文学者、荒正人、平野謙)との間にあった。福田の「一匹と九十九匹と」も、その文脈の中で書かれている。が、「近代」の「確立と同時に超克」を言う福田は、単に「近代個人主義」の「確立」を言う『近代文学』側にも、「近代個人主義」の「超克」のみを言う『新日本文学』側にも立つことはなかった。

「一匹と九十九匹と」の前半、まず福田はマルクス主義文学を牽制する。「善き政治であれ悪しき政治であれ、それが政治である以上、そこにはかならず失せたる一匹が残存する」と言う福田は、政治的解決の中に「近代個人主義」の「超克」を夢見るマルクス主義文学の不可能性を指摘するのだ。政治は、科学と同様、「知性や行動」で物質的社会的解決を図る営みである以上、その「知性や行動」それ自体を方向付けている「思想や個性」、あるいは、取り返しのつかないこの人生を生きる「失せたる一匹」の問題を扱うことはできない。ここに、一匹の問題を掬えない「政治」の限界がある。

しかし、だからといって福田が無邪気な「個人主義者」であった訳ではない。「一匹と九十九匹と」の後半、福田は十九世紀的個人主義を加速した結果、「いかなる点においても社会とつながらず、いかなる点においても社会的価値と通じてゐない個人」において、ついに「自我の空虚さ」が見出される必然を指摘するのである。そして二十世紀、この社会との連関を失った「個人」の「不安とうしろめたさ」の隙に付け入って、左のコミュニズムと右のファシズムが、その政治的解決をめぐって覇権を争うことになる。ここに、九十九匹から離脱しては、その「空虚」に耐え得ない「個人」の無力がある。

では、どうすればよいのか？　しかし、当時の福田において、その明確な答えは用意されてはいなかった。ただその一方で、手掛かりが全く示されなかった訳でもない。「一匹と九十九匹と」の末尾、「ぼくはこの文章においてかれの『黙示録論』を紹介するつもりで筆をとったのであるが、そこまでいたらずして終つた」と言われるように、九十九匹（集団的自我）に還元し得ない一匹（個人的自我）、そして、その一匹の「超克」といった課題を福田に教えていたのは、D・H・ロレンスの『黙示録論』だったのである。福田自身が卒業論文の主題に選び、太平洋戦争開戦間際には、その翻訳も完成させていた『黙示録論』は、その後も福田の思考の源泉であり続けた。

だが、当時の福田は、ロレンスの課題は引き受けても、その答えまではなかなか引き受けられなかった。「ロレンス I」(原題「近代の克服」)で福田は次のように言う。

「ぼくたちは――純粋なる個人といふものがありえぬ以上、たんなる断片にすぎぬ集団的自我といふものは――直接たがひにたがひを愛しえない。なぜなら愛はそのまへに自律性を前提とする。が、断片に自律性はない。ぼくたちは愛するためにはなんらかの方法によつて自律性を獲得せねばならぬ。近代は個人それ自体のうちにそれを求め、そして失敗した。自律性はうちに求めるべきではない。個人の外部に――宇宙の有機性そのもののうちに求められねばならぬ。(中略)はたしてこのやうな考へかたは神がかりであらうか。が、ぼくはロレンスの結論にいかなる批判も与へようとはおもはぬ。」

集団的自我に還元し得ない個人的自我は、しかし、「宇宙の有機性」によって常に既に絡め取られている。だから個人は、自らが投げ入れられている「大地」を引き受け、その有機的連関に従うことでしかエゴを超えられず、「自然」を媒介としてしか他我に繋がることができない。が、これは果たして頭や理屈だけで理解すべき話なのだろうか。じじつ、福田は、このロレンスの結論について「神を喪失した現代にひとつの指標を示すもの」であることを認めながら、しかし、「いまはただかれの現代批判をのみひとびとのまへに提出したいとおもつただけにすぎぬ」と言うのである。

しかし、後の福田の歩みは、このロレンスの結論を如何に引き受け、消化するのかという線に沿って刻まれた。コミュニズムやファシズムの「全体」(totality)を拒絶して、なお〈近代=個人〉を超えようとしたとき、福田は、この「宇宙」の「全体性」(wholeness)への一歩というロレンスの結論を正面に見据え始めるのである。

Ⅳ

一匹からの脱出の契機は、まず事件として訪れた。芥川龍之介の「一匹」の文学を引き継ぎ、また戦前から福田の伴走者でもあった太宰治(太宰と福田は三つ違い)が玉川上水に身を投げたのである。しかも、それは、福田の「道化の文学——太宰治論」(昭和二三年六月／七月)が発表された直後の出来事だった。そして、その三ヶ月後、「太宰治再論」の筆を執った福田は、太宰評価を一八〇度転回させて、次のように結論するのである。「いまこそ文学概念の革命が、徹底的な革命がおこなはれなければならぬ。誠実が死ではなく、生を志向しうる文学概念を自分のものにしなければならぬ」と。

しかし、この「生を志向しうる文学概念」が確信的に摑まれるには時間が必要だった。後に「辛い年であつた」と回想される昭和二四年の最後に「知識階級の敗退——一九四九年の文壇的考察」(一二月)を発表した福田は、自身も含めた「広い意味での戦後派の敗退」を早々と認めながら、次第に情勢論的な文藝批評の世界からは遠ざかっていった。その過程で福田は、戯曲「最後の切札」（昭和二三年九月）、小説「ホレイショー日記」（昭和二四年三月）、戯曲「キティ颱風」（昭和二五年一月）など、学生時代以来の実作の筆を執って、前衛的かつ実験的な作品を様々に試みていった。

が、福田が決定的な飛躍を遂げるのは、太宰治の死から丁度二年後のことだった。初の書下ろし評論『藝術とはなにか』（昭和二五年六月）の執筆である。後に「はじめて自分の本だといふ感じがした」と言われる『藝術とはなにか』は、まさに個人の内面をタブロー（視覚対象）として客体化しようとする近代藝術、なかでも自我意識に固着した近代小説の行きづまりを描きながら、その向こうに、ドラマ（身体行為）としての「藝術」を、つまり演劇を中心としたカタルシスの体験を取り戻そうとするものだった。「コスモス、日輪、大地との結合」という一見「神がかり」なロレンスの言葉を、福田は改めて「藝術」の問題へと引き寄せ、それを自らの言葉で語り直すのである。

しかし、それは決して大げさな話ではない。もともとギリシア悲劇自体が、「民衆」の祭り（春の大祭＝ディオニュソス祭）の中で、生と死という自然のリズムに倣って作り上げられたドラマだった。「藝術」は「自然」の中に生きる人間の生活に根ざしている。視覚的認識へと傾く近代知への不信と、身体的理解を生きる民衆への信頼は、「民衆の生きかた」の中でも繰り返し語られている。

「視覚による飜訳それ自体の自由と自律性とを強調したとき、その結果はどうなるか。より多くのものを見、より広くを見はるかすためには、われわれはつねにできるだけ後退し、遠隔視覚によつて対象を見なければならない。退けば退くほど、全体が視野のうちにはひつてくる。（中略）が、つぎの瞬間には、それが自分とはなんの関係もないといふ事実をおもひしらされなければならない。」

「われわれがなにかを理解するといふのは、どこかで判断停止をおこなふこと、ある一点で後退をやめるといふことであります。逆にいへば、そこがいちばん理解しやすい場所だといふことになる。（中略）もし全体といふものがあるとすれば、それはこの〔自己と対象のあいだの——引用者〕パスペクティヴそのものを意味し、自己がそれを理解するといふのは、自己がそのパスペクティヴの一部であることを感じてゐるといふことでありませう。」

故郷を喪失した近代＝個人は、その不安ゆえに、全ての客体を知のタブローへと押し込む主体の視覚能力に優位を与えた。そして近代知は、「全体」を俯瞰的に把握するため、ついに対象を客体化している当の主体までをも客体化しようと試み始める。しかし、「全貌が見わたせる全体などといふことはまつたくの自己矛盾」でしかないだろう。なぜなら、それが見渡せたと思った瞬間、「全体」は私の目の前にある対象＝部分と化しているのだから。つまり、私の知（部分）は、私の生（全体）には追いつかないということである。

しかし、それでもなお全体を見ようとする試みがなかったわけではない。道は二つあった。一つは「外部から全体の観念を要請」し、その青写真に基づいて社会を設計すること。もう一つは、対象を意識する私を意識する私を意識する……といった形で、自意識の無限後退と戯れてみせること。前者は、二〇世紀特有の全体主義を用意し、後者は、自意識過剰（イロニー）によって自らを含んだ世界を否定し、その彼方に私の全体性（自由）を証明しようとしたロマン主義（芥川龍之介―太宰治）につながっている。

しかし、それらの試みが自己矛盾であることに変わりはない。だから福田は、「なにかを理解する」とは「ある一点で後退をやめる」ことだと言うのだ。その時、初めて自己と対象との間のパスペクティヴが決定する。それが私と世界との関係であり、私が世界を納得する仕方（生き方＝型）である。では、後退が止まる「ある一点」とは、私が意識的に選んだものなのか？　そうではない。意識によって意識を止めるということが矛盾である以上、それは「本能的な配慮」に頼る他はないのだ。とすれば、私が何かを「理解」しているということは、私の意識を超えたものがあり、それによって私が限界づけられているということでもある。それなら私は、何かを「理解」するためにも私の限界を知る必要があり、のみならず、その私を超えたもの（宿命）の手応えの中に、私の「流儀」や、私の「自信」が生まれてくることをも知らねばならないだろう（「快楽と幸福」）。

福田は言う、「自分より、そして人間や（単に相対的な）歴史より、もつと大いなるものを信じる」（同前・括弧内引用者）必要があるのだと。それはキリスト教的な「神」であるかもしれないし、ロレンスの言う「宇宙の有機性」かもしれない。だが、日本人である福田は、その「絶対者」が呼び出される場所に、後に「伝統」や「自然」という言葉を見出していった（「絶対者の役割」）。

V

『藝術とはなにか』を刊行してからの福田の活躍は目覚しかった。文字通り「『八面六臂』の働きぶりだつた」（「覚書II」）。作家作品集の「解説」、「龍を撫でた男」や「現代の英雄」などの脚本執筆、自作に限らない舞台演出、文学座への入団、ロレンス、ワイルド、エリオット、ヘミングウェイなどの翻訳、チャタレイ裁判の特別弁護人の引き受けなど、目が回るほどの仕事量である。それは、昭和二五年から昭和二八年九月の海外渡航（ロックフェラー財団の奨学金制度による）に至るまで続いた。

しかし、福田の仕事の方向性が定まり出すのは一年間の海外遊学（昭和二八―二九年）の後のことだった。アメリカ・ヨーロッパを巡る旅からの帰途、福田は四つの仕事を心に決めていたという。文化人批判、シェイクスピア翻訳、国語改革批判、それに戦後教育批判である。実際、それらの仕事は、後に福田のライフワークとなった。また、それには副産物もあった。文化人批判の一つとして書いた「平和論にたいする疑問」（昭和二九年一二月）によって「保守反動」との罵声を浴びせられることとなった福田は、改めて彼我の差を、つまり政治へと人間を還元できると考える進歩派と、政治の向こうに「人間」を問おうとする自分との差を明らかにするため、『人間・この劇的なるもの』(昭和三〇年七月〜三一年五月)の連載に向かうのである。

「平和論にたいする疑問」に限らず、福田の政治論は以前から一貫していた。相対的解決を図る政治＝事実の論理から、絶対を問う心情＝価値の論理を区別すること。ただ、それだけなら、「一匹と九十九匹と」以来の認識でも事足りる。が、この時、福田が新たに試みたのは、事実と価値とを区別した上で、なお、その価値の内実について具体的に論及すること、つまり、神なき国で、なお理想的人間像を提示する試みだった。こうして、後に「『藝術とはなにか』に引き続く私の『神輿』」、「私の、あるいは人間の、自我始末方」と呼ばれる『人間・この劇的なるもの』が書かれることになる。

『人間・この劇的なるもの』の主題は多岐にわたるが、その「人間観」を要約すれば、人は「保守」的にしか生きられないということになる。知識は無限であり、それも刻々と増すものである以上、人は常に不十分な知識を不十分なままにして、反省と批判を中絶しながら生きるしかない。つまり、人は自己の不完全性を受容しつつ、その見透すことのできない人生を常に飛躍的に生きているということである。では、その飛躍を支えているものとは何なのか？　政治イデオロギーの夢にでも頼るのでない限り、それは後ろから押してくる力、つまり過去から齎《もたら》された典型的な「型」を生きているという暗黙の信頼感以外にはないだろう。福田は、その「型」の自覚的な引き受けのなかに、エゴを超えた「生き方」が、つまり「既存の現実に随ひ、過つて顧みぬといふ倫理的な潔癖と信頼感」が蘇るという。
だが、注意すべきは、この「過去にたいする信頼感」は「主義」以前の場所でこそ生きられているという点である。「私の保守主義観」は、そのことを語っている。

「保守主義はイデオロギーとして最初から遅れをとつてゐる。改革主義にたいしてつねに後手を引くやうに宿命づけられてゐる。それは本来、消極的、反動的であるべきものであつて、積極的にその先廻りをすべきではない。」

「保守派が合理的でないのは当然なのだ。むしろそれは合理的であつてはならぬ。(中略)保守派は見とほしをもつてはならない。人類の目的や歴史の方向に見とほしのもてぬことが、ある種の人々を保守派にするのではなかつたか。世界や歴史についてだけではない。保守的な生き方、考へ方といふのは、主体である自己についても、すべてが見出されてゐるといふ観念をしりぞけ、自分の知らぬ自分といふものを尊重することなのだ。」

「保守」は常に既に「遅れ」ている。なぜなら、「過去にたいする信頼」を暗黙的に生きている人間に積極的な「見とほし」は必要ないからだ。「見とほし」とは自己疎外を埋め合わせるために要請された「世界観」(イデオロギー)の異名である。が、人は「見とほし」があって歩き始めはしない。まず歩きたい欲求があって、歩き方さえ正しければ目的地に辿り着くと考え、時間の中で馴染まれた歩き方を頼りに、その都度の行為に身をゆだねて歩き続ける。だから「保守派は無智といはれようと、頑迷といはれようと、まづ素直で正直であればよい」のだ。むろん、自らの歩幅を合理化してくる「主義」に抵抗することはある。が、それは、あくまで「主義」に対して「遅れ」た抵抗であり、今、ここで生きられている〈全体＝過去〉を理念化することとは違う。

そして、この「過去」の手触りが最も鮮やかに蘇る場所こそ、福田にとっての「言葉」だった。伝統に運ばれながら、今、ここで対象を理解するために用いられている言葉は、それゆえ主体に外在する対象のようには扱えない。それは、「私たちの血肉となつてゐるもの、自分の手足のやうに自分の内部に所有してゐるもの、それを切離せば自分が自分ではなくなるもの」(「伝統にたいする心構」)である。しかも、〈過去＝言葉〉は、まず私たちに、それを理屈抜きに受け入れることを求めている。言葉という「全体」の中で適切な位置を得て後に、ようやく私は「私」と言うことができるのなら、私が、私として在るためにも、私は「過去」に倣い、「言葉」に随わなければならないだろう。福田は言う、「私達は言葉を学ぶのではなく、言葉が私達に生き方を教へるのである」(「言葉は教師である」)と。

VI

その後の福田恆存の活動も、この「保守的な生き方、考へ方」に基づいていたと言っていい。

言葉の「全体」を見透せるものと思い上がり、その合理的設計に手をつけた挙句、言葉の「基準」に対する感覚を麻痺させてしまった国語改革への批判（「世俗化に抗す」）。あるいは、便利と快楽のために近代化を急いだ結果、人と人とが心を通わせる技術（物と場所）を失くしてしまった戦後的ニヒリズムへの抵抗（「伝統技術保護に関し首相に訴ふ」）。そして、エゴの折り合いでしかない「民主主義」という消極的制度を、あたかも積極的価値であるかのように勘違いしていく戦後の進歩的空気への警鐘（「偽善と感傷の国」）。その全てが、一匹を、あるいは一匹を支えているもの（生き甲斐）を、九十九匹の領域へと還元してしまう一元論、その無理がもたらす自己喪失（人間の不幸）を剔抉《てつけつ》する作業だったと言える。

ということは、むろん、その先には、福田自身の「幸福」への確信があったということである。ただし「幸福」は「快楽」とは違う。なぜなら、「快楽」は「便利」という相対的価値にしか関わらないからだ。あれが不便ならこれが、これが不便ならそれがといった形で、快楽は落ち着き無く消費され、便利は次々と更新されていく。しかし、私たちが時間をかけて附合い、馴染んだ人や物は容易に取替がきかない。だから「附合ふといふ事」とは、その掛替えのなさを学ぶということでもある。おそらく、そこに人の「愛着」が生まれ、「物を惜しむ心」が生まれる。そして、それとの関係（型）を守ろうとする気持ちのなかに道徳心が芽生えてくる。それゆえ、「抽象的な徳目の列挙で道徳が身に附くと思ふのは大間違ひ」（「自然の教育」）なのだ。逆に、具体的な「愛着」をこそ味わい生きること、ここに福田の「道徳」観は端的に示されている。

とすれば、福田の言う「道徳心」を単なる「国家」への忠誠心に還元することはできないだろう。実際、戦後日本の「偽善と感傷」を批判し続けた福田は、その同じ筆で、戦時中の軍国主義について「国家、国民の命運を賭けた戦に対する姿勢、態度の軽佻浮薄にへどが出るほどの反感を覚えた」（「言論の空しさ」）と書くのである。今、ここの「附合ひ」から浮き上がった理想、夢、身元保証などに、この「私」を支える力はない。最後の著作『問ひ質したき事ども』（新潮社、昭和五六年）の「後記」で福田は言う。

「私は小利口な要領のいい人間は嫌ひである。私は何々派だの何々主義者だのであつたことは一度もない。私は何を書いても、ただ人間について、常識的に論じてゐるだけである。小説でも評論でも、人間が人間について人間らしく論じてゐるのでなければ、保守的現実主義者と革新的理想主義者の別は無い、私としてはそれを「斬ら」ざるを得なかつたまでのことである。」

ここでも福田は「孤独」な姿を示している。が、それは決して「不幸」な姿ではない。この啖呵に、私は、福田恆存という人間の無理のない「自信」の形を見る。

福田恆存が亡くなってからおよそ二〇年、戦後日本を跋扈した軽佻浮薄な「主義」達が過ぎ去り、ポスト・モダニズムの浮かれ騒ぎもようやく落ち着いた現在、静かに、そして孤独に、福田の言葉に耳を傾けられる時が来ているのだと思う。来るべき新時代の未知なる地平など信じる必要はない。確かなのは「私」の歩幅だけである。このアンソロジーが、そんな時代の「今」を支える「過去」からの言葉になることを願っている。

(文藝批評家)

本書には、今日では不適切とされる表現がありますが、著者が故人であることなどを考慮し、底本のままとしました。ご理解賜りますようお願い申し上げます。

編集部

福田恆存（ふくだ つねあり）
1912（大正元）–1994（平成６）年。東京本郷生れ。東京大学英文科卒業。中学教師、雑誌編集者、大学講師などを経て、文筆活動に入る。評論、劇作、翻訳の他、チャタレイ裁判では特別弁護人を務め、自ら劇団「雲」（後に「昴」）を主宰し、国語の新かな、略字化には生涯を通じて抗した。1956（昭和31）年、ハムレットの翻訳演出で芸術選奨文部大臣賞を受ける。主著に『作家の態度』『近代の宿命』『小説の運命』『藝術とは何か』『ロレンスの結婚観――チャタレイ裁判最終辯論』『人間・この劇的なるもの』『私の幸福論』『私の恋愛教室』『私の國語教室』『日本を思ふ』『問ひ質したき事ども』など多数。

浜崎洋介（はまさき ようすけ）
1978（昭和53）年生れ。文藝批評家。京都大学経営管理大学院特定准教授。著書に『福田恆存　思想の〈かたち〉――イロニー・演戯・言葉』（新曜社）『アフター・モダニティ――近代日本の思想と批評』（共著、北樹出版）、編書に『国家とは何か』（福田恆存著、文春学藝ライブラリー）など。

文春学藝ライブラリー
思２

保守《ほしゅ》とは何《なに》か

2013年（平成25年）10月20日　第１刷発行
2025年（令和７年）３月10日　第９刷発行

著　者　福田恆存
編　者　浜崎洋介
発行者　大沼貴之
発行所　株式会社　文藝春秋
〒102-8008　東京都千代田区紀尾井町3-23
電話（03）3265-1211（代表）

定価はカバーに表示してあります。
落丁、乱丁本は小社製作部宛にお送りください。送料小社負担でお取替え致します。

印刷・製本　光邦
Printed in Japan
ISBN978-4-16-813002-1

（　）内は解説者。品切の節はご容赦下さい。

福田恆存（浜崎洋介　編）
保守とは何か
「保守派はその態度によって人を納得させるべきであって、イデオロギーによって承服させるべきではない」――オリジナル編集による最良の「福田恆存入門」。（浜崎洋介）
思-1-2

山本七平
聖書の常識
聖書学の最新の成果を踏まえつつ、聖書に関する日本人の誤解を正し、日本人には縁遠い旧約聖書も含めて、「聖書の世界」全体の見取り図を明快に示す入門書。（佐藤　優）
思-1-3

保田與重郎
わが萬葉集
萬葉集が息づく奈良県桜井で育った著者が歌に吹きこまれた魂の追体験へと誘い、萬葉集に詠みこまれた時代精神と土地の記憶を味わいながら、それが遺された幸せを記す。（片山杜秀）
思-1-4

柳田国男（柄谷行人　編）
「小さきもの」の思想
『遊動論　柳田国男と山人』（文春新書）で画期的な柳田論を展開した思想家が、そのエッセンスを一冊に凝縮。柳田が生涯探求した問題は何か？　各章に解題をそえた文庫オリジナル版。

思-1-5

岡﨑乾二郎
ルネサンス　経験の条件
サンタ・マリア大聖堂のクーポラを設計したブルネレスキ、ブランカッチ礼拝堂の壁画を描いたマサッチオの天才の分析を通して、芸術の可能性と使命を探求した記念碑的著作。（斎藤　環）
思-1-6

田中美知太郎
ロゴスとイデア
ギリシャ哲学の徹底的読解によって日本における西洋哲学研究の基礎を築いた著者が、「現実」「未来」「過去」「時間」といった根本概念の発生と変遷を辿った名著。（岡崎満義）
思-1-8

西部　邁
大衆への反逆
気鋭の経済学者として頭角を現した著者は本書によって論壇に鮮烈なデビューを果たす。田中角栄からハイエクまでを縦横無尽に論じる社会批評家としての著者の真髄がここにある。

思-1-10

福田恆存（浜崎洋介 編）
国家とは何か
「政治」と「文学」の峻別を説いた福田恆存は政治をどう論じたのか？ 福田の国家論が明快にわかるオリジナル編集。「個人なき国家論」批判は今こそ読むに値する。（浜崎洋介）
思-1-12

江藤 淳
一九四六年憲法——その拘束
アメリカの影から逃れられない戦後日本。その哀しみと怒りをもとに、戦後憲法成立過程や日本の言説空間を覆う欺瞞を鋭く批判した20年にわたる論考の軌跡。（白井 聡）
思-1-13

福田恆存（浜崎洋介 編）
人間とは何か
『保守とは何か』『国家とは何か』に続く「福田恆存入門・三部作」の完結編。単なるテクスト論ではなく、人間の手応えをもった文学者の原点を示すアンソロジー。（浜崎洋介）
思-1-15

西部 邁
六〇年安保 センチメンタル・ジャーニー
保守派の論客として鳴らした西部邁の原点は、安保闘争のリーダーだった学生時代にあった。あの「空虚な祭典」は何だったのか、共に生きた人々の思い出とともに振りかえる。（保阪正康）
思-1-19

福田恆存
福田 逸・国民文化研究会 編
人間の生き方、ものの考え方
人間は孤独だ。言葉は主観的で、人間同士が真に分かり合うことはない。だから考え続けよ。絶望から出発するのだ——。戦後最強の思想家が、混沌とした先行きを照らし出す。（片山杜秀）
思-1-21

坪内祐三
一九七二
「はじまりのおわり」と「おわりのはじまり」
札幌五輪、あさま山荘事件、ニクソン訪中等、数々の出来事で彩られたこの年は戦後史の分水嶺となる一年だった。断絶した戦後の歴史意識の橋渡しを試みた、画期的時代評論書。（泉 麻人）
思-1-23

ドナルド・キーン
日本文学のなかへ
「なぜ近松の『道行』は悲劇的なのか」「真に『日本的』なものとは」——。古典作品への愛や三島や谷崎など綺羅星のごとき文学者との交流を語り下ろした自伝的エッセイ。（徳岡孝夫）
思-1-24

（　）内は解説者。品切の節はご容赦下さい。

リチャード・ニクソン（徳岡孝夫　訳）
指導者とは
栄光と挫折を体現した米大統領だから洞察しえたリーダーの本質。チャーチル、マッカーサー、ドゴール、周恩来、フルシチョフに吉田茂……。20世紀の巨星の実像に迫る。（徳岡孝夫）
雑-3-3

山本七平
小林秀雄の流儀
小林秀雄があれほどの影響力をもったのはなぜか？　過去を語ることで未来を創出したからだ。「書きたいことだけ書いて生活した、超一流の生活者」の秘密に迫る。（小川榮太郎）
雑-3-22

渡辺利夫
神経症の時代
わが内なる森田正馬
作家倉田百三ら、近代日本の多くの神経症患者を救った森田正馬。その功績を問いつつ、現代にまで続く「病める社会」に警鐘を鳴らす。開高健賞正賞受賞の話題作！（最相葉月）
雑-3-31

中村逸郎
シベリア最深紀行
知られざる大地への七つの旅
「住所はツンドラ」と記すトナカイ遊牧民から弾圧に抵抗したイスラム教徒まで、シベリア奥地に根を張り、今をしたたかに生きる人々を訪ね歩いた、ロシア政治学者による稀有な記録。
雑-3-32

福田　逸
父・福田恆存
「鉢木會」の大岡昇平、吉田健一、三島由紀夫らとの交友。家族への情愛、劇団経営での父子の確執、晩年の日々——。次男である著者が追想する福田恆存の知られざる素顔。（浜崎洋介）
雑-3-33

石川九楊
河東碧梧桐―表現の永続革命
正岡子規の直弟子ながら、高浜虚子の系統によって「抹殺」された伝説の俳人にして、日本随一の書家・河東碧梧桐。その生涯を辿る画期的な評伝かつ根源的な言語芸術論。
雑-3-34

江藤　淳
妻と私・幼年時代
末期癌の妻を、夫・江藤淳は全力で看護する。没後、看取り記「妻と私」は大反響を呼ぶがほどなく自裁。絶筆「幼年時代」と石原慎太郎ほか同時代人の追悼文、年譜も採録。（與那覇　潤）
雑-3-35